Roland Barthes
罗兰·巴尔特文集

Le bruissement de la langue:
Essais critiques IV

语言的轻声细语
文艺批评文集之四

[法]罗兰·巴尔特（Roland Barthes）/著
怀宇/译

中国人民大学出版社
·北京·

总　序

　　罗兰·巴尔特（1915—1980）是已故法兰西学院讲座教授，法国当代著名文学思想家和理论家，结构主义运动主要代表者之一，并被学界公认为法国文学符号学和法国新批评的创始人。其一生经历可大致划分为三个阶段：媒体文化评论期（1947—1962）、高等研究院教学期（1962—1976）以及法兰西学院讲座教授期（1976—1980）。作者故世后留下了5卷本全集约6 000页和3卷本讲演录近千页。这7 000页的文稿，表现出了作者在文学、文化研究和人文科学诸领域内的卓越艺术品鉴力和理论想象力，因此可当之无愧为当代西方影响最大的文学思想家之一。时至今日，在西方人文学内最称活跃的文学理论及批评领域，巴尔特的学术影响力仍然是其他文学批评家和理论家难以企及的。

　　1980年春，当代法国两位文学理论大师罗兰·巴尔特和让-保罗·萨特于三周之内相继谢世，标志了第二次世界大战后法国乃至西方两大文学思潮——结构主义和存在主义的终结。4月中旬萨特出殡时，数万人随棺送行，场面壮观；而3月下旬巴尔特在居住地Urt小墓园下葬时，仅有百十位朋友学生送别（包括格雷马斯和福科）。两人都是福楼拜的热爱者和研究者，而彼此的文学实践方式非常不同，最后是萨特得以安息在巴黎著名的Montparnasse墓地内福楼拜墓穴附近。萨特是雅俗共赏的社会名流，巴尔特则仅能享誉学界。

　　1976年，巴尔特以其欠缺研究生资历的背景（据说20世纪50年代末列维-斯特劳斯还曾否定过巴尔特参加研究生论文计划的资格），在福科推荐下，得以破格进入最高学府法兰西学院。1977年1月，挽臂随其步入就职讲演大厅的是他的母亲。8个月后，与其厮守一生的母亲故世，巴尔特顿失精神依持。在一次伤不致死的车祸后，1980年，时当盛年的巴尔特，竟"自愿"随母而去，留下了有关其死前真实心迹和其未了（小说）写作遗愿之谜。去世前两个月，他刚完成其最后一部讲演稿文本《小说的准备》，这也是他交付法兰西学院及留给世人的最后一部作品。而他的第一本书《写作的零度》，则是他结束6年疗养院读书生活后，对饱受第二次世界大战屈辱的法国文坛所做的第一次"个人文学立场宣言"。这份文学宣言书是直接针对他所景仰的萨特同时期发表的另一份文学宣言书《什么是文学?》的。结果，30年间，没有进入过作为法国智慧资历象征的"高等师范学院"的巴尔特，却逐渐在文学学术思想界取代了萨特的影响力，后者不仅曾为"高师"哲学系高材生，并且日后成为法国第二次世界大战后首屈一指的哲学家。如今，萨特的社会知名度仍然远远大于巴尔特，而后者的学术思想遗产的理论价值则明显超过了前者。不过应当说，两人各为20世纪文学思想留下了一份巨大的精神遗产。

如果说列夫·托尔斯泰是19世纪"文学思想"的一面镜子,我们不妨说罗兰·巴尔特是20世纪"文学思想"的一面镜子(请参阅附论《罗兰·巴尔特:当代西方文学思想的一面镜子》)。欧洲两个世纪以来的社会文化内容和形成条件变迁甚巨,"文学思想"的意涵也各有不同。文学之"思想"不再专指作品的内容(其价值和意义须参照时代文化和社会整体的演变来确定),而需特别指"文学性话语"之"构成机制"(形式结构)。对于20世纪特别是战后的环境而言,"文学实践"的重心或主体已大幅度地转移到批评和理论方面,"文学思想"从而进一步相关于文学实践和文学思想的环境、条件和目的等方面。后者遂与文学的"形式"(能指)研究靠近,而与作为文学实践"材料"(素材)的"内容"(所指)研究疏远。而在当代西方一切文学批评和文学理论领域,处于文学科学派和文学哲学派中间,并处于理论探索和作品分析中间的罗兰·巴尔特文学符号学,遂具有最能代表当代"文学思想"的资格。巴尔特的文学结构主义的影响和意义,也就因此既不限于战后的法国,也不限于文学理论界,而可扩展至以广义"文学"为标志的一般西方思想界了。

中国人民大学出版社编选的这套"罗兰·巴尔特文集",目前包括10卷12部作品,它们在一定程度上反映了罗兰·巴尔特文学思想的基本面貌。由于版权问题,出版社目前尚不能将他的其他一些重要作品一一收入。① 关心巴尔特文学思想和理论的读者,当然

---

① 在"10卷12部作品"之后,由中国人民大学出版社出版的巴尔特作品有《萨德 傅立叶 罗犹拉》《明室》《中国行日记》《哀痛日记》《偶遇琐记 索莱尔斯》《显义与晦义》《符号帝国》,并有埃尔韦·阿尔加拉龙多著的《罗兰·巴尔特最后的日子》、菲利普·罗歇著的《罗兰·巴尔特传》等。——编者注

可以参照国内其他巴尔特译著，以扩大对作者思想学术的更全面了解。

现将文集目前所收卷目及中译者列示于下：

1. 写作的零度（1953）·新文学批评论文集（1972）·法兰西学院就职讲演（1977）：李幼蒸

2. 米什莱（1954）：张祖建

3. 文艺批评文集（1964）：张智庭（怀宇）

4. 埃菲尔铁塔（1964）：李幼蒸

5. 符号学原理（1964）：李幼蒸

6. 符号学历险（1985）：李幼蒸

7. 罗兰·巴尔特自述（1976）：张智庭

8. 如何共同生活（讲演集1）（2002）：张智庭

9. 中性（讲演集2）（2002）：张祖建

10. 小说的准备（讲演集3）：李幼蒸

讲演集是在法国巴尔特研究专家埃里克·马蒂（Eric Marty）主持下根据作者的手写稿和录音带，费时多年编辑而成的。这三部由讲演稿编成的著作与已经出版的5卷本全集中的内容和形式都有所不同，翻译的难度也相对大一些。由于法文符号学和文学批评用语抽象，不易安排法中术语的准确对译，各位译者的理解和处理也就不尽相同，所以这部文集的术语并不强求全部统一，生僻语词则附以原文和适当说明。本文集大致涉及罗兰·巴尔特著作内容中以下五个主要方面：文本理论、符号学理论、作品批评、文化批评、讲演集。关于各卷内容概要和背景介绍，请参见各卷译者序或译后记。

在组织翻译这套文集时，出版社和译者曾多方设法邀约适当人选共同参与译事，但最后能够投入文集翻译工作的目前仅为我们三人。张智庭先生（笔名怀宇）和张祖建先生都是法语专家。

张智庭先生为国内最早从事巴尔特研究和翻译的学者之一，且已有不少相关译作出版。早在1988年初的"京津地区符号学座谈会"上，张智庭先生对法国符号学的独到见解即已引起我的注意，其后他陆续出版了不少巴尔特译著。张祖建先生毕业于北京大学法语文学系，后在美国获语言学博士学位，长期在法国和美国任教至今，并有多种理论性译著出版。我本人在法语修养上本来是最无资格处理文学性较强的翻译工作的，最后决定勉为其难，也有主客观两方面原因。一方面，我固然希望有机会将自己的几篇巴尔特旧译纳入文集，但更为主要的动力则源自我本人多年来对作者理论和思想方式的偏爱。大约30年前，当我从一本包含20篇结构主义文章的选集中挑选了巴尔特的《历史的话语》这一篇译出以来，他的思想即成为我研究结构主义和符号学的主要"引线"之一。在比较熟悉哲学性理论话语之后，1977年下半年，我发现了将具体性和抽象性有机结合在一起的结构主义思维方式。而结构主义之中，又以巴尔特的文学符号学最具有普遍的启示性意义。这种认知当然也与我那时开始研习电影符号学的经验有关。我大约是于20世纪70年代末同时将巴尔特的文学符号学和克里斯丁·麦茨、艾柯等人的电影符号学纳入我的研究视野的。1984年回国后，在进行预定的哲学本业著译计划的同时，我竟在学术出版极其困难的条件下，迫不及待地自行编选翻译了那本国内（包括港、澳、台）最早出版的巴尔特文学理论文集，虽然我明知他的思想方式不仅不易为当时长期与世界思想脱节的国内文学理论界主流所了解，也并不易为海外主要熟悉英美文学批评的中国学人所了解。结果两年来在多家出版社连续碰壁，拖延再三之后，才于1988年由三联书店出版（这要感谢当时刚设立的"世界与中国"丛书计划，该丛书还把我当时无法在电影界出版的一部电影符号学译文集收入）。这次在将几篇旧译纳入本文集时，也趁便对原先比较粗糙的译文进行了改进和订正。我之所以决定承担巴尔特最后之作《小说的准备》的译事工作，一方面是"从感情上"了结我和作者的一段（一厢情愿的）"文字缘"，即有意承担下来他的第一部和最后一部书的译事，另一方面也想"参与体验"一段作者在母亲去世后心情极度灰暗的最后日子里所完成的最后一次"美学历程"。我自己虽然是"不可救药的"理性主义者，但文学趣味始终是兼及现实主义和唯美主义这两个方向的。

中国人民大学出版社在"列维-斯特劳斯文集"之后决定出版另一位法国结构主义思想家的文集，周蔚华总编、徐莉副总编、人文分社司马兰社长，表现了对新型人文理论的积极关注态度，令人欣慰。本文集策划编辑李颜女士在选题和编辑方面发挥了重要的判断和组织作用。责任编辑姜颖昳女士、翟江虹女士、李学伟先生等在审校稿件方面尽心负责，对于译文差误亦多所更正。对于出版社同仁这种热心支持学术出版的敬业精神，我和其他两位译者均表感佩。

最后，我在此对中国人民大学出版社再次约请我担任一部结构主义文集总序的撰写人一事表示谢意。这不仅是对我的学术工作的信任，也为我提供了再一次深入研习罗兰·巴尔特思想和理论的机会。巴尔特文学思想与我们的文学经验之间存在着多层次的距离。为了向读者多提供一些背景参考，我特撰写了"附论"一文载于书后，聊备有兴趣的读者参阅。评论不妥之处，尚期不吝教正。

李幼蒸（国际符号学学会副会长）
2007年3月于美国旧金山湾区

译者导读

罗兰·巴尔特离开我们 40 余年了。他生前为法国也为人类留下了宝贵而丰富的文化遗产。法国色伊（Seuil）出版社从 1993 年开始连续三年为其出版三卷本《全集》(Œuvres complètes)，2002 年在做出修订的基础上，又改为五卷本出版。后者合计 4 500 多页，若翻译成汉字，初步估算有 400 余万字，而我则有幸成为他 130 余万字著述的译者。对他的著述的翻译和在两种文字之间的穿梭与推敲，让我加深了对于巴尔特思想和其符号学主张的理解，并在此基础上大大帮助和强化了我对于巴尔特所处时代和文化背景的把握。所以，我要向巴尔特致敬，并为自己在译介巴尔特著述方面的付出感到慰藉。

这部《语言的轻声细语》是巴尔特去世之后由

其好友哲学家弗朗索瓦·瓦尔（François Wahl）选编并于1984年出版的，也是其"文艺批评文集"的第四部，亦即最后一部。据我所知，这部书是巴尔特生前正式发表过的文章汇编本最后被译成汉语的书籍（不可否认，巴尔特还有一些正式发表过的文字至今并未结集出版）。这部书，内容丰富，虽然被细分为七个部分，但大体上都不离开"文本"这个中心，其在相关方面的思考大部分也是围绕着这一概念展开的。我拟依据自己的理解对于这一方面做些概要介绍，以助力读者更好地阅读本书。

我们还是从这本书中的一篇文章说起。这篇文章是巴尔特1975年写的一篇序言《语言的涓流》。该文一上来就说："言语是不可逆的……已经说出的，是不能改口的，除非是扩增……我称之为'说话拖泥带水'。说话拖泥带水……它既不真正地处在语言之中，也不脱离语言：它是一种言语活动的声音。"就是这么一小段"开场白"，便把巴尔特终生竭尽全力阐释的索绪尔结构语言学理论中关于"言语活动"（langage）、"语言"（langue）和"言语"（parole）三者之间的关系一并清晰地说了出来。按照索绪尔的理论，语言是一套形式、一套规则，而言语则是个人或一个团体对于这一套规则的使用。说"言语是不可逆的""拖泥带水"，显然是指个人说话的线性特征，指的是在说话的过程中会带进各种观念，我国有学者现在将"言语"翻译成"言说"。说言语"既不真正地处在语言之中，也不脱离语言"，显然是指言语不能脱离作为规则的语言，现在有学者将语言翻译成"语言规则"。那么，将两者合在一起，即依据一定的规则在说话、在写作，就是言语活动，它是直接呈现的事实，现有学者将其翻译成"语言系统"。通常，人们在说话或写作时，都不会注意到可做这三个方面的考虑，但正是这种划分导致了语言学理论的重大变革。我在翻译这部书之初，也曾考虑过是否采用后来的译名，但最终还是保留了高名凯先生翻译的索绪尔《普通语言学教程》中的术语译名，因为这些译名已经出现在不少语言学教科书中，而且我此前翻译过的巴尔特的书籍均采用了这些译名。虽然采用新的译名有其更为明确之处，但在某些话语场合即语境之中又不是很适宜，包括在这一本书中也是如此。那么，"语言的涓流"是什么意思呢？巴尔特在此以机器的运转状态为例，指出机器运转不佳就是说话中的"拖泥带水"，而"机器的良好运转状态表现在一种音乐存在状态中则是涓流声声"。说得直白一些，就是当说出的话完全符合各种语言规则的时候，那就如同声声涓流。但是，按照作者的阐释，说话"拖泥带水"是一种常态，而"涓流声声"只能是一种乌托邦式追求，是一种难以达到的境界，对此，文中做了理据充分的说明。但这一文章名似乎是在暗示我们，书中各篇无不是在为追求语言的"涓流声声"而做出种种努力。不过，这并不意味着"语言"这一名词在书中都是指"语言规则"这个概念，它有时也返回到其在日常生活中的意义，即"日常说话"。在这个时候，它就是指"自然语言"，例如汉语、法语等，我在译文中对这两种情况都有所注释。

这本书所选文章时间跨度很大，最早是1964年发表的，最晚是1979年发表的。在这15年光景中，巴尔特吸纳了多位结构论学者的研究成果和接受了多种文本理论的影响。他系统地阅读过美籍俄裔语言学家雅各布森（Roman Jakobson, 1896—1982）的书籍，接受了后者六种语言功能之说和"诗学功能"就在于强调讯息自身的论点；他赞赏法国语言学家本维尼斯特（Émile Benveniste, 1902—1976）对于"主体性"和"陈述活动"的论述；他在《外国女人》一文中也介绍了茱莉亚·克里斯蒂娃（Julia Kristeva）带给法国符号学研究的新气象，并在此基础上建立起自己关于"文本理论"的符号学思考；等等。因此，要介绍巴尔特关于"文本"的理论，必然会与其他学者的思想或理论有所联系和比较。

我在见到本书中的《从作品到文本》（De l'œuvre au texte，1971）一文之前，一直秉承的是巴黎符号学派即格雷马斯（A. J. Greimas，1917—1992）的观点，认为"文本指一种被看作先于对其分析的单体"①，也就是说，文本就是已经存在于分析者面前的一种客观对象。不仅如此，格雷马斯的"叙述符号学"（sémiotique）在进行话语分析时，包含着对于句法和语义的全面分析。由于这种看法在我头脑中由来已久，所以，在我看到巴尔特有关文本的观点时颇感意外和震动。

《从作品到文本》一文中对于"作品"与"文本"做了出人意料的界限清晰的划分。所谓"作品"，就是通常可以摆放在书架上的"书"，这似乎很好理解；而对于"文本"，他只承认"在一部非常久远的作品中，可以有'某种文本'，而很多当代文学的产品根本就不是文本"。他又说："文本只有在一种工作之中、一种生产活动之中才被感受到……它的构成性运动是横穿"，"文本依靠符号来探讨、来感受"，"文本的场域是能指的场域。……文本并非是多种意义的同时存在，而是多种意义的路过和穿越……实际上，<u>文本的多重性并不依赖于其内容的含混性，而是依赖于我们可以称之为它的被编织了的那些能指的立体平面式多重特征</u>（从词源学上讲，文本就是一种编织）"。说来也巧，根据我国学者屠友祥先生的考证，汉语中的"文"字，也是"编织"的意思，所以他把巴尔特的《文本带来的快乐》（Le Plaisir du texte）一书就翻译成了《文之悦》，

---

① Greimas A J, Courtés J. Sémiotique. dictionnaire raisonné de la théorie du langage. Paris：Hachette，1993：390.

这似乎可以大大有助于我们对于"文本"的理解。至于写出文本的作者，巴尔特认为"书写文本的'我'，从来也不过是一位纸上的'我'"。"有关文本的话语其自身只应该就是文本，就是对于文本的寻找和研究工作，因为文本是这样的社会空间，它不躲避任何言语活动，哪怕是外部的言语活动"。综合起来，巴尔特的"文本观"有以下几个层次：第一，"文本"并非是以"分析对象"出现的，它是方法学的承载事实。第二，"文本"是"在一种工作之中、一种生产活动之中才被感受到"的存在，也就是说它是一种动态的可感事实。第三，巴尔特坚持"文本的场域是能指的场域"，也就是说对于文本的研究，只需依靠能指在文本中的多重性而不涉及所指，只需依靠表达平面而不过问内容平面。第四，至于文本的作者，"从来也不过是一位纸上的'我'"。简言之，巴尔特回避了把文本整体地看作分析对象的问题，而是直接就把文本可提供的分析内容看作文本，并且这种文本概念不涉及语义和写作主体。也许，正是因为巴尔特的这种特殊的思考，我一遍又一遍地阅读他的这一文章和相关文章，努力地挖掘其深在的道理。

我认为，从符号学的研究角度来讲，巴尔特的论点不无一定道理，因为符号学本身就是对于构成文本的各种形式进行研究。结合该文章发表的年代（1971），我将其看作巴尔特对于文本符号学研究的新的思考阶段，或者将其看作他1973年写作重要文章《文本理论》[Texte (Théorie du)] 的前期准备。他在这后一篇文章中更为明确地指出，"文本是以内在性的方式得到研究的，因为禁止对于（社会学的、历史学的、心理学的）内容和决心的任何参照；不过，它也是以外在的方式得到研究的，因为就像不论什么实证科学那样……它服从于对于一位学者主体的有距离的监督……文本自身也是位于言语活动视角之中的一种言语活动片段"。他赞同茱莉亚·

克里斯蒂娃的相关定义:"我们把文本确定为一种跨语言机制,该机制在一种针对直接的信息的交流言语与各种先前的或共时的陈述语段之间建立关系的同时,重新分配语言的顺序。"① 搞符号学研究,寻求在某一个方面有所突破,是允许的也是常见的。我们只能在不同学派之间的比较基础上做一下评价。我认为,相对于当时已经存在的巴黎符号学派的观点,这个时期的巴尔特的论述只集中在了能指方面,没有涉及对于内容平面即语义逻辑的形式研究,这是明显的不同。这与他最初写作《符号学基础》时引述丹麦语言学家叶姆斯列夫(Louis Hjelmslev, 1899—1965)有关表达平面与内容平面之间表现关系时的观点有所脱离,但与他1968年写作的同样被收录在本书之中的《作者的死亡》一文是一脉相承的。

巴尔特在《作者的死亡》中认为,作者一进入写作就会"死亡",这是长时间以来搅动我们大家视线和让我们对于这种提法多少有所不解的地方,也促使我较早地将这一文章翻译成了汉语。②但是,我们在了解了巴尔特对于文本的上述基本主张之后,也许就可以知其大概。巴尔特在这篇文章的开始处就指出,"其实在的原因便是,书写是对于任何话音、任何起因的破坏。书写,就是使我们的主体在其中销声匿迹的中性体、混合体和斜肌,就是使任何身份——从书写的身体的身份开始——都会在其中消失的黑白透视片",随后便"只有言语活动在行动,在'出色地表现',而没有'自我'","言语活动认识'主语',而不认识'个人'"。他紧接着

---

① Barthes R. Théorie (du texte) // Œuvres complètes: IV. Paris: Seuil, 2002: 446-447.

② 巴特. 罗兰·巴特随笔选. 怀宇,译. 天津: 百花文艺出版社,1995: 300-307.

说："一件事一经讲述——不再是为了直接对真实发生作用,而是为了一些无对象的目的,也就是说,最终除了象征活动的练习本身,而不为任何功用——那么,这种脱离就会产生,话音就会失去其起因,作者就会步入他自己的死亡,书写也就开始了。"他举出马拉美、瓦雷里和普鲁斯特的写作例子,他说"马拉美的全部诗学理论都在于取消作者,而让位给书写",他说瓦雷里"不曾停止过怀疑和嘲笑作者,他强调语言学本性",说普鲁斯特"明显地以极端精巧的方式竭力打乱作家与其人物之间的关系:他不使叙述者变成曾经见过、曾经感觉过的人,也不使其变成正在书写的人,而是使之成为即将书写的人"。他还从"陈述活动"概念方面找到了依据,"陈述活动在整体上是一种空的过程,它在不需要对话者个人来充实的情况下就能出色地运转。从语言学上讲,作者从来就只不过是书写的人"。我认为,巴尔特的这一论述,比起也在本书见到的其1969年写作《关于一本教材的思考》一文时的观点,更进一步脱离了内容平面。他当时说,作者在其中只不过是一种经过,"一位作者为讲述一个故事或仅仅是为陈述一个文本可以将自己置身于其中的各种观点"。这就是说,作者从写作文本开始就已经转换成其他身份而融于文本之中了,但无可否认的是作者并没有因此而消失。那么,作者做了怎样的转换呢?后来的研究告诉我们,"作者可以是叙述者……实际上,通常出现的叙述者就是装扮过的作者,而各种人物则是被分散的作者"[①]。不过,身处这一阶段的巴尔特对此并无更多的阐述,他有关文本的理论似乎就到此停住了。让人不无遗憾的是,他虽然两次写过《我为什么喜欢本维尼斯特》(1966,1974),但他未能更为深入地在本维尼斯特"主体性"的三种"模

[①] Rey-Debove J. Lexique sémiotique. Paris:PUF,1979:16.

态"（想要、能够、应该）方面有任何发展。在这一点上，格雷马斯的理论就有了明显的优势：他与弗朗索瓦·拉斯捷（François Rastier）一起阐述的"符号学矩阵"很好地奠定了文本语义分析的逻辑框架，他建立的"行为者模式"的六位行为者（actant）与五个模态动词（想要、能够、应该、懂得、认为）的结合，就很好地说明了作为作者转换成分的各种出现状况（尽管也不是对于"作者"的直接分析），也使得陈述活动之"空"具备了一定程度的充实。我在想，如果有学者想尝试将符号学分析与传统的（历史的、社会的、生平的）文学批评进行某种结合的话，也许就是在这里可以找到突破点。概括说来，巴尔特的"作者的死亡"之说，有其一定的道理，但它不考虑语义（意指）变化和作者的各种转换呈现，又不能说不是一种欠缺。

那么，既然"作者"已经"死亡"，文本的"主体"又该是谁呢？巴尔特在《作者的死亡》一文结尾处告诉我们，"读者的诞生应以作者的死亡为代价来换取"。我认为，巴尔特有关"阅读"的论述堪称精彩。本书第一部分"从科学到文学"包含6篇文章，其中有两篇文章是只谈阅读本身的：一篇是《书写阅读》（1970），另一篇是《谈阅读》（1976）。在第一篇文章中，巴尔特首先指出，"几个世纪以来，我们过于对作者感兴趣，而根本不考虑读者"，而阅读"便是让我们的身体来工作"，"我们一边阅读，一边也就将某种姿态印记在文本上了，而且，正是为此，文本才是有生命力的"。在第二篇文章中，巴尔特指出，阅读的主体是读者，于是便出现了阅读对象与读者各个方面的"相关性"（pertinence）问题，随后，全篇文章便展开了对于这种"相关性"的论述，让我倍感新颖和颇获收益。我们在巴尔特的这种论述中，看到了来自接受美学和符号学两个方面的影响。

以上是这篇导读的主要内容，除此之外，我需要指出，巴尔特在本书不同文章中，一般使用自索绪尔延续而来的 sémiologie 一词来定名符号学，但也在下面几种情况下使用了 sémiotique 一词：他1970 年为克里斯蒂娃的《符号学：符义分析研究》一书的出版而写的《外国女人》的文章就使用了这个名称，因为克里斯蒂娃本人多使用 sémiotique 一词——不过，在巴尔特看来，克里斯蒂娃的"符义分析（sémanalyse）的意义"就是"半符号学、半精神分析学的意义"（见本书《米什莱在今天》一文），也就是说，是结构符号学与精神分析学相结合的产物；第二次见于他 1979 年为梅兹（Christian Metz，1915—1995）的电影符号学而写的《学与教》一文，也是因为梅兹自己多用这个术语；但他在 1971 年写的《作者、知识分子、教授》一文中，则是他为定名一种"新的符号学"也使用了 sémiotique 一词，这是很有意味的，他说"正是在反对乔姆斯基心理主义（或人类学主义）的过程中，一种新的符号学（sémiotique）在寻求建立"（当然，巴尔特在这之后的文章中，也还有过使用这一名称的例子）。我认为，这一方面是因为国际符号学学会（AIS 或 IAS）于 1969 年在巴黎成立而采用 sémiotique 名称之后，sémiologie 和 sémiotique 两个术语经历了一段短暂的等值互用时期。另一方面也正像对法国符号学颇有研究的美国学者汤姆斯·布罗登（Thomas Brodon）教授所指出的那样，此时的巴尔特采用 sémiotique 名称，也许是表明其向后来坚持使用 sémiotique 的格雷马斯靠拢（不可否认，格雷马斯也曾在早期个别地使用过 sémiologie 一词），原因是他们两个人曾经是多年的老朋友，但却从 20 世纪 60 年代以来在研究方法和使用哪一个名称方面互不相让，而后来格雷马斯也连续发表了几篇在思考方式上并不特别严谨的和属于审美方面的文章，并以《论不完善性》（*De l'imperfection*）为书名出版，算是表明两人在思想和研究方法的接近和纪念他们之间的友情。①

总之，本书的内容是丰富的，读后、译后均受益匪浅。但我在这里愿意转述一下法国符号学界对于巴尔特符号学思想和法国符号学整体情况的看法：巴尔特的著述对于深化文化层面的符号学认识是非常重要的，所以他仍然拥有众多读者，他的书依旧大量再版，但在当下的法国，"叙述符号学"（sémiotique）已是法国符号学研究的主流，而且是符号学理论众多新课题采用的名称，它有望在综合各方面研究成果的基础上发展成为自立的普通符号学。

感谢中国人民大学出版社的信任，也期待专家和读者的不吝指正与批评。

怀宇

于南开大学西南村宅内

2021 年 2 月 5 日

---

① 张智庭. 话语符号学：从韩蕾《论巴尔特》谈起. 符号与传媒，2020(2)：1-12.

编者按

罗兰·巴尔特（Roland Barthes）对于从1964年（即他发表《文艺批评文集》的那一年）以来所写文本的考虑（即他有过的兴奋不已的念头），始终在激励着我们：包括152篇文章、为一些汇编书籍写的55篇序言或荐文，还有11部书。所论之处，就像已经编入《新批评文艺文集》（*Nouveaux essais critiques*，1972）①、《作家索莱尔斯》（*Sollers écrivain*，1979）和《文艺批评文集》（III）（*Essais critiques III*）［即为摄影、电影、绘画和音乐而写

---

① Cf. *Le Degré zéro de l'écriture*, suivi de *Nouveaux Essais critiques*, Paris, Éd. du Seuil, coll. «Points», 1972.

的《显义与晦义》（*l'Obvie et l'Obtus*），1982］的那些文本一样，R.B.①的工作都是围绕着符号与书写而进行的。

我们可以指出，他的书写属于三个方面。对于结构符号学（sémiologie）的研究，后来引导过几代人：在此，陈述活动便是从事科学研究的主体的陈述活动；这些文本的陈述语段②中所拥有的某些风格特征，明显地使它们区别于"文艺批评随笔"；它们在其研究和进展之中创造了历史；它们以后将汇编在《符号学探险》（*l'Aventure sémiologique*）名下。另一方面，还有一些文字（随笔一词在两种意义上是少见的），它们不再属于随笔，而属于罗兰·巴尔特定名的"故事性"文字：作为作家的主体不是在其中过问一些文本，而是过问（根据罗兰·巴尔特为这类文字中的一种所选用的名称）日常生活中的《偶遇琐记》（*Incidents*）；其使用的符号就是欲望在其各种变动之中所激发的那些符号。正因为如此，对于这些文字，他后来选用了另一本简短的书籍形式③。

在这两种文本类型之间的是文艺批评随笔。而在眼下这最后的汇编集子之中，几乎每一篇都是论述言语活动和文学书写的，或者说得更好些，是论述归功于文本之快乐的。随着对于书页的翻阅，我们将会很容易地看到有关书写的概念和操作方法的移动，而这种

---

① R.B.是由索莱尔斯开始使用的对于罗兰·巴尔特带有亲昵感的称谓。——译注

② 陈述活动（énonciation）和陈述语段（énoncé）为符号学术语。前者指把语言的各种潜在性变成陈述语段或话语的过程，后者指陈述活动的结果。——译注

③ "另一本简短的书籍形式"，应该是《罗兰·巴尔特自述》（Roland Barthes, *Roland Barthes par Roland Barthes*, Paris, Seuil, 1975）。——译注

移动在大约 15 年当中发展成了文本（texte）这一术语，并且由于在使书写不离开身体的计划中获得了片段式书写方法和总是更被接受的一种陈述活动位置，所以，这种移动可能已经超出了文本：有一点是明确的，那便是，在 R. B. 看来，变化当时正朝着一种总是越来越接近自身（soi）的方向发展。

这些文本，仍然是尽力按照 R. B. 当初为首批文艺批评文集汇编所考虑的严格标准来选择的，按照写作时间先后来编排出版，但会因其对象不同，或因其提法有别，最终在整体上是紊乱的。因此，我们考虑了一系列的重组，这种重组让我们转向了一种研究工作的主题和变调①，即一种创造性，对此，我们看到，每当我们的研究工作越是接近 R. B. 本人的研究工作时，就越是关系到我们大家。

这样一来，我们便决定划分两个阶段，同时偶尔地给与其一种明确的结论，并且为了使这种结论是属于 R. B. 自己的，我们最后愿意引用这样的话作结："我把自己放在做某件事的人的位置上，而不再是放在谈论某件事的人的位置上。""也许，我是在不知道的情况下，我在'我个人的顶峰'上是科学家。"

F. W. ②

---

① 对于这些文艺批评散论的研究工作，虽然是"零散的"，但却必须是循序渐进的，并且在其每一分支之中我们都尽力保留时间上的顺序。在整个过程之中，这个汇编本的第三部分和第五部分无法这样做：第三部分显得更具边缘性，第五部分更具技术性，但（或在此也同样）是基本性的。

② 此处的署名，应该是罗兰·巴尔特的好友结构主义哲学家弗朗索瓦·瓦尔（François Wahl）的缩写。——译注

目　录

第一部分　从科学到文学

从科学到文学 …………………………………………… 3
书写，是不及物动词吗 ………………………………… 13
书写阅读 ………………………………………………… 26
谈阅读 …………………………………………………… 30

附录

关于一本教材的思考 …………………………………… 43
允许写法自由 …………………………………………… 52

第二部分　从作品到文本

作者的死亡 ……………………………………………… 57

从作品到文本	65
今日神话	76
东拉西扯	81
语言的涓流	93

附录

| 年轻的研究者们 | 98 |

第三部分　论言语活动与风格

文化的平和	109
言语活动的分化	116
言语活动之战	133
修辞学分析	139
风格与其意象	146

第四部分　从故事到真实

| 关于故事的话语 | 161 |
| 真实效果 | 178 |

附录

| 对于事件的书写 | 188 |

第五部分　符号爱好者

惊叹叫绝	199
非常好的礼物	202
我为什么喜欢本维尼斯特	205

外国女人 ………………………………………… 212
诗学家又回来了 ……………………………… 218
学与教 ………………………………………… 223

第六部分 阅读

阅读一
涂抹 …………………………………………… 231
布卢瓦 ………………………………………… 243

三次重新阅读
米什莱在今天 ………………………………… 248
米什莱的现代性 ……………………………… 263
布莱希特与话语：对于话语性研究的贡献 … 268

阅读二
F. B. …………………………………………… 281
巴洛克面孔 …………………………………… 293
突然出现在能指上的东西 …………………… 297
脱离文本 ……………………………………… 300
解读布里亚-萨瓦兰 …………………………… 315
关于研究的一项考虑 ………………………… 340
"长时间以来，我睡得很早" ………………… 347
为雷诺·加缪《诡计》作序 ………………… 364
在谈论所喜欢的东西时总是失败 …………… 370

第七部分 围绕着形象

作家、知识分子、教授 ……………………… 387

在研讨班上 …………………………………………… 414
定期诉讼 ……………………………………………… 427
走出电影院 …………………………………………… 429
形象 …………………………………………………… 435
沉思 …………………………………………………… 447

第一部分
从科学到文学

从科学到文学

"人无法在不思考他的话的情况下说出他的思想。"——博纳尔德（Bonald）

法国的高等学府都掌握有各种科学——社会科学和人文科学——的正式名单，这些科学成了一种公认的教学对象，并被用来限定这些科学所授证书的专业性：您可以成为美学博士、心理学博士、社会学博士，您却不能成为纹章学博士、语义学博士、受害者学博士。因此，体制直接确定着人类知识的本性，同时将其划分与分类方式强加给人们，完全就像是一种语言①，借助于"必需的栏目"（并非只是借助于其排除法）来迫使人们去思考某种方式。换句话说，确定科学（此后，我们将用该词来代替

---

① 此处的语言（langue），根据瑞士语言学家索绪尔的理论，是指言语活动（langage）中的各种"形式"，即规则。——译注

全部的社会和人文科学）的东西，不是其内容（内容通常被限定得不好，且不稳定），不是其方法（方法会随着一种科学到另一种科学而变化：请问在历史科学与实验心理学之间有什么共同之处吗?），不是其伦理道德（严肃和认真都不是科学的特性），也不是其传播方式（科学在书籍中得到说明，一如其他科学那样），而仅仅是其<u>地位</u>（statut），即其在社会上的确定：科学对象，便是社会认为值得推广的任何材料。一句话，科学便是被讲授的东西。

文学，具有科学的全部二级特征，也就是说，它具备对其无法确定的所有属性。甚至，它的内容也具有科学的属性。可以肯定，并非只有一种科学材料曾经在某一时刻为万能的文学所涉及：作品的世界是一个整体的世界，在这个世界中，任何（社会学的、心理学的、历史学的）知识均占据位置，以至于在我们看来，文学具备着古希腊人享有的一种宇宙统一性，而今天我们所有科学的分块状态却拒绝我们。此外，像科学一样，文学也是有条不紊的：文学有其程序，这些程序根据学派不同、时代不同（一如科学的各种程序那样），变化着其精力投入规则，有时甚至也变化其尝试性意图。像科学一样，文学有其伦理道德，有从其存在形象中提取其作为的规则和最后使其事业服从于某种绝对精神的一种方式。

最后一点特征将科学与文学结合了起来，然而，这种特征也是比其他任何区别更为确定地将两者分离的特征：两者都是话语（这正是古代<u>逻各斯</u>观念所表达的东西），但是对于构成两者的言语活动，科学与文学都不自愿地接受它，或者我们更可以说并不以相同的方式彰显这种言语活动。对于科学来说，言语活动只不过是一种工具，人们在尽力使其透明、中性，使其服从于科学内容（操作、假设、结果），我们可以说，这种内容存在于言语活动之外和先于言语活动而存在：首先，一方面有着科学讯息①的各种内容，内容便是一切；其次，另一方面有着负责表达这些内容的词语形式，而形式无足轻重。如果说，从16世纪开始，经验主义、理性主义和（因改革而带来的）宗教信仰方面的明确性——科学精神（在该词严格意义上讲）——共同实现了发展，同时也伴随着言语活动自立性的退步，随后便被弃置于工具或"风格"之列的话，这都不是偶然的；而在中世纪，人类文化以七种艺术②的所有方式几乎平均地分享了有关言语③的秘密和有关自然的秘密。

相反，对于文学——至少对于摆脱了古典主义和人文主义的文学——来说，言语活动不可以再是相宜的工具或是对于一种社会的、激情的或诗意的"现实"的豪华装饰了，原因是现实先于言语活动，而且，言语活动借助于服从一些风格规则来承担对这种现实的表达：言语活动就是文学的存在本身，甚至就是文学的世界本身，原因是整个文学均被包含在了书写的行为之中，而不再是被包含在"思想""描绘""讲述""感觉"行为之中。从技巧角度来看，根据罗曼·雅各布森（Roman Jakobson）的定义，"诗性"（也就是文学性④）定名

---

① 讯息（message）：传播学与符号学术语，指按照一定的编码传送的带有一定信息（information）即内容的信号。——译注

② 七种艺术（Septenium）：这七种艺术是以古希腊哲学家柏拉图所建的雅典学院为题、以古代七种自由艺术即语法、修辞、逻辑、数学、几何、音乐、天文为基础定名的。——译注

③ 言语（parole）：语言学和符号学术语，按照索绪尔的理论，言语活动由两部分组成，一部分是语言即规则，另一部分是个人对于语言的具体使用即我们说出的话。——译注

④ 这里使用的是"littéraire"一词，后来人们则按照法语的构词方式，改用了"littérarité"。——译注

的，是把自己的形式作为对象而非把自己的内容作为对象的讯息类型。从伦理学角度来讲，正是借助于言语活动的贯穿，文学才可以继续撼动我们文化中的那些基本概念，而处在第一位的便是"真实"概念。从政治方面来讲，正是在讲授和说明没有任何言语活动是单纯的同时，亦即在实践我们可以称之为"整体性言语活动"的情况下，文学才是革命性的。今天，文学被认为是唯一对言语活动负有完全责任的；其原因是，虽然科学确实需要言语活动，但它并不像文学那样寓于言语活动之中。科学在讲授，也就是说它在陈述、在解释；文学比起其被人传递来讲（人们所讲授的，仅仅是其历史），更在于其被完成；科学在被人说出，文学在被人写出；一种是被声音引导，一种是被手引导；在科学与文学的背后，并非是同一身体，因此也不是同一欲望。

　　科学与文学之间的对立，基本上在于取用（在这里是被遮掩的，在别处就是被主动承担的）言语活动的某种方式，而这种对立对于结构主义来说尤其是重要的。当然，"结构主义"这个词通常是从外部强加进来的，它当前覆盖了一些非常多样的、有时是不同的甚至是敌对的事业，没有一项事业可以赋予自己以它的名义来说话的权利。书写这些文字的作者没有这样的打算；他只是从现时的"结构主义"一词中，保留了其特定因此也是最恰当的表述，该表述让我们在这个名称之下理解的，是对于文化作品的某种分析方式，而这种方式又得益于当前语言学的一些方法。这足可以说明，结构主义本身产生于一种语言学模式，它在文学及言语活动的作品中，找到了在亲和力方面更为恰当的对象：该对象与它本身相一致。根据结构主义相对于其对象被理解为与一种科学保持距离，或者相反根据它接受损害和失去由其在言语活动无限性之中所承载的分析（文学在今天又是这种言语活动的必经之路），一句话，根据结构主义是想成为科学或是想成为书写，这种巧合并不排除某种困惑，甚至某种分裂。

　　作为科学，我们可以说，结构主义甚至出现在文学作品的各个层次。首先，它出现在内容层上，或者更为准确地讲，出现在内容之形式①层上，因为这一层次在尽力建立被讲述故事的"语言"、这些故事的分节式链接、它们的所有单位、将这些单位链接在一起的逻辑性，一句话，这一层次在尽力建立每一种文学作品参与其中的普通神话学。其次，是在话语的形式层上。结构主义，从它的方法出发，特别关注分类、排序和布局；它的基本对象，就是分类学，或者说是分配模式，这种模式最终是由任何的人类作品、建制或书籍建立的，因为没有分类就没有文化；然而，话语即大于句子的全部单词，有其各种组织形式，因为它也是一种分类且是一种有意蕴的分类；在这一点上，文学的结构主义有一种可贵的先祖，这种先祖的历史作用在总体上因意识形态原因而被贬低或不被信任，那便是修辞学，它是整体的文化为分析和分类言语的各种形式以及使言语活动的世界变得可以理解所做的突出努力。最后，是在单词层上。句子不只是具有一种字面的或外延的意义，它还充满着外加的意指："文学性"一词，既是文化参照、修辞模式，又是陈述活动的自愿含混性和简单的外延单位，它深邃得像是一个空间，而这个

---

①　内容之形式（forme des contenus）：语言学和符号学术语。这里涉及的是丹麦语言学家叶姆斯列夫提出的理论。他把索绪尔提出的符号的"能指"与"所指"的区分，表述为"表达"与"内容"，并且让它们分别与"形式"和"实质"建立了联系。这里，"形式"指起承载作用的内在结构，"实质"指借用内在形式而得到显示的声音、字体、意义，从而得出"表达之形式""表达之实质"与"内容之形式""内容之实质"四项。叶姆斯列夫认为，它们之间存在着一种类比关系：表达之实质表现表达之形式，内容之实质表现内容之形式，而在表达之形式与内容之形式之间，则是前者表现后者。——译注

空间就是结构分析的领域本身，该领域的计划比旧时的文体学计划更为宽阔，因为旧时文体学是建立在对于"表现性"的一种错误观念之上的。因此，在内容层、话语层、单词层以至在其所有层次上，文学作品都为结构主义提供了一种结构的形象，该结构与言语活动的结构完全对应相等（当前的研究正在证实这一点）。结构主义由于起源于语言学，所以，它在文学中找到了同样起源于言语活动的一种对象。由此，我们理解，结构主义可以一心创建一种关于文学的科学，或者更为准确地说，创立一种关于话语的语言学，而这种语言学的对象便是在多个层次上被把握的有关文学形式的"语言规则"：这种计划可以说是新的，因为到目前为止，文学只是通过一种边缘的方式，即通过作品的历史、作者的历史或流派的历史、文本的历史（语文学）进行过所谓的"科学"研究。

这项计划尽管是新的，但它却不是令人满意的——或者至少还不是足够的。它丝毫不损害人们在最初谈论过的二难推理，而这种二难推理是寓意性地为科学与文学间的对立所暗示，因为文学在书写名下确保着其自己的言语活动，而科学在佯称言语活动纯粹是一种工具的同时也在躲避自己的言语活动。一句话，结构主义如果不能使对于科学言语活动的颠覆本身置于其事业的中心地位也就是说实现自我书写的话，就将永远只是一种多余的"科学"（每一个世纪都有这样的几种科学出现，其中有些只是匆匆而过）：为什么不可对让其了解言语活动的那种言语活动本身进行质疑呢？结构主义的逻辑只能是不再使文学重回分析对象，而使之像是书写活动，是消除源自逻辑学的区别，因为这种逻辑使作品成了对象言语活动，而使科学成了一种元语言①，并因此威胁到借助于科学而与一种奴

---

① 元语言（méta-langage）：语言学和符号学术语，指的是可以解释另外一种言语活动的言语活动，比如各种理论。——译注

隶式言语活动的特性紧密联系在一起的那种幻觉优势。

于是，结构主义者便需要把自己转换为"作家"，这一点绝非是为了宣扬和实践"漂亮的风格"，而是为了重新发现有关任何陈述活动的那些棘手问题。从此，陈述活动便不再被包括在所谓现实主义幻觉的有用云雾之中，因为那些幻觉使言语活动变成了思维的单纯中介。这种转换（应该承认，它还勉强是理论性的），要求一定数量的明确或认可。首先，主观性与客观性之间的各种关系，或者也可以说是主体在其工作中的位置，不再可以像是在实证主义科学的美好时期那样被考虑。作为学者属性的客观性与严格性，有人仍在使其成为我们大伤脑筋的问题，它们基本上都是可准备的并在工作时需要的一些品质，而在这种名义之下，就没有任何理由来怀疑这些品质或放弃这些品质。但是，这些品质不能被转移到话语上，除非是借助于某种技巧及一种纯粹是换喻的方法，因为这种方法可以将预防措施与其话语效果混为一体。任何陈述活动都要求有自己的主体，而不论这位主体是以表面上直接的方式即以"我"来说话，还是采用间接的方式即为自己定名为"他"，抑或是不采用任何方式即求助于无人称的手法。这里涉及的，纯粹是一些语法方面的圈套，这些圈套只是简单地改变主体在话语中赖以构成的方式，即是说，主体夸张地或怪异地赖以展示给其他主体的方式；因此，这些圈套便都指向了想象物的所有形式。在这些形式中，最为骗人的是那种专属形式，这恰恰是在科学话语中通常所实践的那种形式，而学者则因顾虑客观性排斥这种形式。不过，被排斥的东西，从来就只是（心理学的、激情的、生平的）"人格"，根本就不是主体；再就是，可以说，这位主体充满着他精彩地强加给他的人格上的全部排斥能力，为的是让客观性在话语层（不应忘记，这是最后的层次）上是一种如同其他一样的想象物。说真的，只有对于科学话语（即为人所理解为人文科学话语，因为对于其他科学的话语来说，形式化早已充分地获得了）进行一种完整的形式化，才有可能让科学避开想象物的危险——当然，除非这种科学同意在<u>了解底细的情况下</u>进行这种想象，而这种了解只能是在书写的情况下才可以做到：因为唯有书写才有机会消除与任何不被人了解的言语活动紧密联系的自欺（mauvaise foi）。

还是只有书写（而这正是对其定义的首次探讨）才可在言语活动的整体之中来实现言语活动。求助于科学话语，一如求助于思想的一种工具，便是设想存在着言语活动的一种中性状态，而根据这种状态，就像那些差异和装饰一样，派生出一定数量的特定语言，比如文学语言或诗歌语言。我们可以设想，这种中性状态就是所有"偏离中心的"言语活动的参照编码，而这些言语活动则是参照编码的亚编码；科学话语在与作为任何规范性质基础的参照性编码实现同一的同时，窃取着书写恰恰应该反对的一种权威性；实际上，"书写"概念包含着这样的想法，即言语活动是一种宽泛的系统，其中没有任何编码是优越的，或者说是核心的，而且其各个部分就位于一种"浮动的等级"关系之中。科学话语被认为是一种更高级别的编码；书写想成为一种整体的编码，包含着自己所有的破坏力量。结果便是，唯有书写可以破坏科学所强加的神学形象，唯有书写可以拒绝由不恰当的内容和推论的"真实"所广泛传播的父系恐怖，唯有书写可以为研究而打开言语活动的完整空间，包括了解其逻辑的颠覆、其编码的混合、其变化、其对话、其滑稽的模仿，唯有书写可以将学者的承诺（因为他"说明"他的科学）与洛特雷阿蒙[①]说

[①] 洛特雷阿蒙（Comte de Lautréamont，1846—1870）：法国诗人，著有《马尔多罗之歌》（*Chants de Maldoror*）。——译注

的作家的"谦虚"对立起来。

最后,从科学到文学,还有第三种空地,科学应该将其征服过来,那便是快乐空地。在一元论借助对于<u>错误</u>的观念所建立起来的整个文明之中,由于任何价值都是一种痛苦之结果,所以"错误"这个单词名声并不好;原因是该词显得轻浮、庸俗和不完全。柯勒律治①说过:"诗歌是一种与科技作品相对立的创作形式,它依赖的是作者的动机,关注的是即时性、主观快乐性,而不是真实。"这样的说法含混不清,其原因是,这种说法如果在某种程度上确保了诗歌(文学)的色情本质的话,那么便会继续为它指定一种专属的和像是被监督的区域,该区域有别于属于真理的主要领域。不过,"快乐"——我们今天更喜欢接受这一说法,它包含着比简单的"爱好"满足更为宽广、更具意蕴的经验。然而,言语活动带来的快乐从未得到认真的评价;古代修辞学在建立一种特定的话语类型时,曾经以自己的方式有过某些想法,那种特定的话语专心于演出和欣赏,是一种夸张的话语。但是,古典艺术包含着快乐,它曾使快乐公开地成为其克服"自然性"所有限制的艺术法则(拉辛说"首要的规则是取悦……");文学经验方面的巴洛克风格,虽然曾经只是为我们的社会——至少是法国社会——所允许,但唯有这种风格敢于一定程度地发掘人们可以称之为言语活动之<u>色情</u>的东西。科学话语距此远得很;其原因是,科学话语如果接受上面的观念,那么必须放弃社会机制用以包围着它的所有优势,并接受重回"文学生活"之中,波德莱尔在谈到埃德加·坡(Edgar Poe)时谈到了这种文学生活,说其是"某些下等人可以感到宽慰的唯一要素"。

---

① 柯勒律治(Samuel Tayler Coleridge, 1772—1834):英国诗人。——译注

意识和结构的变化，科学话语的目的之变化，这些便是今天也许应该要求的东西。不过，在这些情况下，人文科学，由于得到了构建和繁荣，似乎受到了一致的指责，说其为唯心主义和非人道的文学留下了越来越狭小的位置。但是，恰恰在此，文学的作用就是积极地为科学机制<u>再现</u>其所拒绝的东西，即言语活动的绝对性。而结构主义想必恰好被安排来用于激起这种引起轰动的事情；因为，由于结构主义多少意识到了人文作品的语言学本质，今天，只有它可以覆盖科学的语言学地位问题；由于结构主义的对象是言语活动——包括所有的言语活动，它便很快地被确定为我们文化的元语言。不过，这一阶段应该是已经过去了，因为对象言语活动和它们的元语言之间的对立，最终服从了一种无言语活动的科学的父系模式。结构话语的任务，就完全变成与其对象是相似一致的。这种任务，只能通过两种途径来实现，它们都是很彻底的：或者借助于一种完全的形式化活动，或者借助于一种整体性写作。在第二种假设情况下（这是我们至此一直在捍卫的情况），在文学因服从于传统体裁越来越大的变化已经是和一直就是科学的情况下，科学将变成文学；其原因是，人文科学在今天所发现的，不论属于社会学领域还是属于心理学、精神病学、语言学等领域，文学一直都对其有所了解；唯一的区别，就是文学不曾<u>说出</u>，但它<u>写过</u>。面对书写这种完整的真实，"人文科学"，由于是沿着资产阶级实证主义踪迹而后来构成的，表现得就像是我们的社会所提供的一些借口，为的是在其身上保持着对于从言语活动之中绝妙地和过分地分离出来的一种神学真实的那种虚构。

1967，《泰晤士报·文学增刊》(*Times Litterary Supplement*)
其法文文本属于首发

书写，是不及物动词吗

1. 文学与语言学

在过去数个世纪里，西方文化根本不像直到今天还在做的那样，是通过作品、作者和流派的实践来构想文学，而是通过一种真正的言语活动的理论来构想。这种理论有过一个名称即修辞学，这一理论曾从科尔基亚斯（Corgias）到文艺复兴（Reconnaissance）一直处于主导地位，也就是说差不多有两千年。修辞学从16世纪开始受到近代理性主义的威胁，而在这种理性主义于19世纪末转变成实证主义之后，修辞学完全遭到了毁灭。到那个时候，在文学与言语活动之间，可以说，已经没有了任何共同的思考领域。除了几位作家例如马拉美，文学已不觉得自己是言语活动，而语言学在文学上也只能辨认出一些非常有限、被封闭在一种二级语文学科之内、地位不确定的权利：文体学。

我们都知道，这种局面正在变化，并且，在我看来，这有点像是告诉人们，我们已经部分地达成了一致：文学与言语活动正重聚在一起。这种相互接近的原因很多、很复杂，我下面举几个最为明显的例子：一方面，从马拉美以来的某些作家已经对于书写进行了彻底的探讨，已经使他们的作品变成对于<u>整体性书籍</u>（Livre total）的研究了，如普鲁斯特和乔伊斯；另一方面，是语言学本身的发展，从此，语言学也把诗性或与讯息而非与指涉对象（référent）联系在一起的效果范畴放进了它的研究领域。而且，今天还存在着对于文学与语言学、创作者与批评者的一种新的——我要强调说——共同的思考角度，这些人的任务在此前是绝无联系的，现在已开始有了沟通，也许在相互混淆，至少是在作家的层面上，因为作家的所作所为越来越可以被定义为对于言语活动的一种批评。正是根据这种观点，我愿意为自己定位，同时借助于一些简短的、带有前瞻性观点的而非结论性的观察，指出书写的活动在今天如何可以通过某些语言学范畴来被陈述。

2. 言语活动

对于我上面说到的文学与语言学之间的这种新的偶合，我们可以临时地称之为（由于没有更好的称谓）<u>符号学批评</u>（sémio-critique），因为它包含着书写是一种符号系统这层意思。然而，符号学批评不能与文体学，甚至是革新后的文体学相混同，或者至少这种文体学还远不能穷尽符号学批评。这里涉及的，是具备全新幅度的一种观点，这种观点的对象不可通过一些简单的形式变化来构成，而是由誊写者与语言之间的所有关系本身来构成。这就包含着，我们如果处在这样的观点中，就不能对于言语活动是什么不关心，而是相反，人们却不停地返回到语言的人类学的那些"真实"方面——尽管那些真实是临时的。某些真实面对文学和言语活动的某种通常的观念，仍然具有挑衅力，为此，不应该忘记重提它们。

（1）当代语言学教给我们的内容之一，就是不存在陈旧的语言，或者至少不存在一种语言的简明性与长久性之间的关系：所有旧时的语言都可以与新近的语言一样完整而复杂；言语活动没有进步之历史。因此，当我们试图在近现代的书写中重新发现言语活动的某些范畴的时候，我们并不打算显示"精神现象"的某种陈旧性；我们不说，作家在重返言语活动的起因之处，而说言语活动对于作家来说就是起因。

（2）第二个原则，对于文学来讲尤其重要，那就是言语活动不能被看作思想的一种单纯的、有用的或装饰性的工具。人类，在谱系发生学上和本体论发生学上，并不先于言语活动而存在。我们从未达到人类与言语活动分离的状态，从未达到人类建立这样的状态来"表达"在其身上发生的东西：是言语活动在告诉关于人的定义，而不是相反。

（3）再有，从方法论上讲，语言学让我们习惯了一种新的客观性类型。我们至今在人文科学中所获得的客观性，是一种属于给出的客观性，那就要完整地接受。一方面，语言学暗示我们要区别分析层次，描述每一个层次的区别成分，一句话，就是建立有关事实的区别性，而不是建立事实本身；另一方面，语言学让我们承认，跟物理事实与生物事实相反，文化事实是双重的，它们都指向另外的某种东西；正像本维尼斯特所指出的那样，正是对于言语活动的"双重性"的发现，显示了索绪尔思考的全部价值。

（4）这些前提条件，都被包含在了可以验证任何符号学批评之研究的这一最后命题之中。在我们看来，文化越来越像是为一些相同的操作所主导的一种一般的象征符号系统：它具有一种象征领域的统一性，而文化在其所有方面都是一种语言。因此，今天，有可能预想构建有关文化的一种单一的科学。这种科学当然将依靠各种学科，但是，所有的学科都在各个描述层次上，与把文化当作一种语言来分析密切相连。显然，符号学批评只能讲是这种科学的一部分，它在任何相关情况下，会一直是有关文化的一种话语。在我们看来，人类象征领域的这种统一性，允许了我们根据一种设想来工作，我将其称为对应一致性假设：句子的结构，作为语言学的对象，被认为重新出现在作品的结构之中，因为话语不只是一种句子累计状况，我们可以说，它自身就是一种大的句子。正是根据这种工作假设，我想把语言的某些范畴与作家相对于他的书写而论的情况对立起来。我不隐瞒，这种对立并不具备论证力量，并且，其价值在现时仍然基本上是隐喻性的；但也许在我们所考虑的对象顺序之中，隐喻会超出我们的想象而具备一种方法学的存在价值和一种启发性的力量。

3. 时间性

我们都知道，语言有着一种特定的时间，它也区别于物理时间和本维尼斯特所说的"编年"时间，或者区别于日历推算的时间即日历时间。这种语言时间，根据语言的不同（我们不要忘记，例如某些像钦诺克语①那样的民族语，包含着多种过去时，其中就有一种是神话过去时），而接受一种切分和一些非常不同的表达方式，但是有一种东西是确定的，那就是语言时间总有陈述活动的现在时作为生发的中心。这就要求我们思考，与这种语言时间相对应的，是否也有话语的一种特定时间。在这一点上，本维尼斯特第一次为我们提供了一种说明：在许多语言中，特别是在印欧语系中，系统是双重的：（1）第一系统，或真正的话语系统，它与陈述活动的时间性是相适应的，这一系统的陈述活动明显是生发的时刻；（2）叙事的第二系统即故事的系统，与过去事件之间的关系相适应，其中无对话者的介入，因此不具备现在时和将来时，其特定时间是不定过去时（或与其相当的时态，比如我们的表述过去时②），这个时间恰恰是话语系统中唯一缺少的时间。这种非人称系统的存在，并不与我们刚才肯定的语言时间的基本上是逻各斯中心主义的本质相对立：第二个系统只是没有了第一系统的各种特征；第一系统与第二系统是有联系的，它们因标志/非标志的对立才分开。因此，它们具有相同的相关性。

　　两种系统之间的区别，根本不能覆盖我们传统上为客观话语与主观话语所做的区分，因为我们不可以将陈述发送者与指涉对象之间的关系和这同一位陈述发送者与陈述活动之间的关系混淆起来，而且，只有这后面的关系决定着话语的时间系统。在文学是为了顺从地和透明地表达所谓客观的时间（即编年时间），或是表达心理

---

　　① 钦诺克语（chinook）：北美太平洋沿岸地带18世纪印第安人使用的一种语言。——译注

　　② 表述过去时（prétérit）：原本是英语和德语中的过去时，现在指法语叙事中使用的简单过去时和未完成过去时。——译注

学的主观性，也就是说，只要它处于指涉对象的一种整体意识形态影响之下出现的时候，这些言语活动事实都曾经是难于感知的。不过今天，文学在话语的展开之中，发现了我在后面所说的根本的微妙之处。例如，在以不定过去时（aoristique）方式讲述的东西中，根本不会出现在过去时中，不会存在于"已经发生过的东西"之中，而仅仅出现在非人称的情况之中，这种非人称既不是故事，也不是科学，还不是所谓匿名的书写中的<u>人们</u>（on），因为在<u>人们</u>中占强势的是泛指性，而不是人称的不在场：<u>人们</u>已被表明，非人称代词（il）并不是<u>人们</u>。在话语经验的另一端，在我看来，现时的作家不再可能根据他的抒情计划来满足于表达自己的现在时了：他应该学会区分对话者的现在时（这种现在时仍然是建立在完全心理学的基础上的）于对话的现在时，后者的现在时就像对话一样是活动的，并且事件与书写的一种绝佳偶合性就建立在这种现在时上。因此，文学至少在其各种研究之中，是处在与语言学相同的道路上的，而当年在纪尧姆（Guillaume）看来，文学过问的是操作性的时间，即陈述活动本身的时间。

4. 人称

这一点把我们带到了一种二级的语法范畴，这种范畴对于语言学和文学都是重要的：那便是关于<u>人称</u>的范畴。按照语言学家的看法，首先要重申，人称（按照该词的语法学意义）似乎是非常普遍的，它甚至与言语活动的人类学紧密联系着。正像本维尼斯特所指出的那样，任何言语活动都在把人称组织成两种对立关系：一种是人物的关联性，这种关联性把人称（我或你）与非人称（它）对立起来，这种非人称是不在场的人的符号，是缺席符号；另一种关联性存在于前面这一重大的对立关系之内部，是一种主观性关联性，它使两个人称——我与非我（也就是你）——相对立。根据我们的习惯，按照本维尼斯特的建议，我们应该进行三种观察。首先是这样的观察：作为言语活动的基础性条件，各个人称的极性是非常特殊的，因为这种极性既不包含平等，也不包含对称：相对于你（tu），自身的我（ego）总是居于超越的位置，我（je）处于语句之内，而你处于语句之外；不过，我与你是可以调换的，我总可以变成你，反过来亦然；非人称（il）却不是这种情况，它永远不可以调换成人称，反过来亦然。其次——这是第二种观察，语言学上的我（je）可以也应该以一种无心理学方式获得确定：我只不过是"陈述话语的现在时位的人，而这一话语包含着语言学的时位我"（本维尼斯特）。最后指出，它（il）或非人称，从不反映话语的时位，而是处于话语时位之外。本维尼斯特的建议必须引起我们极大的重视，他说，不要把它（il）想象为一个或多或少减弱或远离的人称：它绝对是非人称，其标志就是特定地（即在语言学上）成为我和你的那个人是不存在的。

我们从对这种语言学上的说明中将获得一些启示，以便来分析文学的话语。首先，我们认为，人们从句子过渡到话语的时候，人称所采用的标志不论有多么不同和通常是多么诡秘，作品的人称都一如时间性那样，是服从于双重系统的，一是人称系统，二是非人称系统。让人不无想法的是，我们所熟悉的古典话语（在宽泛的意义上讲），是一种混合话语，这种话语经常以某种非常快的节奏（例如在同一个句子的内部），并借助于一种复杂的代词与描述性动词的游戏，来使有人称的陈述活动与非人称的陈述活动交替出现。人称与非人称的这种混合习惯，让人产生一种含混的意识，这种意识成功地保留住了它所陈述的东西的人称特性，不过，也定期地断绝了陈述发送者对于语句的参与。

其次，我们如果回到语言学上对于第一人称的定义的话（我是那位说出我在话语中第一时位的人），那么也许会更好地理解某些现时的作家为此做出的努力（我想到了索莱尔斯的《戏剧》一书），当他们尝试在叙事的层次上区分出心理学人称和书写作者的时候就是这种样子：与那些自传和传统小说的通常想象不同，陈述活动主体从来不可能与昨天行动的那个人是同一人，原因是话语中的我不再可以是提前被存放起来的一个人无心地自我重建的那个场所。对于话语时位的绝对求助，以便确定人称，我们又可以根据达姆雷特（Damourette）和皮雄（Pichon）的用名，将其称为"自私中心主义"（我们一起回想罗伯-格里耶的小说《迷宫》一书开头典型的话："我现在是独自一人在此。"），这种求助，尽管在实施起来仍然很不完美，但它已经显得像是应对一种话语在总体上是自欺的一种武器，而这种话语只是将文学的形式现在变成或是以后变成对于言语活动在后和在外形成的一种内在性的表达。

最后，我们来看一下语言学分析给出的明确结论：在沟通过程中，我的踪迹并不是一致的。情况是，每当我释放我这个符号时，我就参照我自身——因为我在说话，这个时候，就涉及一种总是新的行为，即便这种行为是重复的，但其"意义"却总是前所未有的。但是，这个我在到达目的地的时候，便被我的对话者接收为一个稳定的符号，该符号源于一种实在的编码，其内容又是重复的。换句话说，书写我这个人的我，与被你所阅读的我不是同一个人。言语活动的这种根本性的不对称，已被叶斯珀森（Jespersen）和雅各布森以变指成分[①]概念或讯息与编码的部分重叠概念所明确阐述，

[①] 变指成分（shifter）：由雅各布森从英语引入语言学，在法语语言学中，被翻译成"接合"与"脱离"两部分意义。实际上，就是指人称、时态和语态等的使用在叙述性方面所引起的变化。——译注

这种不对称性最终开始使文学感到不安，同时对其意味着，相互主观性或者最好说对话性，在意义的迷宫之中，不能通过一种关系到"会话"成果的虔诚心愿的简单效果来实现，而是通过一种深刻的、耐心的和通常是间接的侵入来实现的。

5. 语态

还要说一说最后一个有关语法的概念，在我们的理解中，这个概念可以阐明书写活动的中心点，因为这一概念涉及书写（écrire）这个动词本身。了解人们从什么时候已经开始以不及物动词的方式来使用书写这个动词是有意义的，原因是作家已经不再是书写某种东西的人了，而绝对地就是在书写的那个人：这一过渡，肯定地是一种重要的心理变化的标志。但是，这涉及不及物性吗？没有任何一位作家，不论他出现在什么时刻，不会不知道他总是在书写某种东西；我们甚至可以说，很难理解，在书写像是变成了不及物的时刻，而以书籍为名出现的其对象却获得了特殊的重要性。因此，至少不能首先在不及物性方面来寻找现代书写的定义。另一个语言学概念也许能为我们提供关键性理解：语态（diathèse），或者就像人们在语法中所说的"态"（主动态、被动态、中间态）。语态，指的是动词的主语被过程赋予情感的方式；很显然，是被动的；不过，语言学家告诉我们，至少在印欧语系中，语态中真正对立的，并不是主动态和被动态，而是主动态和中间态。根据梅耶（Meillet）和本维尼斯特提供的经典例证，动词牺牲（sacrifier）一词，如果是神父站在我的立场上和为我而牺牲祭品，则该词（习惯上）是一个主动态，而如果我从神父手中拿过刀子为了我个人的利益而亲自杀生，那么该词在某种程度上是中间态。在主动态的情况下，过程便在主语之外来完成，因为如果真的是神父进行杀生，他便不被赋予情感；相反，在中间态的情况下，主语在行动的同时便自己赋予了自己情感，他一直内在于过程之中，即便该过程包含着一种对象，致使中间态并不排除及物性。在做如此确定的情况下，中间态便完全对应于现代书写的状态：书写，在今天，便是把自己变成言语过程的中心，便是实施书写，同时为自己赋予情感，便是将动作与情感偶合在一起，便是将謄写者置于书写的内部——并非是以心理主体的名义（印欧语系的神父在主动地为他的信众杀生的时候，完全可以超越主观性），而是以动作施动者的名义来进行的。我们甚至可以把对于动词书写的语态分析得再深入一些。我们知道，在法语中，某些动词具有简单形式的主动意义［去（aller）、到达（arriver）、回家（rentrer）、出门（sortir）］，但是，它们在复合过去时里却采用了被动态的助动词（être）［*je suis allé*（我去了），*je suis arrivé*（我到了）］。为了解释这种纯粹是中间态的不一致状况，纪尧姆在一种断然的复合过去时（使用助动词 *avoir*）与一种整合性复合过去时（使用助动词 *être*）之间，正确地做了区分：前者为过程设定了一种中断，而这种中断是由于对话者的创意引起的［*je marche*（我走路），*je m'arrête de marche*（我停止走路），*j'ai marché*（我走过了）］；后者是那些指明一种寓意整体和我们不能将其分配给主体的单纯创意的动词所特有的［*je suis sorti*（我出去了），*il est mort*（他去世了），都不指向出去或死亡的一种断然的中断］。书写传统上是一个主动态动词，其过去时是断然的：我书写一本书，我完成一本书，我写完了书。但是，在我们的文学中，这个动词改变地位（或者是改变形式）：书写变成了一种中间态，就在书写变成了一种不可分离的语义整体的情况下，其过去时成了整合性的；以至于使这个新动词的真正过去时即直接过去时，根本就

不是 *j'ai écrit*（我写过）了，而是 *je suis écrit*（我被写了），就像人们说的 *je suis né*（我出生了）、*il est mort*（他死了）、*elle est éclose*（花开了）① 等那样，当然，在这些表达方式中，在不考虑动词 être 的情况下，是没有任何被动观念的，因为在不强迫事物的情况下，人们不能把 *je suis écrit*（我被写了）转换成为 *on m'a écrit*（有人写过我了）。

因此，在中间态的 *écrire* 中，誊写者与言语活动之间的距离在渐进地变小。我们甚至可以说，这就是对于主体性的那些书写（比如浪漫派书写），它们是主动态的，因为在这种书写上，施动者不是内在于而是外在于书写过程的：书写的人不是为自己书写，而是在被推导出的一种代理意义上，为一位外在的和先前的人书写（即便他们有着同一个姓名）。而在现代性的中间态书写中，主体直接就把自己建构成书写的同时代人，并借助于书写来进行和表达情感。这便是普鲁斯特式叙述者的典型情况，这种叙述者只在书写时才存在，而不去参照一种伪记忆。

6. 话语时位

我们已经理解，以上几点倾向于暗示我们，现代书写的中心问题恰恰与我们可以称之为语言学上的动词问题相偶合：就像时间性一样，人称和语态在界定主体的位置场域，同样，现代文学寻求通

---

① né 是 naître（诞生）的过去分词，mort 是 mourrir（死亡）的过去分词，éclose 是 éclore（孵化、开花）的过去分词，这几个动词都是不及物动词，它们的复合过去时都使用表示被动意义的助动词 être，suis 和 est 都是 être（是、存在）这个动词在不同人称后的变位形式。——译注

过各种经验来建立有关书写的实施者在书写本身中的新位置。这种研究的意义，或者是人们所愿意说的目的，是将现实之时位（或指涉对象的时位）亦即曾经主导和继续主导文学的借口，代之以话语的时位：作家的场域，就只是书写本身，而不像是纯粹的"形式"——一如为艺术而艺术的一种美学所构想的那样，而是从更为彻底的方式上讲，就像是书写人唯一的可能的空间。实际上，对于那些指责这种研究为自我主义、形式主义或科学主义的人，我们必须提醒他们注意这一点。在重回语言的基本范畴——比如人称、时态、语态——的情况下，我们将自己置于一种相互对话的问题中心来考虑，原因是，这些范畴恰恰是<u>我</u>与被剥夺了<u>我</u>之标志的东西的各种关系相结合的地方。在人称、时态和语态（命名非常恰当！）涉及这些著名的语言学存在体即<u>变指成分</u>的情况下，这些变指成分就迫使我们不再根据一种工具术语来思考语言和话语，而是——作为必然结果——当作对于言语的联系本身。例如代词，它大概是<u>变指成分</u>中最叫人头疼的，在结构上（我强调这一点）它属于言语。我想说的是，正是在此，正是根据这种不合常规的事情，我们今天应该在语言学上和在文学上努力工作：我们应该尽力深入了解将作家与<u>另一个</u>①结合在一起的"言语公约"，为的是使话语的每一时刻既是绝对新的，又是绝对被理解的。我们甚至可以带点冒失地

---

① 另一个（l'autre）：这里，巴尔特借用了拉康在"镜像阶段"中阐述的概念：拉康将镜子中与主体相像的镜像定名为"另一个"，而将主体身边的别人定名为"他者"（l'Autre）。"另一个"即主体的"自我"（le moi）（想象物），而"他者"则演变成"超我"（le sur-moi），即社会规约。显然，巴尔特是将作家的工作定位在作家本人与他自己的相像形象（想象物）之间的关系上了。——译注

赋予这种研究一种历史维度。我们知道，中世纪的七种艺术在其所建立的对于宇宙的著名分类之中，强加给初学者两大探索领域：一方面，是有关自然的秘密（四分法①）；另一方面，是有关言语的秘密［三分法（trivium）：语法、修辞、逻辑］。这种对立，从中世纪末到我们今天已经消失，因为言语活动只被看作为理性或心智服务的一种工具。不过，今天，有某种东西又从古代对立中返了回来：对于言语活动的探讨重新与对于宇宙的探讨一致了起来，这种探讨是由语言学、精神分析学和文学来进行的。因为我们可以说，文学本身不再是有关"人的心智"的科学，而是有关人的言语的科学。不管怎样，对于文学的研究，不再针对作为修辞学之对象的二级形式和二级修辞格了，而是针对语言的基本范畴：就像在我们西方文化中，语法学远远在修辞学之后才开始得到研究那样，文学是有才华的文学工作者们经过几个世纪的跋涉开拓，才为自己提出了有关言语活动的根本性问题，而无言语活动，文学则不会存在。

1966年，在约翰斯·霍普金斯（Johns Hopkins）研讨会上的发言，以英文"The Languages of Criticism and Sciences of Man：The Structuralist Controversy"《批评语言与关于人的科学：论结构》）为名发表（ⓒ The Johns Hopkins Press，London and Baltimore，1970，p. 134 - 145），无法文版本

---

① 四分法（quadrivium）：在古代，指对于四种学科的划分：数学、音乐、地理学、宇宙学。——译注

书写阅读

  在您阅读一本书的时候，您没有出现过并非是不感兴趣但却由于思绪多多、冲动频频、联想翩翩而不断地停下来吗？一句话，您没有出现过<u>在抬起头的时候还在阅读之中</u>吗？

  我所尝试写的，正是这种阅读：它既是对人不敬的——因为它隔断文本，又是醉心的——因为它还会返回，并从文本中汲取营养。为了书写这种阅读，为了使我的阅读变成一种新的阅读（即《S/Z》那些读者的阅读）的对象，显然，我就必须为所有"抬起头"的时刻进行系统化工作。换句话说，过问我自己的阅读，便是尝试把握所有阅读的<u>形式</u>（<u>形式</u>是科学之唯一场所），或者还需求助一种有关阅读的理论。

于是，我找到了一篇短的文本（这对于细致地做这件事是必要的），那就是巴尔扎克的《萨拉辛》(Sarrasine)，它是一个不大为人所知的中篇小说（然而，巴尔扎克不是恰好把自己确定为<u>不可读尽的人</u>，即除了表现出注释爱好之外人们从未阅读过其全部作品的人吗？)，而这个文本，我从未停止过阅读。通常，批评（这并非是一种指责）或微观地进行（同时耐心地阐明作品的哲学细节、语文细节、自传细节、心理细节），或望远镜式地进行（细心窥视围绕着作者的大历史空间）。我放弃了这两种工具：我既不谈巴尔扎克，也不谈他所处的时代，我既不研究其人物的心理学，也不考虑文本的主题性，还不顾及故事的社会学。我想到了能够分解一匹马的小跑动作的摄影机的主要功能，我在一定程度上曾试图用慢镜头拍下对于《萨拉辛》的阅读：我认为，其结果既不完全是一种分析（我并没有寻求把握这个古怪文本的<u>秘密</u>)，也不完全是一种形象（我并没有想把自己投射到我的阅读之中；或者，如果这种情况存在，那是根据一种无意识的场所来进行的，这种场所恰好就在"自我本身"）。那么，《S/Z》是一种什么情况呢？它只不过就是一个文本，就是当我们抬起头时我们在大脑之中所书写的文本。

这个文本，应该可以用一个词来称谓它，那就是<u>阅读性文本</u>(texte-lecture)，它不大被人理解，原因是几个世纪以来，我们过于对作者感兴趣，而根本不考虑读者。大多数批评理论都尽力解释为什么作者写了其作品，是在什么冲动、什么压力、什么条件和极限下来写的。这种优先考虑作品产生之地（人物或<u>故事</u>）的做法，这种对于作品的展开与分散（阅读）的审查，在决定着一种非常特殊的经济学（尽管已经是很古旧的）。作者被认为是其作品的永恒的主人，而我们其他人、其读者，则像是普通的权益使用者。这种经济学显然涉及一种权威性主题，人们会认为，作者对于读者有某些权利,他在迫使读者接受作品的某种<u>意义</u>,而这种意义自然是好的意义,即真实意义。由此产生了对于直接意义(对其错误、对其"反-意义")的一种伦理道德:人们在寻求建立<u>作者想要说</u>的东西,而根本不是<u>读者所理解</u>的东西。

尽管某些作者告诉我们,我们可以自由地以我们的兴趣来阅读他们的文本,并说他们并不关心我们的选择〔瓦雷里(Valéry)〕,但是,我们还是不大清楚,有关阅读的逻辑是何等地有别于书写的规则。这些规则是从修辞学承袭而来的,所以总是会与一种演绎模式及理性模式相联系。就像在三段论中那样,这就会迫使读者接受一种意义或一种结果。谋篇写作在引领;相反,阅读(当我们阅读时,我们就在我们身上书写这个文本)在分散、在扩散。或者至少在面对一个故事的时候(例如面对有关雕塑家萨拉辛的故事的时候),我们就会很清楚,有一种前行("悬念")强制力在我们身上不停地与文本的爆炸力即其偏离力量在斗争:理性逻辑(该逻辑使故事成为可理解的)与一种象征逻辑混同了起来。理性逻辑不是演绎性的,而是联想性的:它使实际的文本(也使其每一个句子)与<u>其他</u>观念、<u>其他</u>形象、<u>其他</u>意指联系了起来。有人说,"文本,唯有文本",但唯有的文本并不存在。其原因是,在这个中篇小说中,也就是在这部小说中,<u>立即</u>就像是我在读着一首诗,即一种补充意义,而任何词典、任何语法都无法阐明这种意义。在书写出我对于巴尔扎克的《萨拉辛》的阅读过程的同时,我很想描述其空间状况的,正是这种补充意义。

我并没有重新构建一位读者(您或者我),而是在重新构建阅读。我想要说的是,任何阅读都源于各种跨个体的形式:通过文本的字母(但这种字母又在哪里呢?)而产生的联想,不论怎么去做,从来都不是无秩序的;所有的联想总是在某些编码之中、某些语言之中、某些俗套名单之中被考虑的（被提取和被插入的）。我们所能想象到的最为主观性的阅读，只不过就是根据某些规则所进行的一种游戏。这些规则都是从哪里来的呢？当然不会是来自作者，因为作者只是以他的方式（例如在巴尔扎克的情况里，这种方式就是天才性的）来应用这些规则；作者对于这些规则是很清楚的，它们都来自对于叙事的上千年的逻辑，都来自在我们出生之前就已经构成的一种象征形式，一句话，都来自一种广阔的文化空间，而我们个人（作者、读者）在其中只不过是一种经过。因此，打开文本，建立对其阅读的系统，并不只是请求允许和说明我们能自由地解释这个文本；而尤其是和更为彻底的是引导承认这样的事实，那就是不存在对于阅读的客观或主观真实，而仅仅有一种游戏真实。再就是，游戏在此不能被理解为像是一种消遣，而要理解为一种研究工作——不过，一切辛劳也会因此而蒸发：阅读，便是让我们的身体来工作（我们从精神分析学出现以来就知道，我们的身体大大超出我们的记忆和意识），以回应文本、所有言语活动的符号要求，其原因是这些符号贯穿我们全身，是它们在构成例如句子的层级深度。

　　画家们为了练习"描绘"人体的各种姿态，现在使用（或过去经常使用）一些漂亮地结合起来的精巧小画面，根据其中一种画面的特点，我就很容易想象那种可理解的叙事（即我们可以阅读而无须说其是"可理解的"叙事的那种叙事；有谁不懂巴尔扎克呢？）。我们一边阅读，一边也就将某种姿态印记在文本上了，而且，正是为此，文本才是有生命力的；但是，这种姿态，即我们的发明，它只因为在各个文本之间有一种调整好的关系——简言之——一种比例，才是可能的。我曾尽力分析过这种比例，描述过赋予古典文本其痕迹（tracé）和其自由的那种拓扑学安排。

1970，《费加罗文学增刊》（Le Figaro littéraire）

谈 阅 读

首先，我要感谢邀请我来到你们中间。有许多事物都联系着我们，就从我们每个人根据自己的角度提出的这个共同问题开始：什么是阅读？如何阅读？为什么要阅读？不过，有一样东西让我们有所区别，我将不会将其掩盖。很长时间以来，我没有再从事任何教学工作：小学、高中、今天的中专，对于我来说已经陌生；而我自己的教学实践（这种实践在我生命中非常重要），即在高等研究院的教学实践，就在进修教育之内也是非常边缘化的、非常不规范的。然而，由于这里说的是一次大会，我更希望的，就是每一个人都让大家听到他自己是怎样实践的。因此，我迫使自己去符合、去模仿并非是我自己的一种教学能力；我仍将进行一种特殊的阅读（就像任何阅读那样吗?），即对于我就是其主体、我认为就是其主体的一种阅读。

我面对阅读，身处一种极大的学说混乱之中：我不具备有关阅读的学说；于是，一种关于书写的学说则在其对面逐渐地有了显示。这种混乱，有时甚至发展成怀疑：我甚至不知道是否需要一种有关阅读的学说；我不知道从其构成上讲阅读是否是带有分散性实践、不可减缩作用的一种多元领域，并因此对于阅读的阅读即元阅读，本身就仅仅是对于想法、畏惧、欲望、享乐、压迫的一种闪念，而对于这些内容，都要根据情况来谈论，就像是对待构成这次大会的多方面研究领域那样。

我并不寻求减缩这种混乱（我也没有手段减缩），而仅仅是定位这种混乱，仅仅是理解阅读概念在我身上明显地就是其目的的这种超越。那么，从什么地方开始呢？那好吧，也许就从现代语言学起步的地方开始：那便是<u>相关性</u>（pertinence）概念。

1. 相关性

相关性，就是或者至少曾经是语言学上的一种观点，人们正是根据这种观点来选定关心、过问和分析像言语活动那样的不合规则的、杂乱无章的一种整体。正是索绪尔决定从意义上——而且只从这种观点出发——来看待言语活动的时候，他才不再毫无进展、不再盲目闯荡，而是从此奠基了一种全新的语言学。正是在决定只根据意义的相关性来考虑语音的情况下，特鲁别茨柯依（Troubetskoï）和雅各布森才得以形成和发展了音位学。正是在不顾其他许多可能的考虑的同时，接受在上百个民间故事中只去考虑一些复现的、总之是形式方面的情境和角色的情况下，普罗普（Propp）才创立了对于叙事的结构分析。

因此，如果由我们来决定一种相关性，而且就以此来过问阅读问题的话，那么，我们就又可能逐步地发展起一种语言学或一种符号学（sémiologie），或者简单地讲（为了不让我们背负债务）是发展一种有关阅读、有关诵读即诵读学（Anagnosologie）的分析，为什么不可以呢？

不幸的是，阅读尚未遇到它的普罗普或是它的索绪尔；这种被希冀的相关性，即学者的一种自我安慰形象，我们找不到——至少还没有找到：早先的那些相关性不适用于阅读，或者至少阅读已将其超越。

（1）在阅读领域，不存在对象相关性。阅读（lire）这个动词，表面上比说话（parler）这个动词更是及物的，它可以被无数宾语所充满和催化。比如，我阅读一些文本，解读一些图像、一些城市、一些面孔、一些举止、一些场面，等等。这些对象是如此之多，以至我无法将其统一放进任何一种实质的甚至是形式的范畴之中。我只是为其找到一种意愿的一致性：我所阅读的对象，仅仅是由于我的阅读欲望才得以建立的。这种对象，仅仅是需要阅读的一种传奇（legendum），它属于一种现象学，而非属于一种符号学。

（2）在阅读领域——而且更为严重的是，也没有层次的相关性，没有可能去描述阅读的层次，其原因是没有可能为这些层次制定一种名单。当然，有着一种文字阅读的起因，那便是首先要学习字母和一些写出的单词。但是，一方面，有一些不需要学习——至少不需要技巧学习但除非是文化学习——就可以进行的阅读（图像）。另一方面，这种已经获得的技巧（techné），我们都知道阅读的深度和分散性会停止在什么地方：会停止在获得一种意义的地方吗？是什么意义呢？是外延意义？还是内涵意义？它们都是些不实际的意义——我甚至说是伦理意义，其原因是，外延意义倾向于成为简单的、真实的意义，倾向于建立起一种法则（有多少人为了一种意义而死去呢？），而内涵意义则是可以让人（这便是其道德长处）提出多重意义的一种权利，并可以解放阅读。但是，直到什么时候呢？直到永远，没有结构方面的限制来结束阅读：我可以将可读性（lisible）的极限推至无限，并公开说一切到最后都是可读的（甚至可读性是非常强的），但是反过来，我也同样说，在任何文本的深处，不论所构想的可读性如何强，总有不可读的东西。要懂得阅读（savoir-lire）在其开始阶段，是有范围的，是得到验证的，但它很快就会变得无深度可探、无规则可循、没有程度可知和漫无终结。

对于寻找相关性的这种困难——由此奠基了对于阅读的一种连贯的分析，我们可以认为，由于我们缺少天赋，而要对这种困难负起责任。但是，我们也可以假设，非相关性（im-pertinence）在一定程度上讲是和阅读与生俱来的：有某种东西，不请自来地会打乱对于对象和阅读层次的分析，并会以此不仅使得对于阅读分析中的一种相关性的寻找归于失败，而且也许会使相关性概念本身无法成立（因为这同一种冒险似乎即将达到语言学和叙述学的程度）。对于这种东西，我认为可以作这样的称谓（甚至以一种庸俗的方式），那就是欲望（Désir）。正是因为任何阅读都渗透着欲望［或者渗透着厌倦（Dégoût）］，所以诵读学是难以建立的，也许是不可能建立的——不管怎样，这种诵读学有机会形成于我们所不期待的地方，或者至少并不准确地形成于我们所期待的地方。从传统上讲，即从近期的传统上讲，我们期待它属于结构方面的；我们大概可以说是有着局部上的道理的，那就是任何阅读都是在一种结构（尽管这种结构是多方面的、开放性的）之内部进行的，而不是在一种具有所谓自发性质的自称是自由的空间中进行的。不存在"自然的""野性的"阅读。阅读不能超越结构，阅读服从于结构，这是因为阅读需要结构，它遵从结构；但是，阅读又扭曲结构。阅读，便是身体的举动（当然，人们是以其身体来阅读的），这种举动以相同的动作确定和扭曲其秩序：它是一种内在的补充性扭曲。

2. 压抑

我并不真正地过问阅读欲望的各种变化，特别是我不能回答这样的叫人烦恼的问题：为什么今天的法国人不愿意阅读呢？为什么他们中 50% 的人不去阅读呢？可以在一时间引起我们注意的，便是在一种阅读之内部的欲望或非欲望的痕迹（tracé）。我们假设，想要-阅读（vouloir-lire）已经得到确定。而且，首先是<u>压抑</u>（refoulements）。我想到了两种压抑。

第一种压抑，取决于所有社会的或内部的无数次制约，它们会使得阅读变成一种<u>义务</u>（devoir）。在这种义务中，是阅读的行为本身在为一种法则所决定：阅读行为，或者更可以说，是<u>阅读过的</u>行为，亦即一种传授的几乎是习惯的痕迹。因此，我不谈论那些"工具性"阅读，它们对于获得一种知识、一种技术都是必需的，而且按照这些工具性阅读来讲，阅读的举动在学习的行为作用下就消失了。我来谈那些"自由式的"阅读，不过，这种阅读必须是完成的，<u>必须阅读过</u>［《克莱夫公主》（*La Princesse de Clèves*）、《反俄狄浦斯情结》（*l'Anti-Œdipe*）］。法则来自何处呢？来自那些各种各样的时位，其中每一种时位都是建立在价值和意识形态基础上的：对于先锋派的斗士们，它们应该都读过巴塔耶（Bataille）、阿尔托（Artaud）的著述。在很长时间里，当阅读非常狭窄地局限于精英们的时候，便有着属于学院式的阅读义务。我在设想，人类价值的堕落，已经结束了这种阅读义务，其原因是它们已经为特殊的义务所取代，而那些特殊的义务与主体在当今社会中为自己所辨认出的"角色"相联系。阅读法则不再源于一种文化永恒，而是源自一种古怪的或至少还是神秘的、位于历史与方式之交接地的时位。我想说的是，存在着一些族群法则即微观法则，必须从这些法则中解放出来。或者还有自由阅读，即不论付出何种代价，不阅读也还是自由的。有谁知道是否有某些东西会得到转换？有谁知道，不只是借助于阅读的效果，而且借助于阅读后的各种遗忘的效果也就是借助于人们可以称之为对于阅读的随随便便的态度是否（在工作中、在故事主体的故事中）会有某些重要的东西出现呢？或者还有在阅读中，各种机制不论付出何种代价，欲望都不可以脱离对自己冲动的否定特征。

　　第二种压抑，也许可以说是图书馆的压抑。当然，这里不是指责图书馆机构，也不是不去关心其必然的发展。这里涉及的，只是辨认在公共（或者只是集体的）图书馆的这种基本的和不可避免的特征中所显示的压抑痕迹，即它的虚假性。虚假性在其自身并不是一种压抑途径（大自然无任何特别解放性的东西）；虚假性之所以使阅读的欲望归于失败，有着两种原因。

　　（1）从地位上讲，不论图书馆有多大，在其总是（它被构想得如此之好）内在于和外在于需求的情况下，它都是无限的。从倾向上讲，您所希望的书籍从不存在，而推荐给您的则是另外一本书：图书馆是进行欲望替代的空间。面对阅读的欲望，图书馆在提醒欲望服从秩序：它总是又大又小，从根本上讲，它难于满足欲望。为了从图书馆方面获得快乐、满足和享受，主体应放弃扩散其想象；他想必已经实现了他的俄狄浦斯情结——不只是在四岁时建立俄狄浦斯情结，而应该在我生命中我有欲望的每一天都有这种情结。

（2）图书馆是一个人们参观的空间，而根本不是居住的空间。然而，在我们的当然是很完善的语言中，应该有两个不同的词语：一个词是指图书馆的书，另一个词是指书-自身（中间加连字符，是因为它是一个自立的组合体，它指的是一种特定对象）；一个指"借入的"书籍——最经常的是通过官方的或权威的一种媒介体来借阅，另一个指被查封的、努力得来的、颇具吸引力的、提前被拿出的书籍，它就好像已经是一种偶像；一个是指一种债务的对象书籍（必须还回），另一个是指一种欲望或一种直接需求（没有媒介）的对象书籍。家庭的（而非公共的）空间可以从书中获得对社会的、文化的和制度的任何功能的显示（不包括摆放在屋角的上面有废弃书籍的长沙发的情况）。确实，书-自身并不是一部分纯粹的欲望。它（通常）借助于一种媒介，而这种媒介毫无特殊专门的东西，它便是金钱。那就要购买这种书籍，而此后便不再购买别的书籍。但是，由于事物改变不了自己，所以，金钱本身也是一种压抑——它不像机构那样。购买可以是压抑性的，借入则肯定不是，因为按照傅立叶（Fourier）的乌托邦概念，书籍几乎毫无价值，但是，它们仍然还是要通过支付几个钱来获得的，它们要被一种开支来覆盖，而此后欲望便开始发挥作用，有某种东西便被解禁了。

3. 欲望

在阅读中，有属于欲望的东西吗？欲望不可自我命名，也不可（与需求相反）自我说出。不过，可以肯定的是，有一种阅读上的色情（在阅读中，欲望与其对象同在，那便是色情的定义）。也许，没有比《追忆似水年华》（*A la recherche du temps perdu*）中有关阅读的这种色情的寓言故事里的一个情节更为纯粹的了,因为在这个情节中,普鲁斯特让我们看到了一位把自己关在位于贡布雷(Combray)的小房间里埋头苦读的年轻叙述者(为的是不想看到祖母在有人跟她开玩笑说她的丈夫去喝干邑酒时表现出的苦脸):"我上到房子最上面的屋顶下靠近读书室的小房间里哭泣,小房间散发着蓝蝴蝶花的味道,也有着长在外面墙上石头缝之间、从半开着的窗户伸进来的野黑茶藨子树的一枝花发出的香气。这个房间有一种特定的和庸俗的用处,那就是从那里,在白天,可以看到鲁散威尔-勒-潘镇(Roussainville-le-Pin)的城堡钟楼,长时间以来这就是我的躲身之处,这大概是因为这个房间是唯一让我可以锁上门、不受侵扰地独自干自己的事的地方:读书、梦想、落泪和寻求快乐。"①

因此,欲望性阅读就像是具有两种基本特征。在闭门苦读、在使阅读成为绝对分离的、隐蔽的、在阅读时全世界都荡然无存的情况下,读者一边阅读,一边就被认为等同于两种人类主体——说真的,他们相距非常之近,他们的状态同时也获得了一种断然的分离——恋情主体与神秘主体。泰蕾丝·达维拉(Thérèse d'Avila)特别将阅读说成是对于精神祈祷的替代物;而恋情主体,我们都知道,他带有一种压缩现实的特征,他规避外部世界。这种情况很好地确认了,读者主体在想象语域的作用下完全地被偏移了。他的全部快乐安排就在于关心其与书籍(也就是生活与意象)之间的二元关系,同时将自己与书籍一对一地封闭起来,他与之粘连在一起,鼻子紧挨着书籍,我敢说,就像是小孩子缠住母亲和恋人凝视着被恋对象的面孔那样。散发着蓝蝴蝶花味道的小房间,那便是镜子的边框,而在镜子里,就产生着主体与意象即书籍之间的极乐融合。

---

① Paris, Gallimard, «Bibl. de la Pléiade», I, 12.

第二个特征，是由欲望性阅读构成的，这正是关于小房间的情节明显告诉人们的，那便是在阅读中，身体的所有激动都会在此时表现出来，它们混为一体、难分难舍，那便是诱惑力、空缺感、苦楚、快感。阅读使身体动情，但不会使其分解（不这样，阅读就不属于想象物）。不过，有某种更为神秘的东西在普鲁斯特所写的情节中让人去阅读、去解释：阅读，即阅读的快感，会与肛门期特征具有某种关系①；一种同样的换喻会把阅读、排泄物与——我们已经看到——金钱链接在一起。

现在，在不离开小房间的前提下，我们提出这个问题：有没有多种不同的阅读乐趣呢？有没有关于这些乐趣的一种可能的分类学呢？在我看来，无论如何都至少有三种阅读乐趣，或者更明确地说，有三种意象可以抓住阅读主体的途径。根据第一种方式，读者与所阅读的文本之间有一种崇拜者与偶像关系；他从某些单词、某些单词的安排上获得乐趣；在文本中，文字密集部分和文字离析部分界限明显，读者主体正是在它们的诱惑之下自我毁掉和自我消失的，这便是一种隐喻性阅读或诗性阅读。为了品味这种乐趣，需要一种长时间的语言文化吗？不可肯定地这么说，即便是幼儿，在其牙牙学语的时候就对词语的色情有所知，这是为冲动而提供的口头上的和有声的实践活动。根据与之对立的第二种方式，读者在某种程度上在读书的过程中提前为一种力量所吸引，这种力量总是或多或少隐蔽的，属于悬念范围。书籍在逐渐地消失，而且正是在这种

---

① 按照精神分析学的理论，儿童的性发育会经过哺乳期、肛门期和生殖器官期三个阶段。肛门期"是一种自动色情活动……它与主动性和被动性之间的对立相一致"（Alain Vanier, *Lexique de psychanalyse*, Paris, Armand Colin, 2003, p.82）。——译注

耐心的、兴奋的使用过程中，享乐出现了。当然，这里主要说的是属于任何陈述活动的换喻乐趣，还不要忘记知识本身或观念是可以被讲述的，可以服从于一种悬念活动。这是因为，这种乐趣明显地与展开的东西、与被掩盖的东西的展开过程密切联系着，我们可以设想它与关注最初的场景有关系。我想在<u>中间停下来</u>，可是我等待不了，这纯粹是享乐意象，因为这种意象不属于满足范畴。此外，相反，应该过问在阅读时的卡壳与厌倦：我们为什么无法继续阅读一本书？为什么布瓦尔（Bouvard）决定学习<u>历史哲学</u>，却又不能"卒读波舒哀（Bossuet）著名的《讲话》"①？是布瓦尔的错还是波舒哀的错？有没有<u>一些</u>通用的诱惑机制？有没有关于<u>叙述活动</u>的一种色情逻辑？对于叙事的结构分析应该在此提出有关快乐的问题。在我看来，这种分析今后似乎有其手段。最后，在阅读方面，还有第三种意外奇遇（我把读者获得快乐的方式称之为意外奇遇）。可以说，那便是书写的意外奇遇。阅读是书写欲望的引子（我们现在肯定，会有一种书写的享乐出现，尽管这种书写对于我们仍然是非常神秘的）。这根本不是说，我们就一定希望去写，<u>就像</u>我们喜欢阅读其作品的作者那样去写；我们所希望的，仅仅是一位抄写者所具有的书写欲望，或者进一步说，我们希望的是作者当其书写时对于读者所具有的欲望，我们希望这种<u>喜欢我</u>出现在其整个书写之中。下面便是作家罗歇·拉波特（Roger Laporte）非常明确地说过的话："一种不求助于另外的书写的阅读，在我看来无法理解……对于普鲁斯特、布朗肖、卡夫卡、阿尔托作品的阅读，并没有让我产生论述<u>这些</u>作者的书写的想法（我要补充说，也没有让我产生像<u>他们那样</u>的想法），而是让我有了<u>书写</u>的想法。"根据这种观点，阅

---

① Paris，Gallimard，《Bibl. de la Pléiade》，p. 819.

读真的就是一种生产——不再是生产一些设想、幻象、内在的意象，而是严格意义上的生产的<u>工作产品</u>：（作为被消费的）产品又返回来而成为生产过程、成为承诺、成为生产欲望，而欲望的链条则开始展开，以至每一次阅读都成为它无限生产下去的书写。这种生产带来的快乐，是专属于精英阶层、只是留给有潜能的作家们的吗？在我们的消费社会而非生产型社会里，在我们的阅读的、观看的和领会的社会而非书写的、关注的和听取的社会里，一切都是为阻止回答而准备的：书写爱好者都是分散的、隐蔽的、为成千上万的甚至是内在的限制所毁掉的。

这便是一个文明问题；但是，我一直深信，如果我们不能以相同的举措来解放书写的话，那就永远不可能解放阅读。

4. 主体

就在进行结构分析之前，我们已经多次讨论过，一位作者为讲述一个故事或仅仅是为陈述一个文本可以将自己置身于其中的各种观点。把一位读者与一种叙述理论结合在一起的方式，或者更为宽泛地讲，把一位读者与一种诗学结合在一起的方式，有可能就是把其看作自身就占据一种观点（或逐渐地占据多种观点）的人。换句话说，就是将读者看成一个人物，即让其成为虚构和（或）文本中的诸多人物中的一位（即便不一定是被高看的一位）。古希腊悲剧已经为此提供了证明：读者就是（即便隐蔽地是）身处舞台上的某个人物，只有他在为自己倾听对话伙伴中的每一位都听不懂的东西。他的听，是双重的（因此是潜在地多元的）。换句话说，读者的特定场所便是复变①，就是曾困扰过索绪尔的复变（作为大学者，只身而且完全地成了读者，难道他不觉得自己是疯子吗？）。一种"真正的"阅读，即自愿承担其断言的阅读，会是一种发疯似的阅读，这不是因为这种阅读会生发一些不大肯定的意义（一些反意义），不是因为它"解放"的东西，而是因为它在感知那些意义、那些观点、那些结构之多样性的同时，就像是身处那些不容矛盾性的法则之外的一个广泛空间（而"文本"就是对于这种空间的设定）。

对于一位完整的亦即在整体上是多方面的和复变的读者的这种想象，也许在这样的一点上是有用的，即它可以让人模糊地看出人们可以称之为读者的矛盾的东西。被一致接受的东西是，阅读便是解码，即解码一些字母、一些单词、一些意义、一些结构，而这是无可争议的。但是，在累加各种解码情况的时候——因为阅读当然是无限的，在去掉意义的卡壳而让阅读自由发展（这便是其结构的天赋）的情况下，读者便被置身于一种辩证的颠覆关系之中。最终，他不能解码，他超越编码（sur-code）；他不破释、不生产，他堆砌一些言语活动，他无限地和不懈地为这些言语活动所贯穿，他就是这种贯穿本身。

然而，这就是人类主体自身的情况，至少像精神分析学的认识论所尝试理解的那样，他不再像是唯心论哲学的思考主体，却更像是没有了一致性、迷失在对于其无意识和其意识形态的双重无知之

---

① 复变（paragramme）：该词本义指"改变字母顺序就可以变成新词"的情况，但索绪尔将其用来指"分散在一个文本中一个序列的发音、字母或音节的重复情况，而该文本又可以将它们完全或部分地重组在一起"（J. Rey-Debove, *Lexique sémiotique*, Paris, PUF, 1979, p.109）。关于复变，请读者继续阅读本书中巴尔特自己在其《关于故事的话语》文章中做过的注释。——译注

中的主体，并且他只依靠着一种言语活动的穿梭场面来支撑。我在这一点上想说的是，读者便是完整的主体，阅读的场域便是绝对的主观性场域（按照这个古老的词今后可能具有的唯物论的意义来说）。任何阅读都来自一位主体，而且这种阅读只借助于为数不多和细微的媒介比如学习文字、某些修辞规约才能与这位主体分开，而超出这些手段，主体很快就重回自己的、个体的结构之中，或成为有欲望的，或变为反常的，或表现出妄想狂的，或是浮想联翩的，或呈现出神经官能症的。当然，该主体也会重回其历史结构之中，因意识形态或编码习惯而被异化。

说这些就是为了指出，我们无法合理地希望有一种关于阅读的科学，即一种关于阅读的符号学，除非构想处在术语矛盾中的一种有关无穷无尽和无限移动的科学有一天能够成为可能。阅读恰恰就是这种能量，就是这种动作，而这种动作将在这个文本中、在这本书中把握住"不为所有的诗学范畴所穷尽的"[①] 东西本身。阅读，总的说来，便是经常性的出血过程（hémorragie），而借此，为结构分析所耐心地和有益地描述过的结构将会坍塌、将会解体、将会消失。在这一点上，它就像最终没有什么东西可以将其关闭的任何逻辑系统——它丝毫没有触及本应称之为主体和故事的运动。阅读，就是结构慌乱的地方。

1976，《今日法语》（*Français aujourd'hui*）

为 1975 年卢钦（Luchon）《书写研讨会》

（*Writing Conference*）而写

[①] Oswald Ducrot et Tzvetan Todorov, *Dictionnaire encyclopédique des sciences du langage*, Paris, Éd. du Seuil, coll. «Points», 1972, p. 107.

附录
关于一本教材的思考

我愿意简单甚至扼要地介绍一下阅读过或最近重读过的一本法国文学史教材给予我的几点即时启发。这本教材与我自己还是高中生时知道的那些教材非常相似，在对其重读或阅读的时候，我向自己提出过这样的问题：对于我们来说，文学是不是可以成为童年记忆之外的东西呢？我想说的是，是什么东西在继续、是什么东西在坚持、是什么东西于高中之后还在谈论文学呢？

如果我们坚持搞出一种客观总表的话，人们就会回答说，在成年后的日常生活中，在文学方面继续的东西便是，不多的交叉呈现的单词，电视上播放的游戏，百岁诞辰告示或作家辞世告示，一些袖珍本书籍的书名，我们在报纸上为了别的事情而读到的批评微词，以及找到对于文学的映射微词之外的别的东西。我认为，这种情况出于这样的事实，即我们法国人过去一直习惯于将文学看作文学史。文学史，基本上是学校教学的一种对象，它恰恰只存在于对其教学的活动之中；以至于在我看来，文学教学这样的标题，就是一种同义反复（tautologique）。文学，就是自我讲授的东西，这一点就是全部。它是一种教学对象。您会同意我这样的说法，即至少在法国，对于我国文学的历史，我们不曾产生过类似于黑格尔作品的任何重要的综合性著述。如果法国文学是一种童年记忆的话（我就是这样看待的），我就想去理解（那将是非常压缩和非常平庸的一份总表）这种记忆都是由哪些部分构成的。

首先，这种记忆是由某些对象构成的，那些对象一再重复、时常返回，我们几乎可以将其称之为元文学语言的语位①或文学史语言的语位；那些对象，当然就是作者、学校、运动、体裁和各个世纪。接着，那些对象，有一定数量——实际上数量很小——的特征或谓语前来自我固定和明显地组合。我们如果阅读文学史教材的话，就可能会毫无困难地根据这些特征来建立起聚合关系、对立关系名单，以及基础性结构，因为这些特征数量不多，而且在我看来，它们出色地借助于对立的连对服从于某种结构，还时不时地带着一种混合的术语，这是一种极为简单的结构。例如，其中有着涉

---

① 语位（monème）：法国语言学家马丁内（A. Martinet）提出和使用的一个术语，它对应于双重分节中第二分节层的语音链上的最小单位音位，属于第一分节层的语言链上的最小单位符号或语素，相当于单词或词组。——译注

及我们全部文学的考古聚合体①，那便是浪漫主义-古典主义（尽管法国浪漫主义在国际层面上显得相对贫瘠），有时在 19 世纪末勉强地复合为浪漫主义-古典主义-象征主义。您知道，结合规则的法则本身可以用很少的要素立即就能提供一种明显的激增情况：人们在将这些特征的某一些应用于我所说的某些对象身上的同时，便已经产生某些个体性或某些文学的个体。因此，在教材中，各个世纪本身最终总是以一种聚合关系的方式来被介绍的。说真的，一个世纪能够具有某种个体性的存在价值，已经是一种让人惊异的事情了，但是，借助于我们的童年记忆，我们恰恰习惯于使一些世纪变成各种个体。我们文学的四大辉煌世纪如下：16 世纪，那是生活丰富多彩的世纪；17 世纪，那是协调一致的世纪；18 世纪，那是动荡的世纪；而 19 世纪，则是思潮交错的世纪。

  还有其他的特征补充了进来，我们可以再次从聚合关系上将它们对立起来。我可以提供几对固定在文学对象上的对立即谓词，它们是，"充溢"对立于"内敛"，"神态高傲"和"自愿卑微"对立于"泛滥无羁"，"修辞平淡"对立于"敏感灵巧"；这样，便可覆盖为人共知的浪漫主义聚合体"冷"与"热"，或者还可覆盖"源泉"与"新颖性"之间的对立、"勤奋"与"灵感"之间的对立。简单说来，这就是对于我们文学史之神话的小小发掘的开始，而这种发掘就从制定这些神话聚合体开始。实际上，法国学校中的书籍一直非常喜爱这些聚合体，因为这便是一种记忆方法，或者相反因

---

  ① 聚合体（paradigme）：语言学和符号学术语，指的是在横向组合关系语链上可以占据同一位置的一类要素，也可以说是在同一语境中能够互相替代的全部要素。该术语被巴尔特常用来表示具有对立关系的一对相反词，也被译为"范式"。——译注

为借助于相反词而工作的心理结构具有一种良好的意识形态效益（需要进行一种意识形态分析来告诉我们）。这同一种对立，我们在孔戴与蒂雷纳①之间也遇到过，他们是两种法国人性格的伟大古代形象；如果您把他们两人一起放进一位作家的作品里（从雅各布森以来，我们知道，诗学行为在于把一个聚合体扩展成一个组合体），您就会生产一些作者，他们会同时将例如"形式艺术与极端的感性"协调起来，或者，他们能表现出"对于掩盖一种深刻苦恼的玩笑的爱好"［比如维永（Villon）］。我在此所说的，只不过是我们可以将其想象为我们文学的小小的语法的开端，这种语法可以产生某些俗套化的个体性类型：作者、运动、流派。

这种记忆的第二种组成部分：法国文学史是由需要开列成名单的一些审查构成的。我们都知道，而且大家已经说过，我们的文学还需要写出另一套文学史，那便是反文学史，即我们的文学史的反面，这种文学史恰恰就是这些审查的历史。这些审查，都是什么呢？首先是各个社会阶层；受这种文学影响的社会结构很少出现在文学史教材之中，为发现这种结构，早就必须借助于一些更为解放、更为进步的批评性书籍。当我们阅读这些教材时，对于阶级支配作用的参照有时也出现，但却是以审美对立面顺便出现的。实际上，教材所对立的，是一些阶级气氛，而不是真实现实：当贵族思想与资产阶级和百姓思想对立时，至少在过往的几个世纪里，那便是突出高雅对立于情绪愉快和现实主义。我们还看到，即便是在最近的一些教材中也出现了这种句子："狄德罗作为平民，他缺乏直感和细腻；他犯了情趣方面的错误，那些错误表明的是情感本身之

---

① 孔戴（Condé）即波旁王朝路易二世（Louis II de Bourbon，1621—1686），蒂雷纳（Vicomte de Turenne，1611—1675）是法国元帅。——译注

中的庸俗……"因此，阶级存在着，但却是以气氛和伦理为名存在着的。在知识工具层面上，这些教材不容置辩地缺乏对于我们文学在经济学和美学方面的介绍。第二种审查，明显是对于性欲的审查，但是，我不去说这一点，因为性欲属于整个社会对于性进行的更为总体的审查。第三种审查——我个人将其看作一种审查——是对于文学概念自身的审查，它作为概念却从未得到确定，因为说到底文学在这些历史中是一种自然而然的对象，人们从来不为了据此确定——哪怕是确定文学的存在——或者至少在确定文学的社会的、象征的或人类学的各种功能方面，去质疑这种对象。如此，实际上，当有可能弥补这种欠缺而不论如何是以个人名义来说话的时候，我愿意这么说，文学史似乎应该被构想成一种文学观念史，而这样的观念史现在似乎还不存在。最后，第四种审查，并非不重要，它像以往一样涉及言语活动。言语活动也许是比其他所有审查更为重要的一种审查对象。我把这种审查理解为一种明显的审查，即对于这些教科书在远离经典规范的语言状态方面进行的审查。这是人所共知的事情，在言语活动的高雅方面，有着数不尽的审查。特别是在 17 世纪，这种高雅被描述为某种经典的精神折磨：所有的法国人，都要通过他们的学校教育，具备与布瓦洛（Boileau）、莫里哀（Molière）或拉布吕耶尔（La Bruyère）相同的高雅观。这在当时是一种单向的过程，这种过程在一连几个世纪里都被重复着——这种情况，尽管可能只需一种真正的文学史就很容易显示出来，那便是在整个 17 世纪持续获得的对于高雅的巨大成就，因为即便是在 1663 年，苏泽公爵夫人（la comtesse de Suze）的一种情诗选集还曾以多种形式获得过 15 次的再版。因此，这里有一点需要明确指出，那便是审查。也还有 17 世纪法语方面即人们所说的法语手段的情况，当时，法语被拒之于我们的语言之外，其借口是那时的法语是由过时的新颖性、意大利语特征、不规范词语、巴洛克风格的胡创乱造混合而成的，人们从未提出过了解我们已经失去过什么的问题，而我们作为今天的法国人则痛苦地担心着法语的纯洁性。就像人们说的那样，我们不仅仅失去了一些表达方式，而且肯定地失去了一种心理结构，因为语言便是一种心理结构。我愿有所明确地再次指出，根据拉康的思想，一种像"这个人是我"(ce suis-je)① 这样的表达方式，就对应于一种属于精神分析类型的心理结构。因此，在一种更为真实的意义上讲，这就是在16世纪的语言中被视为可能的一种结构。在此，也许还有一种过程需要探讨。显然，这种过程必须从对于很应该称之为古典中心论的东西的指责开始谈起，在我看来，这种古典中心论现在仍然是我们整个文学的标志，特别是在有关语言的方面更是如此。我再说一遍，必须把这些语言问题包括在所有的文学问题之中，必须提出那些重大的问题：一种语言是从什么时候开始的？对于一种语言，开始意味着什么？一种文学体裁是从什么时候开始的？例如，当有人向我们谈论首部法国小说的时候，它意味着什么？实际上，我们看得很清楚，在有关语言的一种古典观念背后总有一种政治观念：语言的存在性，也就是说它的完善性甚至于它的名称，是与一种权力至极有着密切联系的：古典的拉丁语，那便是拉丁时期或古罗马时期的权力；古典法语，那便是君主时代的权力。正是因为如此，才必须说，在我们的教育中，人们在耕耘或在推动我称之为父系的语言而非母系的语言——何况，我顺便说一下，对于口头法语，人们都不

---

① 这种说法，是16世纪的法语表达方式，它是一种"表语＋系动词＋主语"的结构，但按照现代法语的语序规则，在陈述句中，作为主语的"我"(je)不能放在"系动词"后面。——译注

知道它是什么；我们都知道被写出的法语是什么，因为它有着习惯使用的语法，而口头法语，没有人知道它是什么；而且，为了知道口头法语是什么，那就必须从避开古典中心论来开始了解。

这种儿童记忆的第三种组成部分是，这种记忆是有中心的，我刚才说过，其中心便是古典主义。在我们看来，这种古典中心论似乎是无历时性可言的。不过，我们仍与其生活在一起。到现在也是如此，人们在索邦大学的路易-利亚尔（Louis-Liard）大厅进行博士论文答辩，那就必须列数这个大厅里有过的那些人物。他们都是神人，是他们主导过整体的法兰西知识，他们就是曾经受过黎塞留（Richelieu）保护的高乃依、莫里哀、帕斯卡尔、波舒哀、笛卡尔、拉辛——这在当时就是一种承诺。因此，这种古典中心论将会走得很远，因为它总是——而且就在这些教材的介绍中也是这样——把文学与国王视为同一。文学，便是君主制，而且人们不遗余力地围绕着某些国王的姓名来构建文学的教学形象：当然会有路易十四，但也还会有弗朗索瓦一世圣路易（François 1er，Saint Louis），以至于人们实际上是在展示国王与文学之间相互映衬的一种光滑无痕的图像。集中于我们文学史内这种结构之中的，还有一种全民认同：这些文学史教材不间断地突出我们称之为标准的法兰西价值观或标准的法兰西性格的东西。比如，人们常对我们说，茹安维尔[①]是标准的法国人，戴高乐将军曾经给出过这样的定义：属于法兰西的东西，便是那种"<u>规则的</u>、<u>规范的</u>、<u>全民的</u>"东西。显然，这便是我们文学的规范与价值区间。尽管我们文学的这种历史有一个中心，

[①] 茹安维尔（Joinville），这里该是弗朗索瓦-斐迪南-菲利普-路易-马里·奥尔良（François-Ferdinand-Philippe-Louis-Marie d'Orléans，1818—1900）亲王。——译注

但明显的是，这种历史就是依据这个中心来构建的。因此，在此后或此前进入这种整体之中的东西，便形如预告或是放弃。先于古典主义的东西，便是在预告古典主义——蒙田就是一位古典作家的先行者；随后而来的东西，便是弥补或放弃古典主义。

最后一点是，我所说的童年记忆在一连几个世纪里都是从已不存在于我们教学中的一种栅网①即修辞学栅网中借用而来的，因为这种栅网大约在19世纪中叶已被放弃［就像热奈特（Genette）在其有关这一问题的一篇重要文章里所说的那样］。现在，这种栅网是一种心理学栅网。所有的学校判断，都建立在把形式理解为主体之"表达"的基础上。人格在风格中得到表现，这种假设支持着我们有关作者的所有判断和分析。由此，最终产生了关键价值，那便是经常被用来判断作者的价值，也就是诚恳性。

这几点是很简单的，而我则考虑，它们是否可以引起争论，不过，我却想以最后的观察来给出结论。我认为，这里面有着一种深在的矛盾情况，这种情况在作为实践的文学与作为教学内容的文学之间是不可压缩的。这种矛盾是严重的，因为它关系到今天最为棘手的问题。现在，这大概是异化的根本性问题，因为，如果说经济异化的那些重大结构几乎已被阐述了的话，那么，有关知识异化的所有结构则不曾被阐释过。在这一方面，我认为，一种政治概念机制不足以做到，而且恰恰需要一种精神分析学机制。因此，应该进行研究的正是这一点，而且，这样做将在随后会对文学和文学在教学中的讲授产生影响，可以假设，文学能够在教学中继续存在，并且它可以与教学同时存在。

---

① 栅网（grille）：源于列维-斯特劳斯的结构主义用语，指结构网系或结构规范。——译注

我们暂且可以指出的，便是一些临时的矫正。在其大纲中保留文学的一种教学体系之内部，在质疑一切之前，我们是否可以临时地想象一些矫正点呢？我看到了三点可以立即矫正。第一点可以说是改变一下古典中心论，而使文学史后退一下：不根据一种伪种属的观点来看待文学史，而应该将我们自己看作这种历史的中心，并且，如果真要编撰文学史的话，那就需回溯以往，而根据近现代重大的认识断裂来组织文学史。如此一来，过去的文学就该依据现时的语言去谈论了。那么，我们也就不需要看到那些可怜的大学生们必须去研究16世纪的文学了（因为他们勉强懂得那个世纪的语言），原因是16世纪先于17世纪，由于16世纪本身就充满着宗教争吵，难于与大学生们现时的情况有关系。第二点是，在学校里和在运动中以一种文本代替另一种文本。在中学里，文本被当作解释对象来对待，但是，解释文本本身也总是与一种文学史相联系。那就应该不把文本看作一种神圣对象，而主要看作一种言语活动空间，看作某种无限的可能充满偏移性的过程，并因此根据一定数量的文本而使得一定数量包含在这些文本中的知识编码得以显示。第三点是，在任何情况、任何时刻都要对文本进行多义性的阅读，最后辨认出多义性权利，实际地建立一种多义性批评、向着象征主义打开文本。我认为，这在我们的文学教学中已经会是一种非常重大的减压——我要重复地说，就不会像是其现在的实际情况（这是由教师造成的），而仍然于我像是被编码的。

1969年，色里兹-拉撒勒（Cerisy-la-Salle）举办的《文学教学》（*L'Enseignement de la littérature*）研讨会上的发言，
选自同名图书，该书被收入"行动"文丛
(«Actes», De Boak-Duculot)

允许写法自由

在福楼拜最后的那部小说①中，缺少有关拼写的一个章节。在这一部书中，我们大概会看到布瓦尔（Bouvard）和佩库歇（Pécuchet）要求迪穆谢尔（Dumouchel）必须有一个小小的放有多种拼写教材的书架，会从对于这类书着迷开始，进而对所定规则的威胁与矛盾特征表现出惊讶，最后人们之间会相互激励和无限地认真计较：为什么必须这么写？在 Caen，Paon，Lampe，Rang 这几个单词元音发音相同的情况下，为什么要分别写成现在这种样子呢？Quatre 和 Caille 两个单词的第一个字母最初是一样

---

① 福楼拜最后的小说，就是《布瓦尔与佩库歇》（Bouvard et Pécuchet）。——译注

的，现在为什么又分别写成这个样子呢？后来，佩库歇还会低着头给出这样的结论："拼写就是一种玩笑！"

我们知道，这种玩笑，并不是随便开的。确实，对于一位语言史学家来说，法语拼写中的各种意外是可以解释的：每一种意外都有其原因，有的是类比方面的原因，有的是词源学方面的原因，或者还有的是功能方面的原因。但是，这些原因从整体上讲都是不合理的，并且，在这种不合理性通过教育途径强加给全体人民的时候，它就变成有罪的了。并不是我们的拼写之任意特征在让人不满意，而是因为这种任意特征是合法的。从1835年以来，法兰西学院的官方拼写规则甚至在国家看来都具有法律价值。从年幼的法国人最初上学时起，"拼写错误"是要受到惩罚的。有多少不成功的生命就是源于拼写错误啊！

拼写的首要作用是歧视性的；但其第二种作用则属于心理学方面的。拼写如果是自由的（依主体不同，可自由地简化或不简化），那么会成为在表达方面的一种非常正面的实践。单词被写出的面貌，在其靠誊写者的幻觉而不是靠一种一致的和简约的法则来写出的时候，它就可能会获得一种真正诗意的价值。我们可以想象一下那种醉状和巴洛克式的癫狂喜悦，它们借助于拼写规则的"走样"来显现一些旧的手迹、儿童写的文本和外国人写的信件。难道在这些精彩展现之中，我们不能说主体是在寻找其在书写、梦想、回忆和理解等方面的自由吗？难道我们不会遇到一些特别让人感到"快意"的拼写错误吗？这就像誊写者不是根据学校规则来做听写，而是根据来自自己的历史——也许甚至来自其身体——的一种神秘的指令来做听写那样。

反过来说，自从拼写规则在其复杂性甚至在其不合理性之中为国家所一致化、合法化和确认之后，表现为强迫性的精神官能症也就在此安家落户了：拼写不对也就变成了错误。我刚刚为谋取一个职位而寄出了一封信，这个职位有可能改变我的生活。但是，我是否正确地为一个复数单词加上了一个"s"呢？我是否为"appeler"这个单词写上的是两个"pp"和一个"l"呢？我疑虑重重，郁闷不悦，俨然一位在度假的人想不起来离家之前是否关好了家里的煤气开关和水龙头，是否随后会出现火灾或水灾。而且，就像这种一缕会妨碍度假人享用其假期那样，合法的拼写规则也会妨碍誊写人享受书写，而这种快乐的书写举动可以让人在书写一个单词的过程中加上比他只是为了沟通的愿望更多一点的东西。

  需要改革书写规则吗？人们曾经多次想过这么做，周期性地想去做。但是，如果是再一次地强加一种规则、合法化一种规则、使其成为一种明显地属于任意选择的工具，那么重新制定这种编码，即便是完善这种编码，又有什么用呢？需要被改革的，不是拼写规则，而是对于拼写的细节做出规定的那种法则。人们可以提出要求的，只不过就是这么一点，即制度上的"宽容主义"。如果我喜欢"正确地"书写，也就是说"符合要求地"书写，那是因为我很自由地书写，就像我今天在阅读拉辛或纪德的作品时找到了我的快乐那样：法定的拼写规则并非就没有魅力可言，因为这种拼写规则也不是没有反常情况存在。但是，但愿"无知"和"鲁莽"不再被惩罚，但愿"无知"和"鲁莽"不再被视为走样或弱智，但愿社会最终同意（或再次同意）让书写摆脱国家机器（而在今天，书写还属于国家机器），简言之，但愿不要因为拼写原因而排斥书写。

      1976，《教育世界》（*Le Monde de l'éducation*）

第二部分
从作品到文本

作者的死亡

巴尔扎克的中篇小说《萨拉辛》谈到了一个装扮成女人的被阉割的男人,他写有这样的句子:"那是一位女人,她经常突然露出惊怕,经常毫无理智地表现出任意性,经常本能地精神恍惚,经常毫无原因地大发脾气,她爱虚张声势,但感情上却细腻而迷人。"是谁在这样说呢?是小说中的那位主人公即乐于以女人身相出现的被阉割的男人吗?是因其个人经验而具有女人处世之道的巴尔扎克本人吗?是宣扬女性"文学"观念的作者巴尔扎克吗?是普遍都有的智慧吗?是具有浪漫色彩的心理吗?人们将永远不会知道,其实在的原因便是,书写是对于任何话音、任何起因的破坏。书写,就是使我们的主体在其中销声匿迹的中性体、混合体和斜肌,就是使任何身份——从书写的身体的身份开始——都会在其中消失的黑白透视片。

*

情况大概总是这样的：一件事一经<u>讲述</u>——不再是为了直接对真实发生作用，而是为了一些无对象的目的，也就是说，最终除了象征活动的练习本身，而不为任何功用——那么，这种脱离就会产生，话音就会失去其起因，作者就会步入他自己的死亡，书写也就开始了。不过，对于这一现象的感觉是多种多样的：在人种志社会里，叙事从来都不是由哪个人来承担的，而是由一位中介者萨满或讲述人来承担的。因此，必要时，人们可以欣赏其"运用能力"（即对于叙述编码的掌控程度），而从来都不能欣赏其"天才"。<u>作者是一位近现代才有的人物</u>，无疑是由我们的社会产生的，当时的情况是，我们的社会与英格兰的经验主义、法国的理性主义和对于改革的个人信仰一起脱离中世纪时，发现了个人的魅力，或者像有人更郑重地说的那样，发现了"人性的人"。因此，在文学方面，作为对于资本主义意识形态的概括与结果的实证主义，赋予了作者"本人"以最大的关注，是合乎逻辑的。<u>作者至今在文学史教材中</u>、在作家的传记中、在各种文学杂志的采访录中以及在有意把他们个人和作品放进私人日记中的文学家们的意识本身之中，随处可见。人们在日常文化中所能找到的文学意识，都专横地集中在作者方面，即集中在他的个人、他的历史、他的爱好和他的激情方面。在大多数情况下，文学批评在于说明，波德莱尔的作品是波德莱尔这个人的失败记录，梵高（Van Gogh）的作品是他的疯狂的记录，柴可夫斯基（Tchaïkowski）的作品是其堕落的记录。对于作品的解释总是在生产作品的人的一侧寻找，就好像透过虚构故事或明或暗的讽喻，最终总是同一个人即作者唯一的话音在提供其"秘闻"。

*

尽管作者的王国仍然十分强大（新批评通常仅仅是在强化这种王国），但是不言而喻，某些作家长期以来已试图动摇这个王国。在法国，可以说是马拉美首先充分地看到和预见到，有必要用言语活动本身取代直到当时一直被认为是言语活动主人的人。与我们的看法一样，他认为，是言语活动在说话，而不是作者。书写，是通过一种先决的非人格特征（在任何时刻都不能与现实主义小说家具有阉割能力的客观性混为一谈）来达到这一点的，即只有言语活动在行动，在"出色地表现"，而没有"自我"。马拉美的全部诗学理论都在于取消作者，而让位给书写（我们下面会看到，这一点使他的位置等同了读者）。瓦雷里由于完全纠缠于一种有关自我的心理学，而大大淡化了马拉美的理论，但是，他却根据其兴趣从古典主义转向了修辞学准则。他不曾停止过怀疑和嘲笑作者，他强调语言学本性，而且作为他的"大胆的"活动，他在其全部散文体书籍①中要求主要考虑文学的词语条件，因为面对这种条件，对于作家内在性的任何求助在他看来都纯粹是一种迷信。普鲁斯特也不顾别人说他的分析似乎具有心理学的特征，而是明显地以极端精巧的方式竭力打乱作家与其人物之间的关系：他不使叙述者变成曾经见过、曾经感觉过的人，也不使其变成正在书写的人，而是使之成为即将书写的人（小说中的青年人，他到底多大年纪？而且他到底是谁呢？他想书写，但又不能书写，可是在书写最后成为可能的时候，小说结束了）。普鲁斯特

---

① 散文体书籍：在法语的文学概念中，凡是带有记述特征的文字作品都被称为"散文体"作品，这包括小说。——译注

赋予了现代书写以辉煌的业绩：他不把自己的生活放入小说之中，而是彻底颠倒，正像人们常说的那样，他把自己的生活经历变成了一种创作，而他的书则成了这种创作的样板，为的是让我们明显地看到，不是夏吕斯（Charlus）在模仿孟德斯鸠（Montesquiou），而是孟德斯鸠在其趣闻和故事真实之中仅仅是由夏吕斯派生而来的一个次要片段。最后，<u>超现实主义</u>，由于停留在现代性的前历史阶段，在言语活动作为系统存在和（或）这一运动所关注的是任意地对编码进行<u>直接破坏</u>（甚至是虚幻式的破坏，因为一种编码不会自行毁掉，人们只能"运用"它）的情况下，无疑不能赋予言语活动一种至高无上的地位；但是<u>超现实主义</u>屡屡建议要突然辜负被期待的意义（这便是超现实主义著名的"颠动"），它让手尽可能快地书写连脑袋都不知道的事情（这便是自动书写），它接受一种多人共同书写的原则与经验，在这些情况下，它已经使作者的形象失去了神圣性。最后，除了文学本身，语言学也为破坏作者提供了珍贵的分析工具。它指出，陈述活动在整体上是一种空的过程，它在不需要对话者个人来充实的情况下就能出色地运转。从语言学上讲，作者从来就只不过是书写的人，这完全就像是，<u>我</u>（je）仅仅是说出<u>我</u>（je）的那个人，而不会是别人。言语活动认识"主语"，而不认识"个人"，而这个主语，由于在确定它的陈述过程之外就是空的，便足以使言语活动"挺得住"，也就是说是足以耗尽言语活动。

*

疏远<u>作者</u>〔用布莱希特（Brecht）的话来说，我们可以在此说是一种真正的"间离"，在整个文学场面的结尾，<u>作者</u>会变成一个小玩偶〕，不仅是一种历史事实或一种书写行为，它还彻底地改变了现代文本（或者，这当然是一回事，文本今后在被构成和被阅读时都会使作者在每个层次上缺席)。首先,在时态上就不一样。作者,在人们相信有他存在的时候,总被认为是其书籍的过去时。书籍与作者处于同一条线上,但这条线却被分为在前与在后两部分:作者被认为筹划书籍,也就是说其在书籍之前存在,他为书籍而思考,而忍受,而活着;他与其作品之间存在着一种父与子的先后关系。相反,现代抄写者却与其文本同时出现:他不以任何方式充当先于或超出于其书写的某个人,他仅仅是其书籍作为谓语的一个主语。除了陈述活动的时态,没有其他时态,任何文本都永远是在此和现在写出来的。这样一来(或者,其结果便是),书写不再指一种记录过程、一种确认过程、一种再现过程和一种"描绘"过程(就像古典作家所说的那样),却可以很好地代表语言学家继牛津派哲学之后称之为运用性的东西,即一种罕见的词语形式(只用于第一人称和现在时)。在这种词语形式中,陈述活动没有别的内容(即别的陈述语段),而只有它借以对自己大声说话的行为,这有点像是国王们的我昭示和远古诗人们的我赞颂那种情况。现代的抄写者,在其先辈哀婉的眼光里,由于埋葬了作者,便不会再相信他的手慢得赶不上他的思想或他的激情,因此也就不会再认为他在建立一种必然性规则时就必须强化这种迟缓和无止境地"加工"其形式。相反,在他看来,他的手由于摆脱了任何话音和只为一种纯粹的誊写动作(而非表现动作)所引导,因此可以开拓一种无起因的领域——或者至少,这种领域只有言语活动本身这种起因而没有别的,也就是说,这种说法甚至也在不停地怀疑任何起因。

*

现在我们知道,一个文本并不是由从某种神学角度上讲可以得出单一意义(它是作者与上帝之间的"讯息")的一行字组成的,而是由一种多维空间组成的,在这个空间里,多种书写相互结合,相互争执,但没有一种是原始书写。文本是由各种引证组成的编织物,它们来自属于文化的成千上万个源点。布瓦尔和佩库歇都是既高尚又滑稽的不朽抄袭者,而且其最深刻的可笑之处恰恰表明了书写的真实。像他们一样,作家只能模仿一种总是在前的但又从不是初始的动作;他唯一的能力是混合各种书写,是使一部分与另一部分对立,以便永远不依靠其中一种,他也许想表明——但至少他应该明白——他打算"表达"的内在"东西",其本身只不过是一种包罗万象的字典,其所有的字都只能借助于其他字来解释,而且如此下去永无止境。这种经历典型地出现在年轻的托马斯·德·昆西①身上,他的古希腊语很好,甚至能使用这种已死的语言来表达完全近现代的观念和意象,波德莱尔告诉我们:"他为自己准备好了一套随时可以取用的词汇,这套词汇比烦琐的纯粹文学性主题的词汇还复杂和广泛。"(《人造天堂》)继作者之后,抄写者身上便不再有激情、性格、情感、印象,而只有他赖以获得一种永不停息的书写的一大套词汇。生活从来就只是效仿书本,而书本本身也仅仅是一种符号织物,这是一种迷茫而又无限远隔的效仿。

*

作者一经远离,对于一个文本的"破解"意图也就完全无用了。赋予文本一位作者,便是强加给文本一种卡槽,这是最后一个所指的权力,这是在关闭书写。这种概念很适合于文学批评,批评

---

① 托马斯·德·昆西(Thomas de Quincey,1785—1859):英国作家,曾依据自己的经历写过一部《一位英国嗜鸦片者的忏悔》,波德莱尔据此写出了《人造天堂》。——译注

以在作品中发现作者（或其替代用语：社会、历史、心理、自由）为己任。作者一经被发现，文本一经被"解释"，批评家就成功了；因此，从历史上讲，作者的领域也是批评家的领域，这不足为怪；而且，批评（即便是新批评）在今天与作者同时被动摇，也同样不足为怪。实际上，在复合性书写中，一切都在于分清而不在于破解什么。结构可以在其每一次重复和每一个阶段上被后续、被"编织"（就像有人说的长丝袜的网眼编织的情况），然而，却没有底，书写的空间需要走遍，而不可穿透。书写不停地设定意义，但却一直是为了使其突然消失：书写所进行的，是有步骤地排除意义。就在这里，文学（以后最好说书写）在拒绝给予文学（和给予作为文本的世界）一种"神秘"的同时，也解放了可被称为是一种反神学的真正革命活动，因为这种拒绝中断了意义，最终是拒绝上帝和它的替代用语，即理智、科学和规则。

*

我们再回到巴尔扎克写的那个句子上来，没有人（也就是没有任何"个人"）说出这样的句子：它的起因，它的话音，都不是书写的真正场所，那是在阅读。还有一个极为明确的例子可以让人明白问题所在：最新的一项研究［如韦尔南（J.-P. Vernant）的研究］已经阐明古希腊悲剧在构成方面的模棱两可的本性；文本是由具有双重意义的词构成的。每个人物都可以从一个方面去理解（这种经常的误解恰恰正是"悲剧性"）；然而，却有人可以从两个方面去理解一个词，甚至——如果可以这样说的话——去理解在其面前说话的所有人物的哑语，这个人正好就是读者（在此也可以说是听众）。于是，书写的完整存在状况便昭然若揭：一个文本是由多种书写构成的，这些书写源自多种文化并相互对话、相互滑稽模仿和相互争执；但是，这种多重性却汇聚在一处，这一处不是至今人们所说的作者，而是读者。读者是构成书写的所有引证得以驻足的空间，无任何引证在此失而不见。一个文本的统一性不存在于它的起因之中，而存在于其目的性之中，但这种目的性却又不再是个人的：读者是无故事、无生平、无心理的一个人；他仅仅是在同一范围之内把构成作品的所有痕迹汇聚在一起的<u>某个人</u>。因此，以虚伪地自称是读者权利捍卫者的人文主义的名义来指责新批评，那是可笑的。古典主义批评从未过问过读者；在这种批评看来，文学中没有别人，而只有书写的那个人。现在，我们已开始不再受这种颠倒黑白的做法欺骗了，而善心的社会正是借助于种种颠倒黑白来巧妙地非难它所明确排斥、无视、扼杀或破坏的东西。我们已经知道，为使书写有其未来，就必须把书写的神话翻转过来：读者的诞生应以<u>作者</u>的死亡为代价来换取。

1968，《占卜术》（Mantéia）

从作品到文本

现在的情况是这样，几年以来，在我们对于言语活动所形成的观念中出现了（或正在出现）某种变化，从而在我们对于（文学）作品的观念中也出现了某种变化，因为作品至少把它的现象存在归功于这同一种言语活动。这种变化显然与语言学、人类学、马克思主义、精神分析学现时的形成与发展（相比于其他学科）是密切联系着的（单词"密切联系"在此通常是以中性的方式来使用的：人们并不去左右一种决定——尽管这种决定可以是多方面的和辩证的）。对于作品概念产生影响的新颖性，并非一定源于这些学科中每一种的内在更新，而是更源于与传统上不属于任何学科的那种对象的相遇。实际上，我们要说，跨学科性（今天，我们使这种跨学科性变成了一种巨大的研究价值），不能借助于简单地将一些特定的知识进行对立来完成。跨学科性并不是完全可靠的：当先前的学科之间的连带关系受到破坏，也许甚至借助于时尚的动摇而受到严重破坏的时候，这种跨学科性才<u>真正地</u>开始（而不只是借助于传播一种关键性愿望），以利于建立一种新的对象、一种新的言语活动，而这两种东西，不论哪一种都不存在于我们想平静地加以对比的那些科学领域。恰恰正是分类上的不当，在让我们断定某种程度的变化。不过，这种似乎可以让我们把握作品观念的变化，却不应该被高估；它参与一种认识论的演变，在参与程度上远甚于一种真正的割裂（coupure）；正像人们通常所说的那样，这种割裂是在18世纪介入进来的，是随着马克思主义和弗洛伊德主义的出现而介入进来的；从那时起，便没有任何新的割裂产生，而且我们可以某种程度地说，100年以来我们一直处于重复之中。<u>历史</u>，即我们的<u>历史</u>，在今天允许我们做的，仅仅是慢慢变化、多样变化、超越和放弃。就像爱因斯坦的科学要求必须将<u>所有</u>标记的<u>相对性</u>包括进所研究的对象之中那样，由马克思主义、弗洛伊德主义和结构主义组合而成的动作，在文学上，就迫使人们去相对地看待誊写者、读者和观察者（即批评者）之间的关系。面对作品——这种传统的概念是长时间形成的，而且在今天可以说仍然是牛顿学说方面的——产生了对于一种新对象的要求，该对象是通过先前范畴的缓慢变化或推翻所获得的。这种对象，便是<u>文本</u>。我知道，这个单词现在是时髦的（我本人就不得不经常使用），在某些人看来是值得怀疑的；但是，恰恰是为此，我很想在某种程度上回顾一下其主要命题，因为在我看来，文本正与这些命题相交叉。"命题"这个词在此应该被理解为比逻辑学更为宽泛的语法学意义：命题是一些陈述活动，而非论据——如果我们愿意的话，也可以说其是一些探讨，因为这些探讨同样仍然是隐喻性的。这便是命题的情况：它关系到方法、体裁、符号、复数、联系、阅读、快乐。

*

（1）文本不应该被理解为是可以按照时间来推演的。想方设法将作品与文本实际地区分开来，是徒劳无益的。特别是，不应该听凭人们去这样说：作品是经典的，文本带有某种先锋派特征。没有必要以现代性为名制定一种粗略的排行表，也没有必要依据其时间排序的情况来公开宣布哪些文学作品位列其中，哪些位列其外。在一部非常久远的作品中，可以有"某种文本"，而很多当代文学的产品根本就不是文本。区别如下：作品是一种实质片段，它占据着书籍空间的一部分（例如在一个图书馆内）。至于文本，它是一种方法学领域。这种对立可以让人想起（没有必要一字不差地去复述）拉康提出的区分："现实"被显露，"真实"被证实。同样，作品在被看到（在书店之中，在附件之中，在考试大纲之中），文本则依据某些规则（或不顾某些规则）在被证实、在被谈论；作品可被拿在手中，文本则待在言语活动之中，文本只在为一种话语所取用的时候才存在（或者更可以说，它就是因为它知道这种话语才是<u>文本</u>）；<u>文本</u>并非是作品的解体状态，正是作品是<u>文本</u>的想象结尾。或者还可以这样说：<u>文本只有在一种工作之中、一种生产活动之中才被感受到</u>。随后，<u>文本</u>便不会停止下来（例如<u>停止</u>在一处书架）；它的构成性运动是<u>横穿</u>（它尤其横穿一部作品、多部作品）。

*

（2）文本以相同的方式也不停止于（优秀的）文学；它不可以被置于一种等级系统之中，甚至也不可以在简单的各种文学体裁切分之中被考虑。构成它的东西，相反（或恰恰）就是对于旧日分类的颠覆力量。乔治·巴塔耶应归入什么类型呢？这位作家是小说家，还是诗人、随笔作家、经济学家、哲学家、神秘学者呢？答案是难以确定的，以至于人们宁肯一般在文学教材中遗忘巴塔耶。实际上，巴塔耶写过一些文本，甚至也许可以说，他一直在写着唯一的同一种文本。如果文本提出一些分类问题的话（这当然是其"社会"功能之一），那是因为它总是涉及某种极限经验（我们采用的是菲利普·索莱尔斯的说法）。蒂博代（Thibaudet）已经谈论过（但在一种极为狭窄的意义上谈论过）极限作品［一如夏多布里昂的《朗西的一生》(*Vie de Rancé*)，实际上，在我们今天看来，它就像是一个"文本"］。<u>文本</u>，是达到了陈述活动的各种规则（合理性、可读性等）之极限的东西，这种观念不是修辞学方面的，人们求助于这种观念并非是为了展示"英雄姿态"。文本在尽力把自己准确地安排在多格扎（doxa）的极限<u>之后</u>（多格扎，即日常的舆论，这种舆论构成了我们的民主社会，并得到了大众传播的有力协助，难道它不是由其<u>极限</u>、其<u>排斥</u>能量、其<u>审查</u>来确定的吗？）；在有必要取用多格扎一词时，我们似乎可以说，<u>文本</u>一直就是不循多格扎的。

*

（3）文本依靠符号来探讨、来感受。作品被关闭在一个所指之处。我们可以赋予这个所指两种意指方式：或者取其外表，于是它就成了有关文字的一种科学，那便是语文学；或者这个所指被认为是秘密的，是在最后才给出的，那就必须寻找这个所指，于是作品便属于一种阐释学、一种（属于马克思主义、精神分析学、主题学等的）解释学。总之，作品自身就像是普通的符号那样在起作用，因此，它形象地展现了符号文明的一种建制范畴。相反，文本进行的则是无限地拉开与所指的距离，文本是拖延性的；文本的场域是能指的场域；能指不应该被想象为"意义的第一部分"，即其物质上的门厅，相反，却是其随后；同样，能指的无限性并不指向某种不可消除的观念（即属于难以命名的所指的观念），但是它却指向某种游戏观念；能指在文本场域中（更应该说文本是能指的场域）的持续生发（以相同名称的一种时间安排方式），并不是根据一种有机的成熟过程途径来进行，或者根据一种阐释学的深究途径来进行，而更是根据一种系列性的脱节活动、叠搭活动、变化活动来进行；调整文本的逻辑并不是可理解的（即确定作品"想要说的东西"），而是换喻性的；进行各种结合、各种邻接、各种关联的工作与象征能量的一种解放相偶合（如果这种工作缺乏该能量，人就会死去）。作品（在最好的情况下），在象征方面是非常差的（它的象征性转瞬即逝，也就是说会停滞下来）。文本，它彻底是象征性的：一部作品，当我们构想、感知和接受其完全是象征性的本质时，它就是一种文本。文本是根据言语活动来重建的；它像言语活动一样，是有结构的，但却是无中心的、不封闭的（为了回应人们有时对于结构主义"时髦"的蔑视性怀疑，我们要指出，当前在言语活动方面被承认的认识论优势恰恰依赖于我们在言语活动方面发现的对于结构的一种不循多格扎的观念：一种无结尾也无中心的系统）。

*

（4）文本是多重性的。这并不仅仅意味着它有多种意义，而且意味着它在完成意义的多重性本身，即一种不可简约的多重性（而不只是可接受的多重性）。文本并非是多种意义的同时存在，而是多种意义的路过和穿越。因此，它不可以属于一种解释——哪怕是自由的解释，而是属于一种爆炸和一种散播。实际上，文本的多重性并不依赖于其内容的含混性，而是依赖于我们可以称之为它的被编织了的那些能指的立体平面式多重特征（从词源学上讲，文本就是一种编织）。文本的读者可以比作无所作为的主体（这位主体在其自身为任何想象之物打开了方便之门），因为这位几乎是空的主体在自己散步（这就达到了我所写这些文字的作者的地步，而且正是在这里，他产生了对于文本的强烈观念），他就散步在一处山谷的腰部，而在山谷下，躺着一条非洲的干枯小河（这里使用非洲的干枯小河，就是为了表明离开故土之感）。他所能感知的，是多方面、无法简约的东西，它们都来自不同的、脱节的物质和层次：阳光、颜色、植被、热度、空气、微弱的声音炸响、尖细的鸟鸣、山谷另一侧儿童的说话声、路人过往、各种举止、近处或远处的居民各式各样的着装。所有这些小插曲都是半隐半现的：它们均源于为人所知的编码，但是，它们的结合规则是一致的，这种规则使得散步成了有区别的，而且这种散步只能像是有区别地那样在重复。这正是在文本中出现的情况：文本只能在其区别之中才是它自己（这并不意味着它有其个体性）。对于文本的阅读是一次性行动的（semelfactive）（这就使得有关文本的任何归纳-演绎性科学均变成了幻觉式的：不存在有关文本的"语法"），不过，它完全是由引证、参照、回应编织而成的。先前的或同时代的各种文化的言语活动（有哪一种言语活动不是文化的呢?）在一种宽泛的立体声中贯穿文本。跨文本性（intertextuel）［任何文本均处在跨文本性之中，因为任何文本自身都是另一文本的跨文本（entre-texte)］不可与文本的某种起因相混同：寻找一部作品的"起因""影响"，便是满足谱系神话；一个文本赖以构成的那些引证，都是匿名的、难以识别出来的，不过都是已经阅读过的，它们是一些不加引号的引证。作品并不扰乱任何一神论哲学（我们知道，存在着对立成分）；在这种哲学看来，多重性就是邪恶（Mal）。因此，面对作品，文本完全可以把忍受妖魔的那个人的话当作箴言（马克①，5，9）："我的名字，就是军团，因为我们是多数的。"多重的或魔鬼式的编织结构将文本对立于作品，它可以引起阅读上的一些深刻变动，而且恰恰就在这里，独白似乎就是法则。《圣经》的某些"文本"，由于传统上是借助神学的一元论（历史一元论或奥秘一元论）来恢复的，所以，可能会导致意义衍射（也就是说，最终导致一种唯物主义的阅读），不过，马克思主义对于作品的直到现在绝对是一元论的解释，更可以在多重化的过程中具体表现出来（不管怎样，如果马克思主义的所有"机制"允许的话）。

*

（5）作品是在一种谱系过程中被考虑的。人们设定对于世界（对于种族，然后是对于历史）的确定是根据作品做出的，设定所有的作品在它们之间有一种连续性和作者对于作品的一种占有性。作者被认为是其作品的父亲与主人。于是，有关文学的科学懂得尊重作者公开承认的手稿和意愿，而社会设定作者与其作品之间关系的合法性（即"著作权"，说真的，这还是不太远的事，因为它只是到了大革命时期才被合法化的）。至于文本，它是在不注明父亲的情况下被阅读的。文本的隐喻在此仍然是脱离作品的隐喻的。作品的隐喻指向的是一种机制的形象，该形象的增大借助于有力的扩展、"展开"（该词从意义上讲是含混的：它可以是生物学方面的，

---

① 这里应该是指圣-马克（Saint-Marc），传统上，人们说他是《新约全书》（*Évangile*）的作者。——译注

也可以是修辞学方面的）；文本的隐喻是网系的形象，如果文本延扩，那是因为有着一种结合规则、一种系统的作用（这种形象与当前对于生命的生物学观点很接近）。因此，无任何有力的"尊重"可以归于文本，它可以被毁掉（这便是中世纪在两部权威性文本方面发生的情况，它们是《圣经》和亚里士多德的著述）。文本可以在无父亲保证的情况下被阅读；跨文本的恢复不可思议地去除继承。这并非是作者不能"返回到"文本之中、返回到其文本之中，而是这样一来，我们可以说，它是以客人的名义返回来的。如果作者是小说家，他就会作为其人物中的一位进入文本之中，并在所谈之中得到描述；他的进入不再是被高看的、父权性的、真势的，而是游戏性的。我们可以说，他成了一位纸上的作者；他的生活不再是其故事的起因，而是与其作品并行的一个故事。作品对于生活有时有一种复归情况（而不会再有反向的情况），那便是普鲁斯特、热内（Genet）的作品，他们的作品可以让我们把他们的生活解读为一种文本。"生平"一词重新带有了一种有力的、词源学上的意义；与此同时，陈述活动的诚恳性作为文学道德的真正"十字架"则变成了一个错误问题：书写文本的"我"，从来也不过是一位纸上的"我"。

*

（6）作品通常都是一种消费对象；我在参照所谓消费文化的同时，无任何蛊惑人心之意，但是，必须承认，今天，凭借的是作品的"质量"（这一点最终要求对于"情趣"有一定的评价）而非阅读的过程，可以在各种书籍之间找出不同："有文化的"阅读无法从结构上有别于火车上的阅读（即在火车中的阅读）。文本（即便它常有"不可读性"）使作品在其消费中得到明确（如果作品允许的话),并把作品当作游戏、工作、生产和实践来对待。这就意味着,文本要求我们尽力消除(或至少是减少)书写与阅读之间的距离,不是要强化读者对于作品的投射,而是要将两者在同一种意蕴实践中结合起来。将阅读与书写分开的间距是历史造成的。在最为严重的社会分裂时期内(即在民主文化建立之前),阅读与书写同样受到出色看待。<u>修辞学</u>,作为当时的重要文学编码,一直在叫人们学习书写(即便当时一般所产生的东西,都是话语,而不是文本)。说明问题的是,民主的到来推翻了顺序这个词:(中学的)学校所自感骄傲的,是教人(很好地)<u>阅读</u>,而不再是书写(对于这种缺失的感觉,在今天重新又变成了时髦:人们要求老师向学生讲授"自我表达",这一点有些像是用不合逻辑来代替审查)。实际上,<u>阅读</u>,在<u>消费</u>意义上,就是不与文本一起<u>把玩</u>。"把玩"在此必须在该词全部的多义性中来理解:文本自身在把玩(就像一扇门、一种仪器,其中有着"花招")。读者会把玩两次:他<u>把玩文本</u>(游戏意义),他探寻一种实践,而这种实践在重新产生文本;但是,为了不使这种实践减缩为一种被动的、内心的模仿(文本恰恰就是抗拒这种减缩的东西),他要<u>把玩文本</u>。不要忘记,"把玩"同样是一个音乐术语,音乐(作为实践,而非作为"艺术")的历史,与文本的历史非常相似。曾经有过一个时期,主动的爱好者非常之多(至少在某一阶级之内),"把玩"与"听"成了一种区别不大的活动。随后,相继出现了两种角色:首先是"<u>演唱者</u>"的角色,资产阶级公众(尽管他们自己也会把玩一点,这便是钢琴演奏的整个历史)则将他们的游戏留给了演唱者;其次是(被动的)爱好者的角色,他在听音乐,而不懂把玩音乐(实际上,是唱片接替了钢琴)。今天我们知道,后系列性音乐已经推翻了"演唱者"的角色,他在一定程度上要完成作为乐谱共作者的角色,而不是去"表达"。

文本差不多就是这种新类型的乐谱：他要求读者给予实际的合作。这是非常大的变革，因为是批评家在处理作品事宜（我接受这种文字游戏）。显然，把阅读减缩为消费要对许多人面对现代文本、先锋派电影或绘画时产生的"烦恼"负起责任：烦恼，意味着人们无法生产文本，无法把玩文本，无法破解文本，无法使文本展开。

*

（7）这一点，导致对于文本设定（提出）最后一种探讨，即对于快乐的探讨。我不知是否曾经存在过一种享乐主义美学（幸福论哲学本身就是很少的）。当然，存在着一种对于作品（对于某些作品）的快乐，我可以很有兴趣地阅读和重新阅读普鲁斯特、福楼拜、巴尔扎克的作品，甚至没有道理不去阅读和重新阅读大仲马的作品；但是，这种快乐，尽管很强烈，而且即便它排除了任何偏见，仍然在局部上是一种消费快乐。其原因是，虽然我可以阅读这几位作者，但我知道我不能<u>重写</u>他们（今天，我们不能"像他们那样"书写）；这种相当悲观的了解，足以让我与生产这样的作品分开，即便是在疏远它们奠基了我的现代性的时候（成为现代的，难道不就是真正地知道不能重新开始吗？）。<u>文本</u>，它是与享乐联系着的，也就是说是与无分离的快乐联系着的。作为能指的范围，文本以它的方式属于一种社会乌托邦。在有<u>历史</u>之前（假设这种历史并不选择野蛮），文本即使没有完成社会关系的透明化，但至少完成了各种言语活动关系的透明化：它是一种这样的空间，在这种空间里，没有一种言语活动阻碍另一种，所有的言语活动（在保留该词循环的意义的同时）都在循环。

*

　　这些主张不一定能成为一种有关<u>文本理论</u>的结合点，这不仅仅是因为介绍者方面的各种不足（此外，介绍者在不少方面只是<u>重新</u>取用了围绕着自己所做的研究）。这一点在于，一种有关文本的理论不能靠一种元语言来满足。对于元语言的破坏，或者至少（因为它必须临时求助于元语言）是建立对于元语言的怀疑，就属于理论本身。有关<u>文本</u>的话语其自身只应该就是文本，就是对于文本的寻找和研究工作，因为<u>文本</u>是这样的<u>社会</u>空间，它不躲避任何言语活动，哪怕是外部的言语活动，也不躲避身处判官、导师、分析家、教授、破释者地位的有关陈述活动的任何主体：文本理论只能与一种书写的实践相偶合。

　　　　　　　　　　1971，《美学杂志》（*Revue d'esthétique*）

今日神话

　　提出当代神话的概念，距今已有 15 年了[①]。这种观念，说真的，由于初露端倪时考虑不周（这个单词保留了一种公开是隐喻的价值），而包含着某些理论成分。(1) 神话，它因接近迪尔凯姆（É. Durkheim）的社会学称之为一种"集体表象"的东西，而在报刊、广告、重要消费对象的匿名语句中被人阅读。这是来自社会的一种被确定的成分，是一种"反映"。(2) 不过，根据马克思给出的著名意象，这种反映是<u>颠倒的</u>。神话在于颠倒实际的文化，或者至少在于颠倒社会性、文化性、意识形态特征、

---

　　① 《神话集》（*Mythologies*）中的各篇文本写于 1954—1956 年；该书出版于 1957 年，随后再版了其袖珍书（Éd. du Seuil, coll. «Points», 1970）。

"自然性"的历史特征，这是因为，那种只不过是阶层分裂和其在道德、文化、审美方面争吵的产物，竟被介绍为（被陈述为）"自然而然为之"。陈述语段中完全是偶然的基础，在神话的颠倒作用之下，变成了<u>常识</u>、<u>正当</u>、<u>规范</u>、通常的<u>舆论</u>，一句话，变成了<u>多格扎状态</u>（Endoxa）（起因的世俗形象）。(3) 当代神话是不连续的。它不再以构成的重大叙事来陈述，而仅仅是以"话语"来陈述；它最多是一种句子类型学，即一种（俗套性的）句子素材；神话没有了，但剩下了——当然是更难以察觉到的——神话性。(4) 当代神话，作为言语（说到底，就是<u>神话之意义</u>）属于一种符号学。这种符号学可以让我们在把讯息分解为两种语义系统的情况下，"更正"神话的颠倒：一种是内涵系统，其所指是意识形态方面的（因此是"直接的""非颠倒的"，或者，更为明确地说，哪怕说的是一种说教式的、厚颜无耻的言语活动）；另一种是外延系统（即意象、对象、句子的外表文字性），其作用就是采用类别命题，同时赋予其最为"单纯的"本性保证，那便是（千年、母语、学校等的）言语活动的保证。

　　这就像是——至少在我看来像是——今天的神话。有什么东西变化了吗？并非是法国社会变化了，至少在这个层面是这样的，因为神话史具有与政治史不一样的长度；也还不是神话变了，更不是对其进行的分析变了。在我们的社会里，一直有着非常丰富的神话性：同样是不知其名的、曲折的、片段的、啰唆的，它既被提供给一种意识形态批评，也被提供给一种符号学拆分。不是这些，15年来变化了的是<u>有关阅读的科学</u>，在这种科学看来，神话就像一只被抓捕来很长时间和被观察很长时间的动物，它变成了<u>另一种对象</u>。

　　实际上，一种有关能指的科学（即便这种科学还处于被研究之中)，已经在当时的研究工作中占有了一定的位置；它的目的不是对于符号进行分析，而是在于分解符号。至于神话，尽管这是一种需要去做的研究工作，但新的符号学或新的神话学不能或以后也不能很容易地将能指与所指分开，将意识形态性与句子类型特征分开。这不是因为这种区分是错误的或无效的，而是因为这种区分在某种程度上变成了神话的：没有一个大学生不在揭露一种形式（生活形式、思维形式、消费形式）的资产阶级或小资产阶级的特征。换句话说，他为自己创立了一种神话学的多格扎状态：揭示或解谜（或揭秘神话）本身也变成了话语、句子素材、教理语句。面对这种情况，关于能指的科学只能移动和在较远的地方停下：不是在对于符号进行（分析性）分解的地方停下，而是在符号甚至出现颤动的地方停下，这是因为需要揭示的已不再是神话（<u>多格扎状态已对其负起了责任</u>），而是符号本身需要动摇。这并非是为揭示一个陈述语段、一种特征、一个叙事的（潜在）意义，而是使意义的表象本身出现裂隙；不是为了改变或是纯化象征，而是质疑象征本身。有的时候，发生在（神话）符号学上的事情，就是发生在精神分析学上的事情。精神分析学必然从建立一些象征名单开始（一颗牙齿掉了，就说明主体能力有失了等），但在今天，那套词汇已经不再让精神分析学感兴趣（不过，却让精神分析学圣书的爱好者们极感兴趣），因为它所过问的是能指的辩证关系本身。符号学亦如此，它从建立一套神话学词汇开始，但在今天，它面前的任务更属于句法学领域（一种属于高度消费型的社会的神话结构，是由哪些连接方式、哪些移动方式构成的？）。首先，人们瞄准的是破坏（意识形态的）所指；随后，人们瞄准的是破坏符号。继"神话学裂隙"（mythoclastie）之后，是更为宽泛的和处在另一个层面上的"符号学裂隙"（sémioclastie）。在此，历史领域甚至得到了扩展，已不再是（小小的）法国社会了，它在历史和地理上远远地超出了法国，而是整个西方文明（包括古希腊-犹太-伊斯兰-基督教文明）。这种文明是在同一种神学（本质论，一神论）影响之下一致起来的，并为它从柏拉图到《法兰西周日报》（*France-Dimanche*）所实践的意义体制所同一的。

有关能指的科学为当代神话学带来了第二种矫正（或第二种扩展）。世界，与言语活动有着侧面相交的关系，在各个方面都是被书写出来的；符号，在不停地退缩其基础、将它们的所指转换成新的能指、相互之间在无限地引用的情况下，不在任何地方停止下来，书写已被普及。虽然社会的异化一直在迫使人们揭秘言语活动（尤其是揭秘神话），这种斗争的途径不是也不再是批评上的破释，而是<u>评价</u>。面对世界上所有的文字书写，面对各种（教学、审美、信息论、政治等）话语的相互交叉，关键在于评价一些固化的层级、一些句型密度之等级。我们将来能够明确我认为是一种基本概念即有关言语活动的<u>密实度</u>（compacité）概念吗？各种言语活动都或多或少<u>有厚度</u>的，某些最具社会性、最具神话性的言语活动表现出了一种不可撼动的均质特征（其中，有着一种意义力量，有着意义之间的战争）。每一种言语活动中都编织有<u>习惯</u>、<u>重复</u>、<u>俗套</u>、必须有的尾句形式和关键词语，因此，它便会构成一种<u>个人习惯语</u>（idiolecte）（这个概念，我在 20 年前就将其定名为书写了）。因此，相比神话，今天，个人习惯语更应该予以区分和描述。继各种神话学之后，我认为，更为形式的、更为深入的，是一种个人习惯语学（idiolectologie），其各种操作概念不再是符号、能指、所指和内涵，而是引证、参照、俗套。这样，各种言语活动，即便都有其厚度（一如神话话语），也可以被放进一种跨书写的连贯之中，其"文本"（我们仍视为是文学的），作为神话的解毒药物，占据着极点，或者更可以说占据着空旷、轻盈、宽阔、开放、无中心、高贵和自由的地方，在这个地方，书写为对抗个人习惯语而展开，也就是说，展开到个人习惯语的极限，并与之斗争。实际上，神话应该被放入有关言语活动、有关书写、有关能指的一般理论之中，而这种理论由于依靠对于人种学、精神分析学、符号学和意识形态分析的表述，所以应该将其对象扩展到<u>句子</u>，或者最好扩展到所有的句子（即句子的复数）。对此，我的理解是，神话性在<u>人们制造句子</u>、<u>讲述故事</u>的任何地方（根据这两种表达的所有意义）都会出现：从内心的言语活动到会话，从报刊文章到政治说教，从小说（如果存在小说的话）到广告图像，也就是说，所有被拉康的<u>想象物</u>（Imaginaire）概念覆盖的言语。

这只不过是一种规划，也许仅仅是一种"愿望"。不过，我认为，即便特别是最近有关文学文本的符号学不再适用于我们的时代中从《神话集》最后的文章以来的神话（在那篇文章中，我曾大体地勾勒出了有关社会言语的一种初步符号学探讨），它对于它的任务还是有所意识的：不再只是推翻（或重建）神话讯息，将神话讯息翻正即将外延朝下而内涵朝上，将本质朝上而将阶级利益放置深处，而是改变对象本身、生发一种新的对象——这便是一种新的科学的起步；在相比较（有人怀疑这一点）的情况下前进，而且是重新采纳从阿尔都塞（Althusser）、费尔巴哈到马克思，从青年马克思到成年马克思开始的意图。

1971，《精神》（Esprit）

东拉西扯

1. 形式主义

不能确定的是，<u>形式主义</u>一词是否必须立即取消，因为形式主义的那些敌人就是我们的敌人，他们是科学论者、因果论者、唯灵论者、功能论者、自发论者。对于形式主义的攻击，总是以内容、主体、<u>原因</u>（这个词，讽刺性地是含混的，因为它既指向一种信仰，也指向一种决心，就好像它们是同一种情况）的名义来进行的，也就是说，是以所指、以<u>实名</u>的名义来进行的。对于形式主义，我们不需要与之保持距离，而仅仅是我们的满足感要与之保持距离（满足感属于欲望范围，它比属于审查范围的距离更具有颠覆性）。我所思考的形式主义，不在于"忘却""忽视""压缩"内容（即"人"），而仅仅在于不止步于内容（我们暂时保留该词）的初步意义。内容恰恰是使形式主义感兴趣的东西，因为形式主义没完没了的任务就是，在每一种情况下都根据诸多接续形式的游戏来使内容出现退缩、出现移动。发生在物理科学本身上的事情，自牛顿以来，就是无休止地使物质退缩，不是让位于"精神"，而是让位于偶然性（我们会想到凡尔纳引用的艾伦·坡的句子："一种巧合应该永不停歇地成为一种严格计算的物质。"）。属于唯物主义的东西，并非是物质，而是退缩，是去掉卡槽；属于形式主义的东西，并非是"形式"，而是所有内容相对的和延缓的时间，是各种标记的不稳定性表现。

　　为了使我们摆脱有关所指即有关 停止 的一切哲学（或神学）——因为我们这些"文人"并不具备最终的形式主义即数学的形式主义，我们就必须使用尽可能多的隐喻，其原因是隐喻是通向能指的一条道路。由于缺少算法，只有隐喻可以让所指离开，特别是当人们得以使隐喻脱离其起因的时候，更是这样。① 我今天提出这样的隐喻：世界的舞台（世界就像是舞台）为含有诸多"布景"（文本）的一种游戏所占据：去掉一幕，后面的一幕就会出现，以

────────

① 我把一种替代链（substitution）称作无起因的隐喻，因为在这种隐喻里，人们不去标记首个词语，即基础词语。有的时候，语言本身产生一些比较，甚至是无起因的比较，或起码是相反的比较。火绒（amadou）是一种易燃物质，该词的名称起源于（普罗旺斯语的）热恋中的情人（amoureux）一语，是"情感性"可以让我们命名"物质性"。（在符号学上，"替代"是指处于同一聚合体关系中的各个词项在语链同一位置上的互相替换操作，这种替换并不改变句子的意义，但却可以使之变得丰富和有诗意，这通常就是隐喻的操作。——译注）

此类推。为了进一步说明问题,我们将两部戏剧对立起来做一下比较。在皮兰德娄(Pirandello)的《六个人》(*Six Personnages*)一剧中,剧情是在剧场"光秃秃"的背景下上演的:无布景,只有墙壁、幕后的滑轮和绳索;人物是借助其压缩的性格、内在的性格、因果特征来确定的一种"真实"①,而逐渐地得以构成的;这其中有一种机械装置,主体是毫无主见的人。因此,在不考虑其现代风格(在同一个舞台上,无布景演出)的情况下,这种戏剧仍然是属于精神论方面的:它把原因、背景、内容的"实际"与对于布景、绘画、效果的"幻觉"对立了起来。在马克斯兄弟(Marx Brothers)的《歌剧院之夜》(*Une nuit à l'Opéra*)一剧中,探讨的是同一个问题(显然是根据荒诞方式探讨的,对于真实的保证是补加的):在(奇妙的)最后一幕中,作为北方抒情诗人的老妖婆,被她自己搞得可笑不迭,镇静地唱着歌,背对着作为布景的整场华尔兹舞。一些人迅疾地上台,另一些人迅疾地下台。老太婆背后相继出现的是异样的、不相关的迥异"背景"(剧目表上累计的所有作品提供着转瞬即逝的背景画面),她自己都不知道这些背景的变化情况,她说出的每一句话都不合情理。这种嘈杂中充满着各种标志、图案:没有背景,却代之以多重布景的转动、多重(出自歌剧院总剧

---

① 这里的"真实"(réel),应该是结构精神分析学家拉康(J. Lacan)确立的概念。按照拉康的理论,"真实"与"象征"(symbolique)和"想象"(imaginaire)一起,构成精神分析学的三个基本语域或三个"基本界"。"真实"是通过象征而得以建立的,并对应于象征在其自身建立过程中所排除的东西,拉康说:"不出现在象征中的东西,便出现在真实之中。"相对于"象征"和"想象","真实"实际上是一种言语效果,可以体会得到,但又无法命名之。若用语言符号学的一个术语来说,它该类似于"标示"(indice)符号,即尚不能说出其"所指"的符号。——译注

目表的）语境的编码和它们的滑稽显示、令人心碎的多义性，而最后是代之以主体的幻觉。主体在看着他的他者（观众）的同时，唱诵着其想象的东西，并认为他背靠着一个单一的世界（幕布）在说话，然而这完全是一种多元性的场面，这种场面使主体处于被嘲笑的境地，<u>也使他被分解</u>。

2. 空洞

当然，中心偏移（décentrement）观念远比<u>空洞</u>观念更为重要。后一个观念有点模糊：

某些宗教经验可以很好地满足于一种空洞中心［对于东京（Tokyo），我曾借提醒大家注意这个城市的中心被皇宫占据一事，暗示过这种含混性］。还是在此，必须不停地重新组织我们的隐喻。首先，我们在充实（plein）中所厌恶的，不仅仅是由一种最终的物质、一种不可拆分的密实度给出的形象，而且是和尤其是（至少在我看来）一种不好的形式。充实，从主观上讲是（对于过去、对于父亲）的记忆，从神经官能症上讲是重复，而从社会角度讲则是俗套（这种俗套在所谓的大众文化中即在这种<u>多格扎式的文明</u>——我们的文明——中特别繁荣）。相反，空洞则不应该被构想（被想象）为一种缺乏（缺乏身体、缺乏事物、缺乏情感、缺乏词语等：一无所有）之形式——而我们则是旧时物理学的受害者；我们对于空洞有着一点化学方面的观念。空洞，更可以说是一种新颖，是新颖之返回（它是重复的反面）。最近，我在一部科学百科全书中（我所知道的显然不会超出这一全书），读到对于（我认为是最新的）一种物理学理论的解释，这种解释给予了我对于我一直在思考的这种著名的空洞的某种想法（我越来越相信科学所带来的隐喻价值）。

这便是丘（Chew）和曼德尔斯塔姆（Mandelstam）的理论（1961），即所谓的靴环理论（théorie du bootstrap）（bootstrap 是长靴上的环，借助于这个环，可以将长靴提起，因此，便有了下面的成语"借助长靴自起"）。"宇宙中的各种粒子，并非是根据某些比其他粒子更为基础的粒子产生的（谱系和决定论的陈旧幽灵被清除了），但是，它们却是在特定时刻相互作用的结果（世界是由各种区别组成的一种临时系统）。换句话说，粒子集合是由其自身产生的（自我内聚作用）。"① 总之，我们所谈论的空洞，就是世界自我内聚作用的结果。

3. 可读的

意义被清除了，一切都需要去做，因为言语活动还在继续（"一切都需要去做"这种表述，显然指的是研究工作）。在我看来（也许我不曾充分地讲过），俳句的价值相反却是在这一点上，那就是它是可读的。至少在我们的充实世界之中，使我们躲避符号的东西，并非是符号的对立物，即非符号、非意义（即通常所说的，不可读），因为这种非意义会很快地为意义所补救（作为非意义的意义）。依靠例如破坏句法来颠覆语言，是毫无意义的。实际上，那是一种很弱的颠覆，而且，这种颠覆并不是单纯的，因为正像有人说的那样，"小的颠覆制造大的因循守旧"。意义，不能借简单地断言其反面而直接地被进攻；必须选择、施以计谋、加以细化（依

---

① *Encyclopédie Bordas*, «Les lois de la nature». ［这种理论，也被称为"超级绳系理论（théorie des supercordes），指的是大自然中所有基本粒子和基本力量之存在性的一种努力"（www.yahoo.fr：théorie de bootstrap）。——译注］

据该词的两种理解，提炼一种特性和使之消失），也就是说，必要时可以去滑稽模仿，而更好的是去伪造。俳句，借助于整套技巧及一种对称编码，使所指消失，而只剩下了能指的一层薄薄云雾；似乎就是在这一时刻，借助于最后的努力，这一能指取用了可读的面具，即复制品，不过同时取消了任何参照，取消了"好的"（文学）讯息的所有属性即明确、简洁、优美、细腻。我们今天所考虑的书写工作，既不在于改善交流，也不在于破坏交流，而是将其拉成丝状。这大概就是古代书写之（精心）所为（正是为此，而且不论怎样）成了一种书写。不过，在19世纪的某个时期，一个新的阶段开始了。在这个阶段里，已经不是意义在唯一的编码（即"成功书写"的编码）内部（自由地）成为多义的，而是言语活动（作为编码和逻辑的"变动的等级"）的整体本身在被考虑、被加工了。这种情况还应该在交流的表面上进行，因为解放一种言语活动的社会和历史条件（相对于所指和话语的特性来讲）在任何地方都还没有得到汇集。由此，程序、剽窃行为、互文性、伪可读性等诸多（指导性的）理论概念在当前均表现出了重要性。

4. 语言

您说过，"语言①并非是一种上层建筑"。在这一方面，有两点严格的限定。首先，当"上层建筑"概念并不明确的时候，这样说就不可能是确定的，而且在当前情况下，这种说法（至少）充满着变化。其次是这样的情况：如果有人构想一种"里程碑似的"历史

---

① 这里的"语言"，指的是"自然语言"，即人们平日说的语言，例如汉语、法语、英语等。——译注

的话，那么对于整体的结构论，极有可能就是语言、就是各种语言在其中。有一种印欧语系的语言结构（例如它对立于东方语言），这种结构与这种文明范围之制度密切相关〔我们都知道，在印度与中国之间，在印欧语系与亚洲语言之间，在佛教与道教或禅（禅表面上是属于佛教的，但是它并不属于佛教）之间，有一种很大的断裂；我所说的划分，并非是宗教史上的划分，恰恰是语言上的划分、言语活动上的划分〕。

不管怎样，即便语言不是一种上层建筑，那么与语言的关系也是政治性的。这一点，也许在像法国这样于历史和文化上有所"积淀的"国家中，并不是明显的。在这样的国家里，语言不是一种政治主题；不过，只需重提这个问题（借助不论何种研究，制定一种介入性的社会-语言学，或者只是一期普通的杂志专号），也许就会对于它的明显性、重要性和尖锐性感到惊讶了（法国人，相对于他们的语言，诚实地为几个世纪的传统权威性所蒙蔽或所麻醉）。不过，在一些不大富裕的国家，与语言的关系是很棘手的。在从前被殖民的那些阿拉伯国家，语言是一个国家问题，带着整个政治观念。此外，我很不肯定，人们已经准备好了解决这个问题。其原因是还没有关于言语活动的一种政治理论即一种方法学，而这种方法学可以让我们建立起把语言<u>占为己有</u>的程序，也可以让我们研究各种陈述活动手段的"特性"，就像是语言科学的某种《资本论》（*le Capital*）那样（我认为，这样的一种理论将会依据符号学现时的初步探索逐渐得到制定，而这将会部分是语言科学的历史意义）。这种（政治方面的）理论，尤其决定，在语言需要停止在某个地方的情况下，它会停止在什么地方。当前，在某些尚为过去的殖民语言（法语）所困扰的国家里，占上风的<u>逆潮流而动</u>的观念是，可以把语言与"文学"分开，可以讲授一种语言（作为外语），而拒绝

（被誉为"资产阶级的"）另一种。不幸的是，不存在语言的起步点，我们也无法停止语言；人们在必要时可以关闭和脱离语法（因此也可以规范地教授），却不可关闭和脱离词汇，也不可能关闭和脱离联想领域、内涵领域。一位学习法语的外国人，在接受了很好的法语教育的情况下，他会很快或至少应该很快地面对与一位法国人面对自己语言时所遇到的那些相同的问题。文学从来都仅仅是对于语言的深化和扩张，在这一点上，它是最开阔的意识形态领域，而我开始时谈的结构问题就需要在这一领域内讨论（我这么说，是基于我在摩洛哥的经验）。

语言是无限的（即无尽头的），应该从这一点上得出结论。语言开始于语言之前，这正是我在日本方面想要说的，同时，我要称赞我在那里所进行的交流，这种交流甚至是在我所不懂的语言之外、在这种不懂的语言的涓流和其情绪呼吸之中进行的。在一个不懂其语言的国家里生活，而且是在旅游驻地之外放开地生活，是最危险的冒险（按照这种表达方式在青年小说中可能具有的意义来说）。（对于"主体"来讲）这是比面对热带丛林更具风险的，因为必须<u>超越</u>语言，待在其额外的边缘处，也就是说待在其深不可测的无限之中。如果是让我来构想一位新的鲁滨逊的话，我就不会把他放在一个荒岛上，而是将他放在他既不能辨析其言语，也看不懂其文字的一个拥有 1 200 万人口的城市里。我认为，他就该待在这种地方，那将是神话的现代形式。

5. 性欲表现

在我看来，讲究性游戏，这是西方一种非常重要的和完全不为人所知的观念（这是人们对此感兴趣的主要原因）。道理是简单的。

在西方，性欲表现只非常微弱地顺从于一种包含违反行为的言语活动；但是，把性欲表现变为包含违反行为的领域仍然是将其当作一种二元对立关系（<u>赞成/反对</u>）、一种聚合体、一种意义的附庸。把性欲表现看作一个黑色大陆，这还是让其服从于意义（<u>白色/黑色</u>）。性欲表现的异化，同质地与意义的异化联系在一起，并通过意义而实现异化。困难在于，并非是根据或多或少放荡的计划来解放性欲，而是使性欲与意义脱离，包括脱离作为意义的违反行为。您再看一下阿拉伯国家。在那里，人们借助于方便的同性恋做法，就很容易地违反"正常"性欲的某些规则（条件是不能<u>将其说出来</u>，但是这又是另外的问题了，即关于性欲的无限大的词语化问题，因为这种词语化不存在于"正常的"文明之中，不过，这同一种词语化是被"有罪感"文明珍视的，因此有忏悔和淫秽表现）；但是，这种违反行为不可避免地服从于严格的意义规定。于是，同性恋，作为违反行为的实践，便直接地在其自身（借助于某种自卫性阻滞，或某种受惊性反射）产生人们所能想象的最纯粹的聚合体，即主动性/被动性、具有/被具有、占有/被占有、敲打者/被敲打者的聚合体（这些"黑腐病"单词，在此都带有场所特征，还要考虑到语言的意识形态价值）。然而，聚合体便是意义；而且，在这些国家，任何超出轮换、过分不和睦，或者只是一般的迟缓（那里的某些人鄙夷地称之为<u>做爱</u>），都属于同样被禁止的和无法理解的行为。性欲的"讲究"不是在违反行为方面而是在意义方面对立于这些实践的粗野特征；我们可以把这种讲究定义为<u>对于意义的干扰</u>，其陈述活动的途径，或者是"礼貌"仪式，或者是一些肉感技巧，或者是对于色情"时间"的一种新概念。我们可以用另外的方式来说出这一切：性欲的禁止完全被取消了，不是为了一种神秘的"解放"（这个概念在满足所谓大众社会的腼腆幻觉方面是很恰当的),而是为了那些空洞的编码,这就把性欲表现排除在了主动谎言之外了。萨德(Sade)很清楚地看到了这一点,他所讲述的性实践均服从于一种严格的组合规律。不过,那些实践依然带有纯属西方的一种神秘成分,那便是某种亢奋、某种极度兴奋,我们恰如其分地称之为**热性欲**,而且,这还是在使性欲成为对象——不是成为享乐主义的对象而是成为一种**热情**的对象(是神在主导热情和使其活跃)——的情况下,将其神圣化。

6. 能指

　　能指,我们还必须下决心长时间来使用这个词(这个概念,我们会一劳永逸地不需要去定义它,但却只需运用它,也就是说将其隐喻化和使其对立于——特别是对立于——所指。在符号学之初,我们曾认为所指就是能指的简单相关项,但是,我们今天很清楚地知道,所指是能指的对立面)。当前的任务是双重的。一是,必须能够构想(我把这个词理解为更具隐喻性而不是更具分析性的一种操作)<u>能指的深度与轻盈</u>如何矛盾地得以讲述(我们不要忘记,<u>轻盈</u>可以是尼采意义上的一个单词)。因为一方面,能指不是"有深度的",它并不依据一种内在性和秘密平面来发展;但是另一方面,除了充当在自身隐没和远离所指而投入到材料即文本之中的东西之外,这种赫赫有名的能指还能起到什么作用呢?它如何深入到轻盈之中呢?在无鼓胀和无深挖的情况下如何铺展呢?能指可与何种物质相比较呢?当然不能与水相比较,因为尽管水是像海一样没有穷尽的,但是海洋总有海底;最好与天空相比,与宇宙空间相比,因为宇宙空间正好是<u>无法想象</u>的。二是,这同一种隐喻探索似乎要根据<u>工作</u>这个单词来进行(实际上,这个单词远比<u>所指</u>更是能指的真正相关成分）。它还是一种神力（numen）单词（即可以武装一种话语的单词）。我对它的分析如下：它与文本的问题紧密相连，它根据克里斯蒂娃给定的词义即<u>前意义的工作</u>来铺展，也就是在意义、交换、计算之外而在花费和游戏之内进行工作来铺展。我认为，需要探索的应该是这个方向，尽管需要预想到某些内涵。完全消除<u>工作劳累</u>的想法，也许要放弃（在必要时，至少是在开始时）为任何工作都提供无私担保的换喻，这样做显然可以使能指的"工作"过渡到社会主义阵营之中（此外，在这个阵营中，能指受到了多方面的欢迎），但却似乎应该得到更为缓慢、更为耐心和更为辩证的思考。总之，有关"工作"的这一重大问题是在我们文化的一种空穴之中，是在一种空白之中；简练地讲，好像这种空白恰好就是至此在马克思与尼采之间取消那种关系的空白。那种关系即最为抵制者的关系，因此应该去有所了解，但有谁负责这种事呢？

7. 武器

您明确地将<u>符号</u>与<u>武器</u>对立了起来，但却是按照仍然是替代性的一种程序来进行的，而且您别无选择。因为符号与武器，是同样的。任何斗争都是语义性的，任何意义也都是战斗性的。所指是战争的神经，战争就是意义的结构本身。我们现在就处于战争之中，不是处在特定意义的战争（为消除意义而进行的一场战争）之中，而是处于多种战争之中。一些所指相互对立，它们都装备有各种可能的（军事的、经济的、意识形态的，甚至是神经官能症的）武器。在当前世界上，不存在所指由此被排斥出去的任何制度场所（今天，我们只能借助在一些不稳定的瞬间被占据的、不可居住的、矛盾的甚至有时显得像是与其反向而动的场所里的制度来行骗，才能寻求破解所指)。在我看来，我据以一丝不苟地（也就是说超出了一种优先的政治立场）尝试进行自我调整的聚合体，并不是<u>帝国主义/社会主义</u>，而是<u>帝国主义/其他东西</u>。在聚合体即将形成的时刻的这种去掉标志，即由于<u>中性</u>的省略、补加或偏移而变得不牢靠的这种对立，亦即这种乌托邦式的大开状态，是我现在得以自持的唯一场所。帝国主义，便是<u>充实</u>；在对面，有未被署名的<u>剩余</u>，一种无标题的文本。

1971，《诺言》（*Promesses*）
根据居伊·斯卡珮塔（Guy Scarpetta）的问卷整理

语言的涓流

言语是不可逆的,这是它命定的结果。已经说出的,是不能改口的,<u>除非是扩增</u>;改正,不可思议地就是添加。我在说话的时候,我从不删除、取消、作废;我所能做的一切,便是说出"我作废、我取消、我纠正",简言之,这还是在说话。这种借助于添加而进行的非常特殊的作废,我称之为"说话拖泥带水"。说话拖泥带水,是带有两次性失败的一种讯息:一方面是让人难于理解,另一方面是经过努力还能勉强听懂;它既不真正地处在语言之中,也不脱离语言。它是一种言语活动的声音,可比之于一台发动机点火位置不当时发出的一连串声响;它恰恰就像是意味着<u>点火失败</u>,这便是出现在对象工作过程中的一种失败所表现出的声响符号。(发动机或主体）说话拖泥带水，总的说来，是一种惧怕：我怕运行偶尔停止下来。

*

机器的死亡：如果人类把机器的死亡描绘成像是一头动物（见左拉的小说）死亡的话，那么，这种死亡对于人类来说就是痛苦的。总之，尽管机器很少有同情心（因为在其以机器人形象出现的时候，构成最严重威胁的便是身体的失去），不过，在其身上还是有可能安排一种惬意的主题的：它的运转状态良好，我们在机器单独运行时感到害怕，我们在其运转良好时感到享受。然而，就像言语活动的运转不佳在某种程度上被概括为一种有声响的符号——说话拖泥带水——那样，机器的良好运转状态表现在一种音乐存在状态中则是涓流声声。

涓流声声，便是运转良好的声音。随后，便出现了这样的反论：涓流声声表明的是一种极限声音、一种不可能的声音，它虽然运转良好但却是没有声音的声音；发出声音，便是让人听到声音的哪怕是挥发动作即细微、模糊、微颤，都被当作一种取消声音的符号。

因此，都是快乐的机器在发出声音。色情机器，曾被萨德无数次想象过和描述过，它是"带有思考的"肉体结合体，其所有的情爱之处都是相互细心协调好的。当这样的机器借助于参与者痉挛性的动作而开始运转时，它就颤抖起来，并发出轻微的声音。简言之，它在运转，它运转良好。再就是，当今天的日本人蜂拥而至赌场、醉心于老虎机（在那里被叫作 Pachinko）的时候，这些赌场便充满了金钱的巨大涓流声声，而这种涓流声声意味着有某种东西在集体地运转着：游艺带来的快乐（这种快乐因其他原因还是神秘的)、身体准确行动的快乐。因为涓流声声(我们可以通过萨德的例子和日本人的例子看出)涉及身体群体:在"运行中"快乐的声响里,没有任何的嗓音发出、引导或躲避,没有任何的嗓音在构成;涓流声声甚至也是多元享乐的声响——但却丝毫不是群体性的(相反,大众只有一种嗓音,它是非常可怕的)。

*

那么,语言可以发出声响来吗?言语似乎注定还是拖泥带水的,书写注定是沉默的和有别于符号的。不管怎样,总还会有过多的意义,以便使言语活动实现属于自己的一种享乐。① 但是,不可能的事情,并非就是不可设想的:语言的涓流声声构成一种乌托邦。什么样的乌托邦呢?那便是有关意义的一种音乐乌托邦。我在此要说的是,语言在其乌托邦状态中是可以被扩展的,我甚至说它是反本质的,直到它构成一种有声响的编织物,而在这种编织物中,语义机制将不会得到实现;语音的、格律的、发声的能指,尽其所能在展开,而从没有一个符号与之脱离(即从没有一个符号采用这种纯粹的享乐部分),而且同样——这正是困难所在——没有一种意义突然地被丢掉、被武断地取消,简言之,就是被割除。语言在发声的同时,通过我们的理性话语前所未闻、不为人知的一种动作而被委托给能指,它并不因此离开一种意义之范围。意义是共有的、不允许进入的、无法命名的,不过,它就像一种幻影似的被

---

① 这里,巴尔特严格地按照索绪尔的理论使用了三个概念:言语活动(langage)、语言(langue)和言语(parole)。言语活动指人的有声的整体沟通,语言指在沟通中使用的规则,而言语指对于规则的集体的或个人的具体应用。——译注

置于远处,并把嗓音的实践变成一种带有"底色的"双重景致。但是,在不使音位①的音乐成为我们讯息的"底色"的情况下(就像在我们的诗歌中有时出现的情况那样),意义在此就是享乐逃逸的点。而且,当涓流声交付给机器的时候,它只不过是一种没有响声的声音;当涓流声交付给语言的时候,它便是让人听到排除意义的那种意义,或者说——这是同样的情况——它便是让人从远处听到从此摆脱了所有入侵情况的意义的那种非意义,而那些入侵的符号由于是"在痛苦和野蛮的人类历史中"形成的,所以就是潘多拉的盒子。

这大概可以说是一种乌托邦;但是,乌托邦常常又是引导先锋派研究的东西。因此,在这里和在别处,有时就存在着我们可以称之的涓流声经验。例如后系列音乐的某些生产情况(很说明问题的是,这种音乐赋予嗓音一种极端的重要性。这正是音乐所加工的嗓音,音乐在这种嗓音中改变意义,但是却不改变音量)。例如对于无线传声的某些研究,再例如皮埃尔·居约塔(Pierre Guyotat)和菲利普·索莱尔斯(Philippe Sollers)近期所写的一些文本那样。

*

还有围绕着涓流声进行的这种研究,我们可以自己来进行,并且是在生活中、在生活的经历之中来进行。我们还可以在生活突然带给我们的东西中进行研究。有一天晚上,在观看安东尼奥尼

---

① 音位(phonème):自然语言具有双重分节式连接方式:第一层是符号-语素层,或称语义层;第二层是音位层,或称表达层。音位是语音的最小单位,可以将其理解为"音标"。音位与在意义层上的最小单位义素相对应。——译注

（Antonioni）拍摄的一部有关中国的影片时，我在影片镜头的转接处突然感受到了语言的涓流声：在一条农村的街道上，一群孩子背靠着墙在高声朗读，但每个孩子朗读的书却不一样；这种发声方式不错，就像一台机器在运转。在我看来，由于不懂汉语，加上这种童声朗读带来的混乱，便更不能进入意义；但是，根据一种幻觉式感知来听，因为这种感知强烈地接收到那种场面的巧妙，我听到了音乐、呼吸、张力，简言之，就是某种像是<u>目的</u>的东西。竟然是这样！难道只需一起说话，就足以让语言按照我们刚才说的罕见的、被借用而来的享乐方式发出声音吗？毫无疑问，当然可以。对于有声响的场面来说，那就需要一种色情（按照该词最为宽泛的意义来说），具备冲劲，或有所发现，或伴有一种情绪，那就是中国孩子们脸上所明确带来的东西。

*

今天，我有点像黑格尔所描述的那样，在想象古希腊人的方式。他说，古希腊人带着激情并毫不松懈地询问树叶、泉水、风的轻微声响，简言之，就是询问大自然的兴奋，为的是从中感知一种智慧。而我，我在倾听言语活动的涓流声声之中，所询问的便是意义的震颤——这种言语活动，便是我作为现代人的大自然。

选自《走向一种无障碍美学》（Mélanges Mikel Dufrenne, *Vers une estbétique sans entraves*, Ⓒ U. G. E., 1975）

附录
年轻的研究者们

　　《交流》杂志的这一期是特别的：这一期并没有围绕开发一种知识或阐明一个主题来安排；它的一致性，至少说是其最初的一致性，并不存在于其目的性之中，而是在于其作者群体。他们是一些大学生，是最近才从事研究工作的；让他们自愿地汇聚在一起的东西，是这些年轻的研究者们的初步研究成果，他们非常自由地构想了他们研究计划，不过，仍然还要服从于一种制度，即第三阶段学习也就是博士阶段的制度。因此，我们在此感兴趣的，主要是研究本身，或至少是某种研究，与艺术和文学的传统领域尚有联系的那种研究。下面谈到的，仅仅是这种研究。

*

在大学生开始研究工作时,他要承受一系列的划分。作为年轻人,他属于因其无生产能力而确定的一类节约群体:他既不是有产者,也不是生产者;他处于交换之外,我们甚至可以说,处于可利用之外,因为在社会上他被排除在任何名称之外。作为知识分子,他被带入了研究工作的等级之中,而被认为是参与一种思辨的奢华活动。不过,他却享受着这种奢华,他掌控不了这种奢华,也就是说掌控不了交流的随意性。作为研究者,他注定要与各种话语分开:一方面是有关科学性的话语(<u>法律</u>话语),另一方面是有关欲望或书写的话语。

*

(研究)工作必须进入欲望之中,如果没有做到,那么开展起来就是闷闷不乐的、功用性的、异化的,它只是因参加一次考试、获得一种证书、确保职场晋升之需而被驱动。为了使欲望深入我的研究工作之中,在我看来,研究工作必须是<u>被要求的</u>,不是被打算确保我的劳务(付出)和同意支付我的服务的一个集体要求,而是被一个活跃的读者群要求,原因是在这个群里相互可以听到<u>他者</u>(l'Autre)的欲望(而非<u>法律</u>的检查)。然而,在我们的社会里,在我们的制度之下,人们向大学生、向年轻的研究者、向知识分子劳动者要求的,从来不是其欲望。人们不要求他们书写,而是要求其要么是说话(不脱离难以计数的解说),要么是"汇报"(为的是进行正常的检查)。

在这里,我们所希望的是,研究工作从一开始就是一种强势要求的对象,这种要求是在制度之外形成的,它只能是书写的要求。

当然，出现在这一期中的，只是一种小小的乌托邦，因为人们很容易猜想到，社会并没有准备从制度上广泛地向大学生，特别是向学习"文学"的大学生让出这种快乐。但愿人们需要大学生；但愿人们需要的，不是他未来的能力或作用，而是他随时表现出的激情。

*

也许，现在到了动摇某种虚构的时候了。虚构要求研究工作得到阐述，但不要写出来。研究者基本上只是一位材料探究者，而且就是在这个层级上提出他的各种问题。一旦到了通报一些"结果"的时刻，一切便都得到了解决；"建立起形式"只不过是最后的模糊操作，这种操作是借助于某些在中学里学习到的"表达"技巧很快进行的，其唯一的限制可能就是服从于体裁的编码（"明确性"，取消意象，遵守推理法则）。不过，更为需要的是，学习社会科学的大学生，即便仍然停留在完成简单的"表达"任务方面，他要充分地武装起来。而且，当研究对象就是文本（我们后面还要回到这个单词上来）的时候，他便陷入了一种可怕的进退两难的境地：他要么根据规范行文①的约定编码来谈论文本，也就是说，继续去当学者"想象物"的俘虏，因为这位学者想要，或者说得更不好听一点，自认为外在于其研究对象，并在全然无知和完全确信的状态下，将自己的言语活动置于治外法权（exterritorialité）的地位；或者亲自进入能指的游戏之中、进入陈述活动的无限性之中，一句话

---

① 规范行文（écrivance）：罗兰·巴尔特在《写作的零度》一书中，将"规范行文"与"书写"（écriture）做了对立阐述。他将前者确定为对于真实情况的描述，亦即"白色书写"或者是无风格的书写，而把后者确定为带有作者风格的创作亦即巴尔特意义上的"书写"。——译注

就是"书写"(这并不简单地意味着"写好"),就是从其想象的外壳、从其科学的编码中收回他所认为的自我,因为这种自我虽然有保护作用,但也有欺骗作用,一句话,就是把主体放在一页纸的边缘处,不是为了"表达"主体(这与"主体性"毫无关系),而是为了分散主体。这样一来,就超出了研究的正常话语。显然,正是这种超出——尽管是轻微的,但我们允许其在这一期中显露。这种超出,根据作者不同而有变化,我们并没有对这样或那样的书写给予特殊的关照;重要的是研究者在其研究工作(知识、方法、陈述活动)的这一层面或另一层面上,决定不让自己被科学话语的法则任意扩展(科学话语不一定就是科学。在质疑学者话语的同时,书写丝毫不排除科学工作的那些规则)。

*

研究工作做完后,就是为了发表,但是,研究很少能得到发表,尤其是在其最初的时候——但初期并不一定不如其结束重要。一项研究的成功——特别是在文本方面的研究的成功——并不依靠其作为虚假概念的"结果",而是依靠其陈述活动的<u>自反性</u>本质;正是在其行程中的任何时刻,一项研究可以使一种言语活动返回自身,并因此使学者放弃自欺。一句话,就是使作者和读者出现移动。不过,我们都知道,大学生们的研究很少得到发表,博士课题实际上是一种被压抑的话语。我们希望,靠着发表初期研究的某些片段,可以克服这种压抑;我们希望以此来解放的,并非只是文章的作者,而是其读者,因为读者(尤其是杂志读者)自身也被拖进了专业言语活动的分解之中。研究不应该再是这样精打细算的工作,因为这种工作要么在研究者的"意识"(独白者痛苦的、自闭式的形式)之中进行,要么就在使一项研究的"领导者"变成其唯一读者的那种可怜的往返活动之中进行。研究必须与言语活动的隐蔽性循环、与文本的分散汇合在一起。

*

这些研究，是因为想变革阅读（旧时文本）才进行的。变革阅读，不在于用新的科学规则替代解释旧时的限制，而在于去想象一种自由的阅读最终变成"文学研究"的规范。这里所说的自由，显然不是一种不论什么样的自由（自由与不论什么东西处于矛盾关系之中）。在对于一种纯真自由的要求之下，重新返回的是所学习到的俗套性的文化（自发，属于已经说过的东西的直接场域），因为这必然将是所指的返回。在这一期中出现的自由，属于能指的自由，那便是单词、文字游戏、姓名、引语、词源学、话语的自省性、纸面安排、边白处、结合规则、对于拒绝言语活动的返回。这种自由应该是一种技艺高超的安排，它可以让人在面对即便是非常古旧的文本时读出对于任何书写的格言：循环往复。

*

人们对跨学科性谈论了很多，不在于将一些已经构建起来的学科加以对立（实际上，没有任何学科会同意自我放弃）。为了制造跨学科性，只是采用一个"主题"（题目）和围绕着两三种科学来做研究是不够的。跨学科性在于创立一种新的对象，该对象不属于任何人。我认为，文本就是这样的对象之一。

*

实际上，差不多15年以来在法国进行的符号学研究工作，已经把一个全新的概念置于首位，而且需要逐渐地用这种概念来取代作品的概念，那便是<u>文本</u>。我们可以将<u>文本</u>划归在"文学"的传统领域之中，在理论上文本是借助于某些开创性的文字建立起来的：<u>文本</u>首先是一种理论。在此汇集的各种研究工作（我想可以说是各种证明性工作），对应于这样的时刻即理论应该按照一些特殊研究的意愿被分割开来的时刻。在此，提前要说的是从理论向研究的过渡：这些文章中没有一篇属于一个特殊的、偶然性的、属于历史文化的文本，也没有一篇源于这种提前提出的理论或源于准备了这种理论的那些分析方法。

*

在"文学"方面，有关研究的思考把人引向了<u>文本</u>（或至少我们今天假设，这种思考有着引向文本的自由）。因此，<u>文本</u>与研究对象同等地成为这一期的对象。

<u>文本</u>：我们既不要搞错该词的单数形式，也不要弄混其第一个字母大写的情况。当我们说<u>文本</u>的时候，并不是为了神化它，将其变成一种新的神秘性的神明，而是为了显示一种总体、一种场域，它们要求按照部分来进行的一种表达，而非借助于计算来进行的一种表达。对于一部作品，我们可以说出的一切，便是在作品中有<u>文本</u>。换句话说，在从普通的文本概念过渡到现在的<u>文本</u>概念的时候，必须改变计算方法。一方面，<u>文本</u>并非一种可计算的对象，它是一种方法学场域，而在这个场域里，根据一种更为"爱因斯坦式的"而非"牛顿式的"运动，陈述语段与陈述活动、被评论者与评论者相互为继；另一方面，<u>文本</u>没有必要只能是现代的，在一些旧时的作品中也可能会有某种<u>文本</u>。而且，恰恰是这种不可量化的萌芽的出现，在迫使人们搞乱、超越<u>文学</u>史的旧有划分；新兴研究的诸多直接和明显的任务之一，便是进行这样的书写登记，便是标记

在狄德罗、夏多布里昂、福楼拜、纪德的作品中可能有的<u>文本</u>情况。这就是许多作者聚集在这里所做的事情。他们当中的一位，就隐性地以其多数同伴的名义说出了这样的话："也许，我们的研究工作仅仅在于标记一<u>些</u>在一种言语中被使用的书写碎片，而<u>父亲</u>①则是这种言语的担保人。"在旧时的作品中，我们无法更好地确定什么是<u>文学</u>，什么是<u>文本</u>。换句话说，这种过时的作品是如何<u>还被阅读</u>的呢？我们高度重视这些年轻的研究者将自己的研究工作与一种批评任务结合在一起，那便是对于一种过去的文化进行当前的评价。

*

所有这些研究，构成了一种集体举动。这甚至就是<u>文本</u>的疆域，它是逐渐地勾勒而成并着色的。现在，我们跟随着一只共同的手，一篇文章一篇文章地看一下，这只手不是在书写<u>文本</u>的定义（并不存在其定义，因为<u>文本</u>并不是概念），而是<u>描述</u>（<u>不用-手抄</u>）书写实践。

首先是这一点，它对于理解和接受在此汇集的所有文章的跨度是必要的。文本破坏整体的文化分类学，因为指出一部作品的<u>无限</u>

---

① 父亲（Père）：此处采用了源于拉康精神分析学的"父亲"概念。拉康在弗洛伊德对于"父亲"的论述基础上提出，"父亲"的概念可包括三个范畴：象征性父亲（Père symbolique）、想象性父亲（Père imaginaire）和真实父亲（Père réel）。象征性父亲原指"死去"的父亲、转换"法则"的父亲，但是，这样的父亲在生活中一直出现，因为孩子们都是在由这种"法则"规范的环境中成长的；想象性父亲是一种理想的形象，他是出现在主体理想化过程之中的楷模；真实父亲则是家中实际存在的父亲。巴尔特所引文字中的"父亲"，当指前面两种情况，其实就是指文中所说的"学者"。——译注

性特征，便是将其变成一个文本。即便有关文本的思考开始于文学（也就是说开始于借助制度而形成的一种对象），但文本并不一定停止于文学。凡是一种意指活动①依据结合规则、转换规则和移动规则得以建立的地方，都会有文本：文本当然会在书写生产过程中出现，但也会在图像游戏、符号游戏、物品游戏中出现，比如在影片中，在连环画中，在礼仪物品中。

还有这种情况存在，就像能指的展开那样，文本经常可悲地与趋向返回自身的所指进行斗争，因为如果普通文本屈从于这种返回，如果所指取得了胜利，那么，普通文本就不会成为我们所说文本，原因是在这种文本上俗套就变成"真理"，而不是成为一种二级结合规则的游戏对象。因此，文本让它的操作者进入我们所说的书写剧情（人们会在这里看到有关福楼拜的书写剧情的分析），或者让其读者进入一种预先的批评评价之中（这便是法律话语的情况，法律话语在被分析之前在此均得到了评价），是合乎逻辑的。

不过，我们可以对文本进行的主要的因此也是大量的探讨，便在于挖掘文本的所有意蕴表现：真正的结构（例如关于话语的语言学可以做到的那样）、语音外形（文字游戏，专有名称）、页码安排、行距安排、多义性、被拒文字、预示性文字、联想成分、空白部分、拼合内容，一切质疑书籍之材料的东西均汇聚在此，都是按照各位作者——从福楼拜到克洛德·西蒙（Claude Simon）的意愿在此被提到的。

---

① 意指活动（signifiance）：语言学和符号学术语，指"有所意味的特征（但不确定意义）"（Josette Rey-Debove, *Lexique sémiotique*, Paris, PUF, 1979, p.135），现已不大使用。这一概念不同于现在经常使用的"意指"（所产生的意义）或"意指过程"（产生该意义的过程）。——译注

最后，文本首先（或总之）是一种很长的操作，一位作者（一位陈述活动的主体）可以通过这种操作发现（或让读者发现）他的言语的<u>不可标记特征</u>（irrepérabilité），并最终以<u>这个在说话</u>来替代<u>我在说话</u>。认识表达的想象物，便是排除这种想象物，因为想象物就是不了解。甚至就在这一期中，有多种研究试图评价［关于夏多布里昂的、纪德的、米歇尔·雷里斯（Michel Leiris）的］书写想象物，或者是关于研究者自己的想象物（有关电影悬念的研究）。

不要认为，这些不同的"探究"会有利于<u>框定文本</u>；更可以说，整个这一期所研究的就是展开文本。因此，不要去想组织、规划这些研究，因为对于这些研究的书写仍然是多种多样的（遗憾的是，我最终愿意介绍一下这一期，因此也是冒险为这一期提供一种一致性，而在这种一致性之中文章的作者们相互并不认识；同时，也是冒险为他们中的每一位代言，而我所说的也许并不完全是他们自己想说的话。任何介绍，由于其综合意愿，都是向过去话语让步的一种方式）。应该做的事情，是在这一期的每一时刻，不考虑之前和之后出现的情况，在这里得到陈述的研究工作，即这种年轻的研究工作，既表现为像是现时某些陈述活动结构（哪怕它们在有关一种说明的普通言语活动中还得到过分析），也表现为像是对于任何陈述活动的批评本身（自我批评）。再就是，正是在研究最终将其对象与其话语实现连接、最终借助其对于一些并非是不了解而是更意外的对象的揭示而使我们的知识黯然失色的时刻，它变成在别人看来是一种真正的对话、一种研究工作。一句话，它变成一种社会生产活动。

1972，《交流》（Communications）

第三部分
论言语活动与风格

文化的平和

说有一种资产阶级的文化，这种说法是不对的，因为我们的整个文化都是资产阶级的（说我们的文化是资产阶级的，是一种令人讨厌的自明之理，因为这种说法在所有的大学中流传）。说文化对立于自然是不确定的，因为我们并不清楚地知道两者之间的界限在何处。在人身上，自然表现在何处呢？为了说自己是人，就必须给人一种言语活动，也就是说，给人以文化本身。这种文化是在生物学之中吗？今天，我们在有生命的机制中重新找到了与在说话主体中找到的相同的结构：生命自身就是像一种言语活动那样被构成的。简言之，一切都是文化，从衣装到书籍，从食物到图像，而且，文化无处不在，从社会等级这一端到另一端都有文化。这种文化必然是一种很古怪的对象：它无轮廓、无对立的词汇、无存余。

也许我们甚至要加上无历史或者至少是无断裂，它服从于一种不知疲倦的重复。在电视上，现在有一部美国的间谍连续剧：在游艇上搞鸡尾酒会，参与者们忘情地表现出社交界的故作风情（调情、说双关语、玩金钱游戏）；但是，这些均已经被看到和被说过，它们不仅曾出现在成千上万的大众小说和大众电影中，而且曾出现在旧时的作品中，因为那些作品曾经属于可以变成另外一种文化的东西，例如巴尔扎克的作品就是如此。人们可能会认为，德卡迪央（Cadignan）王妃只是换了个地方，她离开了圣日耳曼镇，到了希腊船东的游艇上。因此，文化，并非仅仅是返回来的东西，它也是而且特别是留在原地的东西，一如一具不朽的僵尸那样。它是一种古怪的玩具，历史从不破坏它。

作为唯一的对象，它不对立于任何东西；它是永恒的对象，因为它从不破坏，总之它是平静的对象，而在这种对象内部，所有的人都毫无明显冲突地汇聚于此。因此，文化于自身的工作在何处呢？它的诸多矛盾在何处呢？它的不幸在何处呢？

为了做出回答，在不考虑对象的认识论悖论的情况下，我们必须大胆地提出当然是尽可能宽泛的一种定义：文化是一种散射场域。是什么东西的散射场域呢？是言语活动的散射场域。

在我们的文化中，在文化的平静之中，即在我们服从的文化静寂（Pax culturalis）之中，有一种无法解释的言语活动之战：我们的各种言语活动相互排斥；在一个（因社会阶层、金钱、毕业学校）分裂的社会中言语活动本身在分裂。我，作为知识分子，能与"新画廊"（Nouvelles Galeries）中的一位售画人分享什么样的言语活动呢？如果我们两人都是法国人，那么我们大概只能分享属于沟通的言语活动。但是，这一部分是无限的：我们可以交流一些信息和明显的道理。然而,其他呢?也就是说,言语活动的极大容量即全部游戏呢?就像在言语活动之外便没有话题那样,言语活动便是构成各个部分话题的东西。言语活动的分离是一种常在的悲哀;而这种悲哀,并不仅仅产生于当我们摆脱我们的"社会环境"的时刻(在那种社会环境中,大家进行着同一种言语活动),并不只是与来自其他"社会环境"、其他职业的人的实际接触在撕裂我们,而恰恰是这种"文化"、是这种我们在良好的民主状态下被认为共同具有的这种文化在撕裂我们,甚至就是在这样的时刻即在文化于明显地属于技术方面的决定作用下,似乎一致起来的时刻(这是"大众文化"表达方式相当愚蠢地再现的一种幻觉)。正是在这种时刻,文化性言语活动的分裂达到其顶峰。请您在您的电视机前面过一个普通的夜晚(我们还是依靠文化的最为共同的形式)。尽管有着导演们进行的总体摆平的努力,您还是可以看到多种不同的言语活动,而不可能的是,它们不仅满足不了您的欲望(我是按照该词很强的意义来使用的),甚至也满足不了您的理解。在文化中,总会有一部分言语活动,是别人(也就是我)所不理解的。我身旁的人认为布拉姆斯(Brahms)的协奏曲烦人,而我则认为这个杂耍短片平庸,这部言情电视连续剧低俗。厌烦、平庸、低俗,都是言语活动分裂的不同名称。结果是,这种分裂不仅在所有人之间造成分离,而且每一个人即每一位个体,在其自身都是被撕裂的。在我身上,每一天,都在毫无告知的情况下,汇合着多种孤立的言语活动。因此,我是被折断的、切割的、分散的(这一点更会变成"癫狂"的定义)。而且,即便我能在一天当中成功地进行着同一种言语活动,但是,我又不得不接收多少种不同的言语活动啊!我的同事们的言语活动、我的邮递员的言语活动、我的学生们的言语活动、电台上体育评论员的言语活动、我每天晚上阅读的古典作者的言语活动。认为人们说的语言与人们听的语言处于平等地位，这是语言学家的一种幻觉——即便是同一种语言。在这里，应该重新采用雅各布森在主动语法与被动语法之间提出的基本区别。前者是独白，后者是混杂的，这就是文化言语活动的真实情况。在一个被分裂的社会里，即便最终统一了其言语活动，每个人都会与<u>在听的方面的分散状况</u>做着斗争：在从体制上提供给人的这种整体文化的影响之下，每一天都有对于主体的精神分裂症式的分离强加给他；文化在一定程度上是出色的病态场域，当代人的<u>异化</u>（该词用得好，既是社会学方面的，也是心理学方面的）就在其中。

因此，好像是每一个社会阶层所寻找的，并非是占有文化（或者是想保留文化，或者是想获得文化），因为文化已在，到处都在，而且是面对大家的，那便是各种言语活动的一致性，便是言语与听的偶合情况。因此，今天，在我们的西方社会里——在这个被其言语活动分裂却被其文化统一的社会里，社会的各个阶层即马克思主义和社会学教会我们辨认的那些阶层，他们是如何看待<u>他者</u>的言语活动的呢？从历史上讲，这些阶层都身处一种<u>相互对话的游戏</u>（遗憾的是，我们很失望）之中。那么，这种游戏是怎样的呢？

原则上讲，资产阶级掌握着整体的文化，但是，长时间以来（我说的是在法国），这个阶级没有了属于它自己的文化声音。从什么时候开始的呢？就是从其知识分子、从其作家们放弃其声音的时候开始的。德雷福斯事件①似乎在我们的国家里构成了对于这种分

---

① 德雷福斯（Alfred Dreyfus，1859—1935），犹太人，法国上尉。1894年12月因被指控向德国出卖情报而入狱。德雷福斯的家属在新闻界和一些知名作家例如左拉的支持下，进行了抗争，从而使这一事件成为当时法国社会的重要事件。——译注

裂的基本冲击。此外，这也是"知识分子"这个词出现的时刻。知识分子是这样的文人，他试图与他所属的阶级或甚至与他对其出身的清醒意识（一位出身于劳动阶级的作家，在这一问题上不会有任何改变）、至少与他的消费意识相割裂的人。在这一点上，今天，没有任何新的情况出现：资产者（有产者、老板、干部、高级公务员）不再进入知识的、文学的、艺术的研究的言语活动，因为这种言语活动拒绝他。资产者的离去，有利于大众文化。其孩子们不再阅读普鲁斯特，不再听肖邦，而是在必要时读一读鲍里斯·维昂（Boris Vian）、听一听流行音乐。不过，对于有产者构成威胁的知识分子，并未因此取胜。他枉然地以无产阶级的代言人、委托人自居，以社会主义事业的卫士自居，他对于资产阶级文化的批判只能借用资产阶级的旧时言语活动，而这种言语活动就是通过大学的教学传递给他的。拒绝之观念本身变成一种资产阶级观念；已经有所转移的，是知识分子作家们的读者公众（尽管并非是无产阶级在阅读他们），而不是言语活动。确实，知识分子们都在尽力发明一些新的言语活动，但是这些言语活动仍处于被封闭状态。对于社会对话者来说，没有出现任何改变。

　　无产阶级（生产者）没有任何特有的文化；在所谓发达国家里，无产阶级的言语活动是小资产阶级的言语活动，因为正是这种言语活动通过大众传播（重要报刊、电台、电视台）提供给了无产阶级，而大众文化也是小资产阶级的。在典型的三个阶级当中，小资产阶级在今天处于中间位置，因为这也许是它历史性发展的世纪，它正在做出最大努力来建立一种新颖的文化，原因是这种文化将会是它的文化。无可争辩的是，要在所谓大众文化（即小资产阶级的文化）的层面上做重要的研究工作——因此，拒绝去做这样的工作是可笑的。但是，依据什么途径去做呢？就借助于已知的资产阶级文化途径，就是在取用和降低资产阶级言语活动的各种模式（范型）（其叙事、其推理类型、其心理价值）的同时，小资产阶级文化得以形成和立足。<u>堕落</u>观念可以表现为是道德方面的，因为它发端于一位惋惜过去文化之辉煌的有产者。相反，我却赋予过去文化一种客观的、结构的内容，是因为没有了发明才有了<u>堕落</u>，各种模式都在现场<u>重复</u>，以至于变得<u>平庸</u>。（受国家审查的）小资产阶级文化排斥这种情况，直至达到知识分子可以拒绝资产阶级文化的程度：是静止即服从于俗套（俗套式讯息对话）在确定着堕落。我们可以说，在小资产阶级文化里，在大众文化里，正是资产阶级文化又重新回到了<u>历史</u>舞台，<u>但却像是一种闹剧那样重新回来的</u>（我们都知道马克思说的这种意象）。

有一种传环游戏似乎可以规范文化之战：各种言语活动都是很清楚地分开的，就像参与这项游戏的人们那样，他们挨着坐在一起；但是，所传递的东西即所出手的东西，总是那同一只圆环即同一种文化。文化的悲剧性静止、言语活动的喜剧性分离，这就是我们社会的双重异化现象。为了解决这种矛盾，为了既流畅地表达和多元地展示文化，也为了结束意义之间的战争、结束对于各种言语活动的排斥，我们可以相信社会主义吗？当然要相信；不然的话，还有什么希望呢？不过，不要在一位窥视<u>所有</u>现代社会的新的敌人威胁面前，茫然不知。实际上，似乎有一种新的历史存在物已经出现、已经固定下来和得到了出奇的发展，它（在不使之失效的情况下）使（自从马克思和列宁建立了这种分析以来的）马克思主义分析复杂化。这种新的形象便是国家：国家机制是比所有的革命都更难以对付的，而所谓的大众文化是对于这种国家主义的直接表达。例如，当前在法国，国家很想放弃<u>大学</u>，很想不去关心大学，很想将大学交给共产党人和不满现状的人们，因为国家很清楚，征服性的文化并不是在大学里形成的；但是，国家绝不放手电视台、广播电台。在国家掌握这些文化渠道的情况下它便可任意支配真实的文化，而在其任意支配文化的情况下它便把这种文化变成自己的文化。于是，在智力上放弃努力的阶级（资产阶级）、处于上升势头的阶级（小资产阶级）和不声不响的阶级（无产阶级），便重新汇合到了这种文化内部。

1971，《泰晤士报·文学增刊》（*Times Litterary Supplement*）
其法文版本首次发表

言语活动的分化

我们的文化分化了吗？根本没有。在我们今日的法国，大家都可以<u>理解</u>一种电视节目、一篇《法兰西晚报》（*France-Soir*）上的文章、一次庆典宴会的布置。更为甚者，我们可以说，除去一个很小的知识分子群体外，大家都在消费这些文化产品：客观的参与是整体性的；而且，如果我们通过在一个社会中实现的各种象征的循环来定义一个社会的文化的话，那么，我们的文化与一种很小的人种志社会的文化同样带有一致的和固化的特征。其区别在于，在我们的文化中，只有<u>消费</u>是普遍一致的，而不是<u>生产</u>活动。我们都理解我们共同所听的东西，但是，我们并不会去谈论我们所听的东西；"情趣"被分裂了，有时甚至是以难以缓和的方式相互对立的。我喜爱古典音乐的播放，我身边的朋友却不能忍受，而我又不能承受我身边的朋友所欣赏的街头喜剧；我们中的每一个人，都是在别人关闭其收音机时，才打开自己的收音机。换句话说，我们时代的这种文化，尽管其表现非常普遍、非常平和、非常带有群体性，但它还是建立在两种言语活动的分裂基础上的：一方面，是<u>听</u>，是全民族的听，或者如果我们愿意的话，就是理解活动；另一方面，甚至就是言语，至少是创造性参与，并且更为明确地说，就是<u>欲望的言语活动</u>，而这种言语活动本身也是被分裂的。一方面我听，另一方面我喜欢（或者我不喜欢），也就是说，我理解和我感到厌烦。这是因为在我们的社会里，能满足大众文化的一致性的，不仅仅是所有言语活动之间的分裂，而且有言语活动自身的分裂。某些语言学家（不过，他们以身份只关注语言①而非话语）曾经预感到这种局面。他们曾经提示（直到现在没有引起注意），人们坦率地区分出两种语法：一种是<u>主动</u>语法或语言的语法，原因是这种语法是被说出的、被播放的、被生产的；另一种是<u>被动</u>语法或一种只是听的语法。这种分化，借助于一种跨语言的变化而涉及了话语层，它便很好地阐明了我们文化的反常现象，而我们的文化因其一致的听（消费）的编码，又因其生产和欲望的编码而被截成片段。因此，文化的平静（在文化层面上无任何明显的冲突）指向的是各种言语活动的（社会的）分裂。

　　从科学角度上讲，直到现在，这种分化还没有怎么被审查。的确，语言学家们知道，民族方言（例如法语）包含着一定数量的种类。但是，被研究过的规范，是地理学上的规范（地方方言、土

---

　　① 这里的语言（langue）仍然是指言语活动中的"语言规则"之意。——译注

话、范围用语），而不是社会规范。也许，人们设定了这种规范，但却是在对其进行贬低、将其压缩为一些自我表达的"方式"（黑话、行话、混合语）的情况下设定的。不管怎样，我们可以想到，惯用语的一致性就在对话者的层面上重新构建，只要具备一种言语活动，只要有一种个体的不变言语倾向即可——人们将其称之为<u>个人习惯语</u>（idiolecte）。各种类型的言语活动只不过是一些浮动的、"有趣的"中间状态（它们属于某种社会民俗创作）。这种构建起源于19世纪，非常适合某种意识形态（当然不能排除索绪尔本人的意识形态），这种意识形态将社会（方言、语言）与个体（个人习惯语、风格）分置开来。在这两极之间，张力只可能是"心理学的"。个体被认为会奋力使其言语活动得到承认，或者不至于在别人的言语活动影响之下完全被窒息。尽管如此，那个时代的社会学并未在言语活动层面上把握住冲突。比之于迪尔凯姆（Durkheim）被说成是语言学家，索绪尔更被说成是社会学家。是文学（尽管它仍然是心理学的）已经预感到了言语活动的分裂，这远远早于社会学（我们将不会感到惊讶，文学包含着所有的知识，尽管它确实处在一种非科学的状态之中，它是一种<u>数学体系</u>）。

小说，自从它变成现实主义的时候起，就注定在其发展路径中会与对于集体言语活动的抄袭相遇；但是，一般说来，对于群体言语活动（即社会职业性言语活动）的模仿，被我们的小说家们转移给了一些次要人物，转移给了一些配角，由他们来负责"固定"社会的现实主义，而主人公则继续说着一种超越时间的言语活动，其"透明性"和中性特征被认为适合于人类灵魂的心理学普遍性。例如巴尔扎克，他具备着对于各种社会言语活动的敏锐意识；但是，当他重现这些言语活动时，他就将其<u>外饰</u>成有点像是华美曲调，有点像是夸张性地转述的片段。他以别致的、民俗性的一种痕迹来标志这些言语活动；它们成了言语活动讽刺画。比如像德·尼桑歇（de Nucingen）先生的土语——其发音方式是谨小慎微地复制的，或者如作为堂兄庞斯（Pons）传达人的守门人吉博夫人（Mme Gibot）的言语活动。不过，在巴尔扎克的作品中，对于言语活动有着另外一种<u>模仿</u>，首先是很有趣，因为这种模仿更为天真，随后还因为这种模仿更属于文化方面而非社会方面。这便是当巴尔扎克偶尔地开始书写他要讲述的故事时，对于他为自己所用的<u>那些通常的舆论编码</u>的模仿。例如，如果巴尔扎克在他的趣闻故事中放进布朗托姆（Brantôme）身影的话［在《关于美迪西的卡特琳》（*Sur Catherine de Médicis*）中］，那么，布朗托姆就会完全像公共舆论（多格扎）所期待于他的那样去谈论女人（因为布朗托姆以其作为妇女故事"专家"的身份能为其文化"角色"带来荣耀），而无须人们去遗憾地赌誓，巴尔扎克对自己的做法有着清醒的意识。他自认为是在再现布朗托姆的言语活动，而实际上，他只是在抄袭这种言语活动的（文化的）复制品。这种天真性疑虑（某些人说的这种平庸性疑虑），我们不能将其用在福楼拜作品中。天真性疑虑不后悔听任一些单纯的（语音的、词汇的、句法的）怪癖重新出现。它尽量在模仿之中获得一些更为细腻、更为散射的言语活动价值，并尽量把握人们所说的话语外在形象。尤其是，有人如果参阅福楼拜最为"深刻的"书籍即《布瓦尔与佩库歇》的话，就会发现<u>模仿</u>便是无底限和无障碍的：各种文化的言语活动（科学言语活动、技术言语活动，也还有例如资产阶级的阶级言语活动）都是<u>被引用的</u>（福楼拜并不对其信以为真），但是，它们是借助于一种极为精巧、在今天才被阐明的机制被引用的。抄袭的作者（与巴尔扎克相反）在一定程度上仍然是难以看得出来的，因为如果福楼拜在把自己变得<u>最终外在于</u>他所"借用"的话语的情况下，他便从不会让人以一种确定的方式来阅读他的作品。这种模糊的情况使得萨特或马克思对于福楼拜"资产阶级特征"的分析变得有点不切实际。其原因是，如果作为有产者的福楼拜说的是资产阶级的言语活动，那么，我们就永远不会知道这种陈述活动是在什么场所中进行的：是一种批评的场所？是一种冷漠的场所？还是一种有联系的场所？说真的，福楼拜的言语活动是<u>乌托邦式的</u>，而且，这实际上就是现代性。难道我们不是正在学懂（语言学、精神分析学），准确地讲，<u>正在学懂言语活动是一种无外部的场所</u>吗？在巴尔扎克和福楼拜之后——我们不离开最重要的作家，面对言语活动的分裂问题，我们可以举出普鲁斯特，因为我们在他的作品中看到属于言语活动的一种真正的百科全书。我们不再回到普鲁斯特作品中一般的符号问题上来［在<u>这</u>一方面，德勒兹（G. Deleuze）曾出色地论述过］，而是继续停留在分节的言语活动方面。我们在这位作者的作品中，会发现有关词汇<u>模仿</u>的所有状态，也就是说，会看到一些带有特征的仿作［吉塞勒（Gisèle）的书信模仿学校里的作文，模仿龚古尔（Goncourt）兄弟的<u>日记</u>］，会看到一些人物的个人习惯用语——因为《追忆似水年华》一书中的每一个参与者都有自己既是个性的也是社会的言语活动［中世纪的贵族夏吕斯、故作高雅人士的勒格朗丹（Legrandin）］，也会看到一些圈子内的言语活动［盖尔芒特（Guermantes）家族的言语活动］、一种阶级言语活动［弗朗索瓦丝（Françoise）与"老百姓"，确实，这种言语活动在这里尤其是根据其厚古的作用而重现的］、一种语言<u>不规范</u>目录［巴尔贝克大旅馆（Grand Hôtel de Balbec）经理的走样的和"外国佬"的言语活动］、对于文化适应性（弗朗索瓦<u>丝</u>被她女儿的"现代"言语活动感染）和语言分散性（盖尔芒特家族的言语活动"向各地扩散"）现象的细心统计、一种有关词源学和作为能指的名词基本能力的理论。在这种有关各种类型话语的细腻和完整的全貌概括方面，甚至还会有某些言语活动的（自愿的）缺席：叙述者、他的父母、阿尔贝蒂娜（Albertine），他们都没有属于自己的言语活动。不管文学在被分裂的言语活动的描述之中如何前进，我们还是能看到文学模仿的极限：一方面，被转述的言语活动最终无法摆脱那些特殊言语活动的一种民俗观点（我们也可以说是群居的观点）。另一人①的言语活动被框入在内，作者（也许不包括福楼拜的情况）以治外法权的地位在谈论这种言语活动。各种语言活动的分裂，通常在社会语言学所羡慕的这些"主观的"作者所具备的一种洞察力之中被辨认出来，但是，这种分裂仍然外在于描述者。换句话说，与现代的、相对论的科学成就相反，观察者并不说出其在观察中的位置。言语活动的分裂停止于描述这种分裂（如果它并不去揭示这种分离的话）的人那里。而另一方面，借助于文学所重现的社会言语活动，仍然是单义的（一直是最初揭示的那些语法的分裂）。弗朗索瓦丝只是一个人在说，我们都理解她，但在书中没有人与她搭腔。被观察的言语活动是独白，它从来没有在一种雄辩术（按照该词的本义来理解）中被采用。结果便是，言语活动的体块实际上都被看作个人习惯语，而不被看成是在言语活动生产方面的一种整体的和复合的系统。

因此，我们要转向这个问题的"科学"论述方面：（社会语言学）科学如何看待言语活动的分化呢？

---

① "另一人"（l'autre）：巴尔特接受了拉康在论述"镜像阶段"中以第一个字母大写或小写对于"他者"（l'Autre）和"另一人"的划分。前者成为"超我"（sur-moi），后者是镜外人在镜中的"想象物"，这里指的就是作者的地位。——译注

显然，并不是从今天人们才设定在阶级分化与言语活动分化之间有着一种联系。研究工作的分化会产生词汇上的分化。有人甚至说（格雷马斯），一种词汇恰恰是借助于某种工作的实践强加给语义体上的一种切分。没有词汇，就不会有相应的研究工作（对于这种总体的、"普遍性的"词汇，没有必要安排例外，因为这种词汇只不过是"在研究工作之外"的词汇）。因此，社会语言学的调查在人种志社会里远比在我们这样有历史的发达社会里更为容易些，其原因是在我们的社会中，问题非常之复杂。实际上，在我们这里，言语活动的社会分化似乎有些模糊不清。这一方面是因为民族语的分量和统一的力量之大，另一方面正如有人指出过的那样，是因为所谓大众文化的一致性所致。不过，一种简单的现象学标志，就足可以证明语言分化的有效性。只需短时间地脱离一下其环境——哪怕是在一个小时或两个小时之内脱离，就不仅会把听我们的言语活动之外的言语活动当作任务，而且会尽最大可能去积极参与对话，以便总是困难地——有时也是带有痛苦地——去感知法语民族语内部各种言语活动之间非常严重的隔绝特征。如果这些言语活动之间难以沟通（除了"需要的时态"外），那就并不是在大家都懂的语言的层面上，而是在话语层面上（这一对象开始与语言学汇合在一起）。换句话说，无法沟通并不属于真正的信息范畴，而是属于相互对话范畴：从一种言语活动到另一种言语活动，不会有兴趣，不会有关注，因为在我们的社会里，<u>本人</u>的言语活动对于我们是足够的，我们生活中不需要<u>别人</u>的言语活动——<u>每个人的言语活动对于他自己是足够的</u>。我们被固定在我们社区的、专业的言语活动方面，而这种固定具有神经官能症的价值，这种固定可以让我们基本适应我们社会的分化。

显然，在社会性的各种历史状态中，工作的分工并不像一种简单的折射那样，直接地在词汇的分化和言语活动的分离之中折射出来，有着源于各种因素的复杂化过程、多因决定过程或对立关系。而且，即便是在一些发展程度相对一致的国家里，一些来自历史的区别也会持续地存在着。我确信，与其他那些还不像法国这样的"民主"国家相比，法国已被特殊地分裂了。在法国，也许是因为古典的传统的缘故，对于言语活动的认同感和占有欲有着一种非常强烈的意识。另一人的言语活动是根据其最明显的相异性特征来被感知的，由此出现了非常多被指责为"行话"的情况和面对那些被封闭的言语活动表现出讽刺意味的旧时传统，而那些被封闭的言语活动就是其他另一人的言语活动（拉伯雷、莫里哀、普鲁斯特）。

　　面对言语活动的分化，我们是否打算对其进行科学的描述呢？是的，显然，这就是社会语言学。在不想于此触及这一学科规范的过程的情况下，就必须指出某种失望：社会语言学从未论述过（作为被分化的）社会的言语活动。一方面，曾经有过宏观社会学与宏观语言学之间的（说真的是片段式的和间接的）联系比较，因为"社会"现象与"言语活动"或"语言"现象是有关系的；另一方面，并且如果可以面对体系的另一端来说的话，曾经有过对于言语活动孤立群体［说话群体（speech communitees）］进行社会学描述的一些尝试，例如监狱里的言语活动、教区里的言语活动、仪礼表达方式、婴儿会话（baby-talks）等。社会语言学（正是在这一点上，我们感到有点失望）指向社会群体的疏远，因为他们为权力而斗争后，言语活动的分化并不被认为是一种整体的事实从而质疑那种经济的、文化的、文明的甚至是历史的体制的起源本身，而仅仅被认为是一种半社会学、半心理学态度的经验的（根本不是象征的）属性，那便是抬高地位的欲望——这种看法至少是狭隘的，因为它并不满足于我们的期待。

语言学（而不再是社会学）就做得更好一些吗？语言学很少在言语活动与社会群体之间建立联系，但是，它进行过关于带有某种社会的或制度的自主性（即某种外在形象）的语汇、词汇的历史调查。这便是梅耶的情况与本维尼斯特关于印欧宗教语汇的情况，后者最近出版的有关印欧体制的作品是非常出色的。这也是马托雷（Matoré）的情况，他在 20 年前曾试图建立有关语汇的一种真正的历史社会学（或词汇学）。这在最近还是让·迪布瓦（Jean Dubois）的情况，他曾描述过社区的语汇。最好地表明社会历史语言学的关注点与划分界限的努力尝试，也许就是菲尔德南·布吕诺（Ferdinand Brunot）做出的。在他的里程碑式的巨著《从起源到 1900 年的法兰西语言史》（*Histoire de la langue française des origines à* 1900)① 第 10 卷和第 11 卷中，布吕诺细心地研究过法国大革命时的言语活动。关注点如下：被研究过的，是<u>政治方面的</u>言语活动，是按照该词的充实意义来研究的；这种政治言语活动，不是把从外部使言语活动"政治化"的那些词语的怪癖用法全部堆集起来（就像有时在今天出现的那样），而是在政治<u>实践</u>的运动中建立起的一种言语活动。由此，产生了这种言语活动的更属于<u>生产性</u>的而非<u>再现性</u>的特征：各种词语，不论是已被排除的或是得到推广的，都几乎神奇地与一种真实的有效性联系着：在消除单词的时候，我们便会认为消除了指涉对象；在禁止使用"高贵"（noblesse）的情况下，如人们所认为的，便是高贵被禁止了。对于这种政治言语活动的研究，有可能为分析我们自己的政治话语（或被政治化的话语）提供一种不错的范围，例如：带有一种禁忌或反禁忌情感的词语、获得珍爱的词语（民族、法律、祖国、宪章）、被

---

① Paris，Armand Colin，1937.

人厌恶的词语（专制、贵族、阴谋）、某些语汇的不过是"学究式"的过分能力（宪法、联盟）、术语"翻译"与替代性创造（<u>教士</u>→<u>神甫</u>、<u>宗教</u>→<u>崇拜</u>、<u>宗教神物</u>→<u>崇拜信物</u>、<u>敌对士兵</u>→<u>暴君的卑鄙卫星</u>、<u>税收</u>→<u>贡献</u>、<u>内侍</u>→<u>信任之人</u>、<u>密探</u>→<u>警察</u>、<u>喜剧演员</u>→<u>艺术家</u>等等）、嫉妒的内涵（<u>革命性的</u>，最终意味着快速的、加速的；我们可以说<u>革命性地</u>对书籍进行了分类）。至于极限，便是下面的情况：分析只是在词汇学上进行；说真的，法语的句法只是被革命动乱有过那么一点点触动（实际上，这种革命动乱曾尽力监督过法语句法，并将其维持在传统的使用习惯之中）。但是更甚者，我们也许可以说，语言学尚不具备一些手段，来分析话语的这种细腻的结构，因为这种结构就位于过分松散的语法"建构"与过分狭隘的语汇之间，并且，它大概就对应于那些固定的组合体（例如："革命群众的压力"）的区域。这样一来，语言学家便不得不把社会言语活动的分离减缩为一些词汇（甚或是方式）事实。

因此，各种情况中最为棘手的，即社会关系的不透明性本身，似乎躲避着传统的科学分析。在我看来，根本的原因是属于认识论方面的。面对话语，我们可以说，语言学仍处在一种牛顿式阶段，它还没有进行它的爱因斯坦式的革命，它还没有对于处在观察领域的语言学家（属于观察家标志）的地位进行理论化。首先需要设定的，便是这种相对性。

*

现在，到了为这些在惯用语整体中被分割的社会言语活动提供一个名称的时候了，而这些言语活动之间的隔绝特征（尽管我们首先感觉到它是存在的）借助于各种接替、各种细微差异和所有需要想到的障碍，紧随着各个阶层的分化与对立；我们称这些群体言语活动为社会习惯语（sociolectes）（明显地对立于个人习惯语，或只谈论一位个体）。社会习惯语领域的主要特征，便是没有一种言语活动可以外在于它：任何言语活动都注定被包含在某一种社会习惯语之中。这种限制对于分析者来说具有重大的影响，因为他自身也被置于社会习惯语游戏之中。我们要说的是，在其他情况里，这种局面丝毫不妨碍科学观察。这便是语言学家本身的情况，语言学家应该描述一种全民族的习惯语，也就是描述任何言语活动（其中包括他自己的言语活动）都躲避不开的领域。但是，恰恰就在这里，一种习惯语就是一种被一致化的领域（只有一种法语语言），而谈论这种言语活动的那种言语活动并非必须位于其中。相反，社会习惯语领域却被自己的分化、被自己不可减缓的接续确定，而且，正是在这种分化之中分析才有其位置。再就是，对于社会习惯语的研究（这种研究尚不存在），在无最初的、奠基性的预评（évaluation）（我们很想让人们根据尼采曾经赋予它的批评意义来理解这个词）的情况下，是无法开始的。这就意味着，我们不能将所有的社会习惯语（不论其是什么状况，不论它们的政治背景怎样）都投入到一种含混的未被区分的素材之中，而这种素材的无区别性即等同性（égalité）将会是对于客观性即科学性的保证。在这里，我们必须拒绝传统科学的那种无恐惧感（adiaphorie），我们必须接受（在许多人看来这是反常的）是社会习惯语的类型在主导着分析，而不是相反：类型学先于定义。我们还要明确地指出，预评不可以减缩为评价（appréciation）。一些非常客观的学者已经获得（合法的）权利来评价他们所描述的事实（这正是布吕诺对于法国大革命所做的事情）。预评不是一种随后而来的行为，而是奠基性行为。这并不是一种自由的"行动"，而完全相反是一种猛烈的行动。从一开始，社会习惯语就经历着群体与言语活动的冲突。在提出社会习惯语概念的同时，分析必须立即同时阐述清楚社会矛盾和学识主体的分裂（我在此指的是拉康对于"被假设是有知识的"主体的分析）。

因此，没有一种奠基性的政治预评，就不会有对于社会言语活动的科学描述。就像亚里士多德在其《修辞学》中区分出两组修辞学论证一样：内在于技艺（technè）的论证和外在于技艺的论证，我建议，从一开始就区分两组社会习惯语：内在于权力的话语（在权力的阴影之下）和外在于权力的话语（或无权力，或者还可以说是在无权力的知识之中）。在求助于一些学究式新词（不这么做，又怎么办呢？）的情况下，我们将前者称为来自权力的（encratiques）话语，将后者称为无权力的（acratiques）话语。

当然，话语与权力（或者与权力外）的关系，非常少是直接的、即刻的。的确，法律在捍卫，但是其话语已经被整体的司法文化、被几乎所有人都接受的一个比率（ratio）间接地介绍。唯独暴君的奇异形象有可能产生与其权力临时地结合在一起的一种言语（"国王在发令……"）。实际上，权力话语总是带着一些传播结构、导向结构、转换结构、逆向结构（例如意识形态话语，马克思曾指出过，相对于资产阶级权力而言，这种意识形态的话语具有逆向特征）。同样，无权力话语也并不总是公开地反对权力。仅举一个当前的特殊例子，精神分析学话语并不直接地（至少在法国是这样）与对权力进行的批评相结合，不过，我们却可以将其置于无权力的社会习惯语之中。为什么呢？因为在权力与言语活动之间介入进来的媒介不属于政治范畴，而属于文化范畴。人们在重新采用一种古老的亚里士多德概念即多格扎（通常的、普遍的、"大概的"而非"真实的""科学的"舆论）的同时，肯定地说，多格扎正是权力（或非权力）借以说话的文化的（或话语的）媒介：权力话语是与多格扎相符的一种话语，它服从于一些编码，而那些编码本身也是其意识形态的结构性文字；而无权力话语总是按照不同程度在与多格扎做斗争的过程中得到陈述［不管怎样，这是一种<u>准多格扎</u>（para-doxal）的话语］。这种<u>对立</u>在每一种<u>类型</u>内部并不排除细微的区别；但是，从结构方面讲，它的简明性继续是有效的，因为权力与非权力均处在自己的位置上。这种对立只可以（临时地）在出现权力（即权力场所）变动的各种情况里才变得模糊。例如处在革命时期的政治言语活动：革命的言语活动源于先前的无权力言语活动；在过渡到权力的过程中，无权力话语保持着其无权力特征，因为在<u>革命</u>内部有着激烈的斗争；但是，一旦革命结束平静下来，一旦国家得到建立，过去的革命言语活动自身就变成<u>多格扎</u>，即权力话语。

权利话语（既然我们已经使其定义服从于<u>多格扎媒介</u>），并不仅仅是掌权的阶级的话语；一些权力之外的阶级，或者那些尝试通过改良途径或晋级途径获得权力的阶级也可以借用——或至少可以统一接受这种权力。权力言语活动由于得到了国家的支持而到处存在：它是一种传播的话语、扩散的话语——我们可以说是一种渗透性话语，它<u>浸透</u>着所有的交流活动、社会礼仪、休闲娱乐、社会象征领域（很显然，尤其是在大众消费社会里）。权力话语不仅从不以系统的面目出现，而且总是把自己构建成与<u>系统呈一种对立关系</u>：本质性借口、普遍性借口、常识性借口、明确性借口，所有反理性至上的阻力都变成权力系统心照不宣的外在形象。此外，它还是一种<u>充实</u>的话语，在这种话语里没有另一人的位置（由此，它会在不参与这种话语的人身上产生窒息和黏着感觉）。最后，如果有人很想参照马克思的观点（意识形态是真实之逆向的意象），那么权力话语，由于充满着意识形态，便把真实表现为像是意识形态的颠倒。总之，它是一种<u>无标志</u>的言语活动，它产生着一种悄然而至的恐惧，以至于难以为其指定一些形态<u>特征</u>——除非出现重新严格地、准确地（这在词语中有点像是一种矛盾）构成这种悄然性各种形象的情况。是多格扎的（传播的、充实的、"自然的"）本质本身使得权力社会习惯语的内在分类学变得困难重重。对于有关权力的各种话语，有着一种非典型性（atypie），这种体裁没有类别之分。

无权力社会习惯语，也许研究起来更为容易、更有意思：它们是在多格扎之外建立的所有言语活动，而且，它们在此后便为多格扎所拒绝（它们通常被称为行话）。在分析权力话语的时候，我们大体能提前知道我们所能发现的东西（对于这一方面，当前对于大众文化的分析明显地迈开了步伐）；但是，无权力话语大体上就是我们的话语（即研究者的话语、知识分子的话语、作家的话语）。分析，便是分析我们自己，因为是我们自己在说话：这种操作总是带着风险，而且正是为此，就必须进行。那么，马克思主义、弗洛伊德主义、结构主义，或者科学（即所说的人文科学的科学）——在这些群体言语活动的每一种中均构成一种无权力的（异常的）话语情况下，它们都是如何考虑自己的话语的呢？这样的问题，从来没有被有关权力的话语接受，但它显然是任何不想外在于其对象的分析的基础行为。

一种社会习惯语的主要效益（不包括占有一种言语活动给予人们所寻找或所获得的任何权力的好处），显然是其所能得到的安全性。就像任何围墙一样，一种言语活动的围墙会赞颂、确保所有在其内部的主体，拒绝和无视那些在其外部的主体。但是，一种社会习惯语如何在外部起作用呢？我们都知道，今天，已不再有说服的艺术，不再有修辞学（除了不光彩的修辞学）。在修辞学这一方面，我们将会注意到，亚里士多德的修辞学由于是建立在最为多数的舆论基础上的，所以是合法的。并且，如果我们愿意说和公开说的话，这种修辞学是一种多格扎式修辞学，因此就是权力修辞学（为此，借助于一种并不明显的反论，亚里士多德主义还可以为大众传播社会学提供非常好的概念）。有所变化的是，在现代民族当中，"说服"和其技艺不再是被理论化的，原因是系统论被审查，也因为在一种真正是现代的神话的作用下，言语活动被认为是"自然的""工具性的"。我们可以说，我们的社会只是以一种动作就拒绝了修辞学和"忘记了"使大众文化理论化（在马克思之后的后马克思主义理论中，这是明目张胆的遗忘）。

实际上，所有的社会习惯语都不属于一种说服技艺，但是，它们全部都包含着一些恐吓形象（即便无权力话语似乎更为突然地是恐怖主义的）作为社会分化的结果和意义之战的见证，任何（权力或无权力的）社会习惯语都旨在妨碍别人说话（这也是自由的社会习惯语的命运）。因此，两种大的类型的社会习惯语的划分，只是将两种类型的恐吓对立起来，或者我们也可以说，是将压力方式对立起来：权力社会习惯语是借助于压迫（oppression）来起作用的（即借助于多格扎式的过于充实性、借助于福楼拜会称之为蠢话的东西来压迫）；无权力社会习惯语（由于在权力之外，这种社会习惯语便必须求助于暴力）通过服从（sujétion）来起作用，它助力一些攻击性话语形象，而那些形象则是用于限制别人，而不是侵袭别人。与这两种恐惧相对立的，还是在系统方面被辨认出的角色：公开求助于一种被思考过的系统，确定着无权力的暴力；系统的模糊，即把被思考过的东西颠倒成"实际经验"（和非被思考过的东西）确定着权力的镇压。在两种话语特征性系统之间有着一种颠倒的关系：明显的/隐藏的。

对于那些（因为他们的文化与社会情况）被排斥的人们来说，一种社会习惯语并不仅仅具有一种恐惧特征，对于那些共用（或者更可以说分享）这种社会习惯语的人们来说，它还具有一种强制性。这种情况,从结构上讲,取决于这样的事实,即社会习惯语在话语层面是一种真正的语言①。继博厄斯(Boas)之后,雅各布森很清楚地指出,一种语言并非由其允许说出什么来确定,而是因为这种语言迫使人们在说出;同样,任何社会习惯语都包含着一些"必需的规章",即一些重要的俗套形式,而在这些形式之外,这种社会习惯语的使用者们便不会去说(即去思考)。换句话说,像任何语言一样,社会习惯语涉及乔姆斯基(Chomsky)所说的语言能力②,而在这种语言能力内部,语言运用的所有变化都在结构上变成无意蕴的。权力社会习惯语并不因建立在对话者之间的粗俗性差异而受到损害;而且,我们每人都知道,马克思主义的社会习惯语可以被一些愚笨人来说。社会习惯语的语言并不随个体事件而改变,而仅仅看其是否在历史中产生一种话语特征性的变化(马克思与弗洛伊德两人本身就属于发现这些变化之人,但自他们开始,他们所建立的话语特征性只是在被重复)。

*

上面谈到的几点意见,含混地位于论述与研究规划之间,为了对于这些内容做一下总结,作者很愿意重申。在他看来,社会言语活动的分化,即社会习惯语学(sociolectologie),是与一种表面上不大属于社会学方面的主题联系着的,直到现在,这种主题还是文

---

① 这里的"语言"(langue),还是指"语言规则"。——译注

② 语言能力(compétence):"语言能力"与"语言运用"(performance)是美国语言学家乔姆斯基"生成语法"体系中的重要概念,前者指人的大脑具有的接受、理解和储存语言的潜在能力,后者指对于前者在语言交流中的具体应用。——译注

学理论家们的专属领域。这种主题，便是我们今天所说的<u>书写</u>。在我们带有言语活动分化的社会里，书写变成一种价值，而这种价值值得去争论和在理论上不停地深入探讨，因为书写正在构成<u>对于被分化的言语活动的一种生产</u>。由于没有了任何幻想，我们今天很清楚，对于作家而言，关键不在于去说"百姓的话"，就像米什莱（Michelet）所曾经怀念的那样，不在于把书写与最为多数人的言语活动放在一起，因为在一个被异化的社会里，最大多数并不就是具有普遍性的，而说这样的言语活动（这种情况出现在大众文化里，人们无时不在盯着最大多数的听众和观众），便仍然是在说一种特殊的言语活动——尽管是一种多数人的言语活动。我们很清楚，言语活动不可以被减缩为简单的传播，是整个的人类主体进入到言语之中，并借助于言语而自我构成。在现代性的<u>进步</u>意图之中，书写并非是因为其市场（非常之小），而却是因为其实践而占据着杰出的位置。这是因为它谋求解决主体（一直是社会性的主体，还可能是其他方面的主体吗？）与言语活动之间的所有关系，谋求解决象征领域的无效的分配与符号的过程，也是因为书写很像是对于各种言语活动的反分化的一种实践。这显然是一种乌托邦式的意象，不管怎样也是一种神秘的意象，因为书写融入了首批浪漫派作家对于纯正语言——亚当式语言（lingua adamica）——的古老梦想。但是，根据维柯（Vico）的漂亮隐喻，历史不是<u>螺旋</u>形前进的吗？难道我们不应该重新取用（这并不意味着重复）那些过去的意象来为其赋予新的内容吗？

选自《是一种新的文明吗？向乔治·弗里德曼致敬》
(*Une civilisation nouvelle? Hommage à Georges Friedmann*，© 1973，Gallimard)

言语活动之战

我的祖籍地，是法国的西南部，那是退休金不高的人们平静生活的地方。有一天，我在那里散步，在距离三处别墅几百米的地方，我在三个大门上看到了三块写有不同文字内容的牌子：<u>凶恶狗</u>、<u>危险狗</u>、<u>护门狗</u>。我明白，这个地方具有很强烈的资产意识。但是，有意思的东西并不在此，而在于这一点上：这三种表达方式就只是传达一种单一的和相同的讯息即<u>请不要进去</u>（否则，狗会咬你）。换句话说，语言学由于只承载一些讯息，其对此所能说的，只能是再简单不过和俗气十足的；语言学无法穷尽、也远不能穷尽这些不同说法的意义，因为<u>这种意义就存在于它们之间的区别之中</u>。"<u>凶恶狗</u>"是攻击性的；"<u>危险狗</u>"是厚道一点的；"<u>护门狗</u>"看起来是根据情况而表现的。还是换句话来说吧,我们透过一种相同的讯息,看出了三种选择、三种训告、三种心理提示,或者如果我们愿意的话,看出了有关保护资产的三种想象、三种托词。别墅的主人,借助于他牌子上的言语活动,即借助于我称之为其<u>话语</u>的东西——因为在这三种情况里语言规则是相同的,他躲避了起来,并为有某种资产的征象——我要说的是有某种系统性的资产的征象——而放下心来:此处是野蛮的(狗,当然也就是主人,是凶恶的),有护卫者(狗是危险的,别墅是有武器的),最后,这里是合法的(狗护卫着别墅,这是一种合法的权力)。于是,在最简单的讯息层次上(<u>请不要进去</u>),言语活动(话语)得以爆发、得以片段化、得以隐蔽。这里出现了言语活动的一种分化,而有关交流的任何科学都不能承担这种分化。于是,社会便以其社会经济的和精神官能方面的结构介入了进来,因为这种社会把言语活动构建成了一种战争空间。

当然,这表明的是以多种方式说出同一件事的可能性,这便是同义性。这种同义性可以让言语活动出现分化;并且同义性是言语活动的属于一种地位的、结构的、在某种程度上是自然的条件。但是,言语活动的战争,它不是"自然的",它产生于社会将区别转换成冲突的地方。有人曾经指出,在社会阶层的分化、象征的离析、言语活动的分化和神经官能的分裂之间,在起因上具有一种趋同性。

因为,我给出的这个例子,是我故意地、<u>最简单地</u>从同一个阶层的言语活动中找出来的,这个阶层便是小业主所属的阶层,该阶层在其话语中讲求资产占有的<u>细微差异</u>。更有理由这么去看,如果我可以说的话,那便是,在群居社会中,言语活动就像是为那些大群体所分割了似的。不过,应该很好地去理解三种情况,它们并不那么容易：第一，对于言语活动的划分无法完全地覆盖阶层的划分：从一个阶层到另一个阶层，会有渐变、借用、遮蔽、接替。第二，言语活动之战并非是主体之间的战争，是相互对抗的言语活动系统之间的战争，而不是个体性、社会方言、个体习惯语之间的战争。第三，言语活动的划分借助于一种表面的交流基础显示出来，那便是民族方言。说得更明确一点就是，在全民族的层面上，我们相互理解，我们却不交流。为了把事情做得更好，我们对于言语活动进行着自由的实践。

在当前的各种社会中，言语活动最为简单的划分，涉及它们与权力的关系。有一些言语活动，它们在权力以其多种国家的、制度上的、意识形态方面的机器给出的关照中得到表述、得到发展和收获标志，我把这些言语活动称为有权力的言语活动。而面对这些言语活动，有一些言语活动在权力之外和（或者）在与权力做着斗争之中来精心地被推敲、被探究和被装备起来，我称这样的言语活动为无权力的言语活动。

这两种大的话语形式，并不具备相同的特征。有权力的言语活动是模糊的、散在的、表面上是"自然的"，因此是不大容易标记的。这便是大众文化（重要报刊、电台、电视台）的言语活动，而且在某种意义上讲，就是会话即通常舆论（多格扎）的言语活动。这种来自权力的言语活动整体上既是（在产生其力量的矛盾方面）不露声色的（但很容易被看出来），也是制胜的（这不可避免）。我要说它是有黏性的。

无权力的言语活动是被分离的、锋利的、脱离多格扎的（因此，它是荒谬的）；它的断裂力量来自它是系统性的，它是依靠思想而不是依靠意识形态被构建的。这种无权力的言语活动的最直接例证如今就是马克思主义话语、精神分析学话语，还请允许我微微地但在地位上却是明显地加上结构主义的话语。

不过，也许最为有意思的是，即便在无权力的言语活动范围之内，也会再次出现一些分化、一些区域性和一些言语活动之对立关系，批评话语被分为一些专用语（parlers）、一些圈内语（enclos）和一些系统。我经常愿意把这些话语系统称作虚构（Fictions）（这是尼采的一个词语），愿意在知识分子中间、在那些总是依据尼采的用词将圣职阶层、承担计划设计的群体培养成艺术家的人们当中，看到这些言语活动的虚构（难道教士阶层在很长时间内不曾是各种表述即言语活动的占有者和技术专家吗?）。

从此，便出现了话语系统之间的力量均衡。什么是强势系统呢？它是一种言语活动系统，该系统可以在所有情境之中发挥作用，而且不论这种系统的主体水平何等之低，它的能量都继续存在。某些马克思主义者、精神分析学分析者或某些基督徒的愚蠢作为，丝毫不能引起相应系统和话语的力量。

主导一种话语系统、一种虚构的战斗力量即权力，依靠什么呢？古典修辞学是绝对地外在于我们的言语活动世界的，从这种修辞学起，还没有任何适用的分析曾经阐释清楚言语活动战斗的武器是什么。我们既不很清楚物理学，也不很清楚辩证法，更不清楚我在下面称之为言语圈（logosphère）的策略——尽管不会出现我们每个人都屈从于一些言语活动之恐吓的那一天。在我看来，这些话语武器似乎至少有三种。

（1）任何强势话语系统，都是［例如在单人演出（show）的戏剧意义上的］一种表演、一种对于论据、攻击、回击、表述的展示，即对于一种哑剧的展示，而在这种哑剧中，主体可以进行歇斯底里的享乐。

（2）肯定存在着一些属于系统的外在形象（就像人们从前说的

修辞学的一些修辞格那样），即一些零散的话语形式，它们处于上升状况，为的是赋予社会方言一种绝对的内容，为的是关闭系统、保护系统和从系统上不可挽回地排除其竞争的内容。例如当精神分析学说"拒绝精神分析学是本身同为精神分析学的一种抵制"，这便是一种属于系统的外在形象。一般来说，属于系统的所有外在形象均考虑把另一个系统包含进话语之中，把它当作一种普通的对象，以便更好地将其从进行强势言语活动的主体共同体中排除出去。

（3）最后，说得远一些，我们可以思考，作为实际上拥有封闭的句法结构的句子，其本身是否已经是一种武器，即一种恐惧操作者：任何结束的句子，都以其陈述语段的结构而具有某种断然的东西、某种威胁性的东西。主体的机制紊乱和其对于言语活动大师们的惴惴顺从，总是通过一些模糊不清、存在感不定的非完整的句子显示出来。实际上，在日常生活中，在像是自由的生活中，我们并不借助于句子来说话。而且，反过来说，对于句子有着接近于一种权力的控制：要成为强势的，首先就要结束其句子。语法本身，难道不就是以权力、等级的术语——主语、从句、宾语、支配关系（rection）等——来描述句子吗？

既然言语活动之间的战争是普遍性的，那么，我们该怎么做呢？我说的是我们，即知识分子、作家、话语的实践者们。显然，我们不能逃避。从文化上讲，从政治选择上讲，我们必须介入、必须参与我们的世界，我们的历史迫使我们委身于那些特殊言语活动中的一种之中。但是，我们却不能拒绝一种不确定的、非异化的言语活动带来的享乐——尽管这种享乐是乌托邦式的。因此，我们应该用同一只手抓住介入和享乐的两根缰绳，应该自觉承担起对于各种言语活动的多元哲学思考。然而，这种我愿意说其是待在内部的他处，有一个名称，那便是文本。文本，不再是作品（œuvre），而是一种书写生产，社会对其消费自然就不是中性的（<u>文本</u>很少被人<u>阅读</u>）。但是，（还要说到尼采）在书写并不遵守言语活动的一切（<u>规则</u>）的情况下，它是绝对自由的。

实际上，只有书写可以承担最为严肃甚至最为粗暴的专用语，可以在其戏剧性距离之中重新安排它们。例如，我可以在其丰富性和其覆盖面上借用精神分析学的专用语，但是，我却默默地使用它，就像使用一种小说性言语活动那样。

另一方面，唯独书写可以将（例如精神分析学的、马克思主义的、结构主义的）各种专用语<u>混合</u>在一起，唯独书写可以构成我把知识称之为<u>相异学</u>（hétérologie）的东西，唯独书写可以赋予言语活动一种欢悦维度。

最后，唯独书写可以毫无起因地自我展开；唯独书写可以破坏任何修辞学的规则、任何体裁的规律、任何系统的傲慢。书写是<u>无场域的</u>（atopique）；书写并不消除但却<u>移动</u>言语活动之间的战争，相对于这种战争，它提前要求具备阅读和书写实践的一种状态，而在这种状态之中是欲望在循环，而不是主导地位在循环。

1973，《在意大利文化协会的报告》
(*Le Conferenze dell'Associazione Culturale Italiana*)

修辞学分析

在我们看来，文学就像是<u>机制</u>（institution）和<u>作品</u>。作为机制，文学汇聚了被规范在一个已知社会中的所写物之循环的所有习惯与实践，这包括作家的地位和意识形态、发行方式、消费条件、批评界的确认。作为作品，它基本上是由属于某种类型的一种写出的词语讯息构成的。我很愿意将其看作对象作品（œuvre-objet），同时建议我们都来对于一个尚未怎么开发的领域（尽管这个词是非常古老的）发生兴趣，那便是<u>修辞学</u>的领域。

文学作品包含一些并非是文学专有的成分。我至少可以指出其中的一个，因为今天大众传播的发展允许我们能够在影片、连环画，也许还可以在各种杂文中，也就是说在小说之外的其他地方无可争辩地重新看到这个词，那便是叙事（récit），即故事、论证，亦即苏里奥（Souriau）所说的陈事①。在不同的艺术中，存在着一种共同的陈事形式，今天有人开始根据从普罗普那里得到的启示来分析它。不过，文学面对其与其他创作分享的编撰成分，它具备一种特定地规定了它的要素，即它的言语活动。对于这种特定要素，俄国形式主义学派早已在"文学性"（littératurité）的名义下尽力将其隔离出来并加以论述。雅各布森将其称为诗学（poétique），诗学是可以回答下面问题的一种分析。是什么在使得一种词语讯息变成一种艺术作品？在我称之为修辞学的东西，正是这种特定要素，为的是避免诗学只是指诗歌的任何限制，并很好地表示这里说的是对于所有体裁——既包括散文也包括诗歌——都共有的言语活动的一种总体计划。我很愿意考虑在社会与修辞学之间是否可能有一种对立，并且是在何种条件下有这种对立的。

在几个世纪中，从古代直到19世纪，修辞学曾接受过一种既是功能性的也是技术性的定义：它是一种艺术，也就是说，是各种限制的集合体，这种艺术可以让我们进行说服，也可以在随后进行很好的表达。这种公开的目的性显然把修辞学变成一种社会机制，并且，不可思议的是，将各种言语活动形式与社会结合在一起的那种联系，是比与真正意识形态的关系更为直接的。在古希腊，修辞学非常确定地产生于继5世纪西西里岛专制王的横征暴敛之后的财产诉讼。在资产阶级社会，依据某些规则说话的艺术既是有关社会权

---

① 陈事（diégèse）：亦在热奈特（G. Genette，1930—2019）的用词中常见。按照热奈特的理论，陈事指的是话语的叙述特征（aspect narratif）。从这种意义上讲，陈事接近于故事（histoire）和叙事（récit）；与之对立的是描述（description），描述具有质性分析的性质。——译注

力的一种符号,也是这种权力的某种工具。把表彰青年资产者中学学业的阶层称作修辞学阶层,毫无意义。不过,我们不要在这种直接关系(而且,它会很快地就被穷尽)上停留下来,因为我们知道,如果社会需求引发某些功能的话,那么,这些功能一旦被启动,或者就像有人说的那样,一旦被确定,就会获得一种不可预想的自立性,并服从于新的意指。因此今天,我用一种内在的定义,即结构的或更为明确地讲是信息论的定义,来替代修辞学的功能定义。

我们知道,任何讯息(文学作品就是其中之一)至少包含着一种表达平面或者说是能指平面,以及一种内容平面或者说是所指平面。两个平面的结合就构成符号(或者说构成全部符号)。不过,一种依据这样的基本规定构成的讯息,可以借助于一种剥离或阔幅操作变成第二级简单的表达平面,该平面是前面讯息的扩张。总之,第一个讯息的符号变成第二个讯息的能指。这样一来,我们就面对着两个以规范的方式相互叠加的符号学系统。叶姆斯列夫(Hjelmslev)为如此构成的第二个系统给予了内涵符号学的名称(以对立于元言语活动,而在元言语活动中,第一个讯息的符号变成第二个讯息的所指而不是能指)。然而,作为言语活动,文学显然就属于内涵符号学。在一个文学文本中,第一个意指系统便是一种自然语言(比如法语),它为第二个讯息充当简单的能指,而第二个讯息的所指则区别于上面所说自然语言的各种所指。如果我读到这样的话,即请您让会话变得方便一些;则我感知到一种外延讯息,那就是命令我拿来几把扶手椅,但我也感知到一种内涵讯息,其所指在这里就是"高雅"。用信息词语来说,我们因此就可以把文学确定为一种外延-内涵双重系统。在这种双重系统之中,明显的和特定的平面,即第二个系统的能指平面,就将构成修辞学;修辞学的所有能指就将是内涵成分。

在用信息词语定义的情况下,文学讯息可以而且应该服从于一种系统的探讨，没有这种探讨，就永远不可能将其与产生这种讯息的故事分开，因为这一讯息的故事存在性不仅仅是其所说出的东西，而且是该讯息被制作的方式。的确，有关内涵的语言学（在此，不能与旧的文体学相比，因为旧的文体学研究的是一些表达手段，仍然属于言语的平面，而内涵语言学研究的是一些编码）位于语言的平面，这种语言学尚未得到构建；但是，当代语言学家们的某些指点允许我们为修辞学分析至少提出两种方向。

第一种方向是由雅各布森草拟的①，这种方向在任何讯息中都区分出几种要素：一位发送者，一位接收者，一种语境或指涉对象，一种接触，最后还有讯息本身。这些要素中的每一种都对应于言语活动的一种功能；任何话语都混合有这些功能的大部分，但是它在这样或那样的功能上接收到它的主导标志。如果它被放在了接收者方面，那便是内涵的（劝诫的或恳求的）功能；如果强调的是指涉对象，话语便是外延性的（这是通常的情况）；如果是（发送者与接收者之间的）接触，那么维系功能便把旨在维持对话者之间交流的所有符号再发送回去；元语言学功能或明晰功能突出对于编码的求助；最后，当是讯息本身、它的外形和其符号的可触知方面被强调的时候，话语就是其宽泛意义上的诗学的。这显然是文学的情况；我们似乎可以说，文学（作品或文本）特定地是一种强调自身的讯息。这种定义似乎可以让我们更好地理解，交流功能为什么无法穷尽文学作品，而文学作品由于抗拒纯粹功能性的定义而总是以某种方式表现出像是同义反复，因为讯息的内在世俗性功能最终还是服从于其结构的功能。不过，诗学功能的凝聚性与开放性可以随着<u>故事</u>而变化；而且另一方面，从共时性上讲，这同一种功能可

---

① *Essais de linguistique générale*, Paris, Éd. de Minuit, 1963, chap. XI.

以被其他功能"吃掉",这种现象会某种程度地减弱作品的文学特性比率。因此,雅各布森的定义包含着一种社会学前景,因为这种定义可以让我们评价文学言语活动的未来,也可以评价其相对于非文学的言语活动情势。

对于文学言语活动的另一种探讨——这一次以分配类型来探讨——是可能的。我们知道,今天,语言学的一个完整部分不大通过单词的意义来确定单词,而是更多地借助于单词在其中占据位置的那些组合联想关系来确定。大概地说来,单词在它们之间依据某种程度的概率等级来相互结合:狗经常与狂吠结合在一起,但与喵喵地叫就很难结合,尽管从句法结构上来讲,没有任何东西可以阻止一个动词与一个主语相结合。有时,人们赋予符号的这种组合关系上的"填充"以催化作用(catalyse)的名称。然而,催化作用与文学言语活动特性之间具有一种密切的关系;在某些恰恰需要研究的范围内,催化作用越是不合常理,文学则越是明显。当然,如果有人坚守各种文字单位的话,那么,文学就会与规范的催化作用无任何共存的可能。在天空蔚蓝得像一个柑橘的句子中,没有一种文字方面的结合是不合适的;但是,如果与更高一个单位层次联系起来的话,而这个层次又恰好是内涵成分的层次,我们就很容易发现催化作用的混乱,因为从统计方面看,把蓝色状态与柑橘的状态结合起来是不合常理的。因此,文学讯息可以被定义为像是符号结合的一种偏移[吉罗(P. Guiraud)]。例如从操作上讲,面对自动翻译的规范性任务,文学可以被确定为机器所不能处理的全部无解情况。我们以另外的方式来说,文学基本上是一种昂贵的信息系统。不过,如果文学一致地都是奢华的话,那么,就会有多种奢华经济学,它们可以随时代和社会变化。在古典文学中,即至少在那种反珍贵的一代的文学里,组合关系上的结合仍然待在外延层的正常边缘之处,并且,显然是修辞学层在承载着信息的较高价值。相反,在超现实主义的诗歌中（我取了两个极端），结合是不合常理的，而且，代价高昂的信息与基础单位处在同一个层次上。还是在此，我们有理由希望，文学讯息的分配性定义能够在每一个社会和这个社会所规定给文学的信息经济学之间凸显出某些联系。

因此，文学讯息的形式本身与历史和社会有着某种关系，但是，这种关系是特殊的，并不必然覆盖历史与有关内容的社会学。内涵成分构成一种编码的所有要素，而这种编码的有效性可以是或长或短的。传统的编码（从宽泛的意义上讲）在西方曾经蔓延了几个世纪，因为正是这同一种修辞学曾经在西塞罗（Cicéron）的话语或是波舒哀的训词中活跃过；但是，这种编码有很大的可能在19世纪下半叶经历过深刻的变化，即便现在，一些传统的书写也还是依随着这种编码。这种变化大概是与资产阶级意识的危机有关系的。不管怎样，问题不在于知道两者是否从类比关系上互相映射，但是，面对某种现象的秩序，历史在某种程度上只是为了变动它们的历时性才介入进来的。实际上，只要与形式有了关系（显然，这正是修辞学编码的情况），各种变化过程更多地属于替换（translation）范围，而不是演变范围。也许，存在着文学讯息结构的某种内生渐变，就像规范所有方式变化的那种渐变一样。

对于评价修辞学与社会之间的关系，还有另外一种方式。我们可以说，那就是评价修辞学编码的"明快性"（franchise）程度。当然，古典时期的文学讯息有意地显示其内涵，因为各种修辞格均构成借助学习可以转移的一种编码（由此，在那个时代出现了多部论著），并且，只能在这种编码中有所汲取的情况下，才能形成被人公认的一种讯息。今天，我们知道，这种修辞学爆散全无了；但是，在研究其碎片、其替代成分或其缺陷的同时，我们却大概可以阐述书写的繁复性，并为它们中的每一种重新找到其在我们社会中所拥有的意指。因此，我们可以明确地探讨把优秀文学和其他文学分开的问题，而这一问题的社会重要性尤其在大众社会里是显著的。但是，还是在这一点上，不需要等待在使用者群体与其修辞学之间出现的一种类比关系；任务更在于重构一种下级编码的总体系统，其每一种编码都是通过编码与相邻编码的区别、距离和同一性而在某种社会状态之中被确定的。精英文学与大众文化，先锋派与传统，它们都根据梅洛-庞蒂（Merleau-Ponty）有关"共存变化"的表述而明确地构成位于同一时刻的不同编码。这种同时性编码的多元性已经得到过雅各布森的认可①，而需要研究的正是全部的同时性编码；而且，由于一种编码本身只是分配封闭的符号集合体的某种方式，修辞学分析就不应该直接地属于真正的社会学，而更应该直接地属于社会-逻辑学，或是属于迪尔凯姆和莫斯（Mauss）早就假设的有关各种分类形式的社会学。

这些便是扼要和抽象介绍修辞学分析的总体前瞻情况。这是一种其研究计划并非是中性的分析，但是，结构语言学和信息理论的最新发展赋予了这种分析一些全新的探讨可能性。不过，尤其值得一提的是，这种分析从我们这里获得了一种从方法论上也许是全新的态度，因为它所研究的对象的形式本质（文学讯息）迫使我们要以内在的和彻底的方式来描述特定修辞学编码（或所有修辞学编码），然后在这种或这些编码与产生和消费它们的社会和历史之间建立起关系。

选自《文学与社会》（*Littérature et Société*，Éd. de l'Institut de sociologie de l'Université de Bruxelles，1967）1966 年，戈德曼研讨会（Colloque Goldmann）

---

① *Essais de linguistique générale*，Paris，Éd. de Minuit，1963，chap. XI，p. 213.

风格与其意象

请允许我从一种个人的考虑谈起：差不多20年以来，我把研究工作放在了文学言语活动方面，但却不能完全地认可我自己身为批评家的角色，也不完全地认可我自己身为语言学家的角色。我很想用这种双重的地位来探讨一种非纯粹的概念，这种概念既是一种隐喻形式，也是一种理论概念。这种概念是一种<u>意象</u>（image）。实际上，我并不认为科学研究工作可以在无其对象之意象的情况下能够推进（我们知道，没有任何东西比数学家的言语活动或地理学家的言语活动更具隐喻性了）。我也不认为从旧的毕达哥拉斯天体演化论因袭而来的既是空间的也是音乐的和抽象的智力意象不具备一种理论价值，原因是这种价值保护这种意象躲避了偶然性，而没有过分地使其转向抽象化。因此，这是我想研究的一种意象，或者更为准确地讲，它就是一种见解（vision）：我们如何看待风格？妨碍我风格的意象是什么？我所希望的意象是什么？

非常简单地说（这便是见解的权利），我认为，风格（在不考虑该词通常意义的情况下）一直是在一种双重系统中被取用的，或者也可以说，是在带有两个词项的一种神话范式中被取用的。当然，这两个词项根据时代不同和学派不同已经改变了名称。我们仅谈这些对立关系中的两种情况。

第一种对立，是最古老的（它还在延续，至少经常见于文学的教学之中），那便是<u>内核</u>（Fond）与<u>形式</u>（Forme）的对立；这种对立源于古典修辞学的最初分类，它使得<u>物</u>（Res）与<u>词</u>（Verba）对立了起来：取决于<u>物</u>（或话语的证明材料）的是<u>发现</u>（invention），或者说对于人们所说的一个<u>主题</u>（quaestion）的寻找；取决于<u>词</u>的是<u>表达方法</u>（Elocution）（或者说这些材料在一种词语形式中的转换），这种<u>表达方法</u>大体上就是我们的风格。<u>内核</u>与<u>形式</u>之间的关系是一种现象学的关系：<u>形式</u>被誉为<u>内核</u>的外表或衣饰，而<u>内核</u>则是<u>形式</u>的真实或身体。因此，依附于形式（风格）的各种隐喻属于修饰范围：外在形象（figures）、颜色、细微差别（nuances）。或者还可以说，<u>形式</u>与<u>内核</u>之间的这种关系是被当作一种表达关系或一种<u>真势关系</u>①来体验的：对于文学研究者（或评论者）来说，关键

---

① 真势关系（rapport aléthique），指在以"应该"（devoir）为谓语的模态陈述主导着以"是"（être）为谓语的状态陈述的"真势结构"这一情况下，其在符号学矩阵中的出现是：上层关系为"应该是/应该不是"，下层关系为"不应该是/不应该不是"；其位置名称分别是"必须/不可能性"和"可能性/偶然性"。——译注

是在内核（真理）与形式（外表）之间、在讯息（就像内容）与其媒介（medium）（风格）之间建立起正确的关系。而且，在这两个同归一种事物的术语之间（一个在另一个之中），曾经有过一种相互的保障。这种保障曾经成为一个历史问题的对象：形式可以掩盖内核吗？或者说，形式必须顺从内核（甚至不再是一种被编码的形式）吗？在漫长的几个世纪中，正是这种争论将亚里士多德（随后又是耶稣会）的修辞学与柏拉图（随后又是帕斯卡）的修辞学对立了起来。尽管有着术语方面的变化，但在我们把文本看作是一种所指与一种能指叠加的情况下，这种见解继续存在着，因为这个时候所指注定被体验成（我在这里说的是一种或多或少被接受的见解）隐藏在能指后面的一种秘密。

更为近期的也是更为科学的第二种对立，在很大程度上依赖于索绪尔的语言/言语（或编码/讯息）聚合体，是规范（Norme）与偏移（Écart）之间的对立。于是，风格被看作一种规则的例外（不过，是被编码了的例外）；它是对通常用法的一种（个体的，不过却是制度性的）脱轨，它有时被视为词语的（如果我们用口语来定义标准的话），有时就像是散文性的（如果我们把诗歌对立于"其他"的话）。就像内核/形式的对立包含着一种现象学的见解那样，规范/偏移之间的对立也包含着最终是道德方面的一种见解（以有关多格扎状态的一种逻辑的名义）；这里面出现了从系统性到社会性的归化（编码便是被从统计学上讲最大数量的使用者所保障的东西），也出现了从社会性到规范性的归化，而规范性是某种社会本质所在的场所；文学，是风格的空间，而且因为它特定地就是这种空间，所以它获得了一种萨满功能，列维-斯特劳斯在其《莫斯作品导论》(*Introduction à l'œuvre de M. Mauss*) 中很清楚地描述过这种功能：它是（词语）反常之地，一如社会在给予其作家荣誉的同时为这种地方所确定、所承认和所接受的那种情况，完全就像人种志群体将超-本性确定在巫神身上那样（以制造可以限制疾病蔓延的点位肿块的方式），为的是在一种集体交流过程之中可以获得它。

我想就根据这两种见解，不是去破坏它们，而是对其做详细阐述。

*

首先，我们来谈内核与形式即所指与能指的对立关系。毫无疑问，这种对立关系并不包含某种不可减缩的东西。对于叙事的结构分析，不论是从其所获成绩来看，还是从其远景来看，它都完全建立于确信（并带有实践的证明）我们可以把一个已知文本转换成一种更具图标式的版本，该版本的元语言不再是最初文本的整体言语活动，而且无须这个文本的叙述身份被改变——为了列举一些功能、重构一些序列或分配一些行为者，总之是为了显示已经不再属于文本原有语言规则的语法的一种叙述语法，就应该很好地从另外的（叙述性的）二级意义层次上获得风格的（或者更为一般地讲，是表述的、陈述活动的）成分，因为相对于这些意义，各种风格的特征都是无相关性的：我们在改变着各种意义，而其结构却不会变化。巴尔扎克说一位心神不安的老人"微紫的双唇上保持着固定不动的笑，那是一种无情的和嘲弄人的笑，就像一个死人的头在笑"，这种说法正好具有相同的叙述功能（或者更为明确地说，具有相同的语义功能），这与当我们转换这个句子和当我们说出这个老人身上有某种抑郁和离奇的东西一样（这种义素是不可减缩的，因为它在功能上对于故事的后续而言是必要的）。

不过，正是在此我们应该改变一下我们对于内核与形式的见解。在这一方面，错误似乎就是某种程度上过早地停止了对于风格的摆脱；这种（正如我们刚才说的那样，可能的）摆脱所表明的，并非一种内核，即一种所指，而是一种形式，即另一种能指，或者如果我们愿意的话，可以用一个更为中性的词，即另一个层次，<u>该层次从来就不是最后的层次</u>（因为文本总是依随其所不能穷尽的编码来接续）；自叶姆斯列夫以来，甚至自精神分析学家们、人类学家们、哲学家们最近的假设以来，我们就知道，各种所指也都是形式。最近，我在分析巴尔扎克一部中篇小说的时候曾认为，甚至在我不曾关注过的风格平面之外，并待在所指容量之内部，就可以说明五种不同编码之间的关系：这五种编码是情节编码、阐释编码、义素编码、文化编码和象征编码；作者（或者更为准确地讲是文本的操作者）从这些编码中提取的所有"引文"，在同一陈述活动单位（例如一个句子，或者更为一般地讲一个"词汇单位"，或者是一个阅读单位）的内部是并列的、混合的、叠合的，为的是构成一种编物、一种织物，或者还构成（从词源学上讲）一种纹路物品①。举个例子：雕刻家萨拉辛（Sarrasine）爱上了一位女歌剧演员，但他并不知道"她"是一个被阉割过的男人；他绑架了"她"，而作为歌唱家的被追求者则自卫："这个意大利女人手里拿着一把匕首。她说：'如果你再向前走，我就不得不把这把匕首插入你的心脏。'"在这样一个陈述语段之后，有没有一种所指呢？丝毫没有；这个句子就像是带有多个编码的编物：一种语言编码（即法语的语言编码）、一种修辞学编码（代替法，<u>内心不安之人</u>的插入句，斥责）、一种情节编码（受侵害人的武装防卫是一种劫持序列词语）、一种阐释编码（被阉割之人在装作捍卫其女性美德的同时，暴露了其性

---

① 纹路物品：原文是 texte，现在一般翻译成"文本"，但从词源学上讲，该词就是指"编织物"。——译注

别）和一种象征编码（匕首是阉割的象征）。

因此，我们不再可以将这一文本看作一种内核与一种形式之间的安排；一个文本不是双重的，而是多重的；在这个文本中，只有一些形式，或者更为准确地说，文本在其整体上只有一种形式繁复性，而没有内核。从隐喻方面讲，人们会说文学文本是一种立体图示：它既无旋律，也无和声（至少不是没有交替）；它绝对是符合对位法的；它把各种声音都混放进一种容量之中，而不是根据一条线来安排——尽管这条线是双重的。在这些声音（这些编码、这些系统、这些形式）之中，也许有某些与词语实质即与词语游戏（语言学、修辞学）更为特殊的联系密切，但是，正是在这里，出现了一种历史区别，这种区别只对于由所指构成的文学（这便一般是我们所研究的文学）才有价值。因为，只需想到某些现代文本，就可以理解，在这些文本中，由于（叙述的、逻辑的、象征的、心理的）所指进一步逃离，因此也就没有了任何将一些形式系统与一些内容系统对立（哪怕是点滴地对立）起来的可能性；风格是一种故事概念（不是普遍概念），只有对于故事作品才具备相关性。在这种文学中，风格有确定的功能吗？我认为有。风格系统，如同其他各种系统，具有一种依随性，或者说是亲和性，或者说是顺从性：实际上，内容的各种编码均悉数服从于一种大体的不连续性（情节是分开的，特征性和象征性的简短描述都是分散的，真实的推进是片段化的、迟误的）。言语活动作为句子、复合句和段落的基础叠放在这种语义的不连续性上，这种不连续性的基础是话语的等级层级，即一种内容的外表。因为，尽管言语活动本身是不连续的，但它的结构在每一个人的经验中是非常古老的，以至于每一个人都将这种结构当作一种真实的本性来体验：人们不是谈论"言语的流动"吗？还有什么会比一个被读过的句子更为熟悉、更为明显、更为自然呢？风格在"铺展"内容的语义链接情况。风格借助于换喻途径，来使被讲述的故事变得自然。它在使故事变得简单。

*

现在，我们转向第二种对立关系。即规范与偏差的对立关系。这种关系实际上是<u>编码</u>与<u>讯息</u>之间的对立关系，因为风格（或者说文学效果）在这里被当作"<u>惊扰</u>"编码的一种畸变讯息。还是在这里，我们应该依据对立关系，特别是在破坏这种对立的同时细化我们的见解。

不可否认，各种风格特征都是从一种编码上获取的，或者至少是从一种系统空间中获取的（在想遵从一种多重编码的可能性，或者遵从一种其空间是被调整的，不过却是无限的能指即一种不饱和的范式之存在的情况下，这种区分似乎是必要的）：风格是一种间距、一种区别。但是，相对于什么而言呢？相对于其参照，最为通常或最为显性地讲，就是相对于说出的自然语言（即所谓的"日常"语言、"规范"语言）。在我们看来，这种提法既是过分的，又是不足的：说其是过分的，是因为风格的参照编码（区别）数量太多了，而且所谓的自然语言从来就只是编码中的一种（没有任何理由在将自然语言变成<u>最初</u>语言的情况下高看所体现出的基本编码，高看绝对的参照）；说其是不足的，是因为，当我们指向风格时，口语与文字之间的对立又不是在其全部的深度之中被探讨的。对于这最后一点，我们可简单地说一说。

我们知道，语言学的对象，即确定其研究工作也确定其界限的对象，便是<u>句子</u>（尽管对于句子的确定有许多困难）：在句子之外，便毫无语言学，因为在这种情况下，那便是话语开始了，而句子之间的结合规则又区别于语位①的结合规则；但是，小于句子，也没有语言学，因为在这个时候，人们认为所看到的都是一些不定型的、不完整的和不够资格的组合体——唯独句子提供了对于一种组织机制、结构机制和完整性的保证。然而，我们不要忘记，由于说出的言语活动也是内心的言语活动②，所以，它基本上是一种<u>亚句子</u>（sub-phrastique）言语活动。当然，它可以包含一些完成的句子，但是这种完成并不是交流的成功和有效性所要求的，也就是说，并不是体裁的编码所要求的：我们可以不停地去说，而不需要完成我们的句子。请您去听一段对话，并注意：有多少个结构不完整或模棱两可的句子？有多少个无主句或者其与主句的关系不确定的从句？有多少名词不带动词、对立连词和没有相关词呢？等等。还是要谈"句子"，即便是为了说其是不完整的或是成型不佳的，是多余的。最好还是以更为中性的方式去说那是一些其整体情况有待描述的组合体。相反，我们打开一本书：没有一个句子不是确定的；都是通过既是结构的，又是节奏的，还是即时的操作要素来多方面确定的。

由此，理所当然地就有了两种独立的语言学：一种是有关组合体的语言学，一种是有关句子的语言学；即一种是有关有声言语的语言学，一种是有关书写痕迹的语言学。在于其深度之中重新建立这种区别的同时，我们将只密切地依随哲学上的建议，因为哲学在今天为言语和书写提供了一种不同的本体论。这种哲学过于离奇，是因为语言学从来都只过问写出的东西（即句子性言语活动），同

---

① 语位（monème）：法国语言学家马丁内使用的术语，用来指最小的语言学符号或语素。——译注

② 我们已经在此重新完成了文本（见编者按）。

时主张，言语活动的规范形式就是言语，而书写仅仅是对于言语的"誊写"。

我们都知道，在我们只具备一种有关句子的语法的情况下，我们缺乏的是一种有关口语的语法（但是，这种语法却是可能的：它难道不就是为交流所占用的那种语法概念吗?）。这种空缺在确定一种新的对于各种言语活动的分配：有一些关于句子的言语活动，也有其他的一些言语活动。关于句子的言语活动带有一种限制特征，即一种必需的惯例，那就是要完成这个句子。显然，风格就是这些写出的言语活动中的一种，而它的种属特征（即将其与所写文字的题材相联系的东西，但是，不要将其与和它相邻的诸多方面区别开）便是它迫使人们去关闭句子：句子以其结束、以其"干净利索"（propreté）表明它是被写出来的，并完全奔向其文学的状态。句子在其自身已经是一种风格对象，这是因为句子完成得不拖泥带水，这在某种程度上就是风格的首要标准。我们通过两种真正属于风格方面的价值就能看得很清楚：<u>简洁</u>（simplicité）与<u>断然</u>（frappée）。这两种价值都是"干净"的效果，一种属于间接肯定，一种属于夸张。如果说克洛代尔的诗句（"夜非常寂静，在我看来，沉寂如咸海"）既是简洁的又是断然的话，那是因为这句诗是在其必要的和足够的完整性之中完成的。这一点可以与多种历史事实联系起来：首先，是被写出的言语活动的某种格言式的承袭特征（神意箴言，宗教表述，它们的结尾是典型的句子式的，从而确保了多义性）；其次，是有活力的句子的人文主义神话，即一种既是封闭的又是生发的有机模式所散发的光辉［例如在《论崇高》（*Du Sublime*）中表述的神话］；最后，是各种试图——说真的，那些试图还是不大有效的（因为文学即便是颠覆性的，也与句子密切联系着），原因是那些试图是被现代派为破坏句子的封闭性而操弄的［马拉美的《碰运气》（*Coup de dés*），是普鲁斯特式句子的超级扩散情况，是印刷的句子在现代诗歌中遭受的破坏]。

因此，在我看来，句子以其封闭性和其干净特征，好像从根本上就决定了书写。根据这种情况，多种书写编码便有了可能（说实话，没有得到很好的标记）：学术书写、学院书写、行政书写、新闻书写等。因为每一种书写均可以根据其用户、其词汇和其句法要求（倒装，修辞格，结句，所有借助于其出现或禁止来标志其集体书写的特征）来得到描述。在这些类型的书写当中，甚至在从个人意义上谈论风格（我们通常就这样理解"风格"一词）之前，就有了文学的言语活动，即真正集体性的书写，因此应该记录下这种书写的各种系统性特征（而不仅仅记录人们至今所使用的那些故事性特征）：例如，什么是在一种文学文本中，而非在一种大学论文中得到允许的东西呢？是倒装，是结句，是补语有序，是句法无序，是仿古，是修辞格还是词汇呢？首先需要掌握的，并非作者的个人习惯语，而是一种制度（即文学）的习惯语。

这还不是全部。文学书写不仅应该相对于其最为靠近的体裁来定位，还应该依据其各种模式。我不把模式理解为该词在语文意义上的起因（顺便指出，人们在内容平面上几乎只提出了起因问题），而是理解为一些组合关系上的范型（pattern）、典型的句子片段，也可以说是其起因是无法标记的，但却属于对于文学的一种集体记忆的一些表述方式。这样一来，书写便允许这些模式加入进来，并对其进行转换（按照该词在语言学上被采用的意义）。

对于这一论题，我将随便地指出从最近的经验中借用而来的三种事实。第一种事实是一种证明。我曾在相当长的时间内研究巴尔扎克的一部中篇小说，现在，我经常感到惊讶的是，我总是主动地将一些句子碎片、一些出自巴尔扎克文本的表达方式用到生活场合之中。并非这种现象的（平庸的）记忆特征使我感兴趣，显然，我是借助于从此前的书写中因袭而来的那些表述在<u>书写生活</u>。或者更为明确地讲，生活在其出现的时候就<u>已经</u>像是一种文学书写那样被构成了——一种<u>正在诞生中的</u>书写是一种<u>过时的</u>书写。第二种事实是一种外部的转换情况。当巴尔扎克写"我深深陷入梦幻之中，那<u>些</u>梦幻把大家——甚至一个不起眼的人——都置于最为热闹的节日之中"的时候，对于这个句子，如果不考虑其人称标志（"我深深陷入"），它只不过是对"热闹的节日，深沉的梦境"这条谚语的转换。换句话说，文学的陈述活动借助于转换而指向另一种句法结构：这句话的<u>第一</u>内容是另外一种形式（在此指箴言式形式），而风格则建立在并非作用于观念上而是作用于形式上的一种转换工作之中。当然，剩下的便是标记那<u>些</u>主要的俗套（如谚语）了，文学言语活动就是根据这些俗套来自我创作和自我生成的。第三种事实是一种内在的转换情况（作者根据自己的表述所产生的转换）。在作为叙述者的普鲁斯特于巴尔贝克（Balbec）旅居的某个时刻，他曾尝试与在大旅馆开电梯的年轻人说话，但开电梯的人不回应他，普鲁斯特写道："他对我跟他说话表现出惊讶，他专注于他的工作，他关心着指令，他保持着听觉上的迟钝，他到指定的楼层就停，他担心出现危险，他懒得动脑筋或者是因为经理就这么要求。"相同的句法表述的重复（一个名词与一个补语结合），这显然是一种文字游戏，于是，风格便在于：（1）把一个潜在的从属部分转换成一个名词组合体（<u>因为他听觉不大好</u>变成了<u>他保持着听觉上的迟钝</u>）；（2）借助于不同的内容尽可能长时间地重复这种转换表述。

我从这三种不成熟的，而且是临时组织的提示中，只获得了一种简单的工作假设：把风格特征看成<u>一些</u><u>转换结果</u>，它们是由一些集体表述（其起因无可标记，有时是文学方面的，有时是前文学方面的）派生而来，或者是借助隐喻游戏而从个人习惯语派生而来的。在这两种情况里，主导风格研究工作的，想必是对于模式即范型的寻找：句子结构、组合关系定式（cliché）、句子的起步与结句。而能活跃这项工作的，想必便是确信风格基本上就是一种引述过程、一组痕迹、一种（几乎是在该词控制论意义上的）记忆、一种建立在文化而非表达性基础上的继承。这一点让我们可以为我们所提到的转换做出定位（因此，我们希望称之为转换文体学）。当然，转换可以与转换语法有某种密切关系，但是，它在一个基本点上又区别于后者（这一点就是，语言学由于注定要涉及对于言语活动的某种见解，因此再一次变成是意识形态的）：风格"模式"不可被视同于"深层结构"，不可被视同于源于心理学逻辑的一些普遍形式；这些模式只是一些文化积淀（即便它们显得有些陈旧）；它们是一些重复，而不是一些基础；它们是一些援引，而不是一些表达；它们是一些俗套，而不是一些原型。

*

为了回到我在开始时谈到的对于风格的见解上来，我要说，在我看来，今天，这种见解应该在文本的多元性之中来理解风格：语义层次（编码）是多元的，而这些语义层次之间的编物便构成了文本；所有的援引也是多元的，因为那些援引积淀在我们称之为"风格"而我更愿意称之为——至少像首要研究对象那样——文学言语活动的多种编码中的一种之中。风格的问题，只有与我继续称之为话语的片层结构（feuilleté）建立联系才能得到论述。而且，为了继续使用那些食物隐喻，我会对这些话进行一下概括。同时我要说，直到现在，虽然我们曾以一种带核水果（例如一颗杏）的各种类型来看待文本（因为果肉是形式，杏仁是内核），但现在最好还是将其看作洋葱头——它仅仅是外皮（层级、系统）的叠加，最终没有任何心、核、秘密与不可压缩的构成要素，要不然就将其看作其外表的无限性本身——这些外表只包装其全部的表面。

1969 年，贝拉焦（Belleagio）研讨会，英文版，
选自《文学风格：一次座谈》
(Seymour Chatman, *Literary Style. A Symposium*,
ⓒPxford University Press, 1971)，无法文版本

第四部分
从故事到真实

关于故事的话语

对于大于句子的单词集合体（人们出于便利，称之为话语）的形式描述，并非始于今天——从乔吉亚（Gorgias）到19世纪，它一直是旧修辞学的特定对象。不过，语言学最近的发展赋予了它一种全新的现时性和一些全新的手段：今后，一种有关话语的语言学也许是可能的；由于其在文学分析方面的影响（我们都知道其在教学方面的重要性），它甚至成了结构符号学的首要任务之一。

这种二级语言学，在其必须以结合单位的集合体和规则的形式来寻找话语的普遍概念（如果存在普遍概念的话）时，显然还必须同时决定结构分析是否可以允许保留话语的旧有分类学，条件是，将诗歌话语与小说话语、虚构叙事与历史叙事加以对立是要合乎逻辑的。正是在后一点上，我在此提出几点考虑：在我们的文化之中，从古希腊人以来，对于过往事件的叙述均一致地服从于历史"科学"的判定，这种科学位于"真实"的专横保护之下，并为"理性"展示所验证；那么，这种叙述就真的以一些特定的特征和一种不可减缩的相关性——就像我们在史诗、小说、戏剧中所看到的那样——有别于想象的叙述吗？如果这种特征或这种相关性存在着，那么，应该将其置于话语系统的什么地方、陈述活动的什么层次上呢？为了对这个问题尝试提供一种答复，我们在此将以自由而绝非彻底的方式来看一看几位伟大的古典历史学家们的话语情况，他们是希罗多德（Hérodote）、马基雅维利（Machiavel）、波舒哀（Bossuet）和米什莱（Michelet）。

1. 陈述活动

首先，是在何种条件下，古典历史学家不得不——或被允许——在其话语中亲自定义他借以宣扬的行为呢？换句话说，在话语层——而不是在语言层——是哪些变指成分（按照雅各布森赋予该词的意义）在确保从陈述话语过渡到陈述活动（或者相反）呢？

故事话语似乎包含着两种正规的接合类型。第一种汇聚了我们可以称之为听取（écoute）的接合成分。这种类别已经被雅各布森在语言层级上标记为证明（testimonial）一词和 C^e、C^{a1}、C^{a2} 这种表述方式：除了被转述的事件（C^e），话语还可以同时指出信息人的行为（C^{a1}）和参考信息的陈述人的言语（C^{a2}）。因此，这个变指成分便指明了所提及的各种起因和各种证明情况，指明了对于历史学家的一种听取的任何参照，并且汇集了其话语的一种外在情况（ailleurs）和所说情况。显性的听取是一种选择，因为不取用参照是可以的。当历史学家提及其信息人的时候，听取就会使历史学家接近于人种学家。因此，我们在例如希罗多德那样的历史学家-人种学家们那里，会看到无数这种听取<u>变指成分</u>。变指成分的形式是多种多样的：它们从<u>就像我所听到的那样</u>、<u>据我们所知</u>这种类型的插入句，到历史学家的现在时——因为这种时态证明着陈述发送者的介入，再到对于历史学家个人经验的任何提及。这便是米什莱的情况，因为他以一种主观的说明（1830年的七月革命）来"听取"法兰西历史，并让其出现在他的话语之中。听取变指成分显然与故事话语并不相关：人们经常看到这种变指成分出现在对话之中和小说的某些表白技巧之中（例如根据在小说中被提到的某些虚构信息成分来讲述的趣闻）。

<u>变指成分</u>的第二种类型，覆盖了陈述人如历史学家用来组织其话语、在中途改变其话语，也就是他在话语中安排一些显性标记的所有公开的符号。这是一种重要的变指成分，而话语的"组织者们"可以接受各种表达方式。不过，这些表达方式都可以相对于话语的内容而言被归结为表明话语的一种活动，或者更为准确地讲，是沿着其内容并以时间的或地点的诸如<u>那是</u>或<u>这是</u>等指示方式来表明话语的一种活动。因此，相对于陈述活动的走向来说，我们将会有：静止（例如，"就像我们上面说过的那样"）、攀升（<u>在高位重复，在高位复制</u>）、复下（"我说的是，还是回到我们的起点"）、停止（"对于他，我们不能再说别的"）、告示（"这便是他在他统治期间进行过的值得回忆的其他行动"）。起组织作用的变指成分提出了一个值得注意的问题，我们在此只能略提一二：这个问题是因为共存而出现，或者更可以说，是因为两个时间的摩擦而出现，即陈述活动的时间与被陈述内容的时间。这种摩擦引起话语的多种重要情况，我们仅举其中三种。第一种指向历史的所有加速现象：一种数

量相等的"页码"（如果这就是陈述活动时间的大体长短的话）覆盖着一些变化的时间段落（被陈述内容的时间）。在马基雅维利的《佛罗伦萨史》（*Histoires florentines*）中，同一时间的长短（一章）在这里覆盖了多个世纪，而在别处只覆盖了差不多20年。越是接近历史学家的时间，陈述活动的压力就越是强大，而历史就变得越慢；不存在等时性（isochronie），因为等时性就是隐性地攻击话语的线性，并使得历史言语的一种可能的"复变"被表现出来①。第二种以它的方式也提醒我们，话语尽管在物质表现上是线性的，是与历史时间相对立的，但它似乎还是要负责深化这种时间，因为这涉及所谓的曲折历史或不规则历史。于是，马基雅维利对于其《佛罗伦萨史》中的每一个人物，都回溯到这个人的祖先，然后再回到其出发点，为的是继续向前推进和重新开始。最后，话语的第三种重要方面，相对于历史的编年时间来讲，便证明了那些起组织作用的变指成分的破坏性角色：这就涉及故事话语的启动，是被陈述内容的开始与陈述活动开端的汇合之处②。有关故事的话语，一般有两种开启形式：首先，是我们可以称之为操作开放的形式，因为言语在此真正是一种庄重的打基础行为。这方面的模式，便是诗歌，是诗人们的我歌唱。于是，茹安维尔（Joinville）以一种宗教

---

① 复变（paragrammatisme）：在茱莉亚·克里斯蒂娃（J. Kristeva）的文章（《Bakhtine, le mot, le dialogue et le roman», *Critique*, n°239, avril 1967, p. 438-465）之后，人们以"复变"（来源于索绪尔的 Anagramme）来区别那些具有双重意义的书写，这些书写包含着文本与其他文本的一种对话，并设定一种新的逻辑。

② （任何话语的）开端，都会在该话语是对于沉寂之断裂、是与失语做斗争的编码过程的情况下，提出有关修辞学的最为有意思的问题中的一个。

呼唤来开始他的故事("万能的上帝,我是茹安维尔陛下让,我在帮我们的神圣国王路易来写出他的一生"),而社会党人路易·勃朗并不鄙弃净身的进台咏(introït)①,因为言语的开启总是某种困难的事情——我们甚至可以说是神圣的事情。其次,一种更为通常的单位,即序言,亦即带有陈述活动之特征的一种行为,当其在预告未来话语的时候,它就是前瞻性的;而当其评判话语的时候,它就是回顾性的(这便是米什莱在其《法兰西史》完全写完和出版时,人们见到的他为该书写的重要序言的情况)。让大家注意这几种情况,是想提示一下,陈述活动借助起组织作用的变指成分而进入历史陈述语段之中,其目的不大在于像人们所一致说的那样,是赋予历史学家说明其"主观性"的一种可能,而在于使历史的编年时间与另一时间相对立的情况下"变得复杂化",这另一时间就是话语的时间本身,并且我们可以简单地将其称为"纸上时间"。总之,在历史叙述过程中有明显的陈述活动符号,考虑的是使历史"连续""在时间上受到破坏",是——哪怕就是以模糊记忆或怀念的名义——还原一种复杂的、参数性的、毫无线性可言的时间,其深在的空间提醒人们去注意古代宇宙论的神话时间,这种时间在本质上也是密切地联系着诗人或占卜者的言语的。实际上,起组织作用的<u>变指成分</u>是在证明(哪怕通过某些表面上的曲折)历史学家的谓语功能:在历史学家<u>知道</u>还没有被讲述的东西的情况下,他也会像神话代理人那样,需要重复借助参照其自己的时间来重复展开各种事

---

① "在我拿起笔之前,我都会严肃地进行考虑,而且由于我在自己身上既没有相关的热情,也没有冷酷的怨恨,所以,我认为,我能够判断人和事物,而不会缺少正确性,也不会违背真理。"(L. Blanc, *Histoire de dix ans*, Paris, Pagnerre, 1842, 6 vol.)

件的编年时间。

我们刚才谈论的那些符号（或者说变指成分）仅仅涉及陈述活动的过程本身。还有其他一些符号，它们不再提及陈述活动行为，而是根据雅各布森的术语涉及相关的各种人物（T^a），即接收者和陈述者。这是一种值得指出的情况，而且，令人不解的是，在文学话语中极少包含"读者"的符号。我们甚至可以说，特定地标志文学话语的，便是——在表面上——一种无"你"的话语，尽管在实际上这种话语的整体结构都涉及一个阅读的"主体"。在历史话语中，目的性符号均不出现——只有当历史被当作课程来讲的时候，才会有这种符号。这便是波舒哀的《世界史》（*Histoire universelle*）的情况：它是由老师特别地向其学生即亲王传授的话语。尽管这种模式只有在波舒哀的话语被认为是相等地复制了上帝的话语的情况下，才在某种方式上是可能的，因为上帝的话语就是他自己与人们联系的话语，而这种话语恰恰又是以上帝给予人们的历史的形式出现的：正是因为有关人的历史就是上帝的书写，所以，波舒哀作为这种书写的中介人，才可以在年轻亲王与波舒哀自己之间建立一种关系。

陈述者（或发送者）的各种符号，显然是更为经常性的；应该在其符号中安排所有的话语片段，在这些片段中，作为无陈述活动之主体的历史学家，在逐渐地以各种谓语来填充自己，而那些谓语均用于把话语构建成像是一个人物，让"他"具备心理学的完整性（plénitude），或者还具备（用个极富想象力的词来说）一种容积（contenance）。在此，我们将支持这种"填充"的特殊形式，它更直接地属于文学批评。其所涉及的情况是，陈述者同意在其话语中"不出现"，因此，便会出现任何指向历史信息的陈述者之符号的系统性空缺：历史似乎在独立地讲述。这种意外具有一种重大的活动场域，因为它实际上对应于所谓"客观的"历史话语（在这种话语中，历史学家从不介入)。在这种情况下，陈述者实际上在取消富有激情的自己，而代之以另一个"个人"，即"客观的""个人"：主体继续完整地存在着，但却像是客观主体那样存在着。这便是菲斯泰尔·德·库朗热（Fustel de Coulanges）有意味地（和相当天真地）认为的"历史的纯洁性"。因此，在话语的层级上，客观性或陈述者的符号的空缺，就表现为像是一种特殊的想象物形式，就像是我们可以称之为参照性幻觉的产物，因为历史学家本打算让参照对象独立说话。这种幻觉并非历史话语所特有：在现实主义时期，曾有多少小说家将自己的作品想象为"客观的"，因为他们在话语中取消我（je）的各种符号！今天，语言学与精神分析学合在一起，使我们在面对一种剥夺型陈述活动时变得更为明白：我们知道，符号的缺乏也是有意味的。

为了尽快结束对于陈述活动的介绍，必须指出一种特殊的情况——这种情况为雅各布森在语言的层级和在其变指成分之中所预见，在这种情况里，话语的陈述者同时属于被陈述的过程，陈述语段的主角同为陈述活动的主角（T^e/T^a），并且历史学家作为事件的实施者也变成了话语的叙述者：因此，就像色诺芬那样，他自己参与了万人大撤退，而随后，他就变成了历史学家[①]。被陈述的我与陈述者我之间这种合二为一的最著名例子，也许就是恺撒的他（il）了。这一著名的他属于陈述语段；在恺撒明显地变成陈述者的时候，他就过渡到了我们（nous）。乍看起来，恺撒的他是被淹没在被陈述过程的其他参与者当中了，在这一点上，我们在他身上看到了客观性的最高符号。不过，人们似乎可以从形式上将其区分出

[①] 色诺芬（Xénophon，公元前439或425—公元前355或352）：古希腊军事首领和历史学家。——译注

来。如何区分呢？只需观察他总是选择使用哪些谓语就可以了：恺撒的"他"只承载某些组合体，我们可以将其称为领袖组合体（<u>下达命令</u>，<u>召集会议</u>，<u>视察</u>，<u>让人去做</u>，<u>庆贺</u>，<u>解释</u>，<u>思考</u>）。实际上，这些组合体非常接近某些运用成分，而在这些成分中，言语与行为混合在了一体。这个他还有其他一些例子，那便是过去时的施事者和现在时的叙述者［特别是在克劳塞维茨（Clausewitz）的作品中更为如此］。这些例子告诉我们，无人称的代词仅仅是一种修辞学的不在场证明，并且，陈述者的真实情况显现在其对围绕着他过去行为的各种组合体的选择之中。

2. 陈述语段

历史的陈述语段（énoncé），必须准备接受旨在产生内容的一些单位的切分，而后我们将对其进行分类。内容的这些单位代表的是历史所谈论的东西。这些单位作为所指，既不是指涉对象，也不是完整的话语——它们的整体是由被切割的、有名称的、已经是可理解的指涉对象构成的，但却不需要服从于一种句法。我们在这里还不需要深入探讨这些类别的单位，对其进行研究为时尚早；我们将仅讨论提前考虑到的几个方面。

历史陈述语段，完全像句子陈述语段那样，包含着一些"已有"（existents）和一些"偶发"（occurents），包含着一些既在对象（êtres）、一些实体（entités）以及它们的谓语。然而，初步研究让我们可以预见，这一些和那一些（分别地）都可以构成一些相对封闭的，因此也是可以控制的名单，一句话，就是构成一些<u>汇编</u>，而这些汇编的所有单位最后均借助于显然是可变化的结合而相互重复。因此，在希罗多德的作品中，那些"已有"便减缩为朝代、亲王、将军、士兵、老百姓和一些场所，而那些"偶发"便减缩为一些动作，如毁坏、服从、结盟、远征、通知、滥用一种计谋、征询一种神谕等。这些汇编，由于（相对地）封闭，均必须服从于某些替代规则和转换规则，因此有可能对它们进行结构化——根据历史学家们各自的情况，这项任务对于一些人也许是容易的，对于另外一些人也许就不那么容易。例如希罗多德的那些单位，大体上讲，就取决于一种词汇，即战争词汇。问题便是要了解，对于近现代历史学家们来说，是否需要等有了一些不同词汇的更为复杂的结合再说，而在相同的情况下，历史话语是否并不总是最终建立在一些强势的汇编基础上（最好还是说汇编，而不要说词汇，因为我们现在仅仅是在内容层级上）。马基雅维利似乎对于这种结构有过直觉：在他的《佛罗伦萨史》的开篇部分，他介绍了他的"汇编"，也就是有关司法对象、政治对象、人种学对象的名单，这些对象随后在其叙述过程中被动员和被结合。

不过，在流动性更强的汇编中（在不像希罗多德那样古老的历史学家那里），内容的所有单位都会承受一种很强的结构化过程，这种过程并不来自词汇，而是来自作者的个人主题学考虑。这些（复现的）主题对象在像米什莱一样的浪漫派历史学家那里是为数很多的。但是，我们却可以很好地在被称为知识分子的作者的作品中看到这些：在塔西佗（Tacite）的作品中，消息（fama）是一种人称单位；而在马基雅维利的作品中，他将他的历史安排在一种主题对立——维持（mantenere，该动词指向治理人的基础能量）与退变（ruinere，该词涉及事物退化的一种逻辑）之对立——基础之上①。

---

① Cf. E. Raimondi, *Opere di Niccolo Maccbiavelli*, Milan, Ugo Mursia editore, 1966.

自然，借助于这些通常为一个单词服务的单位，我们就会重新找到话语的一些单位（而不再是只找到内容）。于是，我们便到达了对于历史对象的命名问题：单词可以省下一种场景或一种动作接续；在单词被投射到内容上，而它自己也是一种小小结构的情况下，它会有利于结构化过程。因此，马基雅维利便利用了<u>合谋共用</u>来节省对于一种复杂的已知的解释，并指出了一个政府在能战胜所有光天化日之下的全部敌意的情况下唯一续存的斗争可能性。命名过程在允许话语的一种强势连接的同时，可以强化话语的结构。结构性很强的历史是一些名词性的历史——在波舒哀看来，关于人的历史是为上帝所结构的，因此，他大量使用名词性压缩形式的接续①。

　　指出这几点，既关系到偶发情况，也关系到已有情况。历史过程本身（不论其术语发展如何）就此提出了一个有意思的问题，即它们的地位问题。一种过程的地位，可以是肯定性的、否定性的、疑问性的。然而，历史话语的地位却一致地是肯定性的、确认性的。从语言学上讲，历史事实与一种存在优势密切相关：人们讲述曾经存在的事情，而不讲述不曾存在的事情，或者不讲述曾经不确定的事情。一句话，历史话语不承认否定（或者很少以偏离的方式来承认）。这种事实可以稀奇古怪地——但却是有意义地——与人们在一位完全不同于历史学家的陈述者那里看到的安排建立起关系，该陈述者便是精神病患者，他可以使一种陈述语段承受一种否

---

　　① 例如："我们首先还会见到年轻的尤瑟夫的纯真与智慧……他的神秘梦境……；这个大人物的情况……；他对于他的主人的忠诚；他慷慨仁慈，令人钦佩；她从他那里学到了坚强；他的监狱和他的倾向……"（Bossuet, *Discours sur l'histoire universelle*, in *Œuvres*, Paris, Gallimard, «Bibl. de la Pléiade», 1961, p. 674.）

定性转换①。我们可以说，在某种意义上讲，"客观"话语（这便是实证主义的历史）就如同精神分裂症患者的话语，不管在哪一种情况下，都有来自陈述活动的完全检查（唯独感觉可以允许否定性转换），这是话语向陈述语段，甚至（在历史学家那里）向指涉对象的大规模倒涌：任何人都无法自愿承载陈述语段。

为了探讨历史陈述语段的另一基本特征，我们必须说一说内容的类别和它们的续接情况。根据首次调查得出的结果，内容的各种类别甚至就是人们曾经认为可以在虚构叙事中发现的那些类别②。第一种类别覆盖了话语的所有片段，这些片段根据一种隐喻过程指向一种隐形的所指。因此，米什莱描述了15世纪之初五颜六色的服饰、徽章的退行变化和建筑风格的混杂，并将其描述成一种单一所指的全部能指，这种所指便是正在结束的中世纪的道德分化。因此，这种类别就是那些指示词的类别，或者更为准确地说，就是那些符号的类别（这种类别在古典小说中非常之多）。第二种类别是由在本质上是说理的、三段论式的，或更为准确地讲是省略三段论式的话语的所有片段构成的，因为这几乎总要涉及不完善的、近似的三段论③。省略三段论并不是历史话语所特有的。它们在小说中是常见的，因为在小说中，趣闻的分开情况一般均被读者借助于三

---

① L. Irigaray, «Négation et transformation négative dans le langage des schizophrènes», *Langages*, n°5, mars 1967, p. 84 - 98.

② Cf. «Introduction à l'analyse structurale du récit», *Communications*, n° 8, novembre 1966. [Repris dans la coll. «Points», Éd. du Seuil, 1981.]

③ 下面便是米什莱的一段文字的三段论（*Histoire du Moyen Age*, t. III, liv. VI, chap. II）：(1) 为了扭转百姓的不满，就应该占有百姓。(2) 然而，最好的手段，便是把一个人交给他。(3) 因此，那些王子们便选择了老奥布里奥（Aubriot）。

段论类型的伪推理来验证了。省略三段论在历史话语中安排了一种非象征的可理解性,而且,正是在这一方面,历史话语是吸引人的:在最近的历史著作中,存在着话语赖以尽力与古典模式即亚里士多德模式相脱离的这种省略三段论吗?最后,第三种类别——但不是最不重要的类别——便是普罗普提出的叙事之"功能",即被称为趣闻的可由此取用不同方向的那些基本点。这些功能按照组合关系组成一些封闭的、逻辑上饱和的续接或序列。因此,在希罗多德的作品中,我们多次看到神谕序列,这种序列包含三个术语,其中每一个都是可交替出现的(咨询或不咨询,回答或不回答,跟随或不跟随),并且它们可以借助于序列之外的其他单位来彼此分离:这些单位或者是另一个序列的术语——于是其图示便具备了叠加的情况,或者是一些最小的扩展情况(信息、指示词)——于是其图示便是一种填充内核缝隙的催化剂的图示。

也许,在过分地将这几点普遍地用于陈述语段之结构的情况下,我们可以指出,历史话语会根据其指示词与功能的各自密度在两个极点之间摆动。在一位历史学家的作品里,当指示性单位占主导地位(在每一个时位都指向一种隐形的所指)的时候,历史便被带向一种隐喻形式,并接近抒情与象征——这便是米什莱的情况。相反,当功能性单位占主导地位的时候,历史便采取了一种换喻的形式,由此便属于史诗——作为这种倾向的纯粹例证,我们可以举出奥古斯丁·梯叶里(Augustin Thierry)的叙述性历史。说真的,还存在第三种历史:这种历史因话语结构而试图复制被述过程主要人物所经历过的各种选择的结构。在这种历史上,各种推理则处于主导地位。这是一种自省的历史,我们也可以称之为战略历史,而马基雅维利的著作则是这种历史的杰出例证。

3. 意指

为了不让历史有所意味，话语就该局限于一种纯粹的无结构记录系列：这便是编年史和年鉴的情况（按照该词纯粹的意义来讲）。在被构成的（可以说是"被铺陈的"）历史话语中，被讲述的事实不可阻挡地或者像一些指示词那样在运行，或者像是其续接本身就具有一种指示价值的一些内核那样在运行。而且，即使那些所述事实是以陈旧的方式来介绍的，它们也至少意味着无秩序，并指向人类历史的某种否定观念。

历史话语的所指可以至少占据两种不同的层级。首先是内在于被陈述内容的一个层级。这个层级保留着历史学家愿意赋予他所转述的事实的所有意义［米什莱描述的 15 世纪五颜六色的服饰，修昔底德（Thucydide）描述的某些冲突的重要性，等等］。以这种方式出现的，可以是叙述者从某些片段（在马基雅维利、波舒哀的作品中）获取的"教益"、道义或政策。如果"教益"是继续的，那么，我们就会到达第二个层级，即超越整个历史话语而又为历史学家的主题观念所传递的一种所指的层级，于是我们便可以正当地把这个层级视为所指的形式。因此，希罗多德作品中叙述结构的（产生于某些无封闭的事实系列的）不完善性本身，最终指向有关历史的某种哲学，这种哲学便是在神的法则作用下人类世界的可安排性。而且，在米什莱的作品中，那些特殊所指连接成对立关系（与能指层形成反衬），这些特殊所指的结构化过程的最终意义具有关于生与死的善恶二元论的哲学思想。在我们的文明之历史话语中，意指的过程总是在考虑"填充"历史的意义。历史学家是这样的人：他不大汇聚事实，而更倾向于汇聚能指，然后对其进行讲述，也就是说对其进行组织，目的在于建立一种确定的意义，并填满那种纯粹的系列的空当。

就像我们见到的那样，而且在不求助于内容之实质的情况下，历史话语基本上就是意识形态加工品，或者说得更为明确一点，如果想象物真的就是一种话语的陈述者（纯粹的语言学上的实体）借以"填充"陈述活动之主体（心理学或意识形态的实体）的言语活动的话，那么它就是一种<u>想象物</u>。自此，我们便明白，历史"事实"概念通常会在此在彼激发某种不信任。尼采已经说过："没有自在的事实。总是从引入一种意义开始，然后才有一种事实。"从言语活动介入的时刻起（而言语活动又在何时不会介入呢?），事实只能以一种同义反复的方式得到确定：被记录的源于可记录的，但是，可记录的——该词从希罗多德开始就失去了其神话的意义——只不过是值得记忆的东西，也就是值得被记录的东西。因此，我们便遇到了可以调整历史话语（相对于其他类型的话语来说）的全部相关性的一种悖论：事实从来就只不过是一种语言学的存在（就像"话语"一词那样），不过，一切就像是，这种存在性只不过是另一种存在性的纯粹而简单的"复制"，而这另一种存在性就位于一种超结构的场域，即"真实"场域。这种话语大概是指涉对象被认为外在于话语的唯一话语，不过人们却从无可能在这个话语之外达到指涉对象。因此，应该更为准确地考虑，"真实"在话语结构中的位置是什么。

我们可以说，历史话语要求一种双重的思考周密的操作过程。首先（这种分解显然仅仅是隐喻性的），指涉对象脱离了话语，变成了话语外的东西、奠基性东西，被认为是可以调整话语的——这便是<u>承载经历</u>（res gestae）的时间，而话语仅仅是为了<u>承载历史事件</u>（historia rerum gestarum）而出现的。但随后，是所指本身被挤压和融进指涉对象之中了。指涉对象直接地与能指建立了关系，而话语由于只负责表白真实，自认为没有各种想象结构的基本词语也可以，该词语便是所指。就像任何带有"现实主义"意图的话语一样，有关历史的话语只被认为是带有两个术语即指涉对象和能指的一种语义图示。我们知道，指涉对象与所指的（幻觉性的）混合确定所有的<u>自律指涉性</u>（suiréférentiel）话语，如运用性话语。我们可以说，历史话语是一种被改动了的运用性话语，在这种话语中，表面的状态确认（描述文字）实际上只不过是像权威行为一样的言语行为的能指①。

换句话说，在"客观"历史之中，"真实"从来就只是躲藏在指涉对象的表面强势之后未表述出的一种所指。这种情况确定着人们可以称之为<u>真实效果</u>（effet de réel）的东西。所指在"客观"话语之外的清除，任凭"真实"与其表达显然对立，这种清除还是要产生一种新的意义，因为这再一次确定地说明，在一个系统中任何一种成分的空缺，其本身也是有意蕴的。这个新的意义延展至整个历史话语之中，并最终确定着话语的相关性，它便是毫无声张地被转换成有点勉强的所指的真实本身：历史话语并不跟随着真实，只是让真实有所意味，并不停地重复着说<u>到此为止</u>（c'et arrivé），而不需要这种断言有那么一天只会是任何历史叙述所意味的反面。

<u>到此为止</u>的魅力具有真正历史的重要性与影响力。我们的整个

---

① 梯也尔（Thiers）在确定历史学家理想的同时，曾经非常纯真和质朴地说明过这种指涉对象性幻觉，或者说这种指涉对象与所指的混合性："简单地成为真实的，成为事物本身所是的东西，不会是它们之外的任何东西，只能是借助它们、如同它们、与它们一样的东西。"（Cité par C. Jullian, *Historiens français du XIX*ᵉ *siècle*, Paris, Hachette, s. d., p. LXIII.）

文明对于真实效果有追求的兴趣，这种兴趣为一些特定的体裁所证明，如现实主义小说、私人日记、纪事文学、杂文、历史博物馆、古代物件展览，特别是摄影在大众方面的发展：它们的唯一相关特征（相对于图画而言）恰恰就是意味着所再现的事件真正发生过①。圣物在被人俗用之后，便不再具备什么神圣的地方，或者说，与曾经存在过的东西相结合的这种神圣事物本身不再存在，然而却被人当作一种死去事物的现时符号来解读。反过来讲，对于圣物的滥用实际上是对于真实本身的破坏，其根据便是这样的直觉，即真实从来都只是一种意义，当历史强求这种意义并需要对文明的各种基础本身进行真正颠覆的时候，它是可以被废除的。

　　由于拒绝把所指当作真实来接受（或者拒绝把指涉对象与对其的简单肯定分离开来），人们理解，历史在其曾试图构成体裁的一个有利的时刻，即在 19 世纪，终于在各种事实的"十足的"关系中看到了这些事实的最好的证据，并用叙述过程构成对于真实的特定能指。奥古斯丁·梯叶里使自己成了这种叙述历史的理论家，这种历史在对于其叙述的关注之中，在其各种连接的建筑结构之中和其所有的扩展（在这种情况下被称为"具体细节"）之中汲取其"真理"②。于是，我们可以关闭这种古怪的轮回：叙述结构，由于是在

---

　　① Cf. «La rhétorique de l'image», *Communications*, n° 4, novembre 1964. [Repris dans *l'Obvie et l'Obtus*, 1982. Cf. aussi *La Chambre claire*, 1980. (*NdÉ*)]

　　② "有人说，历史学家的目的在于讲述，而不在于证明；我不清楚，但是，我确信，在历史学方面，最好的证明体裁，最能够强烈影响和说服所有人的体裁，即让人产生最少不信任和较少疑虑的体裁，便是完整的叙述……"（A. Thierry, *Récits des temps mérovingiens*, vol. II, Paris, Furne, 1851, p. 227.）

虚构熔炉中制定的（通过首批神话和史诗），因此既是现实之符号，也是现实之证据。于是，我们理解，在当前的历史科学中不再仅仅尽力谈论结构而不谈论编年表，所涉及的远不只是一种学派的变化——它是一种真正的意识形态的转换。历史叙述死亡了，因为<u>历史</u>的符号今后不大可能是真实的，而是明白易懂的了。

1967，《关于社会科学的信息》

(*Information sur les sciences sociales*)

真实效果

当福楼拜描述女佣人费莉西泰（Félicité）的女主人欧班（Aubain）夫人所在的大厅时，他告诉我们，"在上方的一支晴雨表下，一台老钢琴上面堆满了山一样的盒子与纸箱"①；当米什莱讲述夏洛特·珂黛（Charlotte Corday）之死，并转述她在监狱时在刽子手到来之前接受过为她画像的一位画家来访的时候，他最终明确地告诉我们，"在一个半小时之后，有人会轻轻地敲着她身后的一个小门儿"②。这

---

① G. Flaubert, «Un œur simple», *Trois Contes*, Paris, Charpentier-Fasquelle, 1893, p. 4.

② J. Michelet, *Histoire de France*, *La Révolution*, t. V, Lausanne, Éd. Rencontre, 1967, p. 292.

两位作者（像其他作者们一样）都在指出，结构分析，由于负责从叙事中找出所有重要的连接方式并使其系统化，通常而且直到现在还是忽视有人从总汇编表中排除（但不说出）所有（相对于结构而言的）"多余"细节，或者忽视有人把这些细节（说这些话的作者本人也曾这么想过）[①] 当作"填充料"（催化剂），而这些填充料在其加在一起的情况下构成某种特征性指示或气氛性指示，并可以因此最终被结构启用的时候，它们又带有一种间接的价值。

不过，当分析想成为彻底（那么，在一种方法不能阐释其对象的完整性，也就是说，不能阐释叙述机制全部表面的情况下，这种方法还有什么价值呢？），并为了在结构中为完美的细节、不可分的单位整体、瞬间的转变安排一定位置而尽力达到这种要求的时候，这种分析似乎最终应该与没有任何功能（即便是最为间接的功能）可以验证是正确的标记相遇：这些说明是过分的（从结构观点来看），或者，更为让人不安的是，这些说明似乎适合于一种奢华的、挥霍的叙述，以致取消了一些"无用的"细节，于是在某些地方便提高了叙述信息的身价。因为，虽然在福楼拜的描述中，必要时是可以在钢琴的乐谱中看到对钢琴主人的资产阶级地位的一种暗示，并在对于纸箱的标记中看到一种无序的和像是无继承人的、专门用来内涵性地表明欧班夫人家庭之氛围的指示，但是，似乎没有任何命定性可以验证对于气压表的参照的正确性，因为这个物件既不是不适合的，也不是能说明什么问题的，因此乍看起来它也不属于高贵的范畴。而且，在米什莱的句子中，同样的困难在于从结构上阐述所有的细节：刽子手在画家之后进来了，唯独这一点对于历史而

[①] «Introduction à l'analyse structurale du récit», *Communications*, n°8, 1966, p. 1-27. [Repris dans la coll. «Points», Éd. du Seuil 1981.]

言是有用的；姿态所持续的时间、门的大小与开闭情况都是无用的（但是，关于门的主题，让人惊讶的是死者的平静，具有一种无可争辩的象征价值）。即便"无用的细节"数量不是很大，它们也是无法避免的：任何叙事——至少是这种类型的西方的任何叙事，都会带有某些细节。

无意蕴的标记（在这个词的强势意义上使用，即表面上服从于叙事的符号学结构）①，属于描述，即便其对象似乎只是借助于一个单词得到指出（实际上，纯粹的单词是不存在的：福楼拜的气压表并不是自在地被提到的；它被定位和被用在了一种既是指涉性的也是句法性的组合体中了）。正是在这里，任何描述的神秘特征都被显示了出来，对此，应该说一说。叙事的一般结构，即至少目前在这里或那里被分析过的结构，基本上像是<u>谓语性的</u>；在进行极端的图示化的同时，并在不考虑叙事在机制上强加给这种图示的数量很多的曲折、延迟、转向和失望的情况下，我们可以说，对于被叙述的组合体的每一种结合，都会有人向主人公说（或是向读者说，这并不重要）：如果您以这种方式来做，如果您选择这样的交替进行的做法，那么，您所得到的就是这样的（这些谓语构成<u>转述</u>特征并不改变它们的实际本性）。其他的便是描述：描述不具备任何谓语标志；它的结构是"类比性的"，这种结构纯粹是总和性的，并且不包含这种选择和取舍路径，而这种路径赋予叙述过程一种带有参照的（而不再只是话语的）时间性的广阔<u>调度</u>（dispatching）布

---

① 在这篇简短的介绍中，我们讲不提供"无意蕴的"说明文字的例证，因为无意蕴只能在一种宽泛的结构的层次上才能显示出来：一种说明文字，在被援引之后，便既不是有意蕴的，也不是无意蕴的。这就必须有一种已经被结构化了的背景。

局。在此，便有了一种对立关系，这种对立关系从人类学上讲有其重要性：在冯·弗里施（von Frisch）的研究成果影响之下，当有人开始想象蜜蜂可能具备一种言语活动的时候，那就该很好地确认，如果这些动物具备一种以舞蹈表现出的谓语系统（为了积累它们的食物）的话，就不能否认它们具有一种<u>描述</u>[①]。因此，描述，表面上来说是荒谬的——在其不为任何动作或传播的目的性所验证的情况下，它就像是所谓高级言语活动的某种"特性"。描述（或"无用的细节"）在其叙述机制中的特殊性，即其孤独性，指出了一个对于叙事文的结构分析而言最为重要的问题。这便是下面的问题：在叙事中，难道一切都是有意蕴的吗？如果在叙述组合体中存在着某些无意蕴范围的话，那么，这种无意蕴性的意指最后是什么呢？

首先，需要重新提醒一下，西方文化的一个主要流派，未曾在意义之外留下过描述，而是使其具有了被文学机制完全承认的一种合目的性。这种流派便是修辞学，而这种合目的性便是"美"之合目的性：因为在很长一段时间里，描述曾具备一种审美功能。古代人很早就为话语的两种显然是功能性的体裁增添了司法内容和政治内容，又增添了第三种体裁，即夸张性文字，亦即装饰性话语，这种话语以萌芽状态包含着——不论其通常的使用规则是什么（歌颂或是悼念一位英雄）——言语活动的一种审美目的性的观念本身。在亚历山大派的新修辞学（公元2世纪的修辞学）之中，曾经有过对于<u>过分表达</u>（ekphrasis）即漂亮语段的迷恋，这种语段可以单独脱离出来（因此，它具备一种自在的目的，该目的独立于任何整体

[①] F. Bresson, «La signification», *Problèmes de psycho-linguistique*, Paris, PUF, 1963.

的功能），其对象则是描述场所、时间、人物或艺术作品，这是在整个中世纪得以维持的传统。在那个时代（库尔提乌斯曾经清楚地指出过①），描述不听从于任何现实主义主张；其真实性（甚至其相似性）并不重要。没有人认为不可以把狮子或橄榄树放进北欧国家的话语中去。唯一要考虑的是描述性体裁的限制。相似性在此并不是指涉性的，而公开地是话语性的，是话语的种属规则在构成法则。

如果我们马上转向福楼拜的话，我们就会发现，描述的审美目的仍然是很强的。在《包法利夫人》（*Madame Bovary*）中，对于鲁昂（Rouan）（非常真实的指涉对象）的描述，就是服从于应该被称为审美拟真的那些专制限制，就好像在六次连续的编写之中为这一段落做的全部修改所证明的那样②。我们在其中首先看到，那些修改根本不来自对于模式的一种加大的重视：福楼拜所感知的鲁昂一直是原有的样子，或者更为准确地讲，如果说从一个版本到另一个版本有所改变的话，那仅仅是因为需要强化一种意象，或避开为风格的各种规则所拒绝的一种语言重复，或者更可以说，是"安顿"一种完全是偶然的表达快意③。随后，我们看到，描述机制乍看起来像是过于重视对象鲁昂（看重其城市之大，关注其细节），实际上只不过是用来接受某些稀罕隐喻之全部饰物的一种内核。描

---

① E. R. Curtius, *La Littérature européenne et le Moyen Age latin*, Paris, PUF, 1956, chap. x.

② 对于这种描述的六种连续说法，是由阿尔巴拉（A. Albalat）提供的，见其《风格研究》（*Le Travail du style*, Paris, Armand Colin, 1903, p. 72 *sq.*）。

③ 这种机制已被瓦雷里在其《文学》（*Littérature*）一书中评论波德莱尔的诗句"心甘情愿的女佣人……"的时候很好地标记了（"这个诗句进入波德莱尔的大脑之中……而他又续接了下去。他把这位女厨娘安葬在了一处草坪之中，这是与习俗相悖的，但按照韵脚，等等"）。

述机制是中性的、平凡的赋形物，包容着珍贵的象征实质，就好像在鲁昂唯一重要的是那些适用于观看城市的修辞格一样，就好像鲁昂只是因为那些替代喻体而知名似的（<u>桅杆就像是针状物的森林，那些岛屿就像是停下来一动也不动的鱼群</u>，<u>云彩就像是空中的水流被峭壁静静地截断</u>）。最后，我们在此看到的是，整个描述都是为把鲁昂变成一幅绘画而<u>组织起来的</u>：言语活动所承担的就是一幅绘画场景（"于是，从高处看，整个景致一动不动，俨然一幅绘画"）。在此，作家在完成柏拉图给予艺术家的定义，即艺术家是属于第三等级的制作者，因为他所模仿已经是一种对于本质的模拟①。因此，尽管对于鲁昂的描述相对于《包法利夫人》的叙述结构来讲是完全"不相关的"（我们无法将这种描述与任何功能序列重新结合在一起，也不能将其与任何表明特征的、气氛的或智慧的所指重新结合在一起），但这种描述并不是不合常规的东西。它即使不能被作品的逻辑证明是正确的，至少也能被文学的所有法则都证明是正确的：它的"意义"存在着，这种意义并不取决于与模式的相符性，而是取决于再现的所有文化规则。

不过，福楼拜的描述审美目的性，与"现实主义的"绝对要求完全地混为一体，就好像对于指涉对象的准确描述因其高于或区别于任何别的功能，而主导着和在表面上唯一验证着对于它的描述那样，或者好像在描述被减缩为一个单词的情况下唯一能指明它的那样：在这里，审美限制至少是以不在场的名义和指涉性限制交融在了一起，原因是如果我们迅速地赶到了鲁昂的话，我们在通向鲁昂的河边下车时所看到的景象可能不会"实际地"不同于福楼拜所描述的全景。各种限制条件的这种混合，即这种位置对调（chassé-

---

① Platon，*République*，X，599.

croisé），带来了双重的好处：一方面，审美功能在赋予"这一部分"一种意义的同时，使得我们可以称之为记述之美丽的东西停止下来，因为话语一旦不再为趣闻结构的绝对要求（各种功能和各种指示）所引导和限制的话，那就没有任何东西可以指明在此处而不在别处停止描述的各种细节的原因所在。如果这种描述不服从于一种审美选择或一种修辞选择的话，那么任何"所见景致"都不会被话语穷尽——总会有一个角落、一个细节、一种空间或色彩的轻微变化需要转述。另一方面，在把指涉对象当作真实、在佯装奴性地跟随指涉对象的情况下，现实主义的描述要避免被带入一种幻觉性的活动之中（以防有人相信关系的"客观性"是必要的）。古典修辞学则在一定程度上以特殊修辞格即生动描述（hypotypose）为名来使幻象制度化，而这种特殊修辞格根本不是以中性的、确定的方式来"把事物放在作者的眼前"的，而是于再现欲望的整个光彩的情况下而为之［这种情况属于强烈地被照亮的话语，带有着色的光环——光辉的言辞（illustris oration）］。现实主义在公开拒绝修辞学编码的同时，必须寻找到一种全新的描述理由。

　　功能分析的各种不可压缩的残余之共同点是，明确地指明我们通常称之为"具体的真实"的东西（细微的举动、一次性态度、无意蕴的物件、冗余的言语）。因此，对于"真实"的完全"再现"，即与"存在之物"（或曾经存在之物）的赤裸裸的关系，就像是对于意义的一种抗拒。这种抗拒确认了实际经验（现时经验）与心智世界之间的重大神秘对立。我们只需注意下面的情况就够了，那便是，在我们时代的意识形态中，对于"具体"的顽固性参照（从修辞学上讲，在我们对于各种人文科学、文学、行为表现所提的要求之中）总是被武装成对付意义的一种战争机器，就好像除了法律之外现存的东西都不能意味什么，反之亦然。"真实"（当然是以其写出的形式）对于结构的抗拒在虚构叙事中是非常有限的，因为这种叙事从其定义上讲是根据一种模式构成的，而该模式对于多数文字来讲只有心智世界所带来的那些限制。但是，这同一种"真实"在历史叙事中就变成了基本的参照，因为历史叙事被认为是转述"真实地发生过的事情"：既然细节在明确"曾经发生的事情"，那么，该细节的无功能性又有什么重要特征呢？"具体的真实"变成了对于所言之物的足够验证。历史［历史话语，即清晰的举止（rerun gestarum）］实际上是一些叙事的模式，而那些叙事允许通过一些过多的结构说明来填充它们的功能空隙，并且，文学的现实主义在几十年之外的时间里都是与"客观的"历史主导时间同期的，为此，还要加上技术、创作和建立在证明"真实"的不断需求基础上的一些制度的当前发展情况：摄影（作为"曾经在此"的证据）、报道、古旧物品的展览（关于图坦卡蒙①的<u>演出</u>之成功足以说明）、旅游、纪念碑和一些历史遗迹。这一切都说明，"真实"被认为是靠自己来满足的。它足够强大，能拆解任何"功能"观念。它的陈述活动根本不需要被整合进一种结构之中，而且事物的<u>曾经在此</u>是言语的一种足够原则。

从古代开始，"真实"就一直属于<u>历史</u>；但是，当时是为了更好地与拟真相对立，也就是说，与叙事的范畴本身（模仿或"诗歌"）相对立。整个古典文化曾在几个世纪里依靠这样的观念而生存，即真实根本不能影响拟真。首先，因为拟真从来都属于可言表范畴——它完全听从于（公共）舆论。尼克勒（Nicole）说过："不应该把事物看作它们自身所是的样子，也不要看作像说话和书写的人所了解的那种样子，而应该仅仅参照阅读或理解的人所知道的那

---

① 图坦卡蒙（Toutankhamon）：古埃及新王国时期第十八王朝法老。——译注

种样子。"① 其次，因为它是总体性的，而不是特殊的。历史就是这样，可不能乱说（由此，在古典文本之中，产生了让所有细节具备功能化，出现一些强势的结构和似乎不接受任何说明，只受"真实"之保障的倾向）。最后，因为在拟真之中，相反说法从来都不是不可能的，原因是记述是建立在主流舆论基础之上，而不是建立在绝对舆论基础之上的。暗含在任何古典话语（服从于古代拟真的话语）开头部分的关键词，便是 Esto（假设、设定）。我们可以说，我们在此指出其例证的那种"真实"记述，哪怕是部分、间质性的记述，也拒绝这种隐性的引入。并且，正是在摆脱了任何设定的私下想法之后，这种记述才在结构机制之中找到了位置。甚至就在这里，旧时的拟真与现代的现实主义之间出现了断裂。但是，也还是在这里，一种新的拟真诞生了，准确地说，它就是现实主义（我们将其理解为接受被唯一指涉对象信任的那些陈述活动的任何话语）。

从符号学上讲，"具体细节"是由一个指涉对象与一个能指的<u>直接合谋</u>构成的。所指被从符号上排除了出去，当然，在有所指的情况下，才可能形成一种<u>所指的形式</u>，也就是说，实际上形成叙述结构本身（现实主义文学的确是叙述性的，但这是因为现实主义仅仅在文学上才是局部的、不稳定的、接近"细节"的，并且因为人们最能想象的现实主义的叙事也是根据非现实主义的途径发展的）。这正是人们所称的<u>参照性幻觉</u>②。这种幻觉的真实情况是这样的：

---

① Cité par R. Bray, *Formation de la doctrine classique*, Paris, Nizet, 1963, p. 208.

② 这种幻觉被梯也尔指定给历史学家的规划所明确地阐述："简单地成为真的，成为事物本身所是的样子，不成为事物之外的任何东西，只能通过事物而成为什么，要像事物，要与事物一致。"（cité par C. Jullian, *Historiens français du XIXe, siècle*, Paris, Hachette, s. d., p. LXIII.）

"真实"在以外延之所指的名义被从陈述活动中取消之后,便以内涵之所指的名义返回;因为,就在这些细节被认为直接地指明真实的时刻,它们便在毫无说明的情况下仅仅意味着真实。福楼拜的气压表,米什莱的小门儿,最终只能说明这样的一点:<u>我们就是真实</u>。这样一来,便是"真实"之范畴(而非其偶然的内容)被赋予了意味。换句话说,为迎合唯一的指涉对象而引起的所指的空缺本身就变成了现实主义的能指本身:这便产生了一种<u>真实之效果</u>,亦即这种不为人所知的拟真的基础,而正是这种拟真在构成现代性的所有普通作品的审美观。

这种新的拟真非常有别于旧时的拟真,因为它既不是对于"体裁法则"的遵从,也不是那些法则的面具,而是来自一种愿望,该愿望在改变符号的三部分本性,以便使记述成为一种对象与其表达之间的纯粹相遇①。符号的分解似乎正成为具有现代性的重大事情,这种分解的确出现在现实主义事业之中,但却是以退行的方式出现的,因为这种事业是以参照的完全性为名来进行的,而在今天,相反却是空置符号和无限地使其对象后退,直至以彻底的方式质疑"再现"之上百年的审美观。

1968,《交流》(Communication)

---

① 这里,巴尔特采用了美国符号学鼻祖皮尔斯的符号理论。这种理论把符号看作三部分——再现体(representation)、对象(objet)和解释项(interpretant)——的组合,其中的"再现体"就是符号,"对象"就是文中的"指涉对象","解释项"就是表达。——译注

附录
对于事件的书写

描述事件，以事件已经被书写为前提。一个事件是怎样被书写的呢？"书写事件"意味着什么呢？

1968年5月的事件似乎已经以三种方式，即三种书写得到了书写，这种多文字的合取方式也许构成了其历史的新颖性。

1. 言语

任何民族性的动荡都会在写出的评论方面（报刊和书籍）突然多起来。我们在这里要说的并不是这些。1968年5月的言语有过一些个别的特征，应该被指出。

（1）无线电传声的言语（即所谓全方位职位的

言语），紧密地与事件结合在了一起，并且随着事件发展以一种急促和戏剧性的方式不断产生。这种言语还突显了一种观念，即对于现时性的认识，今后不再是印刷品的事情，而是言语的事情。所谓"热的"历史，即正在行程中的历史，是一种耳听历史①，听觉再一次变成了其在中世纪时的情况：它不仅是第一种感官（先于触觉和视觉），而且是奠定认识的感官［就像卢瑟（Luther）所认为的那样，它奠定了人间的信仰］。这还不是全部。（报道人的）信息言语曾经非常密切地与事件、与其现在时的模糊不清混合在一起（只需想一想某些构筑街垒的夜晚就可以了），以至于这种言语就是其直接的和同质的意义，是其接近一种心智世界的方式。这就意味着，在没有任何东西被视为没有意义的西方文化的词语中，言语就是事件本身。在行为与话语之间，在事件与证明之间，千年来的距离变小了：由于历史今后密切地与其话语相连接，它的一种全新维度便出现了；相反，整个历史"科学"则在过去长时间里以辨认这种距离为使命，为的是管控这种距离。无线电传声的言语，不仅告诉参与者们有关他们的行动的延长情况（就在几米的距离），从而使得半导体成了某些游行者的贴身物件、听觉装饰和新的虚拟科学器官，而且，由于时间的压缩、行为的直接影响力，它还使事件转向甚至微微改变事件。一句话，它在书写事件：它是符号与倾听的融合，是书写与阅读的逆转性，这种阅读是现代性尽力完成的这种书写革命所格外要求的。

（2）在这一危机中，不同群体与党派之间的力量对比都基本上

---

① 应该联想到站满了一动不动的人群的大街上，他们不看任何东西，不注目任何东西，两只眼睛看着地面，但耳朵却紧贴着高举到面部的半导体收音机上——由此便展示了一种全新的体形。

被论及了。在这种意义上,在 5 月份的那些天中,这些关系的策略与辩证移动均<u>通过和借助</u>(途径与原因的混同标志着言语活动)公告、记者会、声明、讲话而得以进行。危机不仅有其言语活动,而且这种危机就是言语活动[有点带有着安德烈·格卢克斯曼(André Gluchsmann)谈论战争的那种言语活动]——是言语在某种程度上种下了历史,是言语使得历史像是一种痕迹网系那样存在着,还像正在操作中、移动中的一种书写(只是由于一种干巴巴的成见,我们才把言语看作一种幻觉的、引人注目的和无用的活动,并将其与各种行为对立起来)。在这里,危机的"口说"本性变得更为可见,因为说真的,言语不曾有过任何谋杀的、不可挽救的效果(实际上,言语就是可以"被重新取用"的东西;其严格的反义词从定义上讲只能是死亡)①。

(3)大学生的言语非常过激,到处引爆、到处出现和显示,以至于我们似乎有某种权利从表面上——但同时也许是从本质上——把大学生们的暴动定义为<u>攻克言语</u>(就像人们说的<u>攻克巴士底狱</u>那样)。回溯过去,大学生似乎是失去了言语的一种存在——失去了,但不是被剥夺:从阶层的起因上讲,从文化实践的潮流上讲,大学生具备言语活动;言语活动并不是不为大学生所知,大学生并不(或者不再)害怕言语活动;问题在于获得言语的能力,即获得积极的使用。因此,从表面的一种怪论谈起,甚至就在对大学生的言语只以内容为名提出要求的时刻,这种言语实际上就包含着一种深刻的属于游戏的特征:大学生开始把言语当作一种活动、一种自由

---

① 我们曾从各个方面强调过,不论发生什么,<u>在后</u>(après)不能再像<u>在先</u>(avant)那样被毫无疑义地从否定意义上理解为惧怕(或希望),而只能被理解为<u>在后</u>恰恰又重新变成了<u>在先</u>:事件一旦成了言语,便可以神秘地被取消。

的劳动来操弄，而不是——尽管是在表面上——当作一种普通的工具来使用。这种活动采取了不同的形式，而这些形式大概对应于危机过程中大学生运动的一些阶段。

1) 一种建立在"发明"基础上的"野蛮的"言语，最后非常自然地遇到了形式上的"新发现"、修辞上的捷径、表述上的喜悦，简言之，遇到了<u>表达上的快乐</u>（例如"禁止实施禁止"等）。这种言语（剧烈地冲击了舆论）非常接近书写。它在逻辑上采用了<u>加入</u>的形式。它的自然维度是集体书写的墙壁即基本场所。

2) "使命"言语被以纯粹工具性的方式构想，目的在于将政治文化转送到"他处"（即工厂的大门口、海滩上、大街上等）。

3) 一种"功能性的"言语承载着各种改革计划，为大学指定一种社会功能——这一所是政治大学，那一所是经济大学——并以此重新找回了先前记述官僚体制的某些口号（"教育要适应社会的需求"，"研究工作的集体化"，"看重结果"，"跨学科"的魅力，"自立性"，"参与性"，等等①）。

"野蛮的"言语很快被淘汰，被保存到（超现实主义的）"文学"的无害的永存标记之中和"自觉性"的幻觉之中了。言语作为书写，对于任何权力形式都只能是无用的（直至成为不可容忍的），而不论是受支配的权力还是被赋予责任的权力。另外两种言语是混合在一起的：混合很可以再次产生大学生运动本身的政治含混性，这种运动因为其历史的和社会的地位而承受着来自"社会-技术官僚体制"的威胁。

---

① 如果我们把这些分散在许多动议之中的口号汇聚成一种拼版游戏的板块，我们会注意到，它们所构成的最终形象，只不过是美国大学的形象。

2. 象征

在这一危机中，各种象征并不缺乏，人们经常注意到这一点。这些象征曾经产生过，并被广泛消费。特别是，它们作为明显的事实曾经为广泛分享的一种叫好声所维持。三种旗帜的聚合体（红/黑/三色），加上它们与术语的恰当结合（红和黑与三色反衬，红和三色与黑反衬），曾经被所有人或几乎所有人"谈论过"（旗帜被树立、被摇晃、被抢走、被作为理据等）；协调很好，即便不是对于象征符号而言，也至少是对于象征系统本身而言（这种系统，因为如此，应该是一种西方革命的最终目的）。对于街垒，象征变化相同：在革命的巴黎第一个街垒筑成之前，街垒就是象征，就是整个其他象征网系的精神投入之地。街垒作为一种完成的标志，曾允许人们激励和揭示其他象征，如资产的象征——对于法国人来说，今后将似乎更多地居住在汽车里，而不是在家里。其他象征也都曾被动员：标志性建筑［证券交易所大楼（Bourse），奥德翁剧院（Odéon）］、游行示威、占领、着装，当然还有带有编码性最强的各种特征的言语活动（也就是说，象征特征、习惯性特征①）。象征的这种汇编表想必是已经有了——并非我们必须等待一个非常出色的名单（在不顾或者是因为早就主导了他们解放的"主动性"的情况下，这种可能性不大），而是因为一种事件发挥作用的象征体制，是密切地联系着这个事件与社会的整合程度的，因为该事件既是对于该社会的表达，也是对于该社会的撼动：一种象征领域不只是各

---

① 例如：关于革命工作的词汇（"委员会""专门委员会""动议""口号"等）、交流习惯（以"你"相称、只称呼名字等）。

种象征的汇合（或对立关系的建立），还为一种均值的规则游戏所构成，即为共同接受的对于这些规则的求助所构成。某种对于同一象征话语的几乎是一致的加入①，似乎最终已经标记了争议的施事者与对手：他们几乎都在玩相同的象征游戏。

3. 暴力

在现代神话中，仿佛是自然而然的，人们总将暴力与自觉性和情感性联系起来。暴力，在这里具体地而后又在词语上为"街道"所象征，原因是街道是肆无忌惮言语、自由接触的场所，是反制度、反议会、反智力的空间，直接对立于任何中介的可能计谋。暴力是一种书写——这便是（我们知道这是德里达的一个主题）在书写的最为深刻的举止中的痕迹。书写本身（如果我们不再将其与风格或文学混为一谈的话）就是暴力。这同样是在将暴力与言语分开，在暴力方面揭示标记力量和一种不可逆转痕迹之重要性的书写所具备的暴力。对于这种书写暴力（出色的集体书写）甚至不缺乏一种编码。暴力以某种人们决心阐述的属于策略的或精神分析学的方式，涉及一种有关暴力的言语活动，也就是说，涉及一些重复的、被结合成外在形象（动作或复合体），亦即结合成一种系统的符号（操作或冲动）。我们借此再说一遍，编码的出现（或设立）并不使事件知识化（与反智力的神话学的无休止地陈述的情况相反）：心智世界并非智力世界。

乍看起来，这些便是对于事件赖以构成的诸多痕迹的描述可以

---

① 在这个总表中，最为重要的，说到底就是重复每一个集团借以参与或不参与象征游戏的方式：拒绝（红色的或黑色的）旗帜，拒绝修筑街垒，等等。

采取的方向。不过，这种类型的描述，如果不在一开始就将其与两种仍然处于论证地位的设定联系起来的话，就几乎是无活力的。

根据德里达的主张，第一点在于严格地分开言语概念与书写概念。言语并不仅是真实地被说出的东西，还是依据口头表达被整理（更准确地说是被音译）的东西，并且可以得到很好的印刷（更准确地说是油印）。言语密切地联系着身体，联系着个人，联系着想要-得到。它是任何要求的声音本身，但不一定是革命的声音本身。书写，完全是"需要发明"的，是与旧日象征系统的猝然断裂，是整个言语活动方面的骤然变动。这就是说，一方面，书写（按照再次理解的意义，这种意义与矫饰风格或文学风格无任何关系）根本不是一种资产阶级现象（即不是这个阶级所制定的东西，它更准确地说是一种印刷的言语）；另一方面，当前的事件只能提供某些边缘性的书写片段，因此，我们看到的不一定是印刷的。我们将把任何对于书写的排斥、任何对于言语的系统抬高均看作是可疑的，因为不管以何种革命的借口，这一种和那一种都倾向于保存旧的象征系统，并拒绝将其革命与社会的革命联系起来。

第二点在于不要等待对于写出的描述的一种"释义"。从事件所包含的象征变化之机会的角度来看待事件，这首先意味着其自身就有可能（这并不容易，这会要求一种连续的、已经开始了的研究工作，几年来，都必须在此处和在别处提醒这一点）与事件——如果其想成为革命事件的话——应该负责动摇的意义系统决裂。对于旧有系统的批评便是解释，也就是说，人们借它给一种含混的甚至是矛盾的表面游戏指定一种一致的结构、一种深刻的意义、一种"真实的"说明的操作过程。因此，对于解释，应该逐渐地代之以一种新的话语，这种话语的目的不是揭示一种单一和"真实的"结构，而是建立一种复合型的结构游戏；这种建立本身也是写出来的，也就是说摆脱了言语真实性。还可以更为明确地讲，正是各种结构在连接起这些同时存在的、服从于一些尚未为人所知的而且成为一种新的理论之对象的规则。

1968，《交流》(*Communication*)

第五部分
符号爱好者

惊叹叫绝

1954年，柏林剧团（Berliner Ensemble）第一次来到法国。当年某些看过其演出的人，都发现了一种新的系统，该系统可怕地让我们的整个法兰西戏剧颜面扫地。这种新颖性无任何挑衅可言，也不借用先锋派那些习惯方式。我们似乎可以称之为一种难以琢磨的革命。

这种革命来自编剧（在现在的情况下，就是布莱希特本身）当作可共存的价值的一些东西，而我们的戏剧过去一直不愿意将这些价值汇聚在一起。我们知道，布莱希特的戏剧是依据一种显性的既是唯物论的也是语义的理论<u>被考虑</u>和被制定的一种戏剧。当我们希望有一种被马克思主义照亮的政治戏剧和一种严格地监督其符号的艺术的时候，怎么不会为柏林剧团的工作而惊叹叫绝呢？再就是，新的悖论便是这种政治工作并不拒绝美。作为离散材料的那最少的一点蓝色，一个宽皮带的带扣，一件灰色的破旧衣服，它们在任何机会下都能构成一幅图画。这种图画从不抄袭绘画，不过如果没有细腻的审美追求的话便是不可能的：这种想成为介入型的戏剧并不害怕被另眼看待〔对于这个词，应该从其通常的浅薄意义方面解放出来，以便赋予其接近布莱希特的"间离"（distanciation）概念的一种意义〕。这两种价值的整体产生我们可以看作是西方世界不为人所知的一种现象（可能是布莱希特从东方学来的东西）：一种无歇斯底里的戏剧。

最后，根据布莱希特的一种准则，作为最后的兴趣，这种智力的、政治的和几乎不带有奢华的戏剧，过去也曾经是一种逗人快乐的戏剧：它从未有过打断独白，从未有过说教，从未有过感化人的善恶二元论。这种二元论在任何政治艺术中都将闪亮的无产者与罪恶的资产阶级对立起来，但总会有一种出乎意料的证词，即一种社会批评，该批评在俗套烦恼之外进行，并动员起最为神秘的快感之动力，即巧妙。一种既是革命的，又是有意蕴的和给人以快感的戏剧，还有什么会比它更好呢？

不过，这种令人惊奇的结合没有任何神秘。它在无实际依据的情况下根本就是不可能的，而我们的戏剧过去对于这种结合是缺乏的，现在仍然缺乏。在很长时间内，在我们这里，从科波（Copeau）所很好地代表的精神传统因袭而来的一种轻易相信占据着主导地位：人们轻易相信，我们在无金钱的条件下可以产生出色的戏剧。于是，手段的贫瘠变成了一种高尚的价值，从而把演员转换成了祭司。然而，布莱希特的戏剧是一种珍贵的戏剧，它表现为前所未有地关注演出，表现为关注对演出服装的设计（其精心加工的费用远远高于重大演出的奢华服饰的费用），表现为重复演出次数极多，还表现在其喜剧演员们的艺术是非常必要的专业可靠性方面。这种既是大众的，又是精巧的戏剧在私有经济中是不可能的，因为在私有经济中，它既不能获得只顾赚钱的资产阶级观众的支持，也不会受到众多小资产阶级观众的欢迎。在柏林剧团的成功演出的背后，在它的劳动尽善尽美的背后，世人可以注意到的事情是，应该看到一种完整的经济、一种完整的政治。

我不知道柏林剧团在布莱希特去世之后变成了什么样子，但是我知道，1954年的柏林剧团让我了解到了许多东西——甚至远远超出戏剧本身。

1971，《世界报》（Le Monde）

非常好的礼物

雅各布森（Jakobson）给了文学一件非常好的礼物：他赋予了它语言学。的确，<u>文学</u>并不曾期待知道自己就是<u>言语活动</u>——瓦雷里之前的古典<u>修辞学</u>证明了这一点。但是，自有关言语活动的一门科学得到探索（首先是以有关语言的历史比较语言学为形式），它就不可思议地不再关心意义效果①——它自己也在这个实证主义世纪（19世纪）服从于那些特定领域的禁条。这些领域，一方面是<u>科学</u>、<u>理性</u>、<u>事实</u>，另一方面是<u>艺术</u>、<u>感受性</u>、<u>印象</u>。雅各布森从年轻时起就参与了对于这种局面的纠偏：因

---

① 意义效果（effet de sens）：语言学和符号学术语，指感官接触意义时所产生的现实感觉。——译注

为这位语言学家曾一直坚持甘当诗歌、绘画和电影的钟情爱好者；也因为在他的科学研究中，他不曾压抑他作为文化人的兴趣，他感觉到有关现代性的真正科学事实并非事实本身，而是关系。在他所描绘的被从总体上概括的语言学的起点处，就有对于分类、等级和规范的一种决定性的开放举动——这几个单词已经和他一起失去了它们的分离论的、处罚论的和种族论的痕迹。不再有（文化的、语言学的）主人，看家狗都被关回了它们的狗舍。

雅各布森从三个方面对于文学做出了努力。首先，他在语言学内部创立了一个专门的领域即诗学（Poétique）。对于这个领域（而这正是他研究的新内容，也是他的历史贡献），他并没有根据文学来给予确定（就好像诗学总是依赖于"诗性"或是"诗歌"那样），而是根据对于言语活动的各种功能的分析来确定：任何强调讯息之形式的陈述活动都是诗学的。于是，他根据一种语言学立场，得以汇聚文学的所有至关重要的形式（而通常是那些最为自由的形式）：朦胧意义享有的权利、替代系统，以及各种修辞格（隐喻和换喻）编码（code）。

随后，甚至甚于索绪尔，雅各布森提出了建立一种泛符号学（pansémiotique），即有关符号的一种广泛的（而不仅仅是一般化的）科学。不过在此，他的立场在两方面仍然都是前卫的：一方面，他在这门科学中为分节的言语活动保留了一种优势位置（他知道，言语活动到处存在，而不仅仅是在身边）；另一方面，他直接为符号学增加了与艺术和文学有关的领域，并因此随即设定符号学是有关意指（意指过程）的科学，而非有关传播的科学（他使语言学脱离了任何技术官僚的考虑或使用的风险）。

最后，雅各布森的语言学理论本身也令人赞赏地准备了我们今天可用于对于文本进行思考的东西，即一个符号的意义实际上仅仅是它向着另一个符号的转述，这就是不将意义确定为最后的所指，而是确定为一个新的意蕴层（niveau signifiant），亦即最为通常的言语活动包含着数量可观的元语言陈述。对于人来讲，这些元语言陈述证实了在他说话的时刻就必须考虑其言语活动这种关键性的活动，文学只使其在它最高狂热程度上出现。

至于他的思想风格本身，那是一种杰出的、宽宏的、风趣的、外向的、世界论的、变化的和我们似乎可以说是极其智慧的风格，这种风格使其提前具备了适应这种历史性的开放功能，即对于学科特性的废除功能。另外一种风格似乎是可能的，这种风格同时建立在说话主体更为历史的一种文化和更属于哲学的一种观念的基础上：在这里，我想到的是本维尼斯特令人难忘的著作（不过，我已有所忘记了），人们决不应将本维尼斯特的著作（雅各布森大概会同意的）与任何看重语言学在塑造我们世纪另一种事物之中所起的关键作用分离开来。在我们看来，这是雅各布森 50 来年的研究工作所依赖的全部新的和不可逆转的命题。他就是这样的历史扮演者，他借助于智慧，最终使我们一直坚持的一些非常值得尊重的事物落入过去之中：他将成见转换成了过时的事物。他的整个研究工作都在提醒我们："我们中的每一个人最终都会理解到，罔顾诗学功能的语言学家，一如漠视问题和不懂语言学方法的文学专家，无一不是已经明显过时的事物。"

1971，《世界报》（*Le Monde*）

我为什么喜欢本维尼斯特

1

言语活动诸多问题当前所占据的优势地位在激怒某些人，因为他们在其中看到了一种过分时髦的现象。不过，他们却必须予以接受，因为我们大概还仅仅是开始谈论言语活动：语言学在那些倾向于攀附它的科学的伴随之下，今天进入了其历史的辉煌时期。我们需要发现言语活动，就像我们正在发现宇宙——对于这两个领域的探索也许将是我们所处时代的标志。

因此，有关普通语言学的任何书籍今天都在满足对于文化的一种不可推卸的需要，都在满足对于由所有的科学引起的一种强烈求知欲望，而这些科学的对象或近或远都与言语活动有联系。然而，语言学是很难说得明白的，原因是它属于一种必然的特定化过程和一种正突显在人们面前的人类学计划。因此，有关普通语言学的书籍不是很多，至少法语方面是这样。现在已经有马丁内（André Martinet）的《普通语言学纲要》（*Éléments de linguistique générale*）和雅各布森的《普通语言学论集》（*Essais de linguistique générale*）；以后将有刚刚翻译出版的叶姆斯列夫的《普通语言学导论》（*Prolégomènes de linguistique générale*）。今天，我们则有本维尼斯特的书籍。

　　这是一部包含多篇文章（语言学研究的规范单位）的汇编书籍，其中某些（有关符号的任意性、有关言语活动在弗洛伊德之发现中的功能、有关语言学分析层级的）文章已经很出名了。第一部分的文章是关于对当前语言学进行描述的。在此，必须推荐本维尼斯特为索绪尔所写的那篇漂亮文章。实际上，索绪尔在其关于印欧元音的学士论文之后就没有再写什么东西，因为他认为他无法一下子完成对于过去语言学的这种整体的颠覆，而他当时还需要这种语言学来建立自己的语言学，并且这种语言学的"沉寂"具有一种作家沉寂的重要性与意义。随后的那些文章涉及语言学空间的主要方面：关于<u>交流</u>（communication），或者还有相对于思想、相对于动物的言语活动和梦境言语活动而定位的关于分节的符号；关于<u>结构</u>（structure）［我曾提及有关语言学分析层级的那篇关键文章。还应该指出那篇明确的、本维尼斯特借以建立拉丁语各种前提的亚逻辑系统（système sublogique）的文章，遗憾的是，过去当我们进行拉丁语翻译时，不曾有人向我们说明这一点：一切都会通过结构而得以明确］；关于<u>意指</u>（signification）（因为本维尼斯特总是根据意义来探讨言语活动），从符号学上讲，意指是"意义之产生过程"，或者是"被产生的意义"；关于<u>人称</u>（personne），我认为，这是这本书的决定性部分，其中，本维尼斯特主要分析了人称代词与各种时态的组织机制。这本书以有关词汇学的一些研究成果作为结束。

这一切，便构成了对于一种完美知识的总结，明确而有力地回答了那些对于言语活动有着某种关心的人可能提出的实际问题。但是，这还不是全部。这本书不仅满足了当前对于文化的一种需求，还先于这种需求、促成这种需求、引导这种需求。简言之，它并非只是一本必备之书，还是一本重要的、出人意料的书：它是一本很精美的书。

当我们专门研究的一门科学充斥着各类爱好者的好奇心的时候，小心翼翼地捍卫其专业性就变成非常诱人的事情了。本维尼斯特完全相反，最终勇于将语言学置于一种非常广泛的运动的起点处，勇于在这一运动中已经开始猜想——在文化基本上就是言语活动的条件下——一种真正的有关文化科学之未来的发展。他毫不犹豫地指出一种新的客观性的出现，而这种客观性是由文化现象的象征本质强加给这位学者的。他没有把语言弃置于社会的门外——就好像语言只不过是一种工具而已——而是带有希望地断言"社会已开始自认为就是语言"。然而，对于一整套研究和变化来说，关键的问题是，像本维尼斯特这样严格的一位语言学家能自己意识到其学科的能力，并且在拒绝自己成为学科主人的情况下，在科学上辨认出人文科学的一种新面貌的萌芽。

这种勇气具有深刻的观点。本维尼斯特总是在一种决定性的层级上把握言语活动，而这正是他的成功之处。在这一层级上，他不停地完全围绕着言语活动，收集我们习惯上将其视为外在于或先于言语活动的任何东西。我们举其三项最为重要的贡献为例：一是关于印欧动词的半语态（voix moyenne），二是关于人称代词的结构，三是关于法语的时态系统。这三项都从不同方面论及心理学上的一种关键概念，即人称的概念。然而，本维尼斯特最终出色地将这一概念植入一种纯粹的语言学描述之中。总的说来，在将主体（根据该词的哲学意义）置于言语活动重大范畴之中心、在出现各种语言事实的情况下，在指出该主体永远不能有别于一种"话语时位"但却不同于现实时位的同时，本维尼斯特在语言学上（也就是说在科学上）奠定了主体与言语活动的同一性，这一立场处于当前多种研究之核心，同时为哲学和文学所感兴趣。这样的分析也许指出了一种久远的、没有很好地理清的矛盾的解决出路，即主观性与客观性、个体与社会、科学与话语的矛盾。

作为有关知识、有关研究的书籍，他的著作也具有其"风格"。其风格属于一种非常高的类别。它具有美感，即属于智力的一种经验；它赋予某些学者的著述活动以某种<u>无限的明确性</u>，而所有伟大的文学作品也是靠这种明确性产生的。在本维尼斯特的书籍中，一切都是明确的，一切都可以直接地被认为是真实的。不过，也是在他身上，一切都只是刚刚开始。

> 1966，《文学半月刊》（*La Quinzaine littéraire*），
> 为《普通语言学论集》（*Essais de linguistique générale*）
> 出版而写

2

本维尼斯特在以其影响而标志着我们时代整个智力研究成就的重要语言学家的大合唱中的地位，是完全特殊的，以至于在我看

来，他有时被低估了。他的著述，在传统和在我称之为容易的先锋派即重复而不探寻的先锋派看来，直到今天还是非常不可思议的。

那么，他对我们说了什么呢？首先是这一点：言语活动从来不与一种社会性有别。这位纯粹的语言学家，其研究对象显然就属于普通语言学的超验机制。实际上，他在不停地于我们所谓其<u>相伴性</u>（concomitance）之中研究言语活动，这包括研究工作、历史、文化、制度——简言之，一切构成人之真实的东西。关于印欧语系机制词汇（*Vocabulaire des institutions indo-européennes*）的研究、关于主动名词的研究、关于带 prae-或 vor-的动词前缀的研究，都是改变语言学学科、使现有学科的切分无法成立的一种颠覆运动的文本，而一种尚无名称的新科学也借以出现了，这便是语言学不再主掌戏剧<u>领导权</u>而变成一种普世社会学的时刻了：它是关于在说话的社会的科学，也恰恰因为它在说话才是社会的科学。在这个层次上，本维尼斯特的研究工作一直是批评性的。他作为解密人，不遗余力地<u>推翻</u>一些学术成见和以一种强烈的明确性（因为这位科学研究者是严肃的）阐释言语活动的内核。这种能力，本维尼斯特只在其研究工作的恰当情况下才坚持——但是这种态度在今天已经很少，而且是被低估的：他是一位有关<u>语言</u>的语言学家，而不仅仅是有关言语活动的语言学家①。

在其工作的另一极（但是，其中的间断只会让那些继续坚持把历史与结构对立起来的轻浮之人感到惊讶），本维尼斯特给予了在先锋派研究中具有最为重大意义的一种概念以完整的论述，那就是

---

① 一般认为，本维尼斯特已经在模糊自索绪尔开始的言语活动（langage）、语言（langue）和言语（parole）三者之间的划分，而通常只使用言语活动来代替语言和言语。但是，内行很容易从中辨认出其中的指向。——译注

陈述活动（énonciation）。（当然）陈述活动，并不是陈述语段（énoncé），也不是（作为更为精巧和更为革命的命题的）主体性（subjectivité）在话语中的简单出现。它是对话者借以占有语言规则的（用本维尼斯特的话说是自我获得的）一种被更新的行为：主体并不先于言语活动；主体只是因为他说话才成为主体；总之，不存在"主体"（因此，也就没有"主观性"），而只有对话者。再就是——并且这也是本维尼斯特一再提醒的——只有相互对话者（interlocuteurs）。

根据这种观点，本维尼斯特极大地扩展了变指成分（shifter）概念——这一概念是雅各布森首先颇富才气地提出的。本维尼斯特奠基了一种新的语言学，这种语言学只存在于他的家园，而不存在于其他地方（特别是不存在于乔姆斯基的家园）：关于相互对话的语言学；言语活动，以及整个世界，因此便在这样的形式上得到了连接——我/你。从此，我们理解了本维尼斯特在其著述的全过程中强调论述所谓的人称代词、时间性、语态（diathèse）、布局（对于获得词汇的优先考虑行为）的原因。我们也理解了，本维尼斯特很早就懂得在语言学与精神分析学之间建立起桥梁的原因。我们还理解了，这位老波斯语专家在并不强迫自己的情况下就早已懂得——或至少明确地禁止审查——对于结构符号学（sémiologie）的探索［梅兹（Metz），谢费尔（Schefer）］和先锋派在语言方面的研究工作。本维尼斯特的新书让人直接感兴趣的是这一点：这本书是关于陈述活动的书。

我确信，一位大学者的智力赠予（并非给予他的赠予，而是他给予我们的赠予）依赖于一种力量，这种力量不仅是来自知识和精确性的力量，而且是有关书写的力量，或者用一个我们现在知道其完全意义的词来说，是陈述活动的力量。本维尼斯特为自己所掌握的语言（就像他对于陈述活动的定义那样）并不完全是一般学者们的语言，而这种轻微的移动便足以构建一种新的书写。本维尼斯特的书写非常难以描述，因为这种书写几乎是中性的。有时候，只需一个单词——我们说它必须是使用正确的，因为正确无误似乎就在这种单词上强化——就可以像一种魅力那样闪耀和让人高兴，而这种魅力则由一种句法所携带，其度量、其调整和其准确性（即一位高级木匠的全部品质）证明了这位学者是多么兴致勃勃地构筑了他的句子。因此，本维尼斯特的书写表现出了奠定了文本，或更可以说是奠定了音乐的支出与存留的一种精巧混合情况。本维尼斯特在默默地书写（难道音乐不正是一种有关智力的静寂的艺术吗？），俨然那些伟大的音乐家：在本维尼斯特的作品中有着里希特①成分。

与他和与他的文本（他的文本从来就不是一些简单的文章）一起工作，我们总能感受到一个善于听取读者意见和赋予读者以智慧的学者的宽厚大方，即便是在最为特殊的话题和不太可能的话题之中，也是如此。我们也阅读别的语言学家的著述（当然需要这样做），但是，我们喜欢本维尼斯特。

1974，《文学半月刊》(La Quinzaine littéraire)，
为《普通语言学论集》(Essais de linguistique générale) 第二卷
出版而写

---

① 里希特：此处应该是指莫拉维亚语作曲家里希特（Franz Xaver Richter，1709—1789）。——译注

外国女人

尽管是不久前的事，但结构符号学已经有了一定的历史。它派生于索绪尔的一种非常从容的表述方式（"我们可以设想一门研究社会生活中的符号生命的科学"）。它在不停地被人感受，被人拆析，被人移为他用，不停地进入茱莉亚·克里斯蒂娃（Julia Kristeva）所描述的有关言语活动的伟大嘉年华之中。其历史角色在当前就是闯入者，即第三者，亦即扰乱可称典范的正常生活的闯入者，我们将其看作一项困难的事，并且，构成它的似乎就是<u>历史</u>与<u>革命</u>、<u>结构主义</u>与<u>反向作用</u>、决定论与科学、进步与对于内容的批判。根据这种"被移动的生活或安排"，既然有这种安排，那么，克里斯蒂娃的研究工作在今天便是最终的配乐法：她的工作在活跃和推进这种配乐法，并赋予其理论。

（从一开始）我就已经受益颇多。我刚才又一次——而这一次是在其整体之中——感受到了这种工作的力量。在这里，<u>力量</u>意味着<u>移动</u>。茱莉亚·克里斯蒂娃变动了事物的位置——她总是破坏掉<u>最后</u>的<u>成见</u>，即我们认为可以对其放心和引为骄傲的成见。她所移动的东西，便是<u>已经说过的东西</u>，也就是说，是所指在坚持的东西，亦即蠢话。她所颠覆的，是权威性，即自说自唱的科学的权威性、因袭关系的权威性。她的研究工作完全是新的、准确的，并不是因为科学的清教主义，而是因为它占用了它所占有的场所的全部位置，准确地填补这种位置，并迫使任何人从中主动撤出以便身处抗拒或审查的地位（这便是我们非常不快地所称的恐怖主义）。

既然我能谈论一种探索工作的场所，我要说，在我看来，茱莉亚·克里斯蒂娃的著述就是这样的忠告：我们总是前进得太慢，我们浪费时间去"相信"，也就是说，去自我重复和自我满足。通常只需在一种新的思想中有那么一点轻微的补加自由就可以赢得几年的工作时间。在茱莉亚·克里斯蒂娃的著述中，这种补加是理论性的。何谓理论？它既不是一种抽象，也不是一种概括，更不是一种推测，而是一种反思。在某种程度上讲，它是言语活动对于其自身的一种回返的目光（正是为此，在一个缺少社会主义实践，由此而注定要谈论一番的社会里，理论话语暂时地是需要的）。正是在这种意义上，茱莉亚·克里斯蒂娃第一次给出了符号学（sémiologie）的理论："任何符号学（sémiotique）都只能像是对于符号学

(sémiotique)的批评才能形成。"① 这样的一种命题,不应当被理解为一种恭敬的和虚伪的愿望("我们要批评先于我们的那些符号学家"),而应该被理解为一种断言,即符号学科学的研究工作,在其话语本身而非在某些结句层面上,都是由一些破坏性的回返、对立的共存性和生产的走样而形成的。

关于言语活动的科学不可以是威严的、肯定的(尽管还不是实证主义的)、无区别性的和像尼采所说的那样是回照性的(adiaphorique)。它就是它自己(因为它就是关于言语活动的言语活动),就是<u>对话体的</u>(dialogique)——这是茱莉亚·克里斯蒂娃根据巴赫金(Bakhtine)理论所阐述的概念,也是她让我们发现的这一概念。这种对话体的首要行为,在符号学(sémiotique)上,便是要同时和矛盾地把自己看作科学与书写——我认为,这一点从未被任何科学实施过,也许不包括前苏格拉底派的唯物主义科学,它也许能顺便让(口说的)<u>资产阶级的科学</u>与(至少在后来是书写的)<u>无产阶级的科学</u>摆脱困境。

克里斯蒂娃的话语的价值便是,这种话语与其所说出的理论是一致的(而这种一致性便是理论本身):科学就是在其话语上的书写,符号是对话体的,基础是破坏性的。这种话语之所以对于某些

---

① 在这篇文章发表的1970年,国际符号学学会(AIS或IAS)刚成立(1969)不久。有的符号学家坚持沿用索绪尔使用的符号学名称(sémiologie),有的则改用国际符号学学会采用的符号学名称(sémiotique)。从大环境上讲,当时处于人们混用两个名词的过渡阶段。但后来,巴黎符号学派使用sémiotique作为与sémiologie在理论主张方面的重要区别,而巴尔特基本上坚持使用sémiologie。在这一时期,巴尔特有时也使用sémiotique,这被认为是与他的老朋友格雷马斯在感情上重归于好的表示。——译注

人而言是"困难的",恰恰是因为它是被写出的。这就意味着什么呢?首先,这意味着,这种话语在肯定并同时在实践着形式化和移动,总之,数学变得与梦幻工作相当类似(由此产生了许多牢骚)。接着,这种话语甚至以理论的名义来自愿承担各种所谓科学定义的术语变化。最后,这种话语还建立了一种新的知识传递类型(并不是知识成了问题,而是其传递):克里斯蒂娃的书写同时具备着一种话语性、一种"展开"(我们愿意给予这个词一种"骑自行车运动的"意义,而不是修辞学上的意义)和一种表述方式、一种触动感觉(突然地掌握与记入)、一种萌生过程。这种话语发挥作用,不是因为它"再现"一种思想,而是因为它在无死气沉沉的新闻体书写做中介的情况下,就直接地产生思想和预先决定思想。这就意味着,茱莉亚·克里斯蒂娃是唯一可以建立符义分析(sémanalyse)的人:她的话语并不属于预科教学,她的话语并不吝啬一种"教育"之可能性;但是,这也意味着这种话语在转换我们,在移动我们,在赋予我们一些词汇、一些意义、一些句子,这些都让我们可以认真地工作,并在我们身上开启创作活动本身,即置换活动。

总之,茱莉亚·克里斯蒂娃展现的,是对于<u>交流</u>的一种批评(我认为,在对于精神分析学的批评之后,排在首位的便是这种批评)。交流,作为实证科学的奶油蛋糕(一如语言学那样),尽管可以向人们表白对于"对话""参与"和"沟通"的一些哲学思想,但它本身是一种<u>商品</u>。难道人们不是经常提醒我们,某部"明快的"书卖得快、某种交流态度容易沟通吗?因此,一如茱莉亚·克里斯蒂娃所做的那样,在理论上把交流压缩到人际关系的商业层次,把交流当作一种普通的浮动层次整合到意指活动之中,整合到作为意义之外的机制和作为开支相对于交换、数量相对于收支账目的胜利性肯定的文本①之中，是一种政治工作。

这一切都会有其发展吗？这取决于法国人有无教养：今天，法国人的无教养似乎有所鼓噪，在我们身边有所反响。为什么呢？大概有政治方面的原因。但是，这些原因似乎很有意思地影响了那些本该能最好地抗拒这些原因的人们：法国知识界有一种小小的民族主义论；这种民族主义当然不会影响到民族性（不论怎样，难道尤内斯库不完全是法国小资产阶级吗？），而会影响到对于另一种语言的顽固拒绝。另一种语言是人们从政治上和意识形态上讲不好居住的一个地方所说的语言；那便是缝隙所在之地、边缘之地、饰布所在之地、坑洼不平之地。那便是骑手之地，因为它穿越、跨越、全景式观看和进攻。我们对于这另外的语言，没有全新的知识，这种知识来自东方和远东，而作为新的分析和介入之工具的复变性、对话性、文本、能产性、互文性、数字和公式，则教给我们如何在特定区别之中（即超越各种区别之中）工作，人们又以此禁止我们催生书写与科学、历史与形式、关于符号的科学与对于符号的解构：茱莉亚·克里斯蒂娃从侧面开展的研究工作，正是这些舒适的、相符的、持久的和足够的漂亮反命题。根据《符号学：符义分析研究》(Sèméiotikè: *Recherche pour une sémanalyse*) 一书开头的一句话，她的研究工作以一种异国特征（这比古怪更为困难）划伤着我们年轻的符号学科学："把语言变成一项研究工作，在对于社会是一种接触和理解手段的东西的物质性之中进行，难道不是一下子就

---

① 这里的"文本"与作者在前面所阐述的概念是一致的，即意义之外的结构等。——译注

把自己变得外在于语言了吗?"

1970,《文学半月刊》(*La Quinzaine littéraire*),
为《符号学:符义分析研究》
(*Sèméiotikè*:*Recherches pour une sémanalyse*)出版而写

诗学家又回来了

当诗学家（poéticien）面对文学作品时，他不会自问：这东西意味着什么？它来自何方？它与什么有联系？但是，他却会简单和更为困难地自问：这部作品是如何产生的？在我们的历史中，这个问题早已被提出过三次。诗学有三大先师：亚里士多德（他在其《诗学》一书中曾首次对于悲剧作品的各种层次和各个部分做过结构分析）、瓦雷里（他曾要求人们把文学当作言语活动对象来建立）、雅各布森（他把诗学称作强调其自身词语能指的任何讯息）。这样一来，在今天可以利用言语活动科学的重要更新成果的情况下，诗学便既是古老的（它紧密地联系着我们文明的整个修辞学文化），也是崭新的。

热奈特（Genette）掌握着诗学的过去和现在，而这一点甚至确定了其研究工作的个性：他属于同一种修辞学和符号学运动。在他看来，各种<u>修辞格</u>（*Figures*）就是一些逻辑形式、一些话语手段，因此，它们的场域就不仅仅是一种小小的词汇组群，而是文本在其整体上的结构。因此，热奈特写出的作品恰好就名为《修辞格》（I 卷、II 卷、III 卷），原因是，诗学的意象不仅属于外在形象，也同时属于例如叙事的形式，这便是叙述学当前的研究对象。热奈特的研究工作便以此方式坚持在一种宽阔的和现时的空间之中进行：这种研究工作，同时是批评性的（它属于文学批评）、理论性的（它富有战斗精神，以便建立一种有关文学的理论，而这一目标在法国极被忽视）、实践性的（它被用于一些特定作品）、认识论的（它借助于文本而提出有关特殊与一般的一种全新的辩证法）和教学法的（它促进文学教学的革新，同时赋予相关手段）。

诗学家：直到前不久，这一人物还被认为是诗人的可怜近亲。但是，明确地讲，热奈特所实践的诗学，其对象就是有关言语活动的整个作为——或者说是有关整个言语活动的作为。诗学，在其领域中，不仅包括叙事（对于叙事的分析已经得到了很大发展），而且大概包含着随笔即智力型话语——因为这种体裁很想写出自己。而且在其反省自己特有的言语活动的同时，它以某种方式赞同和迫使自我审视为一种诗学对象。这种回返，比普通的扩展更为重要，它倾向于将诗学家变成作家，倾向于消除"创作者"与"注释者"（glossateur）之间的距离。换句话说，诗学家接受能指返回到其自己的话语之中。这至少是热奈特的情况。在这里，我不用"风格"之名（不过，风格在热奈特那里是出色的）来判断书写，而是根据幻觉的力量方式来评判，因为这种力量使得誊写者听凭自己像着了魔一样去分类和命名，让其接受展示出其话语。热奈特具备这种力量，这种力量以一种极为审慎的外露方式出现；它甚至也是非常有心计的，足以让他变得<u>贪婪成性</u>（这是喜欢书写与阅读的主要属性）。

热奈特猛烈而严格地做着分类工作（特别是对于普鲁斯特的修辞格，因为这是他最近这本书的主要目的）：他分解和进一步分解一些形式，这便是诗学家成为诗人的第一要点，因为这是在作品（这里指普鲁斯特的小说）的分布之中创作<u>第二幅画面</u>，该画面不属于一种元-语言，而属于——简单地讲——一种二级言语活动（这并不是最后的一级，因为我自己也在书写热奈特）。热奈特对于普鲁斯特的叙事方式所做的描述，使我想到了埃德加·坡（Edgar Poe）的一个文本，在那个文本中，作者同时在描述、揭示和创作名为马特泽尔（Maetzel）的象棋手：一个藏于自动机之中的男人，但是<u>他看不见自己</u>。问题（对于坡，也代为对于热奈特）不是描述这个男人（被隐藏的对象），甚至也不是真正地谈论隐藏男人的方式（因为机器的内部表面上总是可以看得见的），而是描述那些荧屏上的对象——门与百叶窗——的移动，因为这种移动使得这个<u>男人从来就在人们注目的地方</u>。这就像热奈特在我们不去注意普鲁斯特的地方看到了普鲁斯特。而在此之后，便不再有什么重要可谈：决定作品的，并非意义占有者，而是占有者的位置。也就是在此之后，普鲁斯特，普鲁斯特式的香气，便有力地回来了，并在热奈特的机器中循环。对于普鲁斯特的引用出现在一种新的光照之下，这些引用产生了与我们对于作品的密实阅读习惯不同的一种轻微颤音。

随后，热奈特开始定名他的分类活动所发现的东西：他斟酌已经获得的那些词意，创造一些新词，审核一些旧的名称，构建一种全新的术语学，也就是说构建由灵巧的和清晰的词语对象组成的一种网系。然而，新逻辑的烦恼（或勇气），便最为直接地奠定了我所谓的伟大的批评性故事。把分析工作变成一种精心制作的虚构,在今天也许是一项尖端事业:并不是因为反对真实性和以主观印象论的名义这么说的,而是因为批评话语不属于指涉性范畴,而属于言语活动范畴。对于言语活动来说,没有别的真实性,而只有自我承认是言语活动。优秀的批评家,即那些有用的学者,会是那些将表明自己话语之精彩、在自己话语中明确地显示能指之符记的人们。这就是热奈特所做的事情(他的"后记"丝毫不让人怀疑他的书写计划)。

现在,来看一下热奈特的计划在什么地方关系到我们:他在普鲁斯特身上特别喜欢标记出的(他自己也这样指出),就是那些叙述的偏移表现(正是在这一点上,普鲁斯特的叙事与我们对于一种简单的、线形的和"符合逻辑的"叙事可能具有的观念大为不同)。然而,所有的偏移(相对于一种编码而言)总是一些书写的显现:在什么地方规则被违反,就在什么地方显示出格的书写,因为这种书写承担起了一种<u>没有被预想到</u>的言语活动。总之,在普鲁斯特作品中让热奈特感兴趣的,是书写,或者说得更明确一些,就是将风格与书写分开来的区别。<u>偏移</u>这一术语,如果我们认为存在着叙事的一种人类学模式(创作者"躲避"这种模式)的话,那么它无疑有点让人感到别扭,或者它就是一种叙述本体论(据此写出的作品,有点像是畸形的根蘖)。实际上,叙述"模式"本身只不过是一种"想法"(一种虚构),即一种阅读记忆。我更希望热奈特在普鲁斯特的宝库中取用和暴露历史"出偏差"的那些场所(这一隐喻在于尊重文本的运动和能产性)。然而,一种"出偏差"的理论<u>在今天恰好</u>是被需要的。为什么是这样呢?因为我们正处于我们文化的这样的时刻,即叙事还不可以放弃某种可读性,不可以放弃与文化加于我们的那种伪逻辑的一种相符性,因此,那些唯一可能的革新便不在于破坏历史、趣闻，而是在于使之偏移，即在于使编码出现偏差，同时又好像在遵从编码。热奈特在普鲁斯特的作品中得以看到和让我们看到的，正是叙事的这种非常脆弱的状态。他的工作既是结构性的，也是历史性的，因为他明确了叙事革新成为可能的各种条件，而不致成为自杀性的。

1972，《文学半月刊》（<i>La Quinzaine littéraire</i>），
为《修辞格》（<i>Figures</i>）第三卷出版而写

学与教

就在银幕于书中打开之前，梅兹告诉了我们他的"特殊之处"，即在他的声音中那种不可模仿的全部东西。我们来听一下他在最近出版的书籍的开篇是怎么说的："这部在1967年编成册的第一卷，出版于1968年（其再版是1971年），它汇集了写于1964年和1967年，但发表于1964年和1971年的文章。这部第二卷是由后来的文章组成的（写于1967年和1971年，但发表于1968年和1972年），此外还有写于1971年的两篇文章（第8篇和第9篇）。"①

这些加上了年份的说明，确实是通过对于准确而科学的——或至少是博学的——编码获得的。但

---

① *Essais sur la signification au cinéma*, t. II, Paris, Klincksieck, 1972.

是，在此，在标志着陈述语段的这种内容与优美的混合之中，有谁感觉不到这其中有某种<u>多出的</u>东西呢？它是什么呢？准确地讲，它就是主体的声音本身。梅兹面对不管什么样的讯息，我们可以说，他一直都给予<u>增加和补充</u>。但是，他所增加和补充的，既不是无意义的东西，也不是含混不清的东西，还不是离题很远的东西，更不是废话连篇的东西：它是一种不透明的添加，即对于要完全说出的观念的顽固坚持。了解梅兹有作家、教师和朋友这<u>三重身份</u>的人，总是被这样的悖论震惊，因为这种悖论只是表面上的：对于精准性和明确性的彻底要求，产生了一种自由的声音，就像一个做梦人，而我说话几乎像是服用了毒品（波德莱尔难道不是将 H① 变成了一种前所未闻的<u>精准性</u>之起因吗？）——在此，一种<u>疯狂</u>的准确性在主导一切。于是，我们便处于<u>防卫</u>之中，而不是处于唯一的知识之中：当梅兹说出一些数字、一些参照，当他概述、当他分类、当他明确、当他发明、当他倡议（在所有这些情况下，他的勤奋都是积极的、不懈怠的、有成效的）的时候，他只是在通报，是在实在意义上<u>给予</u>——这其中真正地有着赠予，即知识赠予、言语活动赠予，这是主体的赠予，因为他致力于陈述（他的研究工作非常明显地源于语言学，他正是以他的方式来告诉我们，这门科学的错误就在于让我们相信讯息是"在交流"——总是那种关于<u>交流</u>的意识形态，而言语的真实恰恰是自供或重新自取亦即<u>要求</u>的）。有两种颠覆知识的合法性的（已经被记入制度之中了的）方式：或者是免去<u>知识</u>，或者是<u>赠予</u>知识。梅兹选择了赠予。他借以论述一种言语和（或）电影问题的方式，总是慷慨大方的：不是出于"人性的"观

---

① 这里，波德莱尔所说的 H，应该是指印度大麻（hachich 或 haschisch）。——译注

念，而是因为他有着以读者为中心的不停歇的关怀。他耐心地预想着读者要求他做出的解释，而他知道这种要求实际上总是一种爱的要求。

*

也许有两种避开控制的手段（在今天，这正是任何教育、任何智力"角色"的关键之所在）：或者是产生一种多孔的、省略的、派生的和偏移的话语；或者相反，是为知识加上过度的明确性。这就是梅兹所选择的（所欣赏的）途径。克里斯蒂安·梅兹是一位出色的教学法专家。当我们阅读他的著述时，我们都能看懂，就好像我们早就知道似的。这种有效习性的秘密不难找到：当梅兹讲授一种知识、一种分类、一种总和性论题，当梅兹阐述一些新概念的时候，他总是借助于对陈述语段的完美教学显示出，他是<u>在向自己教授</u>被认为是与别人交流的东西。他的话语正是他的本意即他的个人习惯语之美，这种话语最终会混淆两种时间：同化时间和展示时间。于是，我们便懂得了他如何使这种话语的<u>透明度</u>不可简约：知识的（混杂的）实质在我们的眼前闪亮；剩下的既不是一种图示，也不是一种类型，而是对于问题的一种"解决方案"，这种方案曾在某种时刻于我们眼前中止，唯一的目的就是让我们能够贯通这种方案并融入这种方案。梅兹懂得并发明了许多东西。而对于这些东西，他说得很清楚：<u>丝毫不是借助于掌控</u>（梅兹从不教训任何人），而是借助于其<u>天才</u>——对于这个古老的词语，不应该将其理解为某种天赋安排，而应该理解为这位学者、这位艺术家情愿地服从于他想产生的效果，服从于他想激发的那种交汇——我们可以说就是服从于<u>转移</u>，而他则以此清晰地、无任何科学想象地接受这种转移就是书写的原则本身。

*

一部理论作品——这只是开始而已——就是根据一种运动（有点像人们所说的情绪运动、心跳运动）来构筑的。梅兹很想动摇一种俗套已有的疲惫，他说："<u>电影是一种言语活动</u>。"我们看一看，会是怎样的呢？如果突然间我们在<u>文字</u>严厉的阐述中找到了隐喻（因为重复而变得可笑），那么又会是怎样的呢？梅兹从这种既是新的也是天真的赌注（严格地讲，任何回返都是这种赌注）出发，获得了一种作品，其所有的环饰都是按照一种严厉而又灵活的计划展开的。原因是，在我们的时代，对于言语活动的感觉是变化很快的，而梅兹则跟随着言语活动的迂回和繁荣。他并不是属于一种符号学（sémiologie）的人，而是有关一种对象的人，即影片的文本，亦即云纹织物，而在这种文本或云纹织物中，根据我们的智力话语的不同时刻，有着不同的图画出现。我认为，这就是梅兹的历史地位（不存在小的历史）：他懂得赋予仅仅是（或几乎不是）一种隐喻的东西一种完整的科学相关性，而他就是这一方面的奠基者，这正像他在普通符号学（sémiotique générale）和在关于电影现象的分析之中被人承认的特殊地位所证明的那样。不过，一旦奠定，他就离开了——现在他又研究起了精神分析学。也许，正是在这一点上，符号学应该感谢他，而且非常地感谢他：感谢他在他所选择的领域中获得了一种改变权利。梅兹以他的研究工作让我们理解了，符号学并非像其他科学那样的一种科学（这一点并不妨碍它是严格的）。并且，符号学根本不想替代那些比如我们所处时代的历史真理的重大<u>认识</u>论，而是更让我们理解了，这种符号学正是我们时代的女佣，是警觉的女佣，它借助于再现<u>符</u>号的各种圈套来防止我们落入这些重要的新知识打算揭示的东西之中：教条主义、傲慢、神学论，简言之，就是这种魔鬼，即<u>最后的所指</u>。

1979，《本我》(Ça)

第六部分

阅读

编者按：

出于文体学的原因——更为准确地说，是出于方法论方面的原因，而更为明确地说，是出于文本上的原因，这里出现的阅读性文章，被从对于米什莱的阅读到对于布莱希特的阅读的三篇文章分为了两组。

〔这里缺少了为左拉《人面兽心》(*La Bête humaine*) 写的序言(Rizzoli，1976)，其底稿似乎已经佚失了。〕

阅读一

涂抹

"如果我必须无休止地涂改我需要说的东西，我就永远也不会有时间。"

在凯罗尔（Cayrol）的整个作品中，都<u>有某个人在对我们说话</u>，但是我们从来不知道他是谁。是那些其个体性随着小说更换的个别叙述者吗？难道加斯帕德（Gaspard）就不同于阿尔芒（Armand），就像法布里斯（Fabrice）区别于于连（Julien Sorel）那样吗？是不是只是同一位叙述者，他从这一本书到另一本书声音有所变化呢？是不是就是凯罗尔本人勉强地躲在另一个说话人的背后呢？在他的整个创作之中，叙述者的人称在技术处理上总是不明确的。在他的作品中，我们既找不到古典小说的叙述重复，又找不到普鲁斯特式的<u>我</u>的复杂出现，也找不到诗人的<u>自我</u>。一般说来，在文学上，人称是一种完成的观念（即便这种观念最终变得含混不清）。

任何小说家，在他不选定其叙事的厚重人称的时候，都不会开始动笔：书写，总之就是决定（可以决定）由<u>谁</u>来说话。然而，凯罗尔笔下的<u>人</u>勉强是一个人物。他不具备任何人称代词的确定性。他或者直接地贴近身份（在其首批小说之中），或者在表面上得到构建之后，却不停地借助于记忆和叙事上的连续失望而破坏其人称。他从来都只不过是一种声音（我们甚至不能说是匿名的，因为这就等于是在定性他），而这种声音并不将其最初的不明确性交付给任何小说性技巧：这种声音既不是集体的，也不是有名称的；它是<u>某个人</u>的声音。

叙述者的人称不停地被提出，又不停地被撤回，它实际上在此不过就是吝啬地借用给非常动态的、勉强结合在一起的一种言语的载体，而这种言语不停地更换场所、更换对象、更换记忆，同时在各处都还是一种纯粹的发音实质。这一点勉强算是一种隐喻。在凯罗尔的作品中，有着一种真正的声音想象力，这种想象力替代了作家和诗人们的感觉能力。首先，声音可以从不知道的某处突然出现和流出。不过，它一经确立，就待在那个地方、待在某处、围绕着你、在你身后、在你身边，但总之从不在你的<u>前面</u>。声音的真正维度，便是间接音、边音。它从侧面接触另一种声音，轻擦另一种声音，然后离开。它可以在不通报自己来源的情况下被触及。因此，它是无名之符号本身，如果从其身上去掉了身体的物质性、面孔的身份性或是目光的人性的话，它就是在人的方面诞生的东西，或是剩下的东西。它是最有人性的也是最无人性的物质。没有它，就没有人与人之间的交流；但是有了它，也就有了一种<u>双重</u>性的烦恼，这种双重性不知不觉地来源于一种地狱之神的或上天的超自然，简言之，它来自环境的改变。有一种为人所知的测试说，任何人都不会很好地（在录音机上）听到其自己的声音，而且通常人们无法辨别出自己的声音。这是因为，如果让声音脱离其源点，它就总会奠定某种古怪的亲密性，这种亲密性最终就是凯罗尔世界的亲密性本身，这个世界以其明确性让人们辨认，却因为其没有根基而被拒绝。声音还是另一种符号：时间的符号。没有任何声音是不动的，没有任何声音会停止过往。再就是，声音所显现的时间并非一种从容的时间。尽管声音都是那样的均等和散在，它的流动是那样的连续，但任何声音都是承受威胁的。作为人类生命的象征性物质，在其源点总有一种叫声，而在其结束时则有一种沉静。在这两种时刻之间，形成了一种言语的脆弱时间。因此，声音作为流动的和承受威胁的实质，就是生命本身，而这也许是因为凯罗尔的小说总是有关纯粹的和唯一的一种声音的小说，这种小说也总是有关脆弱生命的小说。

对于某些声音，有人说它们是抚慰人的。凯罗尔的声音为诗人提供了一种可笑的抚慰、一种茫然的抚慰。就像抚慰一样，言语在此停留在事物的表面，而表面就是其领域。对于事物的这种表面的描述，有人将其看作一定数目的当代小说家所共有的一种特征。不过，与像罗伯-格里耶（Robbe-Grillet）那样的作家相反，在凯罗尔的作品中，表面并不是可以穷尽存在性的一种感知的对象。他的描述方式通常是深刻的，这种方式赋予事物一种隐喻的光芒，而这种光芒并不与某种小说书写截然分开。这是因为，在凯罗尔看来，表面并不是一种品质（比如视觉品质），而是事物的一种<u>境况</u>（situation）。我们可以说，一些对象、景物、记忆的这种表面境况，一如我们对于俗眼所见世界可以说的那样，是低端的。在此，我们从作家方面找不到对于所描述的各种对象的任何有力的或提升的情感。紧随这些对象的目光和声音仍然受到其表面的约束（我们与其一起）。所有的对象（在凯罗尔的作品中有许多这种对象）均细心地得到了过目,但是,这种细心也是承受着约束的,因为有的东西是不可以提升的,而且,书写所抚慰的这个非常完整的世界仍然明显地带有某种低亲密性。人无法很好地进入他在生活中所交汇的那些事物的使用之中,这不是因为他在升华这些事物(就像在最后归属于心理学的传统小说中那样),相反是因为他最终无法将自己提升到这种使用的水平,是因为他还必须在某种程度上待在那些对象一侧,而他又无法按照它们的准确高度与其一致。

这种<u>低端层次的文学</u> (littérature du plancher)(凯罗尔自己也曾使用过这种表达方式),可以用老鼠作为其动物图腾,因为老鼠就像凯罗尔本人那样,也在攻取事物。老鼠在其走过的路上不留下什么东西。它对于它所见到的来自地面的一切东西都感兴趣,见到就啃咬。让它活跃的,是一种不大的、从未取胜也从未气馁的坚持。只要是与事物在一个水平上,它就会将其全部看到。这有点像是凯罗尔的描述,这种描述以其脆弱和持续的脚步走过数不清的对象,而这些对象的现代生活则堵住了叙述者的存在性。老鼠的这种既有跳跃也有滑动的碎步跑动,赋予了凯罗尔的描述以模糊性(这种模糊性是很大的,因为凯罗尔的所有小说基本上都是<u>外表性</u>的)。这种描述不免除任何东西,它在一切之表面上滑动,但是这种滑动不像飞翔或游泳那样惬意,它不求助于来自诗意的、空中的或液体的想象物的高贵物质的共鸣。它是一种在地面上的滑动,一种在地板层面上的滑动,其外表运动是由轻微的跳动、一种快速和谨慎的不连续性构成的:描述上的这些"孔洞"在此甚至不是一些带有意义负荷的沉默,而仅仅是人在将事物的各种意外情况连接起来时表现出的无能。不幸的是,凯罗尔不能在时间与旅行在叙述者面前所展示的各种现象之间重建一种熟悉的逻辑,即一种合理的秩序。正是在这里,我们在一种可笑的形式之下重新看到了有关抚摸的主题：尽管对于事物的某种轻触感知源于这种抚摸，但还是应该让这种抚摸与这种轻触感知如在对象世界上的一种滑动出声形成对立（但是，丝绸也可以出声，通常，没有任何东西在其不张扬的状态下会比凯罗尔的描述更为奢华）。由此，出现了那么多的来自粗糙、来自啃咬和来自酸液的意象，它们都是一种感知的滑稽形式，而这种感知从来都达不到重新找到抚慰的那种快乐连续性。光滑，作为"无缝痕迹"不可思议的主题，在此是一种"转动"和覆盖某种表面的要素：事物的表面在开始震颤、开始微微作响。

这种有关粗糙、有关缺失的抚摸主题，掩盖着一种更为叫人失望的意象，即某种冷淡的意象。总之，轻擦只不过属于怕冷人的世界。在凯罗尔的作品中，从迪埃普城（Dieppe）到比亚里茨城（Biarritz）的海船很多，海风总是带有点腥酸气味。海风对人有轻微伤害，但这种伤害比严寒更为确定，因为后者虽然让人冷得发抖，但不会改变事物的进展，不会使事物受到惊扰。世界在继续，我们很熟悉，就在我们身边，不过，我们感觉有点冷。凯罗尔的这种冷意，并不是那些重大的不动性的冷漠，它让脆弱的生活不受触动，却让生活变得没有光彩和老化。凯罗尔笔下的人物，尽管非常易受伤害，但从未被冻僵、从未瘫痪。他一直在走动，但他的身体中有部分在不停地痉挛：世界需要重新加热。这种被留住的冷意，就像凯罗尔在某个地方说的那样，就是一种被遗忘的风。这是因为，实际上，凯罗尔笔下的居民因冷而痉挛的整个情况，都是有关遗忘的情况。在凯罗尔的作品中，没有高贵的毁灭，没有竖立的残留物，没有立于豪华旧建筑物中的断壁残垣，也没有——或很少有——被糟蹋或被破坏的建筑物；相反，一切都还在原处，但是明显地带有一种让人打寒战的遗忘［这难道不是《莫里埃尔》（Muriel）的主题之一吗？］。在凯罗尔的世界中，没有任何东西遭到破坏，各种事物都在发挥作用，但是，一切都惨不忍睹，就像叙述者有一天在他自己的房间里于粘在墙上的纸张下面发现《异物》(Corps étrangers) 一书中的寝室那样，其中，过去的东西（也许还有一具尸体吧？）都是一动不动的，是被人遗忘的，说是高兴却无高兴之意，它们在壁炉的"尖利"风中瑟缩着。

也许，需要说得多一些，需要离开寒冷这种最后的还有点诗意的意象，需要为重复和失望的生活的这些主题给出其他更为庸俗也更为可怕的名称，即疲惫。疲惫，是不被人了解的一种存在方式。人们很少谈论疲惫。它是一种生活色彩，这种色彩甚至没有属于残忍和被人非难的魅力：在疲惫的时候，有什么言语可说呢？不过，疲惫却是时间的维度：它因为无限而就是无限自身。凯罗尔笔下的人物的表面感知，这种悬空的、不平稳的抚摸，很快就"转变"为痉挛，他像以此来紧跟世界，这也许只不过是与疲惫的某种接触。（一名凯罗尔笔下的人物在某个地方这样说："为什么在人们一旦触摸的时候，一切就变得复杂起来了呢？"）叫人疲惫的东西，本身是不会疲惫的，也许就像有关这种急性又固执的意识的真实情况那样，它从不放弃这个世界，却又从不落定在这个世界上。疲惫，也不是倦怠：凯罗尔笔下的人物既不消沉，也不冷漠，既不消失，也不离开；他监督，他斗争，他参与，他甚至有能量去疲惫。《挠钩》(La Gaffe) 中的某人这样说："你好像是痛苦的，不过，我不知道还有谁像你这样冥顽不灵……当有人触及你的秘密储库的时候，你就变得无法克服。"这个脆弱的、有感觉能力的世界，是一个有抗拒力的世界。在风的酸味与尖利作用下，在使事物褪色的遗忘背后，在这种专注和痉挛的一步之后，有某种东西（或某个人）在烧灼，不过，其储备仍然是秘不可知的，就像从不知道自己名称的一种力量那样存在着。

这种力量是秘不可知的，因为它不存在于由书所描述的主人公身上，而是存在于书本身之中。我们可以简单地说，它就是凯罗尔自己的力量，就是促使他书写的那种力量。长时间以来，我们思考过，想知道在一部作品中作者方面发生了什么；但是，比其生活或其时间更为重要的，是作家的力量在其作品中起作用。换句话说，文学本身也是书籍的一种精神维度：能够写出一个故事，是这个故事的最后意义所在。这一点说明，凯罗尔竟然让一个极为贫瘠的世界能够展示一种力量，甚至一种暴力（我想到了《莫里埃尔》），但是，这种力量并不内在于这个世界，它是作家凯罗尔的力量，是文学的力量：人们从来不能将一种小说世界的意义与小说的意义本身分割开来。因此，思考根据何种内在于凯罗尔笔下的人物，但又谨慎地缄默无语的哲学，是毫无用处的，对于这个世界的无继承性可能会得到修复，因为只需文学坚持到底地承担起"不适合这个世界的东西"（这正是现在的情况）即可。凯罗尔的任何读者在被引导至寒冷与无用之边缘的情况下，都同时会发现自己也具有了一种热量与生活意义，这种热量与意义就是某位书写人的场景本身赋予读者的。因此，可以向这位读者提出的，便是相信作品，不是因为作品带有什么哲学，而是因为它带有文学。

*

就像物质从来都只是提供某种缺失的抚慰、提供一种不连续的和像是跳跃的感知那样，凯罗尔的时间也是一种不知不觉地被位置耗费掉的、啃咬掉的时间。而当这种时间的对象是一种生活（就像在《异物》中那样）的时候，就会有某种东西突然出现，它便构成了凯罗尔的整个小说（这种主题对于《莫里埃尔》的观看者们来说是敏感的）：记忆的自欺。

凯罗尔的任何一部小说，都可以被称为"一位健忘症患者的回忆"（Mémoires d'un amnésique）。并非叙述者极力地在回忆他的生活——这种生活似乎很自然地就来到他的记忆之中，就像这种记忆属于通常的回忆那样。不过，叙事越是进展，就越显示有孔洞。有一些情节连接不当，有某种东西在行为的分配（在涉及一部小说的情况下，我们必须更为正确地说：它们的调配）之中发出声响。但尤其是，在我们从不把叙述者看作明目张胆的暗示性忽略（prétérition）①（或欺骗）犯罪的情况下，一种表面上规范的叙事的整体才逐渐地指向对于某种主要的、被安排在生存过程中某个地方的遗忘之感觉。而且这种遗忘不幸地在这种感觉之下蔓延着，蚕食这种感觉，以一种错误的姿态标识这种感觉。换句话说，凯罗尔的叙事服从于一种蒙太奇，其快速和分散表明了对于时间的一种非常特殊的违反。凯罗尔自己在《拉扎尔在我们中间》（*Lazare parmi nous*）中已经提前描述过这种违反，并且我们在《莫里埃尔》的蒙太奇中看到它得到了说明。在这种遗忘之中，所有的人物都在不知道的情况下挣扎着，这并不是一种审查。凯罗尔的世界并不承载着一种隐蔽的、从未被人命名过的错误。面对这个世界，没有任何东西需要破解。这里所缺少的，并不是有罪的时间片段，而仅仅是一些纯粹的时间片段，是小说家不需要说出就可以把人物与他自己的生活和与其他人的生活分开一点的东西，为的是将其变得既亲密又不结合为一体。

这种被耗费的时间的另一种形式是，各种记忆在一种生活内部是可以交流的，这些记忆成了一种以物易物的对象，等同于非法交

---

① 暗示性忽略（prétérition）：指口头不讲出某事而实际上却已经将其讲出来了的一种修辞方法。——译注

易商人和窝藏主加斯帕德的对象〔一块卡芒贝尔（camembert）奶酪换一间通风的卧室〕：记忆既是可以窝藏的材料，也是可以非法交易的材料。于是《异物》的主人公有过两种童年，他根据他是赋予自己的家世以农场主地位还是承认自己弃儿的身份，来出庭陈述。凯罗尔的时间都是些被移动的断块，我们也可以说是被偷窃的断块，而在这些断块中间，有一种间隙，正是这种间隙在构成整部小说。《异物》开始于重新见到那些由于疏忽或不幸而不正当地进入身体之中的物件。但是，在凯罗尔笔下的人物看来，真正的异物，最终就是时间：这个人物并不是在与其他人相同的时长中成长起来的，时间对于他是转述的，当他遗忘的时候，这种时间就是很短的，而当他发明的时候，这种时间就是过长的。因为，对于这种不公平的（未调整合适的）时间，必须与之争分夺秒，而且整部小说就致力于以某种方式说出为能重新找到其他人的准确时间而做出的努力。于是沿着凯罗尔的独白（尤其是在《异物》之中），产生出一种否定性言语，该言语的功能不是否定所有的错误，而是以一种更为基础和较少涉及心理学的方式，不停地涂抹时间。不过，凯罗尔的涂抹是二级性的：叙述者并不寻求涂掉存在着的东西，并不寻求在已经发生的东西上制造遗忘，而是恰恰相反，他寻求用某些实色重新为时间的空白着色，寻求在其所有的回忆孔洞上覆盖一种发明的记忆，目的并不在于证明其是正确的（尽管那位合作者加斯帕德更需要一种安排有序的时间），而在于使其与其他人的时间合二为一，也就是说使其实现人性化。

因为，说到底，这是凯罗尔小说的重要事情：以恢复我们所谈论的文学的极大力量来说出一个人如何与其他人不是因为其命运的浪漫特殊性，而是因为其时间性的某种毛病而分开。凯罗尔世界的特有倾向，实际上，就是所有的人都属于唯一的和相同的运动，该运动是<u>平庸的又是怪异的</u>，<u>是自然呈现的又是难以理解的</u>。因此，我们从不知道这个世界的主人公是否是"富有同情心的"，我们是否可以喜欢他到底。我们的整个传统文学曾对小说主人公做过实证性研究，但是在此，我们面对一位我们很了解其世界，却不知道其秘密时间的人，自感很不适应：他的时间不是我们的时间，不过，他却向我们很熟悉地谈论着我们与其所共有的场所、物件和历史；他就属于我们，不过，他却来自"某个地方"（但，是哪儿呢？）。这样一个普通而又特殊的主人公，就产生了一种孤独感，但是，这种孤独并不是简单的，因为，当文学为我们介绍了一个有孤独感的主人公的时候，我们所理解和喜欢的便是他的孤独感，并且就到此为止：不管是主人公还是读者，都不再是单一的，因为他们是在一起的。凯罗尔的艺术涉及更广：他让我们看到一种孤独，不过却阻止我们参与。文学不仅不能补偿凯罗尔的孤独，而且尽力使这种孤独从任何正面的满足中得到纯化。我们所看到的，并不是一个单一的人在生活（在这种情况下，他并不是单一的），他是依据他自己而强加给我们的顽固的<u>不可感性</u>的那个人，而他就曾以这种不可感性的状态在《拉扎尔在我们中间》一书中被谈论。于是，读者在作品的结尾处便把凯罗尔笔下的主人公完全看作体验世界的人：他是可感的和不可感的，他置身于这种"寄生性"的同情心之中，而这种同情心则标志着人们从来都只能间接地去喜欢的这个世界。

我们知道这种作品显然出自一种地方：集中营。这方面的证据是，《拉扎尔在我们中间》作为集中营的经验与文学思考之间的首次结合，以非常准确的萌生状态继续进行着凯罗尔之后的整个创作。建立一种凯罗尔小说体系，是一项至今仍在以一种几乎是文字的方式在实现的计划：对于《莫里埃尔》的最好评论，便是《拉扎尔在我们中间》。需要指出的，甚至说需要说明的，是萌生于特定历史中的这样一部作品，如何完全地成为当代文学。

第一种原因也许是，集中营体制没有死亡。它在充满古怪推力的世界中还在形成着，那些推力是集中营式的、觉察不出的、变形了的、熟识的，与它们的历史模式是割裂的，但却以某种方式在传播着。凯罗尔的小说正是从集中营式的事件到集中营式的每一天的过渡本身：参照凯罗尔的小说，我们在集中营结束 20 年后的今天，重新看到了某种形式的人的烦恼，重新看到了某种品质的残忍、奇形怪状或荒诞，在面对某些事件，或者更坏的是在面对属于我们时代的某些意象的时候，我们接收到的就是上述情况的冲击。

第二种原因便是，凯罗尔的作品从一开始便直接地是现代的。我们今天创立先锋派，尤其是创立新小说所借用的全部文学技巧，都不仅在凯罗尔的全部小说中看得到，而且以有意识的计划出现在《拉扎尔式的小说故事》（*Romanesque lararéen*）中（这是 1950 年的文本）：没有趣闻、主人公消失而让位于只有其声音和其目光的一个匿名人物、物件地位上升、人的情感沉寂（因此我们不知道其是羞涩还是无动于衷）、作品带有尤利西斯特征——这种特征便是一个人在一个空间和一种迷宫似的时间中一直在长途跋涉。不过，近几年，凯罗尔的作品之所以置身于有关小说的理论争论之外，是因为作者始终拒绝完成其作品的系统化，也因为我们刚才谈论的技巧共同体远不是完整的。新小说（假设我们可以一致地看待它们）看重模糊的描述、看重与其所谈论的各种事物相沟通的人物的无敏感性，致使新小说的世界（我经常将其压缩为罗伯-格里耶的世界）是一个中性的世界。相反，凯罗尔的世界，即便爱情在书中仅仅是寄生的（按照作者的说法），它也是一个充满各种形容词和闪烁着各种隐喻的世界。当然，各种事物都上升到了一种全新的故事性高度，但是，人还在以一种主观的言语活动来不停地变动着它们，他立刻就不仅为其提供名称,还为其提供一种理由、一种作用、一种关系、一种意象。正是对于世界的这种评论,在此不再仅仅是被陈述了,而是被装饰了。正是这种评论使得凯罗尔的作品成了一种非常特殊的沟通:他的作品没有了任何经验性的却是大胆的意图;它既是得到解放的又是被整合的,既有暴力又无暴力;它既是集中营性的又是现时性的;它不停地向前冲荡,被其特有的对于自身的忠实推动,向着我们的时代所要求的全新奔跑的作品。

为让·凯罗尔(Jean Cayrol)
《异物》(Corps étrangers,© U. G. F.,1964)写的序

布卢瓦

马谢努瓦尔〔Marchenoir，别名莱昂·布卢瓦（Léon Bloy）〕在离开他刚告别的大夏尔特尔修道院（Grande Chartreuse）的时候，从教长手里接过一张一千法郎的票子。这有点怪了：一般来说，作为施舍都是给<u>实物</u>，而不是给<u>现金</u>。布卢瓦没有搞错，他从这位夏尔特尔人的举止中感知到一种恰到好处的怪诞：这种怪诞在于把眼前的钱看作金属，而不是看作一种象征。

布卢瓦一直不从其原因、其后果、其转换和其建造方面来看待金钱，而是根据其不透明性将其看作难以改变的物件，该物件服从于各种运动中的最痛苦运动，那就是重复。说真的，布卢瓦的《日记》只有一位对话者：金钱。于是，他不停地抱怨，不停地斥骂，不停地奔走，不停地失败，为取暖、为食物和为家庭之需而去追逐几个金路易。在此，文人的悲惨丝毫不是象征性的。这是一种可计算的悲惨，对其不懈的描述很适合资产阶级社会最为艰难的一个时刻。渴望金钱（而不是渴望财富）的这种特征，由莱昂·布卢瓦通过一种被认为是独特的行为表现加以陈述：作家确定不移地和不无傲慢地"敲打着"所有的朋友、各种关系，还有那些不认识的人。自然而然的是，与莱昂·布卢瓦这位"敲打人"相对应的，是一群"言而无信的人"（"我就是那个应该被弃置的人"）：金钱由于不动和被塞住了，拒绝最为基本的转换——流通。

由于多次的要求与拒绝，布卢瓦以此建立起了有关金钱的一种深刻的经验（因为是古典式的）：作为一种直接的和重复的要求对象（精神分析学大概会比较容易在此重新看到一种母爱关系），在布卢瓦看来，金钱抗拒任何道理。布尔热（Bourget）曾大胆地写道："并非由于缺钱，才使得穷人成为穷人，而是因为他们的性格使他们变成了这样，并且不可能再有什么改变。"布卢瓦不错过机会，严厉地记录下这段卑鄙的话。在布卢瓦看来，贫困不可能被任何（心理学的、政治的或道德的）话语减缩，它固执地只是其自身，并且毫不客气地拒绝任何升华。"真正的贫困是非自愿的，而其本质从来就不可以是被渴望的。"只是因为说到底金钱曾经是他作品的重大和唯一的观念，布卢瓦才得以用到了这句深刻的话：他总是返回到这种金属的秘密方面（"……人们从未说明白这句叫人惊讶的话表明的神秘感觉"）。他不停地触及这种金属的不透明性，同时像任何诗人那样，用自己的词语，以一个人一手摸着墙慢行的方式，探索着他所不懂的东西和吸引他的东西。

在布卢瓦的作品中，金钱具有两个面：一个即便不是正面的面（那便是将其升华），至少是疑问性的面，它表现在卖淫之中：

"……性的这种形象性卖淫，唯有蟑螂才会不加掩饰地有这种可怕的行为，而我只是坚持认为这种卖淫是神秘的和无法解释的。"另一个面是愚蠢的面："难道您没有注意到金钱出奇的愚蠢性、所有那些有钱人确定无疑的愚笨和永无止境的笨拙吗？"金钱就是以这两个面构成了布卢瓦的成名作《绝望者》（*Désespéré*）的明显论据，这种论据是通过卖淫女（在其停止卖淫的时刻象征性地完成的）的毁容和艺术家的悲惨忍受（当他拒绝淫荡的时候）而显示出来的。

在此，我们接触到了布卢瓦所有作品的基本才气：作家是在与资产阶级社会分离。布卢瓦的所有编年作品，都描绘出了一位成功作家——也就是说以资产阶级方式卖文的作家——所处的一种乌烟瘴气的环境（"……这个无情的、大腹便便的和卑鄙的资产阶级，在我们看来，就像是几个世纪以来的呕吐物"）。我们知道，这个词在这个世纪之末指的是一种审美不悦、一种让艺术家无法容忍的令人作呕的平庸。这种看法早已部分地显现，而且这个时代（从福楼拜以来）的整个文学都为一种盲目所危及，因为这种盲目将文学掩盖在资产阶级即资本主义之中了。不过，文学除了非常间接地是非常清楚的，还可以是别的吗？作者为了构筑他的言语，为了发明和在其真实本身之中形成言语，只能谈论使其出现异化的东西，因为他不能通过第三者来书写。而能够使作家在资产阶级中出现异化的东西，便是愚蠢。资产阶级的庸俗性，大概仅仅是一种更为深刻的病态符号，但是，作家必须根据符号来工作，以便使符号出现、放射光彩，而不是让其凋萎：它的形式是隐喻，而不是定义。

因此，布卢瓦的工作曾经就是使资产阶级隐喻化。他的厌倦总是以一种确定的方式指向成功的作家，就好像资产阶级会聚拢这类作家并委托其做事。只需被资产阶级体制（报刊、沙龙、教会）承认就足以为他的艺术所指责。因此，布卢瓦所陈述过的那些辛辣揭示，毫无区别地针对的是所有的意识形态，只要这些意识形态表现充分——从弗约（Veuillot）到里什潘（Richepin），从迪东神父（Père Didon）到勒南（Renan）莫不如此。布卢瓦不大区分瓦莱斯（Vallès）的民粹主义（populisme）与加列拉（Galliera）公爵夫人的慈善，后者被报刊直截了当地吹捧为捐赠了几百万，而这些钱似乎就是她该偿还的。但相反，在她所力挺的很少几位作家中，没有任何人获得这种捐助。或者更为明确地说，布卢瓦对于巴贝尔·多尔维利（Barbey d'Aurevilly）、对于波德莱尔（Baudelaire）或对于魏尔伦（Verlaine）的看法，就像为其镀上薄膜的一种方式，使其不适合于为任何资产阶级所用。莱昂·布卢瓦的言语并不是由观念构成的；不过，在他于他所处时代的文学里能辨认出这种文学对于秩序的抗拒，能辨认出其不可恢复的能力，能指出其面对一些集体和一些制度所构成的经常性丑闻——简言之能辨认出文学所提出的各种问题在无限地后退——一言以蔽之，就是在能辨认出其讽刺意味的情况下，他的作品还是批评性的。原因是，他一直在艺术中看到一种反金钱现象。他几乎从未搞错：他所抨击的那些作家〔小仲马（Dumas fils）、都德（Daudet）、布尔热、萨尔塞（Sarcey）〕，今天在我们看来都很像是最终的偶像。相反，布卢瓦是最早认可洛特雷阿蒙（Lautréamont）的人之一，而在洛特雷阿蒙的作品中，有着特别锐利的预测和对于文学的毫不留情的违反："至于文学的形式，根本没有。它是流动的熔岩。它是失去理智的、愤怒的和吞噬一切的。"在萨德的作品中，难道他没有看到过"一个绝对疯狂的饥饿"吗？这种饥饿以一个词语——无疑在当时也是唯一的词语——预示着萨德早就是其对象的那种被颠倒了的全部神学？

谁知道呢？对于文学言语的这种否定状态，也许布卢瓦就是借助于总之从来都只是表明词语之激情的这种热情的和矫揉造作的风格来寻找呢？在资产阶级世纪的这种结尾时期，对于风格的破坏也许只能通过风格的过分来进行。系统的抨击被用于无任何界限的对象〔对于阿纳托尔·法朗士（Anatole France）尸体的超现实主义的侮辱，在布卢瓦的不敬滥用方面是很无力的〕，在某种方式上构成了对于言语活动的一种彻底的经验：抨击的快乐仅仅是这种表达快乐方式的一种类型，而莫里斯·布朗肖（Maurice Blanchot）恰好将其转变成了快乐之表达。面对着只能以抵偿（卖身）的制度来发放金钱的一个社会，贫困作家的言语基本上是花费很高的。在布卢瓦的作品中，这种言语无限地让人快乐，<u>毫无回报</u>。因此，这种言语并不显得像是一种神圣的职业、一种艺术甚至是一种工具，而像是在欲望或快乐的深层区域相联系的一种活动。这大概可以说是言语活动的一种不可战胜的享乐，它为一种不寻常的表达"丰富性"所证明，并以一种无结果的空想打动着布卢瓦的意识形态选择：假设他曾经是疯狂的天主教徒，假设他曾胡乱咒骂过因循守旧和现代主义的教会，咒骂过新教徒、共济会教徒、英国人和民主派，假设这个毫不礼貌的疯子狂热地醉心于路易十八或梅拉妮（Mélanie）〔萨莱特（Salette）的牧羊女〕，那都只不过是一种可变的、可拒绝的物质，它们不会过分占用布卢瓦的读者。给人的错觉便是，它们都是内容、观念、选择、信仰、职业、原因。实际上，它们都是这位<u>毫无收入的贫</u>困作家疯狂地使用过的言语活动的词语和色情表现，而他至今仍靠这些让我们分享着他的狂热。

1968，《法国文学面面观》（*Tableau de la littérature française*，Ⓒ Gallimard，1974）

三次重新阅读

米什莱在今天

　　20年前，我在阅读米什莱的时候，被这部作品的主题重复性打动：每一种修辞格总是返了回来，因那些来自既是身体的也是精神的相同形容语而显得奇怪。总之，它们是一些"原始形态的形容语"，使得米什莱的<u>历史</u>属于荷马时代：波拿巴（Bonaparte）成了蜡像般的和魔幻般的，完全像是雅典娜女神。今天，大概是因为我的阅读渗透着改变了20年来有关文本之概念的一些观念（我们粗略地把全部的这些观念称为"结构主义"或"符号学"），打动我的是另外的东西（在主题的明显性一侧，总还是那样的鲜亮）。这种东西，就是话语性的某种紊乱。如果我们满足于阅读印象的话，那么当米什莱讲述一种故事（<u>历史</u>）的时候，他通常<u>不是明确的</u>

〔我想到的是他最后的作品《19世纪的历史》(*Histoire du XIXe*)，它实际上只是执政府和帝国的历史〕。我们不大理解——至少在初看时——各种事件的链接情况。我认定，任何对于法兰西的历史具备哪怕是最陈旧的小学知识的人，都不会不明白米什莱所概述的雾月18日政变①是怎么回事：都是谁参与了其中？他们当时在什么地方？当时的各种过程是怎样的顺序？整个场面漏洞太多：这种场面在每一个句子层面上是可理解的（没有任何东西可以比米什莱的风格更为明确），但在话语的层面上却是谜一样难解的。

这种紊乱有三个方面的原因。首先，米什莱的话语性连续地是简练的。米什莱过于爱搞连词省略和断句。他跳过关联词，不大关心其句子之间形成的距离（这便是人们所称的他的垂直风格）。作为非常有意思和较少得到研究的一种现象，我认为，这便关系到一种不固定的结构，这种结构看重块状陈述语段（énoncés-blocs），而不需要作者去关心空隙与间隔的可见性：每一种观念都在没有我们通常用来填充我们话语的这种平庸变形剂的情况下得到了介绍。这种结构显然是"诗性的"（我们还会在诗歌与格言中看到），并完全适合于我在开始时说过的主题结构。主题分析早先发现的东西，即符号学分析，大概会确认这一情况和延长这种情况。

其次，正像人们所知道的那样，陈述活动充满判断。米什莱并不首先提出问题，然后去判断。他在<u>可指出的</u>与<u>可非议的</u>（或可称赞的）两者之间，进行着直接的混同，即真正的<u>倾轧</u>："两个很诚

---

① 雾月18日政变（18 Brumaire）：指的是1799年11月9日拿破仑·波拿巴发动的宫廷政变。——译注

实的人，多努和迪蓬·德·勒尔①"最后，为了终结异常逗趣的戏剧……""西哀士（Sieyès）大胆地回答……"等等。米什莱的叙事公开地属于第二等级。这是嫁接在人们假设已经知道的一种深藏的叙事上的一种叙述活动（最好说其是一种陈述活动）。还是在此，我们再一次看到了一种常在的内容：米什莱所感兴趣的，是谓语，是补充到事件（"主体"）上的东西；在米什莱看来，好像话语从地位上讲只是在述词位置处开始。言语活动的成型，并不是观察性的（确定的），而是鉴定性的（修饰性的）——米什莱的整个语法是表示愿望的。我们很清楚，直陈式（我们的教学将其搞成了一种简单语式）是一种基础语式（因为所有的动词都首先变位成直陈式）。它实际上是一种被复杂化的语式（也可以说是虚拟式和祈愿式的零度语式）。它大概是很晚才获得一种语式。米什莱的"抒情"不大在于他的主观愿望，而更在于他的陈述活动的逻辑结构：他通过述词即谓语而不是通过成型、观察来进行思考，而这可以解释他作品中那些话语合理性的紊乱。理性或合理的、"明确的"展示，在于推动从这一论断到另一论断（即从一个动词到另一个动词），而不在于现场展现形容词的旋风威力。在米什莱看来，谓语由于不再为主体的存在所把持，所以它们可以是矛盾的。在一个"坏的"主人公（波拿巴）完成一项"好的"动作的时候，米什莱就会简单地说，这是"无法解释的"。这是因为谓语的专制表现会带来主体（按照逻辑的意义）的某种缺少（按照逻辑的意义；但是，在话语的情况下，逻辑意义并不远离心理学意义——纯粹谓语性的话语，

---

① 这里应该是指法国政治家克洛德·弗朗索瓦·多努（Claude François Daunou，1761—1840）和雅克·夏尔·迪蓬·德·勒尔（Jacques Charles Dupont de l'Eure，1767—1855）。——译注

难道不恰恰是偏执狂式的妄想吗?)。

　　最后,也许最让人不明白的,并非在米什莱作品中摆动不定的那些事实的链接,而是事实本身。何谓一种事实呢? 这便是一种哲学维度的问题,是历史认识论的基本常识。米什莱本人认可概念的紊乱性。这并不是因为历史缺少"事实"——通常缺少更为明确的事实——而是因为,这些事实并非在人们所期待的地方;或者说,是它们的精神影响,而不是它们的重要程度被改变了。米什莱笔下的事实摇摆于过分明确与渐渐消失之间。他笔下的事实从来就没有其准确的维度:米什莱对我们说,在雾月18日(11月9日),有人早就在橙园大厅点燃了火炉,并且在大门前有一面毯面大鼓。但是,巴拉的辞职呢? 过程的两个时间段呢? 西哀士、塔列朗(Tallieyrand)他们起到什么作用了呢? 这些事实,无一处被提到,或者说丝毫没有提及它从(对于我们的历史阅读习惯来说)古怪的话语中"得出"的某种(坦率地讲是)叙述性的要素。总之,米什莱所搞乱的,是各种事实的比例(还需要重申一下,对于各种关系的批评,比起对于各种概念的批评,是更具颠覆性的吗?)。从哲学上来看,至少是从某种哲学的角度来看,米什莱是有道理的。非常不可思议的是,他的道理就在有关尼采的论述方面:"没有自在的事实。已经发生的,便是一组被一位解释它们的人所选择与组织在一起的一些现象……没有自在的事实状态,相反应该首先甚至在一种意义能够具备一种事实状态之前把这种意义引进来。"总之,米什莱属于甚至在此之前的作家(历史学家):他的历史激情满满,并不是因为他的话语是快速的、不耐烦的,不是因为话语的作者是激情满怀的,而是因为他的历史不讲其言语活动并且不停止于事实,是因为在对于千年的真实情况的这种宽泛展示之中,言语活动无限地先于事实:这在古典历史学家看来是生硬的命题(但是,自历史学被结构化起,难道它不再靠近当前有关言语活动的哲学吗?),在现代理论家看来是有效果的命题——因为现代理论家认为,就像任何科学那样(而这正是所有"人文科学"的问题所在),历史科学由于不是算法性的,因此注定要与一种话语相遇,而<u>从此一切便开始了</u>。我们应该感激米什莱(包括他奉献给我们的其他馈赠——不为人所知的、被拒绝的馈赠)借助于他所处时代的感人方法为我们介绍了历史话语要求的真实条件,感激他邀我们超越"主体性"与"客观性"之间的神秘对立(这种区分仅仅是教学法的,即在研究层面上是需要的),为的是代之以<u>陈述语段</u>(énoncé)与<u>陈述活动</u>(énonciation)之间即文本的探求结果与生产之间的对立。

*

许多历史学家,甚至通常的舆论,都对米什莱有所谴责,其中,吕西安·费夫还不无讽刺地重提了那些论据①。当然,这种谴责不仅是一种科学谴责(涉及历史学家的信息提供与解释能力),也是对于书写的一种谴责:在很多方面(但不是全部,证据就是吕西安·费夫本人也是这样),米什莱是一个不怎么样的历史学家,<u>因为他在书写,而不是在"撰写"</u>。今天,我们再也听不到书写就像是对于风格的一种掌握的普通产品这种说法了。使得米什莱成为作家(书写实践者,文本操作人)的,并非他的风格(他的风格始终并不很出色,准确地说,有时候就是在<u>彰显</u>风格),而是我们今天所称的<u>能指过度</u>。这种过度于<u>再现的空白处</u>可以看得出来。当然,米什莱是一位古典作家(可读的作家):他讲述他所知道的,

---

① Lucien Febvre, *Micbelet*, «Traits», Genève-Paris, Éd. des Trois Collines, 1946.

他描述他所看到的，他的言语活动模仿现实，他让能指符合指涉对象，并以此来产生一些明确的符号（没有"明确性"，就不会有对于符号的一种古典概念，一方面是能指，另一方面是指涉对象，前者服务于后者）。不过，米什莱的可读性并不是很可靠的。这种可读性经常为过度、模糊、断裂、回避所破坏和危及。在米什莱让我们看到的（指涉对象）与他所描述的（能指的编织）之间，通常还有一种空余之地，或者说孔洞。我们在他的作品中看到，叙述性很容易被一些省略、连词的省略，还有"事实"概念本身搞乱。能指［按照该词符义分析（sémanalyse）的意义：半符号学、半精神分析学的意义］对于其他许多地方实施压力。我们可以赋予能指的这种优势以象征标记，来表示我们可以称之为词源学意图的统治地位。一个姓名的词源学，从能指的角度来看，是一种被看重的对象，因为它同时再现的是字母和起因［有关词源学的科学和词源学的哲学的整个历史，从柏拉图的《克拉底鲁篇》（Cratyle）到普鲁斯特的道德教师布里绍（Brichot），都需要撰写］。就像《追忆似水年华》的整个第一部分源于盖尔芒特（Guermantes）这个姓氏那样，米什莱笔下的整个19世纪历史也都来源于涉及词源学词语的一种游戏：比奥拿巴（Buonaparte）、博纳·巴尔（Bonne Part），都是大赌之意①。拿破仑被回归于他的姓，他的姓又回归于其词源学，而这种词源学就像一种魔幻符号那样，让带有这个姓的人进入了一种命定的主题：赌博的主题、厄运偶然性的主题、参赌人的主题，而米什

---

① 这里说的是，比奥拿巴（Buonaparte）和博纳·巴尔（Bonne Part），都是拿破仑的全名 Napoléon Bonaparte 中的 Bonaparte 的词源学变化，但它们都是"大赌"的意思。由于是与"赌博"有关，拿破仑"注定"要大赌一场，这便与他后来的大业联系在一起了。——译注

莱则用这种幻觉性的外在形象毫无区别地代替了拿破仑这位法国民族英雄。法国历史中的那 20 年，都取决于波拿巴（Bonaparte）的这种起源。这种起源（而这正是文本的疯狂的过度）根本不是什么历史的、社会学的、政治学的（它可能曾经是一种参照性起源），而是文字性的：是姓氏的所有字母奠基了米什莱的叙事。因此，这种叙事是一种真正的梦幻，只有当前的精神分析学可以对此加以分析。

  如果我们阅读米什莱的话，那么能指的这种分量或这种活力，不应该被用来反对他。也许，我们知道——至少今天比昨天更知道——历史科学是什么，但什么是历史的话语呢？今天，历史并不自我讲述，其与话语的关系是不同的。米什莱必然要以一种全新的话语性来书写，而这种话语性不可能是他自己的，而是他所属时代的。总之，在两种历史之间有一种完全的相异性（不仅是一些错误，还包括前一种历史与后一种历史的不一致）。米什莱有理由反对他所处时代的所有历史学家们，而这种理由在他的作品中就是今天我们认为正确的那一部分。米什莱并没有"改变"现实（或者说，他比改变做得更厉害），他把对于这种"现实"和其话语的显露点定位在一种意外的场所。他转移了对于历史的感知层次。在他的历史著作中，举例非常之多（集体精神事实、习俗、生态实际、物质历史，一切在后来的历史中都得到了丰富），但是，我想给出的有关"感知决定"的这个例子，是我从其自然历史作品［《海洋》（*La Mer*）］中选取的。由于需要描述 1895 年 10 月的可怕风暴，米什莱使用了属于象征派诗人的大胆手法，从内部做了描述。但是，他做出更大发挥的地方，是这种内部在此并不是隐喻性的、主观性的，而是侧面性的、空间性的：描述完全是从风暴所占据的空间之内部进行的。换句话说，他描述他看不到的东西，不是像他看到过那样（这是一种足够平庸的诗意所见），而好像风暴的实际情况是一种不曾听说过的来自另一个世界的材料，除了我们的视觉器官外，我们所有的器官都可以感知得到这种材料。那是一种真正中毒的感知，因为我们的物种感官的安排均已被打乱。此外，米什莱了解他的描述之关键：风暴促使他在自己身体上进行一种实验，就像摄入不论何种剂量的印度大麻（haschisch）或墨西哥仙人掌毒碱（mescaline）那样："我持之以恒地工作，饶有兴趣地想看到这种野蛮的力量能否成功地强压住、阻挡住一种自由的精神。我保持着我的活跃思想，并把握着这种思想。我在写，同时在观察。只是时间长了，疲劳与睡眠不足损伤着我的一种力量，我认为这是作家最脆弱的力量，即对于节奏的感觉。这根弦，在我的乐器中，作为首要的东西也就断了。"幻觉并不太远："（浪涛）……让我感觉到是一群可怕的猛兽、一帮不是由人组成而是由狂吠的狗组成的恐怖的群氓，上百万、上亿万的凶猛甚至疯狂的大狗向我扑来……那么我说什么呢？是狗，是大狗？还不只是这种情况。那是一些可恶的、无法名状的家伙，是一些既无耳朵又无眼睛，只有吐着白沫的血盆大嘴的猛兽。"如果有人说米什莱的整体历史著作就是幻觉性的，那并不是说有人在贬低其历史意义，而是在颂扬现代的言语活动：他所具备的这种直觉或者说这种勇气，竟然让我们想到我们的话语像是在穿越世界，穿越时间，直至无限，就好像昨日的幻觉就是明日之变体，以此类推。

*

要破解一个伟人，可以有两种方式：或者是将其拉低成为普通人，或者将其当作一个历史年代中的人，亦即将其看作一种局势、一种时刻的确定产物或是一个阶层的代言人。米什莱并非不知道第二种方式。他不止一次地指出了波拿巴与财政之间的各种联系，而这种做法已经在马克思主义的批评系统里了。但是，他的说明的内核，就是将波拿巴贬低至他自身。人的身体——最好说如米什莱所看到的那样是历史的身体——我们知道，只是随着他所引起的钟爱与乏味才存在。这种身体既是色情身体（包含有欲望或反感：冲动），也是道德性身体（米什莱根据自己所认可的道德原则或肯定或反对）。我们可以说，这是完全在一种隐喻的空间中存在的身体。例如，恶心的隐喻，表明的是身体的痉挛与哲学上的拒绝。我在多年后重新阅读米什莱的作品时，再一次被其描述过的所有肖像的专横特征抓住。不过，肖像是一种很容易让人厌倦的类型，因为描述一个身体不足以使其存在（产生欲望）。例如巴尔扎克，他从来就没有在他（因此，也在我们自身）与他笔下的人物之间获得过一种色情关系。他所描述过的肖像都死了。米什莱不去描述（至少在我于此想到的波拿巴的肖像里是这样）：在其整个身体之中（巴尔扎克笨拙地一个器官接着一个器官地巡看），他全力地集中于两三处，并对其一再地进行思考。在波拿巴身上（我似乎应该说是关于他），他的褐色头发油膏闪亮，显得浓黑，他的面庞发黄，像是涂上了蜡光，看不到眉眼，看不到睫毛，灰色的眼睛就像是玻璃橱窗，牙齿白白的、白白的。（"这个波拿巴，竟然是黑人！……他就是黑人，可是牙齿真白呀！"）这样的肖像描述是使人印象深刻的，但是，能够证实米什莱能力的东西（他的文本过度表现，他远离任何修辞学），是我们无法很好地说出为什么；而不是他的艺术是不明确的，是神秘莫测的，是藏匿在"一种手法"即"我不知为什么"之中的。这更可以说是一种冲动性艺术，这种艺术把身体（波拿巴的身体与米什莱的身体）直接地连接到了言语活动上面，而不经过任何的理性过渡［我们将其理解为描述服从于一种栅网，或者说是解剖性的栅网——这边是巴尔扎克所观察到的栅网，或者说是修辞学栅网——我们知道，肖像在传统上属于一种强力编码，即相貌学（prosopographie）]。然而，对于冲动，从来都不可能直接地谈论。我们所能做的一切，就是变成冲动的场所。在米什莱的作品中，这个越来越近的场所，听凭人来定位：这就是宽泛意义（包括材料的依稀可见、依稀可触的状况）上的<u>颜色</u>。波拿巴的颜色是不好的（褐色，白色，灰色，黄色）。此外——在<u>历史</u>之外，即在<u>大自然</u>中，颜色是令人狂喜的。请看一下他对于昆虫的描述："……成为有魅力的，成为古怪的，即成为赏心悦目的、长着喷火翅膀的、披着镶有绿宝石盔甲的、穿着色彩斑斓衣饰的、全身装备有形状各异的仪器的、闪亮而又颇具威胁性的那些魔鬼，这一群像是用点缀着金子的褐色钢质做成的，那一群像是身披簇簇丝球、层层黑绒——仿佛细细的由黄褐色<u>丝线</u>制作的毛笔游走于丰满的棕红色底色上。这一只身披点缀着金色石榴的红绒毛。然后，还有一些呈现出从未听说过的闪亮蓝色，上面突起点点绒毛。此外，还有些身披金属条纹，交替有粗糙的绒毛。"这种多颜色的压力、冲动（就像在合上眼皮之后可以感知的那样）向前发展，直至造成感知的紊乱："我服了，我闭上两眼，我请求饶恕；因为我的大脑开始固结、开始茫然，逐步变成了迟钝。"而且，总是这种能力在<u>使得冲动有所意味</u>，却从不让其脱离身体。在这里，五颜六色指向了昆虫生殖本性的无穷无尽的繁衍能力。但是，在别处，突然间又看到了其反面的东西，那便是猛然向着摆脱不掉的一种颜色退减：比利牛斯山脉，是什么呢？是<u>绿色</u>："在比利牛斯山脉，水的绿色因激流不同而有区别，某些绿宝石似的草场……大理石也是绿色的……"不得不说，米什莱是位画家：色彩远远多于绘画（我在此指的是谢费尔和茱莉亚·克里斯蒂娃最近的评述）。色彩属于美味的范畴，它属于身体的深处。它在米什莱的文本中放进了一些区域、一些海滩,专供我们可以说成是<u>有营养的</u>一种阅读。

*

是的,在米什莱的作品中,能指是华丽的。不过,米什莱没有被人阅读。也许,在人们把米什莱当作历史学家或道德说教家(这是他落入人们的遗忘之前始终承担的公共角色)来阅读的时候,其能指过于强势了。我们的各种言语活动都是被编码的,不应该忘掉这一点:社会能使用各种手段禁止将它们搞混,禁止违背它们的分离和它们的等级。<u>历史</u>的话语,还有重大的精神意识形态(或者说是哲学的话语)保持着无任何欲望的状态:在不阅读米什莱作品的情况下,我们所审查的是他的欲望。由于米什莱在搞乱"体裁"之间的区别规则,所以他第一次缺乏他应有的位置:那些较真的人、那些因循守旧的人便都会将其排除在他们的阅读之外。但是,通过第二次移动,这位能指的王子,便无任何先锋派(或者更为简单地说:"文学")来承认它。这第二次的排除,更让人感兴趣,也更具现时作用。需要对其说上一点,原因是,正是在此,我们不仅可以理解为什么米什莱不被一些活跃的、有产能的人(我想说的是年轻人)阅读,而且更为一般地明白了当代阅读的某些容忍度是什么。

我们所不能容忍的,是夸张感人法(也还需要了解我们是否就没有我们的夸张感人法)。显然,米什莱的话语充满着表面上模糊与崇高的辞藻、高贵与感情激动的句子、过分矫饰却因循守旧的思想,而在它们当中,我们看得到的仅仅是法国浪漫主义倡导的一些散开的物品、一些杂乱无章带来的趣味性:一种完全的轻颤音在我们的身上不再有任何变动(<u>动作</u>、<u>自然</u>、<u>教育</u>、<u>人民</u>等)。那么,在今天,怎样才能接受下面这样的(随意选用的)句子呢?"对于孩子来说，父亲就是对于正确性的一种揭示。"等等。这种突出父亲的言语活动在今天行不通了，原因是多方面的，既在于历史（Histoire）①，也在于言语活动（没有什么比词语的语式更为重要和更缺少研究的了）。这种言语活动由于不再通行，便在米什莱的作品中积累起来，并形成障碍：虽然我们不会放下他的书籍——因为其能指会让我们重新拿起——但是我们至少应该继续搞明白他的书，为米什莱做一下归类。比什么都可恶的是排斥他。

  在米什莱的作品中，这种感人的垃圾是很多很多的。我们可以不可思议地这样说：最直率的东西老得最快（属于精神分析学领域这一方面的理由便是，"直率性"属于想象之物的范畴：正是在这里，无意识最不为人所知）。再有，必须接受的一点是，没有任何作家不曾生产过纯粹的（即无可指摘的、完全不变化的）话语：作品会随着时间并以喀斯特地形的方式解体。总是在那些最重要、最大胆的作家即我们最喜欢的作家的作品里，有一些完全让人反感的话语场所。接受这种情况是明智的（或者，以一种更为激烈的、更为挑衅性的方式来说，是书写的复数本身在迫使我们）。不过，对于米什莱，我们不能以这种自由主义来了结此事，而需要做更为深入的研究。对于我们来说，这些词语已经死亡，现在要对它们进行更新使用。

  首先，这些词语在其所处的时代都有过一种有生命力的意义，有时候甚至是一种富有强烈的战斗性的意义。米什莱曾激情满怀地使用它们，以应对那些其本身也是很活泛的、压迫性的词语（言语

---

  ① 我在此之所以把"历史"一词的第一个字母大写，并不是为了使其变得神圣，而是将作为科学和这种科学之内容的历史（Histoire）与作为趣闻来理解的故事（histoire）分开。

活动总是以一种论证的步骤来前进）。在此，历史文化应该帮助我们来阅读：在米什莱书写的那个时代，我们应该猜想一下言语活动的关键是什么。一个单词的历史意义（并非在文学的狭隘词义之中，而是在更为宽泛的词汇学词义之中——我想到的是吕西安·费夫研究过的"文明"一词）应该总是<u>辩证地</u>得到研究：因为，有时对于<u>历史</u>的回顾会妨碍和限制现在的阅读，并使这种阅读服从于一种不合时宜的同等性，在这种时候，就应该以最大的从容来摆脱；而相反，有的时候，历史服务于激活词语，因此对于这种历史意义，就应该将其看作一种饶有趣味的、一点都不蛮横的要素，看作一种真实情况的见证，但它是自由的、多元的，是作为一种虚构（即我们的阅读之虚构）的快乐本身被消费的。总之，在关系到一个<u>文本</u>的时候，我们就应该<u>无所顾忌地</u>使用历史参照：如果这种参照减缩和降低我们的阅读，我们就放弃它；相反，如果这种参照使我们的阅读延伸并使其变得令人高兴的话，我们就接受它。

一个词语越是具有魔幻般的用法，就越具备一种活动的功能：因为我们可以将其使用在所有的地方。这个词语，有点像是一种"神力词语"、一种"王牌单词"，这是真的，但它同时也占据着<u>最大的位置</u>。而对于该单词的验证，不是在其意义上，而是在其位置上，是在其与其他单词的关系上。词语只依据其上下文才有活力，而这种上下文被理解为是无限的：这便是作家的整个主题的和意识形态的系统，也是在其整个幅度和其脆弱性之中作为读者的我们所特有的地位。"自由"这个单词是（由于被一<u>些</u>骗子使用）被用滥了吗？但是，<u>历史</u>可以为其还原可怕的现时性。今天，我们清楚地知道，按照自由这个单词自法国大革命以来的意义，它一直是一种过于抽象的实体（也过于特别，如新闻自由、思想自由），以至于不能满足在其工作和闲暇中被异化的劳动者的具体要求。但是，这样的危机可以导致其回到单词的抽象本身。这种抽象将会重新变成一种力量，于是，米什莱就将再次是可读的（没有任何东西可以说明，某些"生态的"损害的上升不会重新复活米什莱的"自然"这个单词——这一点已经开始了）。总之，单词不会死亡，因为它们不是"存在物"，而是功能：它们只是承受一些变化（按其本身的意义），承受一些重新体现（还是在此，费夫发表于纳粹占领结束之后的文本很好地说明，米什莱的作品在1946年是如何再次突然地回应在外国占领和法西斯主义压迫下的法兰西人民的痛苦的）。

*

把我们与米什莱分开的，显然和主要是马克思主义的出现：不仅是由于一种新的政治分析的到来，而且是因为出现了破解概念和词语谜团的一种强有力的进程。毫无疑问，米什莱并不懂得什么是马克思主义的合理现行（我怀疑他对于马克思主义已经有所了解，尽管他死于1874年）。他的意识形态，按照这个词的本义来讲，是小资产阶级的。但是，他公开地接受了现在的道德观念（即便这个词不大好听），将其看作在任何选择中都不可避免的一种定量：他的作品实际上是政治性的，这种情况并不表现在他的不大现实主义的、不大辩证法的分析途径方面，而表现在<u>计划方面</u>，因为这种计划就在于毫不客气地标记历史和社会性的各种令人<u>无法容忍</u>的要素。单词"人民"，对于他是非常重要的（它曾经是大革命中的一个词），在今天已经不可以按照当时那样来分析了。我们不再谈<u>人民</u>了。但是，我们还是要说："各种力量，大众百姓"。而且，米什莱与"百姓"（populaire）这个词有过一种活跃的关系，即一种正确的关系，因为他很懂得把这种关系置于他作为作家的地位（也就是其职业）的中心。我下面给出今天最触动我的证据——不是有关工人生存条件的所有证明（不过，这些证明却是不可忽视的），而是这种严肃的言辞："我生来就是人民，人民在我的心中……但是，人民的语言,人民的语言,我是无法掌握的,我没有能够让人民来说话。"米什莱在此提出了当前的问题,即言语活动的社会分化这一棘手问题。在米什莱所在的时期,他所称的人民当然不缺少言语活动(否则是不可设想的),但至少这种人民的言语活动(实际上,人民是什么呢?)由于没有大众沟通、没有流派,是处于资产阶级和小资产阶级的压力模式之外的。想要"像人民那样"说话——即便做不到那样,也打算像样子地重回言语活动的某种"主动性"——即一种超意识形态的状态(就像在优美的民歌中感觉到的那样)。今天,这种浪漫的材料被破坏了:"大众"言语活动只不过是变种的、一般化的、庸俗的、在一种"陈词滥调"中熏染过的资产阶级言语活动。而报刊、电视、电台则是其传送场所,所有的阶层均汇聚在了一起。在米什莱看来,人民的言语活动是一处大有希望的土地。在我们看来,这是必须经过的一种炼狱(由此,在某些作者那里,出现了对于借用这种过程的一种革命性拒绝)。对于米什莱和我们来说,没有比米什莱的一个文本更富有悲剧性和更让人感到沉重的了,因为这个文本陈述了多种困难,并以下面的话结束了米什莱的一本书〔《我们的儿子们》(*Nos fils*,1869)〕的一个章节——不过,该章节充满夸张:"在1848年6月24日恐怖的和邪恶的事件之后,我屈服了,承受着巨大痛苦,我对贝朗热(Béranger)说:'谁还能对人民说话呢?……而没有这一点,我们将会死去。'这位坚定和镇静的人回答:'耐心点!他们就是以后写书的人。'18年过去了。那些书,都在哪里呢?"

这个问题,由于来自年迈的米什莱,因此也许就是关于明天的书。

1972,《艺术》(*L'Art*)

米什莱的现代性

　　米什莱并不追赶时髦，他不是现代的。这位伟大的历史学家自己也落入了<u>历史</u>的陷阱之中。为什么呢？

　　这是一个严肃的问题，甚至是戏剧性的问题，至少对于既深刻地喜爱米什莱的作品，也想参与这些崭新价值（其进攻性构成了我们轻易地给其命名的先锋派）之到来的一位主体来讲，是这样的。于是，这位主体便被认为生活在矛盾之中——我们的文明自苏格拉底开始就认为这种情况是一个人类主体从其他人和其自身受到的最为严重的伤害。不过，如果不是刚说的这位主体是矛盾的，而是<u>现代性</u>本身，那该会是怎样的呢？先锋派强加给米什莱的明显审查，以一种幻觉、一种需要加以说明的否定性幻象的名义，却起而反对这种先锋派：现代性参与其中的历史可以是不正确的，我可以说有时候是愚蠢的吗？是米什莱自己让我们懂得了这一点。

米什莱的现代性，我将其理解为实际的、引起轰动的现代性，而不是人文主义的现代性，因为在后者名下，我们会让他在我们法兰西文学史中总是年轻的。对于米什莱的现代性，我至少在三点上看到它大放异彩。

第一点让所有的历史学家感兴趣。我们知道，米什莱曾奠定了我们今天所谓的法兰西民族学：不是根据一种编年表或一种原因来研究过去死去的人们的一种方式，而是根据肉体行为表现的一种网系，即根据食物、服饰、日常实践、神秘再现、爱情之行为的系统来研究的一种方式。米什莱揭示了人们所谓的历史感觉性：在他看来，身体变成了知识与话语的基础本身，变成了作为话语的知识的基础。这便是统一其全部作品的那个身体的时段，即从中世纪的身体（这个时期的身体喜欢眼泪）到巫婆纤细的身体的时段：大自然本身，即大海、山脉、动物界，从来都不过是处在扩张中的人的身体，也可以说是被接触。他的作品对应于一种前所未闻的感知层次，该层次仍被所谓人文科学广泛地遮掩。这种偏移历史可理解性的方式，一直是非常特殊的，因为它与一种观念背道而驰——这种观念在继续告诉我们：要想理解，就必须进行抽象化和在某种程度上使知识失去形体化。

米什莱的第二点现代性会让认识论者感兴趣。米什莱的全部作品都在假设和实施一种真正全新的科学，而对于这种科学，我们今天还在为之奋斗。我们还不能称之为关于无意识的科学，甚至也不能宽泛地称之为象征学。我们就按照弗洛伊德在其《摩西与一神教》(Moise) 中给予这种科学的最普通的名称，称其为有关移动的科学（science du déplacement）好了。我们如何来说呢（并不害怕使用新词）？是代谢学（métabologie）吗？这并不重要。毫无疑问，一些移动或替代过程，不论是隐喻性的还是换喻性的，都时时刻刻标志着人类的逻各斯（logos），即便在这种逻各斯变成了实证科学的时候也是如此。但是，这种有关科学的新话语已经为米什莱提供了一种理解思路，因为在他的作品中［也许是在维柯的影响之下，我们不应该忘记维柯，他远在当代结构主义之前就曾为人类历史的数字提供修辞学的重要修辞格，其中就包括替代］，象征的等值性是认识的一种系统性途径，或者我们也可以说，认识并不脱离言语活动的各种途径，不脱离结构主义。例如，当米什莱从字面上告诉我们"咖啡馆是性欲表现之借口"的时候，他是在暗暗地表述一种全新的逻辑，该逻辑今天在整个知识领域被广泛使用：弗洛伊德主义，结构主义，等等。所有使用这种替代之科学的人似乎都应该在米什莱的作品中感到轻松易懂。

米什莱的第三点现代性，是最难以感知到的，也许也是最难以接受的，因为它在一个可笑的名称下出现：偏见。米什莱是一个带有偏见之人，当时有多少在客观科学之中享有地位的批评家、历史学家曾经指责过他这一点！可以说，为了书写，他是有决心的：他的整个话语都是公开地源于一种选择，一种对于世界、一些物质、一些身体的评价。没有任何事实不事先带有他自己的价值观：意义与事实同时被他托出，构成科学看来前所未闻的命题。一位哲学家接受了他，这便是尼采。尼采与米什莱由于巨大的距离即风格上的距离而分开。不过，来看一下米什莱是怎样评价他所在的世纪即19世纪的：在一副为人所知的尼采的面孔之下，随后又在巴塔耶（他是米什莱的全通读者，不应该将他忘掉）的面孔之下，也还有厌烦之面孔、价值平庸化之面孔。米什莱在他所处世纪（米什莱将其判定为"熄灭的"世纪）的奋起，便是顽强地把价值颂扬成某种启示性火焰，因为最为现代的观念恰恰即是他与尼采和巴塔耶共享的观念：我们都处在了历史的结尾。而这一点，还有什么先锋派敢于为自己而重新拾起呢？那是棘手的，那是危险的。

不过，我们说过，米什莱的现代性并不具有穿透性。为什么呢？在米什莱身上，有某种言语活动在制造困难，这种言语活动就像一张死去的皮压在其作品之上，不让其有所开拓。在现代性的斗争之中，作者的历史力量是随着人们对于其作品的引用的扩散而增长的。然而，米什莱没有得到什么扩散，其作品没有被人引用。

这种言语活动，应该将其称为米什莱的感人法（pathos）。这种感人法并不是常在的，因为米什莱的风格是完全地不合规则的，甚至是巴洛克式的（现代性在此本该具备一种补充的理由来回应米什莱的文本）。但是，这种风格总是重返回来，把米什莱封闭在了重复性之中，封闭在了失败之中。然而，在一种言语活动之中，是什么在重复呢？那便是符记（signature）。确实，米什莱在无休止地熠熠发光，在无休止地更新，但是其书写的巨大和连续的强力也是在无休止地为一种意识形态标志所确认，正是这种标志即这种符记是现代性所拒绝的。米什莱单纯地书写他的意识形态，正是这一点在使他失去。恰恰在米什莱认为是真实的、诚恳的、热情满满的、启发丰富的地方，他在今天被认为是已经死亡的、被熏香处理过的——甚至连残渣余孽都是过时的。

一位旧时作家在现时的强势，是随着他曾得以加给其所在阶级的意识形态的变化而变化的。作家从来都无法破坏掉其原有的意识形态，而只能在其意识形态上作假。米什莱不懂得或不曾想在其从父亲那里沿袭下来的言语活动上作假：他的父亲是个小印刷商，后来是一家卫生院的持牌人、共和派、伏尔泰主义者——一句话，是小资产阶级。然而，小资产阶级的意识形态，坦白地讲，一如米什莱的情况那样，属于我们今天无法原谅的那种意识形态，因为从广泛意义上讲这仍然是我们的意识形态，是有关我们的制度的意识形态，是有关我们的学校教育的意识形态，从此之后，这种意识形态<u>毫无意外地</u>被采用，就像我们对于18世纪资产阶级进步的意识形态所能做的那样。从一种现代的角度来看，狄德罗（Diderot）是可读的，而米什莱几乎不为人所读。米什莱的全部感人法，实际上是从他的阶级意识形态，从他的观念（我们可以说是虚构）之中得来的，根据这种虚构，共和制度的目的并非取消资本与工薪阶层之间的划分，而是缓解它们之间的对立和在某种程度上使这种对立转变为协调。据此，一方面产生了完全是单一的一种话语（在今天我们可以说是：所指方面的话语），该话语只会在米什莱方面使整个精神分析学的阅读出现异化；另一方面产生了有关<u>历史</u>的一种组织论思想，这种思想只会为其关闭马克思主义的阅读。

　　那么，怎么办呢？毫无办法。那就每个人在阅读米什莱的文本时依据自己的兴趣来对付吧。显然，我们尚不能成熟地去进行一种<u>分离性的</u>阅读，因为这种阅读接受根据快乐法则来切分、分配文本和使其产生多元、脱节和分解。我们仍然是神学家，而不是辩证论者。我们宁可把孩子连同澡盆里的水一起泼掉，也不愿意让自己受损。我们还没有受到足够的"<u>教育</u>"，来阅读米什莱。

1974，《法国文学史杂志》
(*Revue d'histoire littéraire de la France*)

布莱希特与话语：对于话语性研究的贡献

第三种话语

《可怜的 B. B》（*Pauvre B. B*）——这是贝托尔特·布莱希特（Bertolt Brecht）的一首诗的题目，写于 1921 年（他当时 23 岁）。它们不是一个荣誉的词组的首字母，而是一个人名的首字母。这两个字母（并且是重复性的字母）框定了一个空档，而这个空当便是魏玛时期的德意志之启示论时期（apocalypse）。布莱希特的马克思主义就是在这个空当（大约在 1928—1930 年期间）出现的。因此，在布莱希特的作品中，有两种话语：首先是一种启示论话语（无政府主义的话语），就是要说出和产生破坏情况，而不寻求明白"随后"出现的情况，因为"随后"也完全是不为人所希望的。布莱希特的首批剧本［《巴尔》（*Baal*）、《深夜鼓声》（*Tambourd dans la nuit*）、《在城市的丛林中》（*Dans la jungle des villes*）］就属于这种话语。随后是一种末世论（eschatologique）话语。于是，一种批评得以建立起来，为的是使社会异化的不可避免性停止下来（或者是使这种对不可避免性的信仰停止下来）：不将进入世界的东西（战争、剥削）是可救治的，而痊愈的时间则是可以构想的。布莱希特在《四分钱的歌剧》（*L'Opéra de quat'sous*）之后的作品都属于第二种话语。

这里缺少第三种话语：辩解话语。在布莱希特的作品中，没有任何俗套，没有任何对于《圣经》的求助。也许，是戏剧形式保护他避开了这种危险，因为在戏剧方面就像在任何文本中一样，陈述活动的起因是无法标记的：主体与所指之间不可能形成暴虐似的合谋关系（这种合谋产生狂热的话语），符号与指涉对象之间也不可能形成这种合谋（这种合谋产生教条话语）。但是，即便在布莱希特的著述中，他也从不提供方便，让人看出其话语的起因，从不在其话语中留下马克思主义的印记——他的言语活动并非一种货币。即便在马克思主义之中，布莱希特也是一位经常性的发明者。他更新了一些引言，进入到相互文本（inter-texte）之中："他在别人的头脑中思考；而在他自己的头脑中，是他之外的别人在思考。正是这一点是真实的思维。"真实的思维比对于真实的（唯心主义的）思维更为重要。换句话说，在马克思主义领域里，布莱希特的话语从来就不是一种教父式话语。①

触动

　　我们所阅读和所理解的一切，都像是一块罩布罩住了我们，我们被围在其中、被包裹在其中，俨然身处中心：这便是言语圈。这种言语圈是由我们的时代、我们的阶层和我们的职业赋予我们的：这便是我们的主体的一种"已知"。然而，移动一下被提供的东西，只能是一种触动之事实，就需要我们晃动一下已经被平衡的言语整体、撕破罩布、打乱句子之间的联系顺序、破坏言语活动的各种结构（任何结构都是一种层级建构）。布莱希特的作品旨在建立一种有关触动的实践（不是有关颠覆的实践——触动比颠覆更为"现实"）。批评艺术是开启一种危机的艺术：它撕破罩布，使言语活动的外表出现裂纹，分解和冲淡言语活动的黏着物。这是一种叙事的艺术，它使言语的组织断续，使表象疏远而又不予去除。

　　那么，布莱希特提出的这种疏远和这种不连续性是什么呢？仅仅是一种阅读，这种阅读使符号与其效果相脱离。您是否知道日本的一种别针是什么样的？这是一种裁缝使用的别针，其头部带有一种很小很小的铃铛，这样，人们就不会忘记把它从完成的衣服里取出。布莱希特在重新组织言语圈的同时，在其中留下了带有小铃铛的别针，留下了带有其微软响声的符号。于是，当我们听到一种言语活动时，我们从不忘记它来自何处，是如何构成的。触动是一种

---

　　① 在这里，我想到的——而且是连续地在这个文本的整体上——是《政治与社会文稿》（*Écrits sur la politique et la société*，Paris，l'Arche，1970）。这部他过去的主要作品，在我看来，几乎是看不到的。

再生产：它不是一种模仿，而是一种被脱离的、被移动的生产。它产生着声响。

因此，应该从布莱希特方面保留住的，不是一种结构符号学（sémiologie），而是一种地震学（sismologie）。从结构上讲，何谓一种触动呢？它是一种很难坚持的时刻（并且，这种时刻也是与"结构"观念本身相对立的）。布莱希特并不愿意我们重新落在另外一种罩布即另外一种言语活动的"本性"之下：没有正面的英雄（正面英雄总是令人厌恶的），没有触动的歇斯底里的实践。这是因为触动是清晰的、散在的（按照该词的两种意义来说），是快速的，而在需要时则是重复性的，但它从来不是固定的（它不是一种有关颠覆的戏剧：没有大的产生争议的东西）。例如，如果有一个领域，它已经深入到了日常言语圈罩布之下了，那么它肯定是有关各个阶级之间关系的领域。然而，布莱希特并不颠覆这种领域（这不是他给自己的戏剧理论规定的角色；而且，一种话语怎么才可以颠覆这些关系呢？）。他为这个领域实施一种触动，为其挂上一个带响声的别针。这便是例如潘蒂拉①的醉态，即强加在这位大财主的社会方言上的过渡性的和重复的裂伤。与资产阶级的戏剧演出和电影上映相反，布莱希特从不研究其自在的醉态（出于对有关醉鬼的戏剧演出的厌恶）：醉态从来都只是改变一种关系，继而供人们阅读的那种代理行为（一种关系——当在某个地方、在某个点上，这种关系移动得过于遥远、过于细微的时候——只能被人回过头去阅读）。除了一种非常正确的处理之外（因为受到严格的经济的限制），多少有关"毒品"的影片显得那么可笑！这种影片以不便公开为借

---

① 潘蒂拉（Puntila）：布莱希特 1948 年创作的一个剧本《潘蒂拉老爷和他的男仆马狄》（*Maître Puntila et son valet Matti*）中的老爷。——译注

口，总是那种"自在"的毒品被再现出来，其作用、其毒害、其造成的精神恍惚、其风格，简言之，都是其"属性"，而非其功能——毒品能让我们以批评的方式解读出人际关系的某种所谓"自然的"概貌吗？那么，阅读的触动在何处呢？

从容地重复

布莱希特在其《政治与社会文稿》中，提供了一种阅读练习：它在我们面前读出了一种纳粹的话语〔赫斯（Hess）之语〕，并暗示出了对于这样一类文稿的诚信性的解读①。

于是，布莱希特进入了练习提供人和"调整人"行列——他们便是并不提供一些调整活动，而是提供一些已备手段以便实现一种目的的人。萨德以相同的方式提供了一些快乐的规则〔那是一种真正的快乐练习，是朱丽叶强加给漂亮的德·多尼（Donis）伯爵夫人的〕，傅立叶提供了幸福的规则，罗耀拉（Loyola）提供了神谕的规则。布莱希特所教授的规则旨在重建一种文稿的真实：不是重建其形而上的（或语文学的）真实，而是其历史的真实，即在一个法西斯主义的国家重建一种政府文稿的真实——这是一种行动的真实、生产的真实，而非被断定的真实。

这种练习在于使谎言性文稿达到饱和，同时在其句子之间插入解密每个句子的批评性补语——赫斯曾以"德意志"名义庄重地开始了他的话语："牺牲精神合法地让人自豪。"而布莱希特则从容地补充说："为这些有钱人的慷慨感到自豪，他们只是牺牲了一点点非有钱人早先为他们做出的牺牲……"等等。每一个句子都有所转

---

① *Écrits sur la politique et la société*，Paris，l'Arche，1970，p.150.

向，这是因为它被补充了——批评并不重新分割，并不取消什么，它只做补充。

为了产生诚信性补充内容，布莱希特建议对于文稿、练习<u>做悄悄的重复</u>。批评首先产生于某种不声不响之中：你所阅读的，是<u>自为</u>的文本，而非<u>自在</u>的文本。低音<u>是与我有关的嗓音</u>：它是自反的嗓音（有时也是色情的嗓音），产生着可理解性，是阅读的最初嗓音。重复练习（即对于文稿阅读多次），便是逐渐地释放其"补充"。俳句以重复来抵补其显著的短促：一则短小的诗咏唱三遍，像回声一样。这种实践颇具编码意义，以至于补充的广度（即"回响的长度"）带有一个名称，这便是<u>混合体</u>（hibiki）。至于由重复所解放的联颂无限性，那便是<u>外现体</u>（outsouri）。

在反论可以承受的极限方面，让人惊讶的，是这种精心的实践。由于它密切地联系着文本的一种色情，所以被布莱希特应用在对于一种令人讨厌的文稿的阅读方面。在这里，对于它认为可怕的话语的破坏，是根据一种恋情的技巧来进行的。这种破坏并不动用揭秘的所有减缩武器，而是更多地赋予文学的霸权以抚爱、扩展和源于祖先的灵巧做法，就好像一方面不存在马克思主义科学严厉的报复，另一方面也不存在文人墨客的自鸣得意，但相反却好像<u>在真实上面获取快乐</u>是很自然的，就好像人们在使资产阶级文稿听从于在一种批评方面有着非常普通的权利即伤风败俗的权利那样，而这种批评本身也是借助于对于某种资产阶级的过去的阅读形成的。而实际上，对于资产阶级话语，甚至是这种话语本身的批评，是从何而来的呢？一直到现在，话语性没有发生过交替变化。

链接

布莱希特这样说，是由于各种错误是链接起来的，所以它们会产生一种真实幻觉。赫斯的话语，在其是一种有后续话语的情况下，可以像是真的。布莱希特把被链接的话语（我们要保留好这个文字游戏）变成了链接的过程。话语的整体伪逻辑（联颂、过渡、辞令，简言之，即言语的连续性）都保留着某种力量，这种伪逻辑产生着一种担保幻觉：被链接起来的话语是不可破坏的，是可以战胜一切的。因此，第一种方法是使其不再连续：严格地把错误的文稿分成块儿，是一种有争议的行为。"揭开"，并不像是撤下面纱，而是将其分成片状。在面纱的情况里，人们一般只评论隐藏物或是遮盖物的形象。但是形象的另一种意义也是同样重要的：<u>被罩之物</u>、<u>被保留之物</u>、<u>被接续之物</u>。攻击谎言性文稿，便是分离其组织，盖上破裂折叠的面纱。

对于连续体的批评（在这里被应用于话语），在布莱希特的作品中是常有的。他的早期作品之一《城市中的<u>丛林</u>》，对于许多评论家来说，似乎仍显得难解，因为其中的两个伙伴不是在其每一个剧情变化的层面上进行着一种难以理解的竞赛，而是在整体上<u>根据一种连续的阅读</u>来进行。从这个时候开始，布莱希特的戏剧就是被切割成许多片段的一种接续（而不是一种逻辑联系），而这种接续的片段没有人们在音乐上所谓的水手（zeigarnik）效果（这种效果源于一个音乐序列的最终解决回溯性地为其提供了其意义）。话语的不连续性阻碍"获取"最终的意义：批评的生产并不等待。这种生产想要的是即时的和重复的，因为这甚至是布莱希特对于叙事戏剧的定义。叙事性，便是切割（剪短）面纱的东西，便是化解解密之烦恼的东西［见《桃花心木》(*Mahagonny*) 之序］。

格言

对于（来自"为了自身"而演出的）片段的颂扬，并不是对于格言的颂扬。格言不是一种片段：首先，格言通常是一种隐形推理的起步，是一种连续性的开始，这种连续性毫不声张地在常驻读者大脑中的智慧之关联文本（inter-texte）中形成；其次，因为布莱希特的片段从来不是总括性的，他的片段并不简练，并不"罗织"，所以这种片段可以是极为疲沓的、松散的、富有偶然性的、带有详细说明和辩证思维的。格言是人们以此来确认<u>历史</u>的一种陈述语段——它仍然是对于"自然"的一种夸口。

由此产生了布莱希特对于格言的不停歇的关注。<u>英雄</u>被执行了死刑，人们可以这么说，因为格言便是其"自然的"言语活动（不论在何处，只要发现重大的美德，都可以确信，那里有某种东西出乱子了）。对于<u>重大的习俗</u>也是如此，因为这种习俗依靠普遍性真理："迈出第一步，必然也会迈出第二步"。是谁以这种形式来说的呢？这便是文化编码，其错误的逻辑是很多的，因为迈出第一步的人，不一定必须再迈出第二步。破除习俗，首先要破除格言，破除俗套：依靠规则，你就会发现过分；依靠格言，你就会看到链接；依靠<u>自然</u>，你就会发现<u>历史</u>。

换喻

在赫斯的话语中，他无休止地谈论德意志。但是，德意志在此根本不是别的，而仅仅是那些德国的有钱人们。整体过分地为部分而被提供。提喻是概括性的：这便是一种强力做法。"整体等于部分"，换喻的这种定义想要说的是：一个部分对立于另一个部分，德国的有钱人对立于德国的其他人。表语成分（"德国的"）变成了主体（"德国人"）——它在产生一种逻辑动荡。换喻变成了一种阶级武器。

那么，如何来与换喻做斗争呢？在话语层面，如何把总和归入其各个部分，如何来破坏过分的名称呢？这是一个非常布莱希特式的问题。在戏剧方面，破坏名称是容易的，因为名称在其中被迫地只再现为一些身体。如果必须在舞台上谈论"人民"的话（因为这个单词本身就可以是换喻的，可以产生一些过分），就非常应该分解这个概念——在《吕居吕斯》（*Lucullus*）中，"人民"指的是农民、奴隶、小学老师、卖鱼的女商人、面包师和妓女等组成的集合。布莱希特在别的地方说，理性从来都不是全部理性人的思想。这一概念（总是过分的吗？）被归为历史人物的总和。

不过，不去命名或排除命名，由于是无限地颠覆性的，所以很难坚持下去。为一种原因进行辩护、谅解其参与者的错误和愚蠢行为，同时区分名称的完美性与主体的愚笨，这样做是很诱人的。贝尔蒂阿夫①从前曾经写过一个小册子，名为《基督教的尊严与基督教教徒的无耻》（*De la dignité du christianisme et l'indignité des chrétiens*）。如果能够以此来将歇斯底里的革命从革命主体上清除出去，并以总体的方式把神经官能症的观念从其所有载体上清除出去，那该多好啊！但是，这是徒劳无益的：政治话语从根本上讲是以换喻为方式的，因为它只能在言语活动的力量基础上建立起来，

---

① 贝尔蒂阿夫［Berdiaff（Berdiaev）Nicoles，1874—1948］：俄裔法籍基督教哲学家。——译注

而这种力量便是换喻自身。于是，主要的宗教之形象、感染之形象、错误之形象、恐怖之形象，便都又返回到话语中了。也就是说，在所有这些情况里，由于暴力，部分又服从于整体，身体又服从于名称。宗教话语恰恰是一切政治话语的典范：没有哪种神学不只承认信仰，这不是因为别的什么，而只是因为所有人都相信。然而，从马克思主义"习俗"上讲，布莱希特在这里是非常异样的：他抗拒所有的换喻性。这其中有某种布莱希特式的个体主义："人民"是汇聚在舞台上的全部个体；"资产阶级"，在这里是一个房产主，在那里是一个富人，等等。戏剧在迫使名称毁掉。我可以很好地想象某位理论家，由于时间长了而为对于名称的厌恶所征服，不过，他丝毫不陷入对于任何言语活动的拒绝之中。因此，我可以想象布莱希特的这位后继者——他拒绝自己过去的所有话语，并决定不再写别的，而只写小说。

符号

是的，布莱希特的戏剧是有关符号的戏剧。但是，如果我们想理解这种符号学可能是关于什么的——更深刻地讲是一种什么样的符号学的话，就需要总是提醒自己布莱希特的符号的新颖性，那便是要阅读两遍：布莱希特提供给我们阅读的，有所脱离地看是一位读者的目光，而非直接地是他阅读的对象。因为这种对象只有通过已经在舞台上的第一位读者的理解活动这一行为（被异化的行为）才能到达我们。不可思议的是，这种"技巧"的最佳例证，我并不取自布莱希特方面，而是取自我个人的经验（一种复制件比原件更容易成为范例，"从布莱希特开始"可以比"布莱希特"更加是布莱希特式的）。

这就是一种"街头演出",而我曾经是其观众。丹吉尔的大海滩,在夏天的时候受到严格的管控——禁止在这个地方脱衣服,大概不是因为不雅,而更是为了迫使游泳者们使用沿海滨大道搭建的付费小屋——也就是说为了让那些"穷人"(在摩洛哥,有这类人)无法进入供富人和旅游者所用的海滩。在滨海大道上,一个少年,独自一人,面带痛苦,身无分文(在我看来,我确信,这些符号属于一种简单的阅读,这种阅读还不是布莱希特式的),在来回溜达;一个警察(几乎也像少年一样浑身脏兮兮的)从少年身边走过,扫视了一下他的全身——我看见了他的目光,我看到他的目光从开始扫视到停留在少年穿的鞋上——于是,警察命令少年就近离开海滩。

这个场面引发了两种评论。第一种评论表达着在海滩上的聚集规定、少年服服帖帖的屈从、警察的专横、金钱带来的差异、摩洛哥的制度在我们身上所激起的愤怒。然而,这种评论并非布莱希特的评论(但是,这肯定是他的"反应")。第二种评论建立起符号的思辨游戏。这种评论首先包含着,在少年的穿着方面,有着一种属于贫困之主要符号的特征——鞋。正是在这里,社会符号显示出了其全部的暴力(在我们国家,过去很少出现过"一些穷人"和一种关于变了形的鞋的神话:如果知识分子像鱼那样是从头部腐烂的,那么对于穷人,可以从鞋子上看出其贫穷状况。因此,傅立叶在颠倒文明秩序的同时便想象出了个引人注目的补鞋匠)。而在鞋的方面,贫穷的极端表现,便是旧的篮球鞋,没有鞋带,倒伏的鞋帮卷在了后跟下面,恰恰像是我们这位少年这样。但是,第二种评论尤其会指出的,便是这个符号是由警察自己来解读的——那便是,当他的目光顺着少年的身体向下看的时候,看到的是令人作呕的破鞋子,于是警察立即借助于一种真正的范式的跳跃而把这个一贫如洗的少年归进了被驱逐人之列。我们理解他已经明白了什么。也许,还不到此为止，警察本人也几乎与他的受害人一样被人嫌弃，但恰恰不在鞋子方面！他的一双鞋是圆头的、锃亮的、坚固结实的、款式过时的，就像所有的警察的鞋一样。在此之后，我们阅读的就是<u>带有目光的两种异化过程</u>〔在萨特不大为人所知的剧本《涅克拉索夫》(Nékrassov) 的一个场面中，可以看到类似的情况〕。我们的外在性并不是单一的——它奠定着一种辩证的（而非善恶二元论的）批评。"动作真实性"揭示着这个少年，但也在揭示着这个警察。

快乐

戏剧必须让人产生快乐。布莱希特曾经无数次这么说过：批评的重大任务（梳理、理论化、建立危机感）不排除快乐。

布莱希特的快乐尤其是一种感觉论。这种快乐丝毫没有放纵表现。它更表现为口头的，而不是色情的。它是"活得痛快"（高于"安乐"），是"吃得好"。这不是从法兰西的意义上说的，而是从巴伐利亚州农村的和林区的意义上说的。在大多数布莱希特的戏剧中，故事是从食物开始的（我们指出，食物处于需求与欲望的十字路口上，因此，它轮流地是一种现实主义主题和一种乌托邦论的主题）。布莱希特最为复杂的主人公（他根本就不是"英雄"），比如伽利略，是一位富有感觉性的人：在放弃一切之后，他独自在舞台的深处，吃着鹅肉和鳗鱼；与此同时，就在我们面前，也不顾他的存在，他的书籍在被疯狂地装包，它们将穿越国界，传播科学的、反神学的精神。

布莱希特的感觉性并不对立于智力至上论。它们之间有一种从一方到另一方的循环："要说思想方面的精力充沛，我会说出不论哪一个女人，几乎是不论哪一个特定的女人。和女人相比，思想就少得多了。政治，只有当有足够的思想时，才是好的（在这一方面停顿也是叫人烦恼的！）……"辩证法是一种享乐。因此，有可能革命性地构想出一种有关快乐的文化。对于"口味"的学习属于进步论。保罗·弗拉索夫（Paul Vlassov），作为大胆母亲的身为战士的儿子，在这一方面就不同于他的父亲（按照他母亲的说法）：他读书，但他在喝汤方面很难伺候。在《对于和平的倡议》（*Propositions pour la paix*，1954）中，布莱希特勾画出了一种审美学派：常用的物品（器皿）必须是美之所在，并且恢复旧时的风格是在理的（在"现代"家具上无任何进步性价值）。换句话说，审美渗透在一种生活艺术之中："所有的艺术均贡献于全部对象中最为重要的方面——生活的艺术。"这就是说，艺术不大在于作画，而更在于生产家具、衣服、餐具，这些东西有可能早就接受了所有"纯粹"艺术的全部精华。因此，艺术的社会主义未来，不会是作品（甚至说是生产游戏），而是常用物件，即能指的一种含混（半功能性半游戏性的）展示之场所。雪茄是资本家的一种标识，就算是吧。但是，要是雪茄让人感到快乐呢？难道人们就不能再吸雪茄了吗？难道就不能再进入这种社会过错的换喻性而只能拒绝被牵连进这种符号之中吗？如此去想，是不大辩证的——那是会把孩子与澡盆里的水一起倒掉的。批评之年代的任务之一，恰恰是使对象多元化，恰恰是将快乐与对象分离。那就应该去除对象的语义（这并不意味着去除其象征作用），应该触动一下符号：让符号坠落，就像一块死皮那样。这种触动就是辩证自由的果实本身：就是根据现实来判断任何事物的辩证自由，就是同时把所有符号当作分析操作者和游戏，而非当成法则。

1975，《另一种舞台》（*L'Autre scène*）

阅读二

F. B. [①]

1. 言语活动的明确性

F. B. 的所有文本,都可以很好地成为一种伟大

[①] 编者按:这个文本首次发表,是写在一位年轻作家的作品片段边缘处的,这位作家似乎没有在文学道路上发展下去,后来再也没有发表什么。这个文本是写在边缘处的,是应一个让他为其创作起步充当见证人的人的愿望而写的。他必然赋予了其一种明显是调侃的语调和灵巧。但是,这并不妨碍他为一种全新类型的故事性(我没有说是小说)建立一种颇具洞察力的命题系统,而在这种系统中,人们不可不从1964年之后承认在内部有某些最后实践的特征,即作为作家的巴尔特最后的,也是最新的完成品。

的整体著述的预兆性符号，其作者不在任何地方强迫其读者，而且每一篇文本所告诉我们的，都是其完成情况。在这里被完成的，便是书写。实际上，从这部著述的所有内容来看，只有书写可以被分离，而又一直是整体的：一个书写片段总是一种书写本质的显露。这就是——不论人们是否愿意——任何片段自其一开始被书写便已经被完成了的原因。这也是人们无法把一部破碎的作品与一部还在继续的作品相比较的原因。最后，这更是没有人最终可以否定片段性作品之伟大的原因：这种伟大，不是废墟之伟大或是诺言之伟大，而是在任何完成之后的沉寂之伟大〔唯独博学，由于它是阅读之反面，才可以把帕斯卡尔（Pascal）的《思想录》（*Pensées*）看作一部未完成的作品〕。原因是，它们是已经写出的，而 F. B. 的文本既不是草稿，也不是符记，又不是素材，更不是一些练习。它们既不让人联想到笔记，也不让人联想到日记：它们是<u>言语活动之亮点</u>。埃德加·坡（Edgar Poe）曾认为不存在长的诗歌。例如，他在《失去的天堂》（*Paradis perdu*）中看到了"一系列<u>不可避免地</u>与抑郁分开的诗意中的兴奋"。F. B. 没有去谈<u>这些</u>抑郁表现。其书写具备一种无损失即<u>无时长</u>之虑的阔绰——是书写而不是故事，其本身在此是不等的，因此是让人厌烦的，也因此会不时地是丑陋的，就像有时在许多不错的作品中出现的那种情况：一切都推给书写，但是这种委托与形式的工作无任何关系。工艺操作不再是风格的条件。司汤达已经嘲讽过夏多布里昂，并且他不改动任何东西。在这里，作家并不在词语材料上，而是在书写的决心上下功夫：一切均在书写<u>之前</u>。F. B. 最不起眼的文本说这是先前的"超吸收"（transumption）。一种书写的柔美的与奢华的阔绰绝对是自由的，因为在这种书写之中，连一个死亡原子都没有，不会受到美之力量的影响。这样的书写表明的是最初的决心，该决心使得言语活动变成了对于某种痛苦的脆弱拯救。

2. 偶遇琐记

　　书写的强大力量在于，这些文本也以其各自的方式成了一些小说亮点。从小说方面来讲，F.B. 的文本具有两种无法破坏掉的符号：首先是叙述意识的不确定性，这种意识从来不直率地说出是<u>他</u>(il) 还是<u>我</u>(je)；其次是一种粗略的方式，即一种连续性，该连续性把书写归入了与自然（水、植物、旋律）有联系的所有形式。对于一部小说，人们不从中提取任何东西，却对其表现出"贪婪"（这意味着，故事阅读的连接性并不产生于在阅读整体时付出的关注，而相反，在于使你<u>忘记线索</u>中某<u>些</u>地方的快速浏览：书写的连续性是速度方面的事情，而这种速度也许最终就是手的速度）。就像 F.B. 的那<u>些</u>文本一样——对于那<u>些</u>文本，人们也表现出"贪婪"，因为一个很小的词语空间在这里封闭着（书写的反常情况）一种连续性本质。F.B. 的书写，尽管其收笔过早（总是过早），但它已经有所流露：轻盈、深刻，像其经常谈论的大海那样熠熠闪光；它引导我们，同时也赋予我们其目的和其曲折的想法。它从来都不是封闭的，也不是<u>会产生强烈印象的</u>（该词参照了玻璃，参照了伤口，参照了惊异，所有的事物都与 F.B. 的书写无关）。他的书写从外观上看是灵巧的，这种书写属于故事性本质，因为其终结（取用该词的双重意义）从来都不是警句式的。它的（物质上的）短小精悍不会诱发产生任何箴言。对于短小的文本，一种奇怪的情况是，它们注重记载，却不判断：从小说方面讲，它们具有深刻的<u>非道德观念</u>。在它们身上，始终有自由文学的最为基础的一个时态在主导着，该时态被看作对于言语活动的最后征服时态（如果我们相信该时态的史前状况的话）：直陈式（indicatif）。正因为如此，我们不可以把 F. B. 的文本称为片段，而应称为偶遇琐记（incidents）。它们是一些坠落的事物，彼此之间也无冲突，不过却是以一种并非无限的运动落下的：它们是雪花的非连续的连续性。我们可以用另外的方式这么说，格言短小精悍，其功能便是在我们身上建立意义的某种含混性与可逆性，因为它的修辞格是省略的。F. B. 的各种文本对立于这种书写习惯：他的文本并不是"短小的"，并不是在其自身回旋与被颠覆的。它们具备无限隐喻性的发展过程（就像我们所说的公路的延伸那样），具备线条的长度与冲力（这是服饰上的观念）。作者可以很快让其停下来，它们已经具有了时态的灵感：拒绝小说的时态①，却是一种具备时态的书写。主导这种书写的，并非含混性，而是神秘性。

3. 描述

小说的"描述"是必需的，正是在这一点上是让人扫兴的。描述是一种"服务"，或者最好说是一种伺服。趣闻迫使作者提供某些有关场所和人物的信息。为了传达一种身份，需要多次停下来，因此读者经常在阅读时出现厌烦。F. B. 虽然放弃了小说，但却取用小说的死亡部分，并将其变成一种活跃的材料。于是，在其最美的一个文本中，F. B. 描述了一个走在罗马大街上的小男孩。人们不知道，也永远不会知道他来自何处，又去往何方，来干什么——他与任何叙述逻辑都不沾边儿。不过，他的创造者赋予了他一种悬

---

① 法语小说的时态，一般采用简单过去时、先过去时、未完成过去时、逾过去时等，而不大采用直陈式现在时。——译注

念：小男孩越是得到很好的描述，我们就越是对其本性感兴趣，越趋向于我们必须理解某种东西。于是，F. B. 以一种全新的可理解性即对于欲望的可理解性取代了趣闻的语法。欲望本身变成了故事和智慧，最后，在描述与悬念之间出现了一种耦合。在一种故事性描述之中，如果这种描述不是过于不佳的话，那么故事便从很远处进入全部的细节，同时会让这些细节求助于一种通常的意义（住宅的简陋、人物的朴实无华）。在这里，欲望也使描述变得"深刻"，或者，我们也可以说，使描述被异化：欲望变成了指数（ratio），变成了逻各斯。它无法靠自己的满足感来占有这种权力，而仅能靠言语，于是，整个文学便得到了验证。就像趣闻总是超出其自身而趋向一种意义——人们曾在很长时期内称之为命运——那样，被讲述的欲望同样会神秘地失去其偶然性：局促、悲痛、意识清醒、困倦、城市、大海，均变成了欲望的名称。由此，一种新的文学产生了。它既操作隐喻也操作叙事，既操作存在的变化也操作行为的链式结合——它有点像是新的《品性论》（*Caractères*）① 那样的东西，但不是关于社会风尚方面的，而是关于身体的。

4. 升华

因此，F. B. 不仅不谈叙事的道德观念，而且不涉及其逻辑（这也许是同一回事）。他的所有描述都是颠覆性的：它们并不归纳，而是脱离和"超越"。怎么回事？每一个文本都在开始时像小说，每一个文本都是一种小说仿造品：有物件，有人物，有情境，

---

① 《品性论》（又译《品格论》）：是法国 17 世纪作家让·德·拉布吕耶尔（Jean de la Bruyère, 1645—1696）的随笔作品集。——译注

有叙述者，简言之，有一种现实主义时段。但是，很快（也就是说，突然和毫无感觉地，就像我们离开地面那样），小说的这种全部亲和性就开始外移到了<u>别处</u>——我们便被引导到了另外一种意义上（这种意义所给出的，无非就是它是<u>另外</u>的；就是一种纯粹的相异性，该相异性便是充分的古怪之定义）：一个人物来到了一处火车站；火车站是被描述的，随后它突然成了场所，或者更可以说是欲望之胜利。然而，这种同一性是直接的：车站不会变成它之外的东西，不存在隐喻，不存在视觉的振奋。我们借助于一种特定的不合逻辑性而接受了两种场所的接续与耦合。这种非常特殊的蒙太奇消除了文学很难摆脱的某种东西，即对于自己的记述感到惊讶。F. B. 的书写在任何程度上都从来不与其所产生的效果合谋：这是一种<u>不需要用眼神来传情的书写</u>。另一个文本以一种探险小说的方式开始了：一个男人钻进了飞机库，杀死了正在睡觉的飞行员；很快，接着就是对于这位年轻飞行员的一种"过于"钟情的描述（一切都在这种"过于"之中），而这种描述改变了这种经典的起步——幻象"产生了"，并且在不离开传统叙事框架的情况下，躲避的场面就改变了存在位置，并重新与色情场面汇合。在 F. B. 看来，小说是随心所欲的。它伴着欲望起步。叙述就像是一种飞行爬高。但是，在结尾处发生的事情便不属于事件的接续顺序，换句话说，不属于悬念的接续顺序，而属于各种本质的顺序。在小说（真正的小说）中，欲望因其行为、其效果和其产生的情境而表现得很强。欲望总是根据一种因果逻辑（即每一次都使其表现出道德观念）来论述。在 F. B. 所模仿的全部短小说中，一切都停止于欲望，一切都在歌颂欲望（从神学上讲，歌颂是本质上的显现）。小说就像是因拉开而消失的帷幕，为的是将欲望显示在其"荣光"之中。颠覆性的真理就是：欲望在使理性升华。

5. 情欲

当然，自从言语活动变得至高无上、没有用处而开始说某种东西曾经被叫作<u>美</u>以来，欲望便游荡在任何文学之中。但是，这种被写出的欲望在此之前从来都只不过是一种道德的、心理学的和神学的代数之要素：文学以一种更为广泛的整体为名，服务于理解欲望。因此，任何文学都趋向于道德，也就是说，趋向于在好与坏之间、在黑暗与光明之间做出安排：被讲述的<u>情欲</u>意味着<u>情欲</u>之外的另一种东西。在 F.B. 的所有文本中，动作是相反的，是情欲在"理解"。在这里，无任何东西属于情欲。男孩子们的恋情构成了一种纯粹的圈子，在这种圈子之外，什么都没有。全部的超验性均被集中了。不过，这个圈子是形式的。它的结束不来自社会，也不来自一种存在性选择，就像在同一对象的其他作品中那样：仅仅是书写在描绘这个圈子。在此，男孩子们的恋情从未被赋予文化，这种恋情具有那种既无原因又无结果的东西的自然性。它无自由，也没有命定性。这种自然性对于书写具有重大的影响力（除非它就是源于书写）：被写出的东西并不求助于<u>其他东西</u>。书写同时是温柔的与丰富的，不过，它却是<u>不透明的</u>。在这一方面，书写与当今最新的言语活动相一致，但却没有这些言语活动的冷漠乏味。这种书写不允许自己，也不允许我们进行任何<u>归纳</u>。原因是，在这些言语活动方面没有任何省略，我们无法依据这些文本做任何推论。然而，在一个拥挤的世界里，一种艺术的价值是由其具备勇气的专属操作来确定的：不是为了满足限制（古典模式）所带来的一种审美，而是完全地制服意义，为其阻断任何二级出路。我们可以说，有关欲望的文学，由于从一种非常沉重的传统而来，所以是最为困难的事情。F. B. 有关欲望的文学并不从各种修辞格的现实主义获取其事情本质，而是从对于情欲的一种无条件的服从方面获取，而这种情欲又被当作作品的唯一场所来选择（撒旦被除掉了，因此只剩下上帝）。这种主导地位被确保之后，便没有任何东西会比一种色情的表情动作更显得<u>不适合</u>了。F. B. 的所有文本，在情欲并非一种汇聚和一种（"姿态"的）命名，而是一种至高无上的书写原则的情况下，并不处于（通常意义上的）色情传统之中。因此，应该将一种新的<u>色情论</u>与传统的<u>色情论</u>对立起来。在传统的色情论的情况里，作者不得不丰富地描述"已经发生的事情"，直至为情欲找到一种超越——上帝、撒旦或无名者；而在 F. B. 书写的《偶遇琐记》中，由于情欲是最后的智慧，所以它无法经历任何极点。另外的区别就是：任何色情都是沉重的，或者是紧张的；但在 F. B. 这里，色情论则是轻微的（书写在各种相遇之表面跑动，而不完成那些相遇）和深刻的（书写是对于事物的思考）。这是一种空气、一种空间，我们似乎可以说是一种几何学，因为我们现在有一些几何学，它们可以使宇宙空间细化。情欲就在此，它不挑衅，也无合谋意图；情欲不是幼稚的，因为它懂得一切，它是<u>理智</u>的。也许，这正是对于这种书写的终极说明，即欲望是<u>苦参</u>（sophrosunia）的一种修辞格。正是基于这种<u>不可能性</u>，古人将雅致与理智视为完美，并将其再现于有关<u>高龄男人</u>（per senilis）即各个年龄段的成人的非常有魅力的神话。长期以来，我们的文学在最好的情况里已经取胜，但却并不诱人。因此，这样的一种魅力是新的。

6. 总体的、个体的、个别的

浪漫的<u>渴望</u>（sehnsucht）产生于感觉性与可感性的混合。不过，这种渴望的颤动遇到了形而上的深刻沉寂：F. B. 只从言语活动方面即总体范畴方面采用个别的最边缘说法。同时，他从不导致出现警句，从不以旧日修辞学在感叹结语（épiphonème）的名下所承认的诗性的或道德的言语来概括描述。在 F. B. 的书写中，没有任何东西是<u>根据</u>所写的东西而来的，因为他的书写属于<u>丝绸性</u>的又不可归纳的金属。F. B. 在各种书写之中处于一种<u>危险</u>的局面。由于言语活动是总体的（因此也是精神方面的），因此文学注定是普世的。任何来到文学方面的东西从一开始就是文化的：冲动只是因为有了前面的言语活动才出现。几个世纪以来，人们以总体性来信任作家，并无休止地颂扬作家在以个体性来塑造人类。这种总体性实际上是一种艰巨的伺服工作：如何来颂扬一种由言语活动本性自身所强加的限制呢？因此，作家的问题相反却是在不顾赋予他的一般的和精神的工具的情况下重新找出最后的个别性。F. B. 的文本中所处理的（而非所讨论的），正是这个问题。在此，作者明白，也教我们明白，<u>个别性不是个体性</u>；恰恰相反，我们可以说，这便是人的无人称和非集体的那一部分。因此，在这些文本中，我们将不会发现任何与一个有<u>素养</u>的人——也就是说有故事、有生活、有性格的人——有某种关系的东西。但是，我们在文本中也找不到任何的人性反观。以别的方式来说，这种书写的实质并不是"体验"（说"体验"有点庸俗，但这种体验恰恰是作家必须与之斗争的），但也不是理据（即被所有的通俗文学以各种计谋为名所采取的总体范畴）。这种著名的对立，在某些人看来是那样的不可压缩，以至于阻碍了他们去写；F. B. 没有去表述这种对立，而正是由于这种<u>纯粹的放弃</u>，他有望实现个别言语活动的乌托邦。这种动作具有重大的批评影响：尽管 F. B. 的文本可以被描述为<u>所是</u>（étant）的情况，但世上没有任何东西能够阻止它们发生<u>变化</u>——虽然是完美的对象，却是根据属于作者自己的一些途径来书写。在到达书写之中后，个别便在此与所有精神社会都会向书写者要求的作品之间出现了斗争。

7. 技巧

文学以言语活动的总体范畴作为其材料。为了成为文学，文学不仅必须杀死产生它的东西，而且为了实现这种谋杀，它在其自己所能支配的工具中只有它必须破坏掉的这同一种言语活动。这种几乎不可能的翻转在构成 F. B. 的所有文本：正是这个几乎成了作者书写的狭窄空间。这种情况不可以在无技巧的情况下进行，这种技巧不一定是一种习得，根据亚里士多德的定义，它就是产生可以存在或可以不存在的东西的能力。这种技巧的目的，不是描述被当作一个可希望的世界，而是描述当作可希望之本身的一个世界。在这里，欲望并不是先于作者而存在的一种创作活动的属性，而是一种实质。换句话说，作者并不认为（在一种占优势的主观性作用之下）世界是可希望的，正是作者使世界成为可希望的。因此，在这里得到研究的，是判断的时间，即心理时间：是个别性，而非个体性。作者不讲述他之所见、所感，不展现他幸运地找到的那些珍贵的形容语，不以那种利用一种快乐的言语活动来列举其视觉新颖属性的心理学家的身份来说话，而是立即以作家的身份做出反应。他不描述可希望的身体，而描述身体的欲望，同时借助于书写本身的悖论来颠倒实质与属性：一切都被转移到了对象方面，不是因为身体所是的东西（它们是什么呢？），而是因为构成身体的欲望本质，完全像发光体构成磷光那样。在 F. B. 的所有文本中，从来没有不可希望的对象。于是，作者创造了有关欲望的一种宽泛的换喻：它是一种感染性的书写，这种书写向其读者重新灌输其赖以组构事物的欲望本身。

8. 脸征（signum facere）

旧的修辞学区分<u>安排</u>（disposition）与<u>辞令</u>（élocution）。作品的重大单位均取决于安排［趋向性（taxis）］，包括其整体上的布局和其"展现"。各种修辞格、表达手法、我们今天称之为书写即一种"细节"类别（而非一种总和）的东西，则取决于辞令［词汇（lexis）］。F. B. 的文本完全地（至少现在是这样）属于<u>辞令</u>文本。辞令统一体有一个很旧的名称：<u>诗篇</u>（chant）。根据俄耳甫斯①神话，诗篇并不是指形象的和谐或品质，而是指以其言语活动<u>把持</u>世界的一种方式。在此能唱的，并非直接是词语，而是二级的书写即心理的书写在自我形成和"在事物与词语之间"前进。因此，这里涉及的是一种先前的诗篇（就像在谈论先前的生活那样）。维柯在某种时刻曾谈论<u>想象力</u>的共同概念：这便是 F. B. 构成无传统也无挑衅言语的一种<u>个别</u>的书写之空间。这种书写没有褶皱（drapé），不过也不是"自然的"，它躲避所有的模式，而在任何时刻都不会给沉重的体貌特征佩戴上新颖性。也许，就是为此，这种书写无任何友情可言，并不带有任何人文主义。阅读 F. B. 的文本，便是在任何时刻都在自身形成一些<u>形容词</u>：新鲜的、单纯的、柔软的、轻盈的、敏感的、准确的、智慧的、可希望的、强力的、丰富的（如瓦雷里所言：<u>"总之，艺术家的目的，或者说唯一的目的，就是减缩为获得一个形容语"</u>）。但是为了说完这些形容词，它们之间需要

---

① 俄耳甫斯（Orphe）：古希腊色雷斯的诗人与歌手。——译注

相互驱离，这种情况只存在于整体之中，而整体又无法承受任何定义。这种书写的功能就是说出我们将永远不能对其说出的东西：如果我们能够说出了，那么这种书写便不再是可以得到验证的。F. B. 待在一种双重的设定之顶部：一方面，它的书写在<u>制造意义</u>，而在这一方面我们又不能命名他的书写，因为这种意义无限地远超我们的能力；而另一方面，这种书写在制造符号。<u>脸征</u>，它可以是这些文本的格言：<u>这些</u>句子，这些全部的句子就像一种未来的回忆那样在大脑中浮动，提前决定了最后的现代性的言语。

1964

巴洛克面孔

法兰西文化似乎总是把一种非常强力的优势与各种"观念"结合在一起，或者以一种更为中性的方式来说，与各种讯息的内容结合在一起。"有事要说"对于法国人来说是重要的，那便是人们通常使用在发音上听起来含混的，既属于金融方面也属于商业和文艺方面的一个单词，来指定某种东西，比如 le fond（内容）[或 le fonds（地产），或 les fonds（资金）]。根据能指（我们希望今后使用该词不再需要表示歉意），法兰西文化在几个世纪里仅了解风格的研究工作、亚里士多德-耶稣会教士的修辞学的各种限制、"好好书写"的所有价值——这些价值本身也被一种顽固的返回集中在"内容"（fond）的透明性与区别性方面。必须等到马拉美的到来，我们的文学才构想了一种自由的能指（而在这种能指上不会再加上伪所指的检查），尝试进行最终摆脱历史压抑的一种书写——在这种历史压抑之中，源于"思想"的各种优势一直把持着这种书写。再就是，马拉美的事业，由于阻力太大，因此其只能在这里、在那里"变化"，也就是说借助于较少的作品去重复，而那些作品均为战斗性作品：在我们的历史中，法兰西的书写曾于巴洛克风格出现和马拉美诗学兴起的时刻两次窒息，它总是处于被压抑的地位。

有一本书提醒了我们，在属于传递性或精神性沟通（<u>请拿给我那块奶酪</u>，或者是，<u>我们真诚地希望在越南实现和平</u>）的各种情况之外，有一种来自言语活动的快乐，它具有与色情快乐相同的素质和丰富性，而这种快乐便是它的真实性。这本书不是来自古巴（不是民间故事方面的，也不是意识形态方面的），而是来自古巴的语言和文本（城市、服饰、身体、气味等）。它本身也是对于各种文化与时代的记录。然而，发生了这样的情况，该情况对于作为法国人的我们而言是重要的，这种古巴语言被带入了我们的语言之中，它颠覆了我们语言的景致：一种译文最终能改变它的原属语言，而不再简单地让人看出像是其原属语言。这种情况少之又少。如果词语上的巴洛克风格根据贡戈拉或克维多①的历史是属于西班牙语的，而且如果这种历史像任何民族的和"母语的"语言那样出现在塞韦

---

① 贡戈拉（Luis Göngora，1561—1627）和克维多（Francisco de Quevedo，1580—1645）：均为西班牙 17 世纪巴洛克风格诗人。前者的诗歌充满造作、夸张和隐喻；后者的诗歌充满幽默和奇想，他被誉为"欧洲巴洛克风格代表人物"。——译注

罗·萨尔迪①的文本之中,那么,这个文本便向我们揭示了存在于法语方言中的巴洛克面孔,因此也就暗示我们,书写可以使一种语言变成一切,而首先要赋予其自由。

这种巴洛克(该词临时地是有用的,因为它让我们可以挑衅法兰西文学中根深蒂固的古典主义),在其表现出能指的无处不在的情况下——因为该能指出现在文本的所有层级上,而不是像人们所一致说的那样只出现在表面上——改变着我们所谓的叙事本身,而不需要故事所带来的快乐消失。《写在跳舞的同时》(*Écrit en dansant*)是由三个情节即三种举动组成的——该词在这里重新取用了塞韦罗·萨尔迪第一本书的标题,并且我们很想将其理解为既是阳性的也是阴性的,但是我们不会在此找到任何叙述替代(主人公的人格、场所与事件的情况、讲述人的眼神,还有能看到人物内心的上帝),而人们通常以此来标识现实对于言语活动的过分的(也是幻觉的)权利。塞韦罗·萨尔迪很好地讲了"某件事情",该事情让我们期待看到结果,并自己奔向书写的死亡,但是,这件事情被言语活动的绝对权力自由地搬运、"诱惑"了,柏拉图已经接受在与高尔吉亚(Gorgias)的对话中拒绝这种绝对权力,因此开启了对于书写的作为我们西方文化之标志的压抑。于是,我们看到,作为享乐主义的,因此也是革命的文本的《写在跳舞的同时》,展示了能指所特有的重大主题,即该能指在任何真实情况下所能承载的唯一的本质谓语,那便是形态变化:不论是关于古巴的、西班牙的、天主教的、吸毒者的、戏剧的、异教徒的、快帆船和奴隶服务的轮流出现,还是从一种性别到另一种性别,塞韦罗·萨尔迪的所有创

---

① 塞韦罗·萨尔迪(Severo Sarduy,1937—1993):古巴裔法国拉美艺术评论家。——译注

造物都展现过和重新展现了它们"硬塞给"作者的那种展现清亮流水的橱窗镜像,以此来表明这种橱窗并不存在,也表明在言语活动之后看不到任何东西,还表明言语远不是最终的属性,而人体塑像的最后加工——就像骗人的皮格马利翁(Pygmalion)神话①所说的那样——从来都只不过是不可压缩的幅度。

不过,但愿人文主义者们得到安抚,至少是得到一半的安抚。任何主体——书写的主体和阅读的主体——都会给予书写以忠顺,这种行为由于相关的无知而与传统的压抑所谓的"咬文嚼字"或更为高贵的所谓的"诗"的东西没有任何关系。它不取消阅读的任何"快乐",只要人们很想找到其恰当的节奏。塞韦罗·萨尔迪的文本配得上构成文学价值词汇学的所有形容:富有光辉、生动活跃、感性十足、怪声怪气、多有新意、难以预料,不过,却是明确的,甚至是文化气息浓厚的、从头到尾情深意浓的。可是,我担心,为了毫无困难地被善良的文学社会接受,它还缺乏少许的悔恨,即缺乏一点点错误、缺乏所指的晦涩。这些所缺的东西将书写转化成了教诲,并以"美文作品"的名义将其还原成了像是对于"人间"有用的一种商品。也许,这样的文本还有一种过分的东西将会构成阻碍:言语的能量足以让作家安下心来。

1967,《文学半月刊》(*La Quinzaine littéraire*),为《写在跳舞的同时》(*Écrit en dansant*)出版而写

---

① 古希腊神话,说的是古代塞浦路斯的国王皮格马利翁热恋自己所雕的少女塑像的故事。——译注

突然出现在能指上的东西

《亚当，亚当，亚当》(Ēden, Ēden, Ēden)是一个自由的文本：没有任何主体，没有任何对象，没有任何象征——它就是在这种空档（即在这种深洞或这种盲目的任务）中写成的。其中，话语（包括说话的人、他所讲述的东西、他借以自我表达的方式）的各种传统构成成分<u>有点过多</u>。直接的后果便是，批评，由于不能谈论作者、不能谈论其主体、不能谈论其风格，因此不再对这个文本做任何事情——那就应该"进入"居约塔（Guyota）的言语活动之中。不是去相信什么，不是去与一种幻觉融合，不是去参与一种幻象，而是用这种言语活动和站在它的位置上去与其同时书写符号。

处于言语活动之中（就像有人说的那样：处于

过程之中），这是可能的，因为居约塔并不生产一种方式、一种体裁、一种文学对象，而是生产一种新的要素（难道不将其补充到宇宙的四大要素之中吗？）。这种要素就是一个句子：作为具有一种织物、一种食物之特征的言语实质，其唯一的句子并不结束，其美并不来源于它的"转移"（即这种句子被认为指向的那种真实），而来源于它被分割、被重复的呼吸，就好像对于作者来讲涉及的并不是为我们再现一些想象的场面，而是再现言语活动的场面，为的是这种新的模仿模式不再是一位主角的经历，而是能指本身的经历，即突然出现在能指上的东西。

《亚当，亚当，亚当》构成（或者应该构成）一种具有历史冲击的推力：任何先前的动作，表面上看是双重的，但是我们越来越看好其耦合性——从萨德到热内（Genet），从马拉美到阿尔托（Artaud），它都会引起沉思、都会被移动、都会排除其各种时代环境；既不会再有叙事，也不会再有错误（这无疑是同一回事），只剩下欲望与言语活动，不会是这一点说明另一点，而是被置于一种相互的和不可分解的换喻之中。

这种换喻的力量，在居约塔的文本中是绝对的。它让人预想到了一种强势的检查，而这种检查会把两种人们习惯的精神食粮汇聚在一起——它们是言语活动与性别。但是，这种检查，由于也可以借助于其力量本身获得一些形式，因而可以直接地被揭示：在其同时检查性别与言语活动的时候，它不得不是过分的；在其打算只检查主体而非形式或者是相反的时候，它不得不是伪善的。在这两种情况里，其检查的本质不得不暴露。

不过，不论在体制上有什么曲折，这种文本的出版都是重要的：在理论上对其整个的批评工作将会得到推进，而无须这个文本停下来成为具有诱惑力的——它既是无可归类的,又是不容置疑的;既是新的标记,又是书写的起步。

居约塔《亚当,亚当,亚当》
(Ēden,Ēden,Ēden,© Gallimard,1970)之序

脱离文本

这里要介绍巴塔耶（Bataille）的一个文本：《大脚趾》(*le Gros Orteil*)。①

对于这个文本，我不会进行阐释。我只是说出其中一些像是要脱离文本的片段。这些片段在相互比较之中呈现或强或弱的断裂状态；我不会尽力去接合、去组织这些脱离的片段；为了确保破坏掉任何接合（即评论者的任何计划），为了避免"在展开方面"、在被展开的主体方面的任何修辞学，我为每

---

① 乔治·巴塔耶：《文献》(Georges Bataille, *Documents*, Paris, Mercure de France, 1968, p. 75 - 82), 后收入《全集》第一卷 (*Œuvres complètes*, Paris, Gallimard, 1970)。

一个片段都加了一个名称，并且我按照字母顺序①将这些名称（即这些片段）排列了起来——我们都知道，这种顺序既是一种顺序又是一种无序，它是一种无意义的顺序，是顺序的零度。是某种类型的字典（巴塔耶曾在《文献》杂志的结尾处提供了这样一种字典）从侧面遇到了作为支柱的文本。

价值的平淡化（Aplatissement des valeurs）

在尼采和巴塔耶的作品中，有一种相同的主题，即怀念的主题。现在时的形式被贬低了，过去时的形式得到了颂扬；现在时和过去时，都不是真正历史性的；这两种时态都是根据一种渐退性（décadence）之含混的和形式的运动来被解读的。于是，便产生了一种非反向性的而是进步性的怀念的可能性。渐退性没有被解读出来，与该词的通常内涵相反，一如一种考究深奥的、超文化的状态那样，但相反却像是价值的一种平淡化，包括重新审视悲剧（马克思）、资产阶级社会节日消费的秘密（巴塔耶）、对德国的批评、疾病、欧洲的衰退、最卑劣的人即"贬低任何事物"（尼采）的那位少男的主题。我们还可加上米什莱对19世纪即他所在的世纪亦即令人厌烦的世纪的抨击。几乎所有人都被资产阶级平淡化的价值激怒：有产者并不破坏价值，而使价值平淡、使价值贬低，它在建立一种吝啬系统。这既是一种历史主题，也是一种伦理主题：世界于悲剧之外跌落，小资产阶级在上升，这是在某种前进的名义下出现的情况，而革命（马克思）和（尼采笔下的）超人都是对这种平淡化价值的致命触动。巴塔耶的全部相异论属于相同范畴：强烈的范

---

① 指的是法语原文字母顺序。——译注

畴。在关于价值的这种启示论历史中，《大脚趾》指向的是两种时间：一种是人种学时间（在文本中，是以带有现在时的动词为标志的），这是"人们"的时间，是"人群"的时间，这种时间从人类学上讲会贬低下、颂扬上；还有一种历史时间（以带有过去时的情节为标志），该时间便是基督教世界及其精髓的时间，西班牙的情况便是如此，对西班牙来说，低下是无条件和严格被审查的（关系到廉耻）。如下便是价值的辩证法：当价值属于人类学方面的时候，脚下废物（唾弃物）指的就是一种诱惑的场所本身，原因是诱惑就存在于人们<u>野蛮</u>地掩盖的地方，而价值即存在于对被禁止的野蛮的违反之中；但是，当价值属于历史学方面、在廉耻之外在形象作用下得到升华的时候，脚下封住的东西就变成了一种被压抑的、被平淡化的价值，它随着人们的<u>大笑</u>而被揭穿。

知识的编码（Code du savoir）

在巴塔耶的文本中，有许多"诗学"编码：主题性的编码（高/低，高贵/无知，轻飘/泥泞），人类学的编码［例如单词"建立"（érection）］，隐喻上的编码（"这人是一棵树"）。也还有一些属于知识的编码：解剖学编码、动物学编码、人种学编码、历史学编码。很自然的是，文本通过价值而超越知识；但是，即便在知识之领域的内部，也存在一些压力和"严肃度"方面的差异，而这些差异造成了一种相异论。巴塔耶展示了两种知识。一种是属于舆论的知识，也就是萨洛蒙·赖那克（Salomon Reinach）的知识和《文献》（所考虑的文本就是从这个杂志上选取的）编辑委员会的那些先生的知识；这是一种援引性知识、参照性知识、叫人肃然起敬的知识。还有一种较远一点的知识，是由巴塔耶（根据其个人的文化）

生产的。这种知识的编码是人种学的，相当于人们从前所称的<u>精美商店</u>（*Magasin pittoresque*），是一种有关语言学的、人种学的"趣事"（curiosités）之汇编。在有关这第二种知识的话语中，有一种双重的参照，即对于<u>怪异</u>（<u>外部</u>）的参照和对于细节的参照。于是，知识（与其法则）由于其作用降低和其微型化而开始动摇。在这种编码的端点，则出现<u>惊异</u>（"睁大眼睛"）。正因为这种知识自我惊异、自我去除自然性，它便撼动"想当然"的东西，因此，它是反常的知识。这种对人种学事实的寻求，确切地讲，非常接近故事性寻求：小说实际上是一种带有特技的数学体系，它处于知识的<u>变更</u>过程之中。与这种不同起源、不同风格的编码的不和谐触碰，是对立于知识的单一性的，因为知识是奉献给"那些专门人才的"，它鄙视多体裁作家（爱好者）。总之，会出现一种怪诞的、不合常规的知识（从词源学上讲，就是从两侧摆动）：这已经是一种书写操作（规范行文，它在强力使一些知识分离，一如人们所说的那样，使各种体裁分离）。书写来自各种知识的混合，它使"科学的傲慢"失效，同时保持着表面上的可读性：辩证话语，如果其在大众传播的意识形态作用下并未被平淡化，那么它就可以成为新闻工作的话语。

开启（Commencement）

"开启"是一种修辞学家的观念：以何种方式来开始一种话语呢？几个世纪以来，人们一直在争论这个问题。巴塔耶提出了直到当时人们从未提出过的开启问题：<u>人的身体是从何处开始的呢？</u>动物是从嘴巴开始的："嘴巴就是开启，或者如果愿意的话，嘴巴就是动物的中心……但是，人没有像动物那样的简单建筑术，而且甚至不可以说人是从何处开始的。"① 这一点提出了身体之意义的问题（请不要忘记，在法语中，<u>意义</u>一词的珍贵含混性——它既指意指，也指<u>矢量方向</u>）。我们来提供关于这个问题的三种状态。②

（1）在一个动物的身体里，只有一种要素是其标志，那便是<u>开启</u>，即嘴巴（嘴、昆虫的上颚、捕食器官）。由于是唯一可以指出的（或是被指出的），<u>这个要素不能只是一个术语</u>（即一种<u>关系</u>）。因此，便没有聚合体，也就没有意义。在某种程度上，动物有着一种神秘的开端，我们可以说，有着根据一种因存在而出现的本体发育现象，这便是依据嚼食活动而出现的一种存在。

（2）当人的身体在精神分析学话语中被取用的时候，便有了语义过程（即"意义"），因为其中有着由两个处于对立关系的"术语"组成的聚合体：嘴巴与肛门。这两个术语可以产生两条路径、两种"叙事"。一条是食物的路径，这条路径从美味入口到废物排泄：意义在这里产生于一种时间性，那便是食物转换的时间性（食物充当着外在标记）。另一条是力比多生成的路径。在口部与肛门的（语义）对立关系上，又叠加了一种组合关系的引申：肛门阶段跟随着口部阶段。这样一来，便有了另外一种历史，该历史将其意义赋予人的身体，它是种系学历史：作为物种，即作为人类学的现实，身体在形成的同时也给了自己一种意义。

（3）巴塔耶并不排斥精神分析学，但是，精神分析学并非他的参照。一个关于脚的文本，比如我们现在所谈的文本，自然广泛求助于对物恋的参照。然而，在这里，只有对"经典物恋"的一种快速的映射。在巴塔耶看来，身体无任何地方是开始，这便是<u>无论什</u>

---

① *Documents*，p. 22.
② 同上，p. 171.

么地方的空间；我们只能在实施一种（主观的-集体的）暴力操作的情况下才承认一种意义；意义借助价值的侵入出现：高贵与卑贱（高与低、手与脚）。

拆解（Déjour）

　　巴塔耶的文本告诉人们如何应对知识。不应该拒绝知识，有时甚至应该装作把知识放在第一位。《文献》编委会由教授、学者和图书馆管理人员组成，这丝毫不影响巴塔耶。应该让知识出现在人们所不期待的地方。我们前面说过，这个文本，它是关于人的身体的一个部分的，它谨慎但坚决地避开精神分析学。知识的（话语）游戏是反复无常地曲折的："高后跟"似乎出现在了文本的场面描写之中，不过，巴塔耶避开了对于男性生殖器似的高后跟（博物馆的守护人竟然为那些触击漂亮涂蜡地板的女人锯掉高后跟！）的俗套期待。不过，巴塔耶借助第三次轮回立即又谈起了性欲表现，同时借用一种伪装天真的过渡将其引申开来。知识被碎片化了，多元化了，好像知识的一个部分可以不停地被一分为二：综合被改动了，被拆解了；知识还在那里，它没有被毁掉，但被移动了。它的新的位置，按照尼采的说法，是一种虚构的位置：意义先于和提前决定事实，价值先于和提前决定知识。尼采说："没有自在的事实。出现的东西都是由对其进行解释的人选定和组织在一起的一组现象……不存在自在的事实状态；相反，甚至在存在一种事实之前，应该首先引入一种意义。"总之，知识是一种解释性虚构。于是，巴塔耶借助编码的碎片化尤其借助价值的闯入（高贵/卑贱，诱人的/平淡的）来保住知识的伪造。价值的作用，并非一种破坏作用，甚至也不是一种辩证过程的作用，更不是一种主观化的作用；它也许单纯就是一种休息角色……"我只需知道知识具备一种强大的力量就足够了。但是,这种强力必须能够斗争,它具有一种对立面,因而人们可以时不时地停靠在非真实之中来休息。换句话说,对于我们来说,它将会变得让人烦恼,让人无兴趣、无力量,而且它也会让我们变成这种样子"(尼采)总之,知识被认为是力量,但又被当作烦恼承受斗争。价值并非贬低知识、使知识变得相对化并拒绝知识的东西,而是使知识摆脱烦恼的东西,是建立在知识之上的东西。根据一种论证观点,价值本身并不对立于知识,而在一种结构意义上它对立于知识;在知识与价值之间存在着交替,根据一种爱恋节奏,一种是靠另一种来休息。总之,这便是书写所是的东西,而特别是随笔书写(我们在谈论巴塔耶)、科学与价值的爱恋节奏所是的东西:相异性、享乐。

着衣遮体(Habillé)

在有些地方,丈夫是不能看到妻子的赤脚的:"伏尔加河畔的土耳其人认为让别人看到他们的赤脚是一种不道德行为,他们甚至穿着长袜睡觉。"很有必要延长由巴塔耶制作的这个小小的人种学卷宗。我们可以联想一下美国的"抚摸派对"、某些阿拉伯居民的习惯——在他们那里,女人在做爱时是不脱衣服的;一位当代作者曾转述某些花花公子的怪癖,那些人会脱掉所有的上衣下衣,却不脱统袜。这一切都导致人们想到了着衣与做爱实践之间的关系。根本不是脱衣舞的问题,尽管这种问题被广泛讨论。因为,我们的社会自认为是"色情的",从来不谈论做爱时的真实实践,从不谈论做爱状态下的身体:这是我们了解最少的方面——也许不是因为道德禁忌,而是因为禁忌毫无价值。总之,那就需要——不会像其所表现出来的那样庸俗——重新思考赤裸问题。在我们看来，裸体是一种造型价值，或者甚至是色情造型价值。换句话说，裸体总是处于形象表现的位置（脱衣舞便是这样的例证）。这种外在形象在色情方面连接着再现的意识形态，它就是外在形象的出色外在形象。因此，重新思考裸体一方面意味着把赤裸构想为一种西方的（古希腊的？）、历史的、文化的概念，另一方面意味着将身体的图画过渡到色情实践的范围内。然而，从人们开始模糊地认识到裸体与再现之间的复杂关系的时刻，人们便不得不怀疑其享乐的能力：裸体是一种文化对象（密切地联系着快乐范畴，却并不联系着失去之范畴、享乐之范畴）。因此，它最后是一种道德对象：裸体并不是邪恶的。

惯用语（Idiomatique）

如何让人谈论身体呢？人们可以让知识（具备身体特征的知识）的编码进入文本；也可以显示多格扎（doxa），即人们有关身体的舆论（正如人们对于身体所说的那样）。还有第三种手段，巴塔耶系统地求助于这种手段（从当前对文本研究工作的观点来看，这是很有意思的）：他不把身体与话语（其他人的话语、有关知识的话语，甚至是我自己的话语）连接起来，而是把身体与语言连接起来，即让惯用语介入，对其进行研究，揭示它们，再现它们的字母（也就是说它们的意指活动）。"嘴巴"会让人想到"炮口"（这是对火炮的残忍的表达方式）、"紧闭的嘴巴"（"像保险箱那样好看"）；眼睛将会让人对包含该词的所有惯用语进行复杂的研究；对于脚（"扁平足""像脚一样蠢笨"等）也是这样。通过这种途径，身体为自己直接生产语言：惯用语和词源学论是能指的两大源泉

（相反的证据：规范书写虽然不是书写，但一般却检查对于语言中既是其节制性中心也是其过分的东西的研究工作；您曾在一种社会学研究或是《世界报》的一篇文章中，见过一种隐喻吗？）在巴塔耶的作品中，涉及的是一种文本工作，这种工作与人们在菲利普·索莱尔斯（Philippe Sollers）的《法则》（*Lois*）中见到的创作、劳动和场面属于同一类别、同一生产能量。

脚趾（Orteil）

应该重提这个单词的词典意义，而不提别的，因为词典中的意义已经非常丰富了。脚趾，是脚上的趾头，不管是哪一根趾头。它来自<u>小接点</u>（articulus），即小的身体部分。也就是说，是<u>小家伙</u>（Sas Kleine）、小东西，是幼儿的小阴茎。在"粗大拇指"（"gros orteil"）的表达方式中，意指活动得到了加强：一方面，<u>粗</u>是叫人恶心的〔大（grand）却不是〕；另一方面，小称词（diminutif）（小接点）也是如此（侏儒态让人有点混乱）。脚趾是诱人的，也是叫人厌恶的。它像一种矛盾那样引人入胜，一如膨胀的和缩得很小的男性生殖器之间的矛盾。

聚合体（Paradigme）

我们谈论过<u>价值</u>。这个词是根据尼采的意义来使用的。价值，是一种不可处理的聚合体——<u>高贵</u>（noble）/<u>卑劣</u>（vil）——的注定结果。然而，在巴塔耶的作品中，由于价值主导着话语，所以它建立在一种特殊的、不无混合的——因为是三元的——聚合关系基础上。我们可以说，它有三个极：<u>高贵</u>（noble）/<u>卑贱</u>（ignoble）/

低下（le bas）。我们来给出这三个词的术语学形成过程〔在我们的文本和关于支出（Dépense）概念的文章中，我们给出了例证①〕。

（1）"高贵"极："伟大和自由的社会形式"；"大方的、狂热的、放纵的"；"强烈的光亮、扩大的辉煌"；"慷慨大方"；"高贵大气"。

（2）"卑贱"极："疾病、乏力。自感羞耻。吝啬的伪善。心理阴暗。羞于打嗝。隐形匿迹。躲在墙后。承担烦恼和叫人疲惫的约定。让人变得卑劣。悲情怨恨。装腔作势。霉烂的社会。轻浮炫耀。一个倒霉的工业家与他更为倒霉的年迈婆娘。无法接受的服务。杂货铺夫妇。愚笨和白痴下贱。傻透了和肤浅的。诡计翻新。"

（3）"低下"极："唾弃物。泥浆。血流不止。疯狂。怪念与恐怖游戏。内脏咕咕作响。丑陋僵尸状。傲慢无礼与大声尖叫。器官的剧烈失调。"

巴塔耶的相异论是：在前两个词项即高贵与卑贱之间，有一种矛盾，即一种简单的、规范的聚合关系（"人的层次基本分化为高贵与卑贱两种"）。但是，第三个词项并不规范：低下不是一个中性词项（既不高贵也不卑贱），也不是混合词项（高贵与卑贱的混合），它是一个独立的、充实的、离心的、不可压缩的词项，它是脱离（结构）法则的诱惑力词项。

实际上，低下是带有两个名衔的价值。一方面，它是外在于对

---

① Georges Bataille, *La part maudite*, Éd. de Minuit, coll. «Critique», 1967.

权威的滑稽模仿的东西。① 另一方面，它已经处在高/低的聚合体之中，也就是说，它已经处在对一种意义、一种形式的模拟之中，并且，它以这样的方式在破坏着物质的自在状态："……当前的唯物论，我的理解是不涉及物质为自在事物的一种唯物论。"② 总之，真正的聚合体，便是让人在唯物论的领域内看到两种原级的价值（高贵/低下）；而且，原本矛盾的词项（卑贱）变成了中性的，变成了平庸的（负面价值，这种价值的否定性并非对立性，而是平淡化）。尼采说："在一般人身上，何谓平庸之物？他不懂得事物的反面是必需的。"换句话说，我们要重申：意义的机制并没有被破坏（喋喋不休被避免了），但是，它却被偏离了，成了跛脚的了（这是"丑闻"的词源学意义）。这个游戏是由两种操作保证的。一方面，（书写的）主体在最后时刻会改变聚合体，例如，羞耻并不为了其所期待的、合法的和结构的反面（裸露癖）而被否认；第三个词项——大笑出现了（Rire），它破坏羞耻，即破坏羞耻的意义。另一方面，语言被鲁莽地疏远了：低下被按照正面意义即褒义（"玄秘的低下唯物论"）来使用，但是，其相关的副词——低下地，按照语言的要求，本应该与最初的形容词具有相同的价值，而它却是被否定地即贬低地来使用的（"超现实主义的低下唯心论方向"）。这便是平淡化的主题，这种主题就像一种暴力的、切割的价值那样在分开起源词与其后续词（rejeton）。

---

① "因为，这首先涉及，在自己有理的情况下，不屈从于任何更高贵的东西，不屈从于任何可以向人提供我之所是的东西，不屈从于武装这个人的道理，即一种介入性权威。实际上，这个人和其道理只服从于更为低下的东西，服从于在任何情况下都不会笨拙地模仿某一种权威的东西……低下的物质外在于和无关于人的希望，并拒绝被压缩为取决于这些希望的大型本体论机体。"（*Documents*，p. 103）。

② 同上，p. 102。

什么与谁？（Quoi et qui?）

关于任何事物的所谓知识都要回答这样的问题："是什么？"大脚趾是什么？文本是什么？巴塔耶是谁？但是，按照尼采的说法，价值推延了这个问题：<u>对于我来说，这是什么？</u>

巴塔耶以尼采的方式回答了这个问题：<u>对于我——巴塔耶——来说，大脚趾是什么呢？</u>并且话题一转，接着问：<u>对于我来说，我在阅读的这个文本是什么呢？</u>（回答：这便是我希望书写的文本。）

因此，有必要——也许是迫切需要——公开地要求一种主观性：非主体①的主观性同时对立于主体的主观性（印象论）和主体的非主观性（客观论）。我们可以根据两种形式来构想这种修订：首先，在所有的"这是什么"之中找出<u>对于我来说</u>，要求保护好什么价值对知识话语的闯入。然后，谋求搞清楚那个<u>谁</u>，即解释活动的主体。我们还是要引述尼采的话："我们没有权利要求谁来解释。是解释活动本身，在作为强力意愿的形式，以激情（不像是一种'状态'，而是作为一种过程、一种变化）……<u>存在着</u>。""没有主

---

① 非主体（non-sujet）：法国符号学家克洛德·科凯根据法国语言学家本维尼斯特（Émile Benveniste, 1902—1976）的相关理论创立的概念。科凯在北京大学所做的讲演《话语符号学》中说："在'我知''我思'之前，还有某种属于能力的东西，即'我能'，因而，在主体一旁，应该引入'非主体'的概念。这是显示身体在构成意义方面作用的唯一办法。"（科凯.话语符号学.王东亮,译.北京：北京大学出版社,1997：4）他又根据格雷马斯阐述的各种"模态"，指出了"主体"与"非主体"的各种模态表现。他在后来出版的《论意义》（La quête du sens）一书中继续对两者之间的关系做了论述，指出"非主体"就是"激情"主体。——译注

体,却有一种活动、一种创造性的发明,既没有'原因',也没有'后果'。"

字词(Vocables)

价值突然直接地出现在了某些单词、某些词项、某些字词(vocables)中("字词"一说很好,因为这种说法同时意味着,求助于一位圣人和由圣人来主导①。然而,这里涉及的是神力单词、符号单词、观念单词)。这些字词闯入了关于知识的话语之中:字词将会是一种标志,该标志把书写从规范行文中区分出来(例如从"让人恶心的赃物中"区分出来,任何"科学"的话语都不会容忍这种赃物)。大概还需要——总有一天会需要——一种关于价值词语(字词)的理论。在期待的同时,我们可以指出:字词是一些敏感的词语、灵巧的词语、情爱的词语,它们指明的是一些诱惑或厌恶(呼唤享乐)。另外一种价值语素(morphème),有时候是斜体字或引号。引号用于框定编码(用于去掉词语的本性、揭秘词语);相反,斜体字是强加在词语上的主观性压力的一种痕迹,是替代了其语义内容的一种时位(以斜体出现的词语在尼采作品中非常之多)。知识词语与价值词语之间(即名称与字词之间)的这种对立,巴塔耶自己似乎曾经有过理论考虑。但是,在他的表述中②,有一种术语学上的对调:"词语"是属于本体论的哲学分析的要素,这种要

---

① "字词"(vocable)一词,除了本身的意义之外,还是天主教教会中一位圣职人员的名字,所以,这里出现了"求助于一位圣人和由圣人来主导"一语。——译注

② *Documents*, p. 45.

素"指明的是允许一种外部动作的所有特性",而(我们的"字词"的)"特征"则是"导入事物的决定性价值",来自"大自然的决定性运动"。

因此,在(巴塔耶的和根据巴塔耶的)文本中,有一种完整的价值网系(在字词方面,在笔法方面)。从语言学上讲,字词是什么呢?(当然,语言学不知道,也不想知道;语言学是不导热的,是冷漠的。)我在此只是说出几种假设。

(1)与现代论的整个成见——这种成见只关注句法——相反,就好像语言只能在那个层级上得到解放(进入先锋派之中)似的,应该承认词语的某种漂移情况:在句子中,某些词语就像是漂移体块;词语的角色(在书写之中)可以根据其特色、区别、裂隙之强力、分离之强力、其迷人之情况而切割句子。"风格"比人们认为的更为明显。

(2)巴塔耶一直在说:"一部词典,将在其不再提供意义而提供词语劳动时,才会开始。"① 这是一种非常语言学的观点〔布龙菲尔德(Bloomfield)、维特根斯坦(Wittegensyein)〕。但是,劳动意味更为深远(这甚至是一个价值词语)。我们现在从使用(usage)、利用(emploi)(功能论概念)过渡到对词语的研究工作:词语"乱翻"(farfouille)在关联文本(inter-texte)中,在内涵之中,是如何在加工自己的同时运作的,总之,它就是该词尼采式的对于我来说之意。

(3)价值词语的网系在构成一种术语学机制,有点像是人们说的"能力机制":其中有着词语的一种诱拐力量;词语参与一种言语活动的战争。

---

① *Documents*, p. 177.

(4) 不再是按照索绪尔的意义（<u>价值相当</u>，这是一种交换系统的要素），而是按照几乎是道德的、战争的，甚至是色情的意义，来构想一种语言学。为什么不可以呢？价值词语（字词）将欲望置入文本之中（陈述活动的网系之中）——并使其脱离文本：欲望并不存在于"再现"它、讲述它的词语的文本之中，而是借助足够恰当地切割的、足够闪亮和足以取胜的词语来被人以偶像的方式喜欢。

1972，Cerisy-la-Salle 研讨会

选自《巴塔耶》(*Bataille*，coll. 10/18，

ⓒ U. G. E.，1973)

解读布里亚-萨瓦兰

布里亚-萨瓦兰（Brillat-Savarin，我们下面称其为 B.-S.）①注意到，香槟酒首先产生的作用是使人兴奋，随后的作用是让人有麻醉感（我不是很确信，因为我更倾向于认为那是威士忌的作用）。对于一种毫无所用的东西（但是，口味涉及有关毫无所用的一种哲学），这便提出了有关现代性的诸多最为重要的形式类型中的一种类型问题，即各种现象的梯阶排列的类型。这里说的是关于时间的一种形式，这种形式不像节奏那样为人所知，却出现在非常多的人类生产活动之中，以至于采用一个新词来定名它

---

① 布里亚-萨瓦兰（Brillat-Savarin Anthelme，1755—1826）：法国法官、美食家和作家。——译注

不算过分，那我们就称香槟酒的这种"脱节"、这种梯阶为一种"阈学"① 吧。阈学，将会是服从于一种梯阶游戏的所有话语的领域。某些言语活动，就像是香槟酒：它们是在人们听到它们之后，才有意指，并且正是在意义的这种后退之中诞生了文学。香槟酒的梯阶排列是粗劣的、完全是生理学的，它将人从兴奋引导至麻木；但是，恰恰是这种被纯化的岔开原则在规范口味的性质。口味就是体验和实践一些多重的和接续的理解之意义本身：入口品尝、反复回味、混合寻味，是在找寻一种完整的感觉平衡——与视觉层级（在最大的全景式享乐之中）相对应的，是口味上的梯阶式排列。布里亚-萨瓦兰就这样在时间之中（因为这不是一种简单的分析）分解着口味的感觉：（1）直接的（在味道还在影响舌头前部的时候）；（2）完全的（当味道过渡到舌后的时候）；（3）回味的（在判断的最后时刻）。口味的全部奢华就存在于这种梯阶之中；实际上，味觉对时间的服从，可以让这种感觉有点像是一种叙事或一种言语活动那样发展。口味在被赋予了时间性之后，它便会经历一些令人惊讶的和妙不可言的状态。就像我们的可以说是被提前构成的一些记忆的香气和香味一样，没有任何东西可以阻挡普鲁斯特的玛德莱娜（Madeleine）被布里亚-萨瓦兰分析一番。

---

① 阈学（bathmolpgie）：该词为巴尔特自己所创，在此之前，已经出现在《罗兰·巴尔特自述》（*Roland Barthes par roland Barthes*）一书中。巴尔特写道："任何话语都处于等级游戏之中。我们可以把这种游戏称为阈学。一个新词不属于多余，如果我们由此可以想到一种新的科学观念——言语活动划分的科学——的话。这种科学将是前所未闻的，因为它将动摇表达、阅读和听的习惯要求（'真实''现实''忠实'）。它的原理将是一种震撼，就像我们跳过一个台阶一样，它将跨越任何表达方式。"——译注

需要/欲望

如果布里亚-萨瓦兰在今天书写他的书的话，那他不会不将那么多的味觉异常放进他所捍卫和说明的食物口味之中。我们可以说，味觉异常是对服务于毫无价值可言的东西的一种欲望检验，一如倾心做爱却无生殖之念的身体的实践那样。然而，布里亚-萨瓦兰在食物的安排中，总是标记出需要与欲望的区别："如果不是饥饿，吃饭的快乐至少是想吃；就餐的快乐通常独立于这一种或那一种快乐。"在当时资产阶级尚无任何社会有罪感的时代，布里亚-萨瓦兰大胆地使用了一种对立：一边是<u>自然的</u>开胃，属于需要；另一边是<u>奢华的</u>开胃，属于欲望。实际上，一切的关键在于，物种为延续下去而<u>需要</u>繁殖，个人为了生存而<u>需要</u>吃饭。不过，只满足这两种需要对于人是不够的。我们可以说，人需要展现欲望，即在喜爱方面或美食方面的奢华，于是便外加了一种神秘的、无用的所希望之食物——根据布里亚-萨瓦兰的描述，这种被人渴望的食物是一种无条件的损失，属于一种人种学上的礼仪，而人则借助于这种礼仪来庆贺他的能力，庆贺其燃烧自己"微弱"能量的自由。在这种意义上，布里亚-萨瓦兰的书是彻底"真正属于人的"，因为正是欲望（因为它自我表白）在区分人。这种人类学的内容为《味觉生理学》（*La Physiologie du goût*）赋予了反常的特征：因为通过漂亮的风格、趣闻的世俗语调和描述的无用妙言所表达的，是欲望的伟大探索历程。不过，问题仍然完全是，要了解社会主体（至少在我们的社会里）为什么必须在一种卑劣的、粗野的、可憎的风格之中，把性欲的异常当作最为纯粹的违反来接受，而由布里亚-萨瓦兰所描述的美食上的异常（在整体上，我们看不出如何采用其他方式来描述）总是涉及一种可爱的承认态度，而这种态度从来离不开<u>美妙的语调</u>。

美食家的身体

食物引起的是<u>内在的快乐</u>。这种快乐内在于身体，封闭在自身之内，并且不是在皮下，而是在深在的、中心的区域之中。该区域是柔软、纷乱的、可穿透的，而且是更为初始的，人们按照非常一般的意义称该区域为内脏。尽管味觉是被承认和被分类的人的五种感官之一，尽管这种感官已经被定位（就在舌头上，布里亚-萨瓦兰准确地将其描述为是在嘴里），但是，品尝的享乐还是分散的，它分摊在黏膜的整个神秘表面上。它属于我们本应看作我们的第六感觉的东西——如果布里亚-萨瓦兰没有恰好把这个位置预留给基因意义的话，这个位置便属于体感了，即我们内在身体的整体感觉。当然，布里亚-萨瓦兰也想和大家一样，承认食物快乐的这种分散的位置，那是在进食美味佳肴之后的<u>满足感</u>。但是，有趣的是，对于这种内在的感觉，他不做分析，不做详细介绍，不为之进行"诗情的"描述。当他想把握食物的享乐效果的时候，他反而从作为其对立面的身体上去寻找。这些效果在一种对话的情境之中某种程度上就是一些符号：人们在破解另外之物时的快乐。有时，在有女人在场的情况下，人们甚至于期待这种快乐，<u>现场捕捉</u>这种快乐，就好像与一种小小的色情诱骗有关似的。乐于同饮共餐，即享受在一起用餐的快乐，是一种不像其所显示的那样单纯的价值。在一次盛宴的安排之中，于实施世俗编码之外，还有着别的东西，而这种东西的历史起源似乎很早了。有一种难以言明的属于观察方面的冲动在激荡着：人们观看（窥视？）别人脸上由食物产生的效果，理解身体内部如何进行工作。就像那些性虐狂人从伙伴的面孔变化中去享受升腾的情绪那样,人们观察着营养很好的那种身体上的变化。根据布里亚-萨瓦兰的说法,对于上升的这种快乐的指示,是一种非常明确的主题品质:<u>光泽</u>。生理状况充分闪亮,色彩在提升,目光炯炯有神,然而大脑却冷静下来,一股温柔的热度进入了全身。光泽显然是一种色情属性:它指向一种既燃烧又潮湿的材料的状况,因为欲望赋予身体其明亮,神情恍惚赋予身体其光辉(布里亚-萨瓦兰语),而快乐赋予身体其润滑。于是,贪吃人的身体便被看作一幅闪着柔光的、<u>从内部</u>被照亮的绘画。不过,这种卓越包含着一点微妙的平庸。人们很清楚地看到那幅关于漂亮的贪吃女人的画作(布里亚-萨瓦兰称之为"一位全副武装的美丽的贪吃女人"),其中有一种意想不到的补加内容:她目光生辉,唇膏油光闪光,她在啃咬斑鸠的翅膀。享乐,是聚餐描述所必需的主题,而在这种可爱的享乐之下,就应该于光泽之中解读出另一种指示,即凶猛食肉动物的进攻性指示。画中的女人正是这种指示的承载者:那个女人不是在吞吃食物,而是在啃咬,这种啃咬动作光彩照人。也许,在这种突然的光亮之中,应该看到属于人类学的一种思想:在暂停的时候,欲望就回到其起点,并骤变成需要,贪婪骤变成开胃(这种骤变甚至被带向了恋情范围,最终使人们去做通常的交尾活动)。怪的是,在布里亚-萨瓦兰继续赋予美食用途的非常有文化的那幅绘画中,对于大自然即我们的自然内容的尖锐记录,是由那个女人给出的。我们知道,在男人们围绕着女人的理想而编出的无数神话中,食物是完全被遗忘的。我们都了解处于恋情状态或天真状态下的女性,我们却从未看到其吃东西的状态:女人的身体是不凡的,排除任何需要。在神话里,食物都与男人有关;女人在神话中只以厨娘或侍女形象出现;女人是做饭和上饭的人,但是,她不吃饭。布里亚-萨瓦兰以一种轻盈的笔触，打破了两种禁忌，即一个女人不与任何消化活动沾边的禁忌和纯粹过饱的美食禁忌。布里亚-萨瓦兰把食物用在女人身上，又让女人处于开胃状态。

反毒品

波德莱尔抱怨布里亚-萨瓦兰没有很好地说一说葡萄酒。在波德莱尔看来，葡萄酒，便是记忆与忘记，是高兴与忧郁；它是将主体带到其自身之外的东西，是让主体将自我的意识让位给陌生的、异样的和怪异的状态的东西。那是一种偏移的路径。简言之，葡萄酒是一种反毒品。

然而，在布里亚-萨瓦兰看来，葡萄酒根本就不是一种狂喜的引导者。道理很清楚：葡萄酒属于食物。布里亚-萨瓦兰认为，食物基本上是亲和性的。因此，葡萄酒不可能属于一种单独的礼仪过程：人们是边吃边喝，而每一天又是多次用餐。一种密切相连的社会性在监督着食物所带来的快乐。当然，印度的大麻吸食者可以成帮成群地聚集，就像一顿美餐的聚餐者那样。但是，原则上讲，那是为了让每一个人更好地在其个人的梦想中"出发"。然而，对于美食就餐者而言，"出发"是禁止的，因为，在吃饭的同时，就餐人要服从一种严格的群体性实践，那便是相互说话。（多人之间的）会话某种程度上就是一种法则，该法则在于防止烹饪带来的快乐蒙上任何心理学的风险，并将贪食者保持在一种"健康的"理性之中。在说话的时候，即在闲聊的过程中，尽管就餐人在吃饭，但他也要确认他的自我，并借助话语来防止任何的主观走神。在布里亚-萨瓦兰看来，葡萄酒没有任何特殊的好处——一如食物，它与食物一起轻微地放大身体（使身体"发出光彩"），但不会改变身体。它是一种反毒品。

宇宙进化论

关于可转换性物质，烹饪实践很自然地把谈论烹饪的作家带向了处理有关物质的一种普通主体学。就像从前几乎所有的哲学都非常忠实于物质的基本状态（水、火、气、土），并从这些状态中获得可以进入从诗学话语开始的所有话语形式的一些类属属性（气态、液态、火态等）那样，食物通过对各种物质的加工而具有一种宇宙进化论的维度。布里亚-萨瓦兰认为，食物的<u>真实</u>状态，即确定食品的<u>人性</u>变化的状态，就是液体状态：口味取决于总是借助于液体途径而进行的化学过程，而且"除了已经溶解或者即将溶解的东西之外，没有任何滋味可谈"。食物在此与母体的和大海的主题汇合，是正常的：水是营养性的；从根本上讲，食物是一种内在的洗浴，而这种洗浴（布里亚-萨瓦兰强调了这种明确性）不仅是有生命力的，它还是让人舒心的和天堂般愉悦的。因为，味道就取决于它，也就是说取决于吃的幸福。

液态，是先于食物或后于食物的状态，是食物的整体的历史，因此也是其真实状况。但是，在其是固体的、干的状态时，食物的材料有着不同的价值。我们就咖啡的自然颗粒来说，您可以将其捣碎或磨碎。布里亚-萨瓦兰更喜欢前一种破碎方法，他将其归功于土耳其人。（购买长时间用于捣碎颗粒的臼和木杵，难道不是非常贵吗？）布里亚-萨瓦兰做出学者的样子，他提供了一种操作强于另一种操作的实验和理论证据。但是，要猜想这种区别，并不困难：粉状属于一种力学；手在研磨机上是一种力量，而不像是一种艺术（证明就是，手动研磨机很自然地换成了电动研磨机）。因此，研磨机所产生的，抽象地讲，就是一种咖啡粉，就是一种干的和失去个性的物质。相反，捣碎的动作来自身体的整体活动（挤压，以多种方式翻转），而且，那些动作是直接地被最为高贵、最为人性的材料——木杵——传递的。从臼里出来的东西，并非一种细末，而是一种粉末，整个神话学都证明这种物质具有化学的天性，它与水结合就可以产生神奇的饮料。我们可以说，咖啡的粉末是可溶于水的，更接近食物材料的重要状态，即液态。在捣碎与磨碎这种小小的对立之中，应该对在今天比以往任何时候都让技术人员感到烦恼的伟大神话解读出一种映像：工具（对立于机器）表现出色，手工艺加工优于工业生产。一句话，这是对<u>自然性</u>的怀恋。

对本质的寻找

从科学上讲，到 18 世纪末，消化机制基本上被搞清楚了。因此，我们知道了我们可以想象的最为多样、最为异质的食物的名单（包括人类自生命起源以来发现的可以消化的所有食物）如何产生人赖以继续生存的同一种有生命力的物质。在过了一个很短的历史时期后，从 1825 年起，化学发现了简单的身体。布里亚-萨瓦兰的整个烹饪意识形态便带有一种既是异学的又是化学的也是形而上的观念，那便是一种简单的本质观念，而这种本质便是营养之<u>精华</u>（suc）（或品味之精华，因为在布里亚-萨瓦兰看来，实际上，只有被品尝的食物）。因此，食物的完成状态便是食物的汁液，即液体的和提纯的本质。减缩为本质或精华，作为古老的化学之梦想，深深地激励着布里亚-萨瓦兰：他欣赏这种梦想，就像他欣赏一场叫人惊喜的演出那样。苏比斯亲王①的厨师，就像《一千零一夜》中的魔术师那样，不是曾经构想把 50 根火腿封闭在不比大拇指大多少的一个水晶瓶子里吗？方程式是神奇的、惊人的：火腿以其汁液而储存，而这种汁液自身被减缩为一种精华、一种本质——只有水晶配得上盛装这种精华。如此设想的食物本质具有神圣的光环。其证据便是，一如普罗米修斯从天上盗火造福人类那样，在人的法则之外，人们可以偷取本质：英格兰人让人为自己在小客栈里烧烤羊腿，布里亚-萨瓦兰也如此提取精华（让人为自己在汁液中加工鸡蛋）。他切割正在转动着的牛肉，以不合规则的方式来偷取其精华（此外，这是一种蔑视英国人的举动）。

伦理学

人们揭示了恋情快乐的物理学（张力/松弛），但是，品尝的快乐却避开了任何的压缩，因此也就避开了任何科学（证明就是，由于历史和地域的不同而出现了嗜好与不嗜好的异质性本质）。布里亚-萨瓦兰像是一位学者那样说话，而他的书展示的却是一种生理学。但是，他的科学（他有所知吗？）只不过是对科学的一种讽刺，整个的品尝享乐都来自两种价值的对立：<u>叫人喜悦的</u>和<u>不叫人喜悦的</u>。而这些价值仅仅是同语重复性的：<u>叫人喜悦的</u>，就是让人喜悦的东西；<u>不叫人喜悦的</u>，就是不让人喜悦的东西。布里亚-萨瓦兰没有扯得太远：味觉来自一种"评价能力"，完全像在莫里哀的作品中所写，困意来自一种催眠作用那样。于是，有关味觉的科学便重归于伦理学（这是科学之惯常命运）。布里亚-萨瓦兰直接地将一些

---

① 苏比斯亲王（Prince de Soubise，1715—1787）：法国元帅。——译注

精神品质与他的生理学联系起来。（如果他想继续说话，他还能做什么呢？）有两种主要的品质。第一种是合法的、被阉割的，那便是准确性（"在厨师的所有品质之中，最不可缺少的是准确性"）。在这里，我们又见到了古典的规则：无限制就没有艺术，无秩序就没有快乐。第二种品质在有关<u>错误</u>的道德之中是颇为人所知的，那便是<u>辨别</u>，因为辨别可以细腻地区分<u>好</u>与<u>坏</u>。在味觉上有一种过分细致的表现：味觉应该总是处于警惕的状态，应该总是精巧地、细微地实施。布里亚-萨瓦兰带着敬意举了罗马贪食者为例：他们能够在味觉上区分出在城里的各座桥下钓上的鱼与人们在更为低的河水中钓上的鱼的不同，更有甚者，他们还可以感知到斑鸠在睡觉时稳住身体的大腿的特殊味道。

语言

为古希腊带去文字的卡德摩斯（Cadmus）曾经是西顿①国王的厨师。我们把这种神话特点作为寓言赋予将言语活动与美食学结合在一起的关系。这两种强力，使用的不是相同的器官吗？更为宽泛地讲，它们不具备相同的生产或评价机制，即布里亚-萨瓦兰借以告诉我们品尝的作用和发出美妙歌声的面颊、颚、鼻腔吗？吃饭、说话、唱歌（是否还需要加上拥抱？）是一些在起源上处在身体同一位置的过程：断开的语言，不再有味道，也没有言语。

柏拉图曾将修辞学与烹饪作比较（确实，这样做不好）。布里亚-萨瓦兰并未明显地利用这位先行者：在他的书中，没有关于言语

---

① 西顿（Sidon）：古代地中海东岸腓尼基人所在地，今为黎巴嫩赛达市（Saida）一地。——译注

活动的哲学。由于象征论不是其强项，那就应该在经验评语中来寻找这位美食家对言语活动或者更为准确地说是对语言的兴趣了。他的兴趣是非常大的。布里亚-萨瓦兰自己就说过，他会五种语言。因此，他拥有带有各种特征的极大的词语总汇表，他可以在其大脑的各个储室里无限地取用那些词语。在这方面，布里亚-萨瓦兰是很现代的：他确信，法兰西语言是贫瘠的，因而他借用或盗用其他地方的一些词语是合法的。同样，他高度评价一些边缘性语言，如流行语；他高兴地采用和引用其家乡的土语，比如比热语①。最后，每当他有机会的时候，即便远离属于他自己的美食话语，他还是要自述这样或那样的语言兴趣："舞动胳膊"意味着抬着胳膊肘弹奏钢琴，就好像为感情所窒息时表现出的样子；"眯起眼睛"意味着极目天空，就好像马上要陶醉那样；"制作甜点"（这个隐喻应该能使他快乐）意味着缺乏一种特点、一种语调。因此，他对言语活动的关注是细心的，就像厨师的技艺所应该是的情况。

不过，应该比这些偶然的兴趣实证看得更远一些。当然，就像食物所曾经是的那样，布里亚-萨瓦兰借助于一种恋情关系与舌头有着密切的联系：他非常喜爱词语，直至喜爱词语的物质特征。当舌头借助于一些非常智慧的词语参与到咀嚼动作之中的时候，难道他没有过为舌头的各种运动进行分门别类的令人惊讶的创意举动吗？在这些单词当中，就有 spication（当舌头呈尖穗状的时候）和 verrition（当舌头呈扫帚状的时候）。是双重的快乐吗？布里亚-萨瓦兰变成了语言学家，他对待食物，就像语言学家建立（将会建立）元音特征那样，而这种学者的话语，他将其保持在我们可以大胆地说是一种彻底的新词风格之中。新词（或罕见之词）在布里亚-萨瓦兰

---

① 比热语（le Bugey）：法国东部地区的方言。——译注

的书中屡见不鲜,他毫无顾忌地使用新词,而每一个意想不到的新词［喷洒物（irrateur）,粗糙性（garrulité）,游动的（esculent）,滴定（gulturation）,昏迷状（soporeux）,食用程度（comessation）等①］都是一种深刻快乐的痕迹,这种痕迹指向了舌头的欲望。布里亚-萨瓦兰喜爱词语,就像他喜爱块菰（truffe）、金枪鱼煎鸡蛋、水手鱼（matelote）那样。像任何喜欢新词的人那样,他对为其特殊性本身所围住的单一词语有一种崇拜。并且,由于这些被崇拜的词语继续被用于一种非常单纯的句法之中,而这种句法又用一种古典艺术的框架取代了由各种限制和各种仪礼构成的新词的快乐,我们可以说,布里亚-萨瓦兰的语言严格地讲就是<u>贪吃</u>的语言。说其是贪吃的语言,是指这种语言对于其所操弄的词语和其所依靠的菜肴表现出贪婪。当布里亚-萨瓦兰同情地提及那些贪吃者的时候,他展示的是一种融合与模糊,而人们也承认那些贪吃者的能力和唯一的、当然是贪吃的方式——他们就是以这种方式来说出词语"好吃"的。

我们知道,现代性是如何强调揭示深入言语活动中的性欲表现的:在某些检查之下或以某些借口（其中包括纯粹的"交流"）来说话,是一种色情行为;一种新的概念允许性的扩张延伸到词语方面,即<u>口语性</u>概念。布里亚-萨瓦兰在此提供了傅立叶②称之为<u>过渡</u>（transition）的东西——口味的过渡,口头的便像是言语活动,力

---

① 由于这些是布里亚-萨瓦兰自己造的新词,而这些词后来又不大被使用,所以它们没有被收到词典之中。译者查阅了多种语言词典,这里选用的是其"接近的意思"。特此说明。——译注

② 这里指的应该是哲学家、经济学家和空想社会主义者夏尔·傅立叶（Charles Fourier, 1772—1837）。——译注

比多的便像是情欲。

死亡

死亡呢？死亡是如何进入其作品主题和风格均将其定名为"好好活着"之楷模的一位作者的话语中的呢？有人早就料到了，它来自一种完全无用的方式。布里亚-萨瓦兰根据食糖可以保护食物和将食物加工成罐头的事实，想到没有理由不把食糖用于防腐艺术，如完整保存的尸体、糖渍食品、糖水渍食品、水果罐头！（这种荒唐可笑的想象，让人想到傅立叶。）

（当情爱之享乐无休止地借助各种神话与死亡相结合时，便没有什么可留给食物之享乐了。形而上学地讲，或从人类学上讲，那便是一种无光泽的享乐。）

肥胖症

本周的一份周报很吸引读者：一位医生刚刚发现了根据个人意愿可以从上身或者从下身吸取脂肪减肥的瘦身秘密。这一消息想必会让布里亚-萨瓦兰大为高兴，他兴奋地自我描述算得上是体干上的肥胖，"这种肥胖限于肚子"，而不存在于女人身上。这就是布里亚-萨瓦兰所说的<u>美食肚</u>（gastrophorie）。那些忍受这种美食肚的人，就是美食肚人（因为他们好像肚子突出于身体）。布里亚-萨瓦兰说："我就属于这种人。尽管我大腹便便，但我的大腿下部还是干瘪的，神经冷漠，就像一匹阿拉伯马。"

我们知道，这种主题在我们的大众文化中十分流行：在报刊上，没有一个星期不刊登有关减肥的必要性与手段的文章。这种减肥的疯狂，无疑在升腾，到 19 世纪末，一波接着一波的。在卢梭和瑞士医生特隆山（Tronchin）和蒂索（Tissot）的影响之下，已经形成了一种全新的健康卫生观念：原则就是瘦身（而不再是饮食过饱）；节制饮食替代普遍的带血肉食；理想的食物是奶、水果和新鲜水。当布里亚-萨瓦兰在书中为肥胖和与肥胖做斗争的手段安排一章的时候，他顺从了一种神话历史的意义，而我们也开始了解这种历史的重要性。不管怎样，布里亚-萨瓦兰作为美食家，他不能强调神话的自然特征：他怎么可以同时为农村的自然性（奶与水果）与烹饪艺术进行辩护呢？烹饪艺术可以产生骨髓浇汁块菰烧鹌鹑（cailles truffées à la moelle）与带香兰素味和玫瑰香味的奶油夹心金字塔蛋糕（piramides de meringue à la vanille et à la rose）。源自卢梭的哲学托词不见了，而让位于一种真正审美方面的道理。的确，当时尚不处于瘦体自然会比胖体更美（对于这一命题，历史与人种学证实了其相对性）的历史时代（即我们的时代），布里亚-萨瓦兰提到的体型审美，并非直接是色情的，这种审美是绘画方面的：肥胖症的主要不好，在于"填补了大自然用来产生阴影的那些凹洞"，并"使一些非常有棱角的面孔变得几乎毫无意味"；身体的典范，终究是一种类型轮廓，而营养学则是一种造型艺术。

　　对于减肥的摄食习惯，布里亚-萨瓦兰有什么想法呢？差不多就是我们的想法。主要是，他了解食物的热能的不同。他知道，鱼类，而特别是贝壳类如生蚝，它们是低热量的，并且知道，淀粉类食物热量非常之高；他不建议人们食用汤类、甜的糕点和啤酒；他建议人们多食用绿色蔬菜、小牛肉、蛋类（但说真的，还有巧克力）；他建议经常称一称体重，吃饭要少，睡觉要少，多进行体育锻炼。他顺便纠正了这样或那样的偏见（例如，有一种说法曾导致一位年轻姑娘身故，因为她相信大量喝醋就可以减肥），在这方面，还要加上使用减肥腰带和喝金鸡纳酒。

布里亚-萨瓦兰参与减肥神话（在今天，声势非常大），并非无关紧要的。他对于营养学和美食学勾画出了一种非常现代的综合表述，他假设，人们可以在烹饪方面保留属于一种复杂艺术的魅力，同时以一种更具功能性的观点来思考这种烹饪。这种综合表述是珍贵的，因为减肥摄食仍然是一种真正的修行（也就是以这种心理代价，才可以成功）。至少，有一种文献就这样被奠基了，那便是根据某种身体因素而制作的有关烹饪的书。

渗透物

我们知道，在中世纪，烹饪技术总是迫使人们在油炸之前把肉煮烂（因为那个年代肉质不好）。这种技术想必让布里亚-萨瓦兰有过反感。首先，我们可以说，因为他对油炸食物有着很高的理想，其秘密——因此也是其主题意义——就是（借助炙热）突然地捉住需要热度的食品：我们在一种油炸食品的酥脆（即美国人说的"crispy"）之中喜欢的，某种程度上讲就是该物质成了其对象的那种劫持行为。随后，尤其是因为布里亚-萨瓦兰指责清煮肉（bouilli）[而不是指责汤（bouillon）]。实际上，被清水煮过的肉（按照当时的化学观点）会（在其滋味方面）失去一种珍贵的成分，这种成分本应自然地附着于红肉（或者附着于加工过的肉）。这种成分，便是渗透物（正是它构成了肉的橙红色、烤肉的焦黄、野味脂肪的肉香。特别是，正是它形成了汁液和汤汁）。

布里亚-萨瓦兰忠实于他有关本质的哲学思想，他赋予这种渗透物一种精神能力。这种渗透物（该词是阳性名词）甚至是味道的绝对存在物：它是肉的某种酒精；就像是一种普遍的（魔鬼式的？）

原理那样，它有着多变的或诱惑人的外表；正是它构成了肉的橙红色、烤肉的焦黄、野味脂肪的肉香；正是它形成了汁液和汤汁，而这些便是精华的各种直接形式（精华一词的词源指向的正是气味与汤汁的混合观念）。

从化学上讲，渗透物的原理是一种肉质成分。但是，象征体系并不遵从化学同一性；渗透物借助换喻为任何焦黄色、焦糖色、焦煳色的东西赋予价值。例如，咖啡就是这样。布里亚-萨瓦兰的化学（尽管这种化学早已过时）可以让我们理解当前的烧烤潮流。在烧烤中，除了功能上的借口（在快速制作一种菜肴的情况下）外，还有一种哲学理由：烧烤将两种神话原理结合在了一起，即火的原理与生原理，这两种原理都在烧烤的外在形象中得到了超越，而这种外在形象则是生命精华的牢固形式。

快乐

对于快乐，布里亚-萨瓦兰是这样写的："就在短短的几个月前，我在睡觉的时候，感受到了一种完全绝妙的快乐感觉。这种感觉在于使构成我的身体的所有部位出现了一种舒适的微颤。这是一种充满魔力的发麻感觉，它在从脚到头部的表皮上骚动我，直至骨髓。我像是看到了在我的额头闪现的一种强烈的火光。"

这种抒情式的描述，说明了快乐概念的模糊性。美食带来的快乐，一般被布里亚-萨瓦兰描述成一种细腻的和理性的满足。当然，它赋予了身体一种闪亮（光泽），但是，对于这个身体，快乐并不会使之失去人的个性：食物和葡萄酒都不具备毒品那样的能力。在这里，正好是快乐之某种极限被提出来了。快乐在享乐之中几乎失去平衡：它改变身体，身体这时处于生物电分散状态。这种过分，无疑属于梦幻。不过，快乐指明了某种非常重要的东西，那便是快乐的无法估量的特征。在此之后，只需使快乐的未知部分社会化，就可以产生一种乌托邦了（我们重新看到了傅立叶）。布里亚-萨瓦兰说得很清楚："快乐之极限尚未为人所知，也没有被人设定出来，我们不知道我们的身体在何种程度上可以享受至福。"在过去一位作者的作品中，读到这样的言语让人感到惊异，其思想风格总的说来是享乐至上的。这种言语为享乐至上的思想引入了有关人的身体之感觉和从未听说过的可塑性的某种历史无限性，而这种无限性，人们只能在那些非常边缘性的哲学中才可看到。这便设定了有关快乐的一种神秘主义。

诸多问题

被一个符号针对的对象，叫做指涉对象。每当我谈论食物，我就会发送一些（语言上的）符号，这些符号关系到一种食物或是一种食物品质。当我的陈述活动所针对的对象是一种所希望之物的时候，这种平庸的情况便会出现一些不大为人所了解的结果。《味觉生理学》显然就是这种情况。布里亚-萨瓦兰在谈论，而我则喜欢他所谈论的东西（尤其是在我想吃东西的时候）。由于他所动员起来的欲望表面上是简单的，所以，美食的陈述语段在其全部的含混性中表现出了言语活动的能力：符号甚至在为其对象留下缺席痕迹的时刻，就在求助于对象的乐趣（自从马拉美就花卉说出其"缺席任何花束"以来，人们便很清楚词语的作用）。言语活动在激发，同时也在排除。从那时起，美食风格便向我们提出了一系列的问题：何谓再现、形象呈现、投射、说出呢？何谓希望呢？何谓在谈论的同时又希望呢？

第一时间

就像任何快乐主义者那样,布里亚-萨瓦兰对忧郁似乎有着强烈的经验。像以往一样,忧郁因为与哲学和精神分析以<u>重复</u>为名所指出的东西联系着,所以,它从相反的路径(即意义的对立路径)包含着新颖性的杰出表现。任何属于第一时间的东西,都带有某种魔幻般的神奇:第一时刻,第一次,一种菜肴、一种习俗的首次露面。总之是<u>开始</u>,都指向快乐的某种纯粹状态。因为在开始的地方,混合存在着一种幸福所引起的全部决心。因此,就用餐的快乐而言,布里亚-萨瓦兰说:"餐桌,是人们在第一时间内不会觉得厌烦的唯一的地方。"这第一时间在这里的标志,是新菜肴的出现、对其新颖性的发现、会话的加速,总之,用布里亚-萨瓦兰夸赞那些优质油炸食品时所用的一个单词,就是<u>惊喜</u>。

梦

食欲依赖于梦,因为它既是记忆,也是幻觉。因此,也许最好说,它属于错觉。当我对一种食物有食欲的时候,难道我不想去吃吗?在这种预测性的想象之中,难道就没有对于我们此前快乐的回忆吗?我恰好是由一种未来的场面构成的主体,而我则是唯一的演员。

因此,布里亚-萨瓦兰对梦做了思考:梦是"另外一种生活,是某种拉长的小说"。他很理解梦的有悖常理的现象,不过,真实的感觉除外:在梦中,既无气味,也无味道。梦是一些记忆或是记忆的结合:"梦只不过是对于一些意义的回忆。"就像一种语言,仅仅是根据某些选定的符号即根据另一种语言之外的剩余符号制定的那样，梦也是一种破碎的叙事，它是由记忆的废墟构成的。布里亚-萨瓦兰将梦比作一种模糊的旋律记忆，只能演奏出其中几个音符，而无法融入和谐。梦的不连续性对立于令人产生困意的铺面，而且这种对立反映在对食物的组织之中。某些食物就是促眠的，例如奶类、蛋类、莴苣、柑橘花、斑皮苹果（睡觉之前吃）；其他食物则是促醒的，例如深红色的肉、野兔、芦笋、芹菜、块菰、香子兰，它们是一些强力的、散发出香味的或是带来性欲的食物。布里亚-萨瓦兰把梦看成了一种有标志的状态，我们几乎可以说它是一种壮阳状态。

科学

布里亚-萨瓦兰说："口渴，是喝水需要的内心感觉。"人们可以猜想到这种情况，而且这样的句子引起的兴趣肯定不会在于其所释放的信息（坦率地讲，这里面毫无信息可言）。布里亚-萨瓦兰以这种明显的同语重复的方式，亲自尝试科学，或至少是尝试科学话语。他写出一些陈述语段，无惊人之妙，它们只具有介绍科学命题（定义、假设、公理、方程式）的一种纯粹形象价值：还有比通过自身来定义自身的科学更为严格的论调吗？在这里，没有任何的错误风险。布里亚-萨瓦兰身处破坏科学的一种精明的力量保护之下，那便是反常现象。他的勇气很有风格：使用一种学究式的语调来谈论一种公认无用的（因为平淡无奇，是色情性的）意义，即味觉。

科学是《味觉生理学》的重要超我。有人说，这本书是在一位正式的生物学家的帮助下写成的，而布里亚-萨瓦兰的话语则不乏科学的郑重性。于是，他便想象让食物欲望服从一些实验措施："每当端上带有一种高贵和公认的味道的菜肴的时候，人们会认真地观察聚餐的客人们，人们会注意到，那些其面部没有表现出高兴的人可以说不适合食用这种菜肴。"布里亚-萨瓦兰借用了"美食试管"——尽管这种想法非常古怪，他考虑了两种非常严肃也非常现代的因素：社会性和言语活动。他介绍给其客人用以实验的菜肴，菜肴随着客人的社会阶层（收入水平）而变化：如果客人收入不高，他就提供小牛腿肉片（rouelle de veau）或奶油雪花蛋（oeufs à la neige）；如果客人属于殷实阶层，他就提供一块牛里脊或是一条清煮多宝鱼（turbot au naturel）；而如果客人是富人，他就提供牛骨髓浇汁块菰烧鹌鹑、玫瑰香奶油白霜饼，等等。这就让人理解，口味是依据文化而形成的，也就是说是依据所属社会阶层而形成的。随后，布里亚-萨瓦兰采用了一种令人惊讶的方法，来解读品尝的快乐（因为这是实验的目的），他建议不去研究面部表情如何，而是研究作为被社会化的对象的言语活动。对赞同的表达会根据对话人的社会阶层不同而有变化：面对雪花鸡蛋，穷人会说"嚯！"，而普罗旺斯烧雪鹀（ortolan à la provençale）① 则会从富人那里得到一句"阁下，您的厨艺可真不错呀！"的夸赞。

这些玩笑话，混合着多种真实的直觉反应，它们很好地说明了布里亚-萨瓦兰是如何对待科学的：他的方式既是严肃的，又是讽刺性的。他创立一种口味科学、从烹饪快乐中获取其惯有的无价值之标志的计划，肯定久存于心；但是，他在实施这项计划时却不无夸张，也就是说带有讽刺意味。他就像是在其陈述的真实

---

① 以上菜肴译名的确定，得益于我大学时期的老同学杨苑琛和徐伟民两位学兄的热心帮助，在此顺致诚挚谢意。

情况两边加上引号的一位作家，不是出于科学的谨慎，而是担心给人以不成熟的形象（正是在这一点上，我们可以看到讽刺总是腼腆的）。

性

有道是，人有五种感觉。从布里亚-萨瓦兰的书的开端，他就设定了第六种感觉：生殖感觉，或体爱感觉。这种感觉不能减缩为触觉，它涉及的是感觉的一种完整机制。布里亚-萨瓦兰说："我们给予生殖以感觉的位置，大家都不会拒绝这样做，而且，我们相信我们的子孙会为其指定位置。"（我们就是他所说的子孙，大家都知道，我们没有完成这一任务。）布里亚-萨瓦兰的意图，是在第一种精神满足（即便这种满足受到了检查）与他所捍卫和说明的意义之间指出一种交换，即味觉。从肉体的感觉来说，为了赋予其恋情快乐而提供一种名单作陪伴，就意味着味觉。因此，只要可能，布里亚-萨瓦兰便强调某些食物刺激性欲的作用，例如块菰，或者是鱼类，因此他很是惊讶（这是反学究派的一种小小嘲弄），竟然是鱼在为矢志保持贞洁的僧人在封斋期间提供营养。不过，他枉费心机，在奢华与美食之间可比性太少。在这两种快乐之间，有一种主要的区别：亢奋，也就是说激奋与放松的节奏。就餐的快乐不包括陶醉，也不包括激昂，还不包括狂喜，更没有侵犯、享乐。如果有的话，它也并非冲顶性的：它毫无快乐升起、毫无累加、毫无危机，它只有一种时长。好像对美食快意的唯一批评成分，就是要等待。自满足开始，身体便进入了过饱的无意味状态之中（即便过饱采用了贪食者一本正经的样子）。

社会性

普通人种学大概可以勉强地指出，摄取食物在任何地方和任何时间都是一种社会行为。几个人一起用餐，这是普遍的法则。这种食物的社会性根据社会与时代的不同，拥有多种形式、多种原因、多种细微区别。在布里亚-萨瓦兰看来，美食的集体性基本上是上层社会的，而美食的习惯外在形象就是会话聊天。餐桌在某种程度上就是所有会话主体的几何学场所。就好像食物的快乐使他们充满活力，让他们为人所承认。对于一种食物的清煮活动，以一种聚会（一种参与）的新方式的外在形象得到了还俗，这种方式便是<u>聚餐</u>。加之美味佳肴的配合，这种聚会能产生傅立叶（我们经常看到傅立叶与布里亚-萨瓦兰同时出现）所说的<u>复合快乐</u>。这两位表兄弟细心的享乐主义启发了他们这样的思想，即快乐应该是由<u>多种因素决定的</u>，它应该同时拥有多种原因，而在这些原因之中，没有可能区分哪一种是独占享乐的。因为，复合快乐不属于一种简单的激奋数量计算，它显示的是一种复合体空间，而在这个空间中，主体不再知道他从何而来和他想要什么，甚至不知道他想获得什么。聚餐在布里亚-萨瓦兰的伦理学中是非常重要的。它不仅仅是一种社会学的事实，它还要求把交流看作一种享乐（至今，人文科学很少这么做），而不再将其看作一种功能。

社会阶层

我们已经看到，在美食测试的场域（或经验）中，布里亚-萨瓦兰将味觉的不同与收入的差异联系了起来。其新颖性不在于承认按照金钱多少而形成的阶层（低下、殷实、富有），而在于把味觉本身（也就是说文化）构想成是被社会化的：如果在雪花鸡蛋与低收入之间有一种亲和性的话，这不只是因为这种菜肴花费不高，似乎也因为根据味觉的一种社会构成，这种菜肴的价值根本不是孤立地得到确立，而是根据一种确定的场所确立的。因此，布里亚-萨瓦兰总是通过文化的接替而不是通过需要的接替来赋予食物以社会化。于是，当他将收入置于专业阶层（即置于人们所称的"状态"或"条件"）上的时候——这样便确定了社会上那些大贪食者主要是银行家、医生、文学家和贵族，他所考虑的，是某种习惯特征，简言之，即一种社会心理学。在他看来，美食的味觉首先或者与职业的实证论（银行家，医生）有联系，或者与可以转移享乐、可以升华或是将享乐内心化（文学家、贵族）的特殊适应性有联系。

　　在这种烹饪社会学之中，尽管其表现出羞涩，但纯粹的社会性还是出现了：它恰恰在话语中缺少。正是在布里亚-萨瓦兰未说出（将其掩盖）的东西之中，他最为确定地集中谈论了社会条件，即在社会的赤裸之中谈论，而被毫不留情地拒绝的，是大众的食物。这种食物主要由什么构成呢？是由面包构成的，而在农村，则是由粥构成的。做饭的女人借助"捣棒"（pile à mil）捣碎颗粒，这样可以让其避开单调的碾磨和俗气的烤炉；不加一点糖，但加蜂蜜。穷人们的基本食物，便是马铃薯。人们在大街上出售马铃薯和粥食（就像现在还可以在摩洛哥见到的那样），一如对待板栗那样。在很长的时间里，由于马铃薯曾被有"某种地位"的人推崇，那些人将马铃薯的食用者指向"牲畜和非常穷的人"，所以，它不该将其社会地位的上升归功于军队的药剂师帕尔芒捷（Parmentier），原因是他用马铃薯的淀粉来代替做面包的面粉。在布里亚-萨瓦兰所处的那个时代，马铃薯从开始救助人类时，便带着不被信任的标志，而这种不被信任从社会上讲与各种"粥"密切关联。请看看那个时代的菜单：只有分离开的、各自分明的菜肴，混合在一起的只有调味汁。

论域

布里亚-萨瓦兰很清楚，作为话语主题，食物是某种栅网（古代修辞学说其是论域）。借助这种栅网，我们可以成功地浏览我们今天所有的社会与人文科学。他的书倾向于百科全书，即便他只是在这一方面做一做手势而已。换句话说，话语有权根据多种适合性涉猎食物。总之，食物完全是一种社会事实，而围绕着这种事实，我们可以求助于多种不同的元语言：心理学元语言、化学元语言、地理学元语言、历史学元语言、经济学元语言、社会学元语言和政治学元语言（今天我们再加上象征学）。在布里亚-萨瓦兰看来，美食学这一名称所覆盖的，正是这种百科全书式的话语即这种"人文主义"："美食学是对与人有关系的任何东西的认识，因为人要进食。"这种科学的开放性，与布里亚-萨瓦兰自己生活中的情况非常一致。他基本上是一个多元形态的主体：音乐家、社交人，很了解国外和外省。在他看来，食物不是一种怪癖，而是对于话语的某种全能的操作者。

作为结语，也许要对各个日期有所思考。布里亚-萨瓦兰生活在1755年至1826年间，可以说恰好与歌德（Goethe，1749—1832）是同时代的人。歌德与布里亚-萨瓦兰，这两个姓名被拉近之后，就可以成谜。维特①在瓦哈莱姆（Wahlheim）退居地并不厌弃自己烧

---

① 歌德小说《少年维特之烦恼》（Les souffrances du jeune）中的主人公。——译注

制黄油青豌豆。但是，人们看到他对块菰的壮阳作用、对那些十足的贪吃女人脸上的欲望之光表现出兴趣了吗？这是因为进入19世纪后，他开启了实证性旅行和浪漫旅行（也许这种旅行是由那种旅行引起的）。在《味觉生理学》出版的1825年前后，出现了对于历史或至少对于意识形态的两种假设，而无法肯定的是，我们是否已经脱离了这两种假设。一方面，是对于世间快乐的某种权利恢复，即感官享乐主义，这种享乐主义与历史的进步意义密切地结合在了一起；另一方面，是生活之不便的一种壮观爆发，这种爆发与象征论的一种全新文化密切地结合在了一起。于是，西方人对于其所获与价值建立了两种总表：一方面是化学发现（作为工业发展和社会转化的担保）；另一方面，是一种非常大的象征探索。布里亚-萨瓦兰出版其著作的1825年，难道不同样是舒伯特（Schubert）书写其四重奏乐曲《年轻姑娘与死神》（*La Jeune fille et la Mort*）的年份吗？布里亚-萨瓦兰让我们同时了解了多种感觉之快乐，他也间接地看到了（他就像是一位很好的证人）尚未得到充分评价的一些复合的文化和历史。

为布里亚-萨瓦兰的《味觉生理学》作序
(*La Pysiologie du goût*, de Brillat-Savarin,
© C. Hermann, Éd. Des Sciences et Arts, 1975)

关于研究的一项考虑

在开往巴尔贝克（balbec）的小火车里，一位太太正在阅读《两个世界杂志》（*Revue des deux mondes*）。她不漂亮，有点俗气。叙述者将其看作是一个不出门的家庭主妇。但是，在接下来的旅行过程中，一小拨人在涌进了火车之后，告诉叙述者，这位太太就是舍尔巴托夫（Sherbatoff）公主，出身高贵，是维尔迪兰（Verdurin）沙龙的明珠。

这种画面，将两种绝对不相容的状态汇合在了同一对象之中，从而彻底地把一种外表推向了其反面。这种情况在《追忆似水年华》一书中屡见不鲜。在阅读其头几部分册的时候，我看到了下面几个例证：（1）盖尔芒特家族的两位堂兄弟，最快活的实际上是最傲慢的（公爵），最冷峻的是最单纯的（亲王）。（2）奥黛特·斯万（Odette Swann），作为她所在环境中的高贵女人，却变成了维尔迪兰家族的蠢人。（3）诺尔普瓦（Norpois）爱摆出权威架子，甚至恐吓叙述者的父母和说服他们相信他们的儿子无任何天赋可言，而他却被贝尔戈特（Bergotte）诟病（"不过，他是个老傻瓜"）。（4）这同一位诺尔普瓦，作为拥护君主的贵族，被几届激进派内阁都委以了特殊外交使命，"一个普通的反动资产者拒绝为那些内阁效力，而且对于那些内阁来说，他的过去、他的各种联系和他的观点很可能会让他受到怀疑"。（5）斯万与奥黛特十分关爱叙述者，不过，有一次，斯万甚至不愿意回复叙述者给他写过的一封"非常具有说服力和非常全面的"信件；斯万住宅的守门人从此变成了殷勤的<u>贴心人</u>。（6）维尔迪兰先生采用两种方式谈论科塔尔（Cottard）：如果他假设这位教师不大为其对话者所了解的话，那么，他就夸奖这位教师；但是，在科塔尔非常出名的情况下，他则使用一种说反话的方式，并用一种过于简单的神情来谈论其在医学方面的天赋。叙述者刚刚在一位大学者的书中读到出汗有害于肾脏之后，就遇到了 E. 医生，后者对他说："出汗多的热天带来的好处是，肾脏也同样因此减轻了负担。"依此类推。

这些说明文字是经常见到的，它们被用于一些个体、一些物件、一些情境、一些非常不同却又常见的言语活动，以至于人们有权在其中标记下一种话语形式，而这种形式的频繁出现本身也是神秘莫测的。我们至少可以临时地把这种形式称为**颠倒**（inversion），我们可以预想（而不是在今天就去完成）建立其出现次数的总表、分析其陈述活动的各种方式和构成陈述活动的原因，并定位这种形式在普鲁斯特作品不同层次上似乎需要考虑的那些重要的扩展情况。因此，我早该提出一种"研究构想"，而不至导致我们步入哪怕是最少的实证论：《追忆似水年华》主要是19世纪得以产生的重大宇宙论之一，那些伟大作品的特征，由于既是雕塑性的也是历时性的而恰恰是这样的：它们都是<u>无限可开发的空间</u>（星河）。这就使批评工作远离任何"结果"幻象，而趋向简单地生产一种补充性的书写，而这种书写所依靠的文本（普鲁斯特的小说），在我们书写我们的研究的情况下，则仅仅是一种前文本。

*

这便是同一身体的两种身份：一种是妓院老鸨，另一种是身为厄多克西（Eudoxie）女公爵的宫廷贵妇舍尔巴托夫公主。我们可以在这种构思中看到外表与真实情况的庸俗游戏：作为维尔迪兰沙龙最为重要的俄国公主，她<u>只</u>是最为低下粗俗的一个女人。这种解释会是真正道德说教式的［<u>只是</u>，这种句法形式在例如罗什福柯（La Rochefoucauld）的作品中经常出现］。于是，人们便在普鲁斯特的作品中看出了一种真势的计划，即一种破解的能量、一种本质研究，这种计划的首要研究工作便是把人的真实性从虚荣心、贪图尘世名利、追赶时髦所复加给它的那些相反的外表之中解脱出来。不过，在把普鲁斯特的颠倒做法变成一种普通的压缩的同时，人们也牺牲了形式的光彩，并几乎顾不上文本。这些光彩（话语的真实性，而非计划的真势性）如下：其一，<u>时间性</u>，或者更为准确地讲是一种时间的效果。矛盾的两个项被一种时间即一种冒险分开，严格地讲，并不是同一个<u>叙述者</u>在解读妓院的老板娘和高贵的俄国女人：两列火车将她们分开了。<u>特别是</u>，颠倒是根据一种准确的外在形象进行的，就好像一位天神——例如命运之神——在调皮地主导着致使公主与其被严格地确定的绝对反面形象相耦合似的。据说下面这个是普鲁斯特最为喜欢的猜谜活动之一：对于一个妓院老鸨来说，什么是她的特殊之想？她就是想成为尊贵女公爵厄多克西的伴女——或者是反过来。其二，惊喜：对各种外表（我们不要再说对特定真实性外表）的推翻，总是让叙述者获得一种美好的惊喜。那是惊喜之本质（我们会在下面谈到这一点），那不是真势之本质，而是真正的非常完整、非常纯粹、非常扬威的狂喜——就像陈述活动的成功所证实的那样，以至于这种颠倒方式只能明显地属于（话语的）色情，俨然推翻的痕迹就是普鲁斯特享受书写的时刻本身。在调查的重要连续体之中，在这里和在那里成为亮点的，正是对叙事即言语活动的最大占有。

*

快乐一经获得，主体便会不停地重复这种快乐。作为形式的颠倒，在《追忆似水年华》一书的整体结构中随处可见。颠倒在开启叙事本身：第一个场面——斯万由此开启了整部小说，该场面连接着一种失望（即必须睡觉，却无母亲的亲吻）逆转成兴奋（即在母亲的陪伴下过夜）。就在这里，普鲁斯特的颠倒特征得到了记录：最终（时间性），出乎任何预料（惊喜），不仅仅有母亲来拥抱她的儿子，而且（特别是）正是在最为不幸的失望之上突起了最为耀眼的兴奋，严厉的父亲这时也转换成了可亲的父亲（"……你去告诉弗朗索瓦丝帮你把大床整理好，今天晚上你就挨着他睡"）。逆转并不局限于提供了一些例证的无数细节记录，它还为服从于一些升迁和一些"真正"失落的主要人物的变化提供结构：在维尔迪兰的沙龙里，身为贵族的夏吕斯从峰顶跌落为小资产者；斯万作为那些最尊贵亲王的客人，在叙述者的那些姑奶和姨奶的眼里，就是一个平凡的和无出众可言的人物；轻佻的女人奥黛特变成了斯万太太；维尔迪兰太太变成了盖尔芒特公主；等等。一种无休止的位置调换在活跃和搅动着社会游戏（普鲁斯特的作品比有人说的更像社会学方面的:他的作品准确地描述了阶层的升迁和变动的基本原理),直至上层社会可以被一种形式确定:(状况、舆论、价值、情感、言语活动的)逆转。

在这一点上,性别上的颠倒是典范的(但不一定是基础性的),因为这种颠倒让人在同一身体上解读出两种绝对相反的性别——男人和女人——的叠合情况(人们都知道,这两种相反性别是普鲁斯特根据生物学原理确定的,而不是根据象征意义确定的:这大概是那个时代的特征,因为为了同性恋的权利,纪德曾提出过鸽子与狗的故事)。大胡蜂的场面(在这一场面中,叙述者发现那个女人在夏吕斯身下),从理论上讲,便是对于对立面游戏的完全解读。由此,在整部作品中,同性恋便展示了人们可以称之为反论学(énantiologie)(或逆转性话语)的东西。一方面,这种反论学在世界上引起了无数反论情况,例如违背常理、蔑视、惊异、顶峰与不怀好意等,《追忆似水年华》对其谨慎地做了列举;另一方面,作为典范的逆转,整部作品为一种不可抗拒的扩张运动所活跃。《追忆似水年华》中的大众百姓,借助占据整部作品的一种宽幅曲线,虽然最初是单性恋的,但最终都身处完全颠倒的位置,亦即同性恋的位置〔例如古埃尔芒特王子圣卢(Saint-Loup)等〕。其中有一种颠倒即逆转的流行状况。

逆转是一种法则。任何特征都通过一种不可避免的回转运动而要求自我逆转:斯万因为拥有一种贵族言语,所以只能在某个时刻将其逆转成资产阶级的言语。这种约束是非常在理的,以至于普鲁斯特说这使得对各种习惯的观察变得毫无用处:我们完全可以从逆转法则中对其进行推导。因此,对逆转的解读就是一种知识。不过,请注意,这种知识并不完全暴露内容,或至少不会停止于内容。值得指出的(合乎法则的)是,并非那位高贵的俄国太太平庸俗气，或者维尔迪兰先生同意把科塔尔介绍给他的对话者，而是这种解读的形式，即赋予世人或曰交际社会以结构的逆转逻辑。这种逆转本身没有意义，我们不能让其停止，被调换的各种词项中的一个并不比另一个更为"真实"：科塔尔既不"高大"，也不"矮小"，他的真实情况（如果他有的话），是一种话语真实，而这种真实则铺展在他者（Autre）（在此，便是维尔迪兰先生）的话语让其承受的摆动之中。按照古典句法，舍尔巴托夫只不过是一位公共场所的老板。普鲁斯特用一种同时性句法取代了这种古典句法：这位公主同样是一个妓院老鸨。这是一种新的句法，似乎应该称之为换喻性句法。因为隐喻与长期以来修辞学所思考的东西相反，它是一种被剥夺了任何矢量化过程的言语活动研究工作：它只是循环地和无限地从一个词项转到另一个词项。这样一来，我们便理解，普鲁斯特的颠倒习性就是让人惊异的原因了。这就是一种回返、一种附连、一种重大发现（和一种减缩）所带来的赞叹：陈述各种对立面，最终便是将其汇聚在文本即书写游历的统一体之中。在此之后，从一开始就为贡布雷（Combray）的散步也为小说的划分（《在斯万身边》《盖尔芒特一侧》）赋予节奏的那种重大对立关系，要么是骗人的（我们不在真实的范围之内），要么至少是可取消的。这也就没有什么可惊奇的了：我们知道，叙述者有一天惊愕地发现（与其注意到夏吕斯男爵竟然是一个女人、舍尔巴托夫公主是一处不光彩地方的老板娘时所感受到的惊愕一样），从其家庭开始分开的两条路又汇合在了一起，而斯万的世界和盖尔芒特家族的世界借助无数吻合现象最终耦合成了吉尔贝特（Gilberte），即斯万的女儿和圣卢的妻子。

不过，在《追忆似水年华》中，有一个时刻，重大的颠倒形式不再运行了。那么，是什么将其卡住了呢？绝不是死亡之外的东西。我们知道，普鲁斯特的所有人物都重新出现在作品的最后一卷书中［《年华重现》（*Le temps retrouvé*）］。是在一种什么样的状态之中呢？毫无颠倒可言（就像一段较长时间所允许的那样，而他们在这一时间之末于盖尔芒特公主的沙龙会聚在了一起），而是相反，是<u>被延长</u>、<u>被固定</u>（这比被老化更严重）、被保护的，而且我们甚至可以说是"被坚持下来的"。在后来的生活中，颠倒不再出现了：叙事只需结束——该书只该开始。

1972，《典范》（*Paragone*）

"长时间以来,我睡得很早"

某些人肯定会认出我为这次报告会的标题给出的句子:"长时间以来,我睡得很早。有时候,我的蜡烛刚刚熄灭,我的双眼就很快地合上了,以至于我没有时间说出'我睡了'。而半个小时之后,该寻找困意的想法又让我醒来……"① 这便是《追忆似水年华》的开场白。这就是我向您提供的"关于"普鲁斯特的一次报告会吗?是,也不是。如果您愿意的话,这将是:普鲁斯特和我。竟然是这样的打算!尼采曾取笑德国人对连词"和"("et")的使

---

① 这段文字由译者自行翻译。——译注

用。他挖苦地说:"叔本华和哈特曼。"①"普鲁斯特和我"则更为严重。我想暗示的是,这种意图从我在谈论而不是某位证人在谈论的时候起就不可思议地消失了。原因是,在把普鲁斯特和我安排在同一横列上时,我丝毫不是想说我把自己比作这位伟大的作家,而是以完全不同的方式来表示<u>我把自己等同于他</u>:这里涉及的是实践混同,而非价值混同。我来解释一下:在形象化的文学中,比如在小说中,我认为,人们都是或多或少(我想说的是有时候)地把自己视同被再现的某个人物。这种投射,我认为就是文学的动因本身。但是,在某些边缘情境里,在读者是一个自己也想书写一部作品的主体的时候,这个主体就不再只是让自己等同于这样或那样的虚构人物,而是和尤其是,让自己等同于所读书籍的作者,因为作者想过书写这本书,而且成功地写完了这本书。然而,在《追忆似水年华》是简述一种书写欲望的情况下,普鲁斯特遂成为这种特殊的同一化过程被人看重的场所:我并不把自己等同于一部巨著的威名赫赫的作者,而是把自己视为像他一样有时忍受苦恼、有时又高兴异常、不管怎样却始终谦虚的一个工匠——这个工匠曾想开展一项任务,而从其计划起步,他就将一种绝对的毅力赋予了这一任务。

1

因此,首先还是谈普鲁斯特。

在书写《追忆似水年华》之前,他已经有文稿问世:一部书、

---

① 法语连词"et"是"和"或者"与"的意思,一般表明的是"在同一水平或有过直接联系的两个人或两个事物"。这里的嘲讽意味是,哈特曼与叔本华不在一个水平上,也无任何直接联系。——译注

一些译作，还有一些文章。这部伟大作品的书写，似乎开始于1909年夏天。我们都知道，就是在那个时间之后，作者与危及他完成这部书的死亡做着顽强不懈的斗争。表面上看，在1909年（即便准确地给出作品起步的日期也是没有用处的）曾经有过一个重大的犹豫时期。实际上，普鲁斯特当时处于两条道路、两种类型的交叉状态之中，忍受着源于两个"方面"的苦恼，他当时还不知道它们有可能汇合在一起，直到吉尔贝特与圣卢结婚之前，<u>叙述者</u>在很长时间内也不知道斯万的一侧关系到盖尔芒特的一侧：一侧是论说（即批评），另一侧是小说。1905年母亲去世的时候，普鲁斯特度过了一段煎熬的但也是激奋无果的时期。他很想书写，很想完成一部作品，但是该完成什么作品呢？或者说，应该采用什么形式呢？普鲁斯特于1908年写信给诺阿伊（Mme de Noaille）太太："尽管我病得厉害，但是，我很想写一写圣伯夫（Sainte-Beuve）（展示他所厌恶的美学价值）。这件事建立在我必须做出选择的对两种不同方式的思考之上。然而，我却没有毅力，也没有洞察力。"

我要让人注意到普鲁斯特曾经犹豫过，他曾经赋予这种犹豫一种心理学形式，而这种犹豫对应于一种结构的交替。使他犹豫不定的那两"侧"，是由雅各布森（Jakobson）所阐明的一种对立关系的两个项，即隐喻和换喻的对立关系。隐喻支持任何提出问题的话语："这是什么？那意味着什么？"这便是任何论述的问题本身。相反，换喻提出另外一种问题："我说出的东西可以由什么来接续呢？我讲述的情节可以产生什么呢？"这便是小说的问题。雅各布森提醒人们注意在一个儿童课堂里获得的经验，老师曾要求学生对"茅草屋"（"huitte"）一词做出反应：一些孩子回答说，茅草屋是一种小小的窝棚（隐喻），另一些孩子则回答说茅草屋着火了（换喻）。普鲁斯特成了被分裂的主体，就像雅各布森的小孩子班上出现的情况那样。他知道，生活中的每一个偶发事件都可以引发一种评论（一种解释），或者是一种虚构，而这种虚构则提供或是令人想象这个偶发事件在叙述上的<u>在前</u>和<u>在后</u>：解释，便是进入批评道路，同时也会讨论起理论，确定驳斥圣伯夫的态度。把各个偶发事件、各种印象连接起来，将其展开，这是在逐步地编织起一种哪怕是低劣的叙事。

在普鲁斯特并非一个新手（1909年，他38岁）的情况下，他的犹豫不决是本质性的。他已经开始书写了，而他所写的东西（尤其某些片段）属于一种混合的形式，不稳定，充满摇摆，兼有故事性与智力性。例如，为了说明对圣伯夫的想法（随笔领域，属于隐喻），普鲁斯特虚构了他母亲与他之间的一次对话（叙事领域，属于换喻）。这种犹豫不决不仅是本质性的，而且也许很受珍爱：普鲁斯特喜爱和欣赏过一些作家，他注意到他们也曾在某些体裁之间犹豫过，比如内瓦尔（Nerval）和波德莱尔（Baudelaire）。

在争论方面，普鲁斯特还原了其同情心。他在寻找一种既接受痛苦（由于母亲去世，他经历了这种绝对的痛苦）而又超越痛苦的形式。然而，普鲁斯特在《驳圣伯夫》（*Contre Sainte-Beuve*）一书的开始处，把"智慧"一词（这是普鲁斯特的用词）变成了过程。如果我们依随浪漫派传统的话，那么，该词便是伤害和淡化感情的一种力量。诺瓦利①（Novalis）把诗介绍成"治愈理解上之创伤的东西"。<u>小说</u>也可以做到这样，但不是任何小说都可以，例如一部不是根据圣伯夫的观念写成的小说。

我们不知道，普鲁斯特是下了什么样的决心来脱离这种犹豫不决的，以及为什么（假设有一种应时原因的话）在放弃了《驳圣伯

---

① 诺瓦利（Fredrich Novalis，1772—1801）：德国理想主义诗人。——译注

夫》之后（该书稿曾经被《费加罗报》于1909年拒绝过）他便彻底地投入到了对《追忆似水年华》的书写之中。但是，我们知道他所选取的形式，这便是《追忆似水年华》的形式：是小说？是随笔？两者中无一种是或者说两者都不是，而是我所称的第三种<u>形式</u>。我们来探讨一下这第三种体裁。

我之所以在我的这些思考的开始处就引用《追忆似水年华》的第一个句子，是因为这个句子开启了包括50页左右的一个情节，该情节就像是藏传佛教的菩萨图（mandala）那样把普鲁斯特的整个作品都汇聚在了其目观之下。这个情节谈的是什么呢？谈的是困意。普鲁斯特的困意具有一种奠基性的价值：它决定了《追忆似水年华》的新颖性（"典型性"）（但是，我们马上会看到，这种新颖性实际上是一种混乱）。

自然，有一种好的困意，也有一种坏的困意。好的困意，便是被母亲的晚安吻开启的、允许的、奉献的困意；这是正当的困意，它符合自然（夜里睡觉，白天行动）。坏的困意，便是远离母亲的困意：儿子在白天睡觉，母亲则守护着。他们两人只在正常时间和颠倒时间短暂交错时才能见上一面：一个在醒着，另一个却在睡着。这种坏的困意（在催眠药的作用下）在整部作品中过于多见，以至于无法验证它、调整它。因为正是付出了这种颠倒的痛苦代价，《追忆似水年华》才得以在日夜相继之中写完。

那么，好的（童年时的）困意是什么呢？它是一种"半醒"状态（"我曾尝试将我的第一章纳入半醒感受之中"）。尽管普鲁斯特在某个时刻谈到了"我们的无意识深度"，但是，这种困意无丝毫弗洛伊德的成分。它不是梦境的（在普鲁斯特的作品中只有很少真实的梦），它更应该说是由<u>混乱</u>意识的各种深度构成的。有一种悖论很好地确定了这种困意：它是一种可以被书写的困意，因为它是一种困意意识；整个的情节（而且，我认为，整部作品都是出自这个情节）便被悬空在一种语法的非常规现象之中。实际上，严格地讲，说出"我睡了"与说出"我死了"是同样不可能的。书写，正好就是加工语言的一种活动——使语言的各种不可能让位于话语。

　　这种困意（或这种半醒状态）有什么用呢？它在引入一种"虚假意识"，或者更应该说为了避开俗套，它为一种错误的意识引入一种失调的、动摇的、断断续续的意识；时间的逻辑保护层受到了攻击；没有了编年-顺序（chrono-logie）（如果有人很想分开这个单词的两个部分的话）："一个在睡觉的人［我们的理解是，这是普鲁斯特的困意，它是一种半醒状态］在其周围环形地掌控着时间的长线、年代与世界的秩序……但是，<u>它们的所在行列却可以相互混合、相互断开</u>［是我加的下划线］。"困意奠基了一种新的逻辑，即一种关于摆动和去除隔膜的逻辑，而普鲁斯特在让其产生回忆的小甜点或更准确地说甜面包片的情节中所发现的，正是这种新的逻辑，就像他在《驳圣伯夫》（也就是说在《追忆似水年华》之前）一书中所转述的那样："当我记忆中的被晃动的隔板突然间消失的时候，我便一动也不能动了。"当然，这样一种逻辑演变，只能激发一种愚蠢的反应：安布洛（Humblot）作为奥朗多尔夫（Ollendorf）出版社的读稿人，在收到《在斯万一侧》手稿后说："我不知道我是否愚蠢至极，但是，我不明白阅读30页（<u>恰好是我们的菩萨图</u>）就是为了理解一位先生于其入睡之前在床上辗转反侧有什么好处。"不过，我们知道，其最重要的好处在于打开《追忆似水年华》的闸门：（不管是智力的还是叙述性的）各个片段被动摇的编年顺序，将会形成服从叙事或推理自古以来就有的那种法则的一种接续情况，而这种接续在无强迫力的情况下将会产生既不是<u>随笔</u>也不是<u>小说</u>的<u>第三种形式</u>。说真的，这部作品的结构将是<u>狂想型的</u>

(rhaposodique），也就是说（从词源学上讲）是<u>缝缀起来</u>的。此外，这是一种普鲁斯特式的隐喻：作品就像是一条长裙那样被制作。狂想型文本涉及一种奇特的艺术，就像是缝衣那样的艺术：每一块布片都要服从交错、排列和布局的考虑——一条长裙不是拼凑起来的<u>杂色物件</u>，《追忆似水年华》也不是。

由于是出自困意，这部作品（<u>第三种形式</u>）便建立在一种挑衅性的原则——时间（编年顺序）的<u>紊乱</u>——基础之上。然而，这正是一种非常现代的原则。巴什拉（Bachelard）把旨在"将灵魂从那些安排不当的时长的虚假不变之中解脱出来的"力量称之为<u>节奏</u>，而这种定义非常适合《追忆似水年华》，因为其整个的巨大努力都是在让回忆中的时间服从生平的虚假不变状况。尼采更为简要地说"应该碎化宇宙，失去对整体的遵从"，而约翰·凯奇（John Cage）则在预言音乐作品时宣告"不管怎样，整体将制造一种紊乱"。这种摇摆并不是观念结合的一种随机的无序状态。普鲁斯特说："我在某种程度上不无苦恼地看到，读者们都在想象，我是在信由自己进行任意的和偶发的观念联想来书写我的生活故事。"实际上，如果人们重新取用巴什拉的话就可以理解，这里涉及的是一种<u>节奏</u>，而且这种节奏是非常复杂的，即一些"<u>即刻系统</u>"（还是巴什拉的话）相互跟随，而且<u>相互回应</u>。摇摆所打乱的东西，并非时间的可理解性，而是生平的幻觉式逻辑，因为这种逻辑传统上采用的是年代的纯粹数学式顺序。

生平的这种混乱，并非就是破坏。在作品中，个人生活的多数成分以可标记的方式得到了保留，但是，这些成分在某种程度上有所<u>偏离</u>。我在此指出两种偏离成分，但它们并不涉及细节（普鲁斯特的生平中这种细节非常之多），而是涉及一<u>些</u>重大的创作选择。

第一种偏离，是陈述活动的人称（根据"人称"一词的语法意义）的偏离。普鲁斯特的作品展现或书写的是"我"（"je"）（叙述者）。但是，这个"我"可以说已经不再完全是"自我"（"moi"）（传统自传的主体与对象）："我"不是在回想的人，不是自我吐露隐私的人，不是自我忏悔的人，而是在陈述的人；这个"我"所展现的人是一个书写的"自我"，其与公民的"自我"的联系是不确定的，是转移的。普鲁斯特自己对此做了很好的解释：圣伯夫的方法不了解"一本书是另一位'自我'的产物"，有别于我们在我们的习惯中、社会中、恶习中显现出的自我。这种辩证法的结果便是，考虑《追忆似水年华》的叙述者是否就是普鲁斯特（根据这个姓氏的公民意义）毫无用处。简单说，叙述者是另一位普鲁斯特，是连普鲁斯特本人都不了解的另一个普鲁斯特。

第二种偏离是更为明显的（更容易确定）：在《追忆似水年华》中，当然有"叙事"（并非随笔），但是，这种叙事并不是对叙述者从其出生开始一年又一年地延续到他拿起笔来叙述的那种生活的叙事。普鲁斯特所讲述的，他所变成叙事（我们强调这个词）的，并非他的生活，而是他书写的欲望。时间影响着这种欲望，并将其保留在了一种编年时间之中。他［在马丁维尔市（Martinville）的钟楼里，在贝尔戈特说出的说话中］遇到了考验，遇到了让人泄气的情况［诺尔普瓦的裁决，龚古尔《日记》（*Journal*）的无与伦比的珍贵性］，为了最后取得胜利，在这个时候，叙述者在盖尔芒特家族日间舞会上发现了他应该写出的东西——时光已经被找回，而且同时确信他能够写出：《追忆似水年华》。

我们看到，作品中出现的，正好是作者的生活，但它却是一种混乱的生活。佩因特（Painter）是普鲁斯特传记的作者，他很清楚，《追忆似水年华》是由他所谓的"象征生平"构成的，或者还可以说是由"普鲁斯特生命中的一种象征故事"构成的。普鲁斯特理解他不需要"讲述"他的生活（这正是其天才所在），却不理解他的生活具有一种艺术作品的意义。佩因特引用基茨（Keats）的话说："具备某种价值的男人的生活是一种连续的寓意。"普鲁斯特过世后的情况愈加显示他有道理：他的作品不仅仅被当作世界文学的里程碑来阅读，更被当作是作为绝对个体的一个主体的激情表达来阅读。这个主体不停地返回到自己的生活之中，不是返回到其履历之中，而是返回到像是繁星那样绽放的情况与外在表现之中。我们越来越不喜欢"普鲁斯特"（这是被固定在文学史中的一位作者的公民姓名），而越来越喜欢"马塞尔"①，他是一个特殊的人，既是个孩子，也是个少年，是个老小孩（puer senilis），他有激情，也聪明，他忍受着离谱怪癖的折磨，有着对世界、对爱情、对艺术、对时间和对死亡的至上思考。我建议把读者可能会安在马塞尔·普鲁斯特（汇聚他一生的影集，在"七星文库"丛书中早就售罄）头上的这种特殊的兴趣称为"马塞尔主义"，以区别于"普鲁斯特主义"，后者只不过是对一部作品或一种文学方式的爱好。

我之所以在普鲁斯特的生活-作品中找出一种全新逻辑的主题——该主题不管怎样都让普鲁斯特消除了小说与随笔之间的矛盾，是因为这一主题关系到我个人。为什么呢？我来做一下解释。我来谈一下"自我"。"自我"应该在这里被加重理解：他并非一位普通读者被净化的替代（任何替代过程都是一种净化）；他不是别人，而仅仅是任何人都不可替代的那个人——不论是从最好的方面还是从最坏的方面来看，都是如此。那便是内心想以自我来说话，是想面对一般性和科学来让人听到其呼喊声。

---

① 普鲁斯特的全名为马塞尔·普鲁斯特。马塞尔是他的名字。巴尔特的用意在于强调普鲁斯特的特殊之处。——译注

2

　　但丁这样开始了他的作品（还是有着接触的开端，还是一种最具说服力的参照）："当走到我们生命的中途……"① 那是1300年，但丁35岁（他大概是在21年后去世的）。我活得更长些，我可以继续活着的时间，不再是我可能活到的时间的一半。因为，"生命的中途"显然并非算术上的一个点：就在我说话的时刻，我怎么会知道我的生命存在的整个时长，甚至可以将其分为相等的两个部分呢？这是一个语义点，即一个时刻点，它也许是滞后的，但就在这个点上，在我的生活中延续着一种对新的意义的呼唤，即一种变动的欲望：改变生活，隔断与开启，服从于一种启蒙，就像但丁深入<u>黑暗丛林</u>（selva oscura），听命于一位伟大的启蒙者维吉尔（Virgile）的引导那样（对我来说，至少在这次报告会上，启蒙者就是普鲁斯特）。还需要提一下年龄吗？当然要提一下，因为每个人都在不大关心别人年龄的状态中生活着；年龄仅仅是一种编年接续的条件，即一串年份。有一些分类，即一些年龄范围：我们是从一个闸门到另一个闸门地度过生命。在这个过程的某些点上，有一些门槛、一些起伏不平、一些摆动。年龄并非前进型的，而是变动型的。因此，如果到了某个年龄的话，注意一下其年龄并非就是必然会引起一些善意反对的调情，而更可以说是一种积极的使命。那么，我的年龄涉及和想动员起来的真实力量是什么呢？这便是最近

---

　　① 此处引用的是张曙光先生翻译的《神曲》（漓江出版社，2012年版）第一部《地狱篇》对开篇第一句"Nel mezzo del camin di nostra vita"的译文。特此致谢。——译注

突然出现的问题,在我看来,这个问题似乎已经将现在时变成了"我生命之路的中途"。

为什么是今天呢?

有时候,出现这样的时刻(这正是一种意识问题),我们认为"所剩日子不多了"。于是,一种模糊的却不可逆转的计算开始了。人<u>自知</u>是要死的(自从您有了耳朵以来,大家都对您这么说);突然间,自感要死了(这不是一种自然情感。自然性,便是自认为不会死。由此出现了许多因不慎而引起的意外事件)。这种明摆着的事,一旦被人经历,便会引起情况的巨变。我必须把我的工作固定在外围并不确定,但我知道(新的意识)它们都是<u>完成了的</u>一个范围之内:这是最后一个范围。或者更可以说,因为这个范围是画出来的,因为它不再有"外在范围"了,所以,我在这个范围内要做的工作就带有某种庄重性。由于普鲁斯特生病了,受到死亡的威胁(或者自认为受到死亡的威胁),所以我们大概在《驳圣伯夫》一书中重新看到了上面引述的圣·约翰(Saint Jean)的话:"在您还有光亮的时间内,就要工作。"

随后,还会出现一个时刻(同样是意识问题),已经做的、已经致力于做的、已经写出的,似乎注定都要重复进行。什么?直到我死去之前,我竟然还要写文章、上课、做有关"主题"的报告,而<u>这些</u>主题又很少有变化!(正是这个"有关"让我头疼。)这种感觉是残忍的,因为它会把我排除在任何新事物之外,或者甚至排除在探索之外(这种事"发生过")。我看到我的未来,知道死亡,就像看着一列"火车"到站那样:当我写完这个文本、完成这次报告会之后,我将没有任何新鲜事情可做,而只能重新开始另一个文本、另一次报告会,是吗?不,西西弗斯①并不高兴为之:他没有因其付出的劳动也没有因其自负而异化,而是因为其重复活动而异化。

最后,可能会有某个事件(而不仅仅是一种意识)突然出现,它将会标记、切割、连接这种工作的散沙状态,将会决定我称之为"生命中途"的这种状况之改变与逆转。朗赛(Rancé),是爱批评别人的骑手,他作为上流社会的纨绔子弟,旅行回来后发现他的情人因车祸而身首异处:他退身而出,遂建立了特拉佩(Trappe)修道院。在普鲁斯特看来,"生命的中途"肯定地说就是他母亲去世的那一年(1905),尽管他的生存状态的改变、全新作品的书写启动是更晚一些时候的事。普鲁斯特曾经多次说过,一种残忍的悲伤、一种始终如一和像是不可减缩的悲伤,对于我来说,可以构成这种"特殊之顶峰"。尽管是迟来的,但这种悲伤在我看来就是生命的中途;原因是,"生命的中途"也许从来就只不过是人们发现死亡是真的而不再仅仅是可怕的事情的时刻。

顺着这种考虑,他突然明白了:一方面,我不再有尝试多种生活的时间,我必须选定我最后的生命、我全新的生命;米什莱在51岁娶一位20岁的年轻姑娘为妻,并准备好书写几部新的自然史的时候,经常说要过"新生活"。另一方面,我必须脱离这种阴郁的状态(中世纪的神学说这种状态是<u>懒惰</u>),因为在这种状态中,是过度的重复劳动和悲伤在引导着我。然而,对于书写的人来说,他选

---

① 西西弗斯:古希腊神话中埃俄罗斯的儿子,以足智多谋著称。由于触犯了众神,西西弗斯被罚将一块巨石推上山顶。可巨石每每未到达山顶便滚了下去,西西弗斯必须重新向山顶推巨石,不断重复,永无止境。这里,有作者自比之意。——译注

择了书写，在我看来，他不会有"新的生活"，而只会有一种新的书写实践。改变学说、改变理论、改变哲学、改变方法和信仰，尽管表面上看起来精彩绝伦，实际上却是非常平庸的：人们改变，就像换一换呼吸；人们在进行精神投入，在去除精神投入，在重新进行精神投入：智力性的会话，自从其关注世人的惊异时起，便是智慧的冲动本身。但是，研究、发现、实践一种新的形式，我认为是要依随我对其表示过各种决心的新生活的。

正是在这里，即在我的征途的中途或我的特殊性的顶点，我找到了两种阅读方式（说真的，我经常进行这两种阅读，以至于我无法为其标记开始的日期）。第一种阅读方式，是对一部巨著的阅读，例如对托尔斯泰的《战争与和平》（Guerre et Paix）的阅读——遗憾的是我不再这么做了。我在此不是在谈一部作品，而是在谈一种颠覆。在我看来，这种颠覆在老亲王沃尔孔斯基（Bolkonski）之死、他对女儿说出的最后的话和在死亡时刻撕裂相爱至深却从无示爱话语（空话）的两个人之间的爱抚爆发的时刻，达到了顶峰。第二种阅读，是对《追忆似水年华》一个情节的阅读（这部作品在这里以完全不同于这次报告会开头的标题介入进来：我现在把自己视同叙述者，而非作家）。这便是祖母之死的时刻，这是一种绝对纯正的叙事。我想说的是，在悲痛没有受到评论（与《追忆似水年华》的其他情节相反）与眼前出现的和将会永别的死亡之残忍只是通过间接的事物和意外情况来说出的情况下，这种悲痛是单纯的：在香榭丽舍大街上亭子里的停留，在弗朗索瓦丝的发梳下晃动着的可怜的头。

从这两种阅读中，即从这两种阅读在我身上唤起的情绪之中，我获得了两种收益。首先，我注意到，我把这些情节接受为（我找不出别的表达方式）像是一些"真实时刻"。突然间，文学（因为这里所涉及的是文学)绝好地与一种情绪相联系,即与一种"喊叫声"相耦合。就像借助回忆和预想而看到了与一个被爱的人远远分离的读者的身体一样,一种超验被提了出来:是哪一个路西法①同时创造了爱情与死亡?"真实时刻"与"现实主义"毫无关系(它甚至缺席所有的小说理论)。"真实时刻"——假设我们接受将其变成一个分析习性概念的话,那它将涉及对单纯意义上的而非贬义的感伤力(pathos)的承认,而作为古怪事物的文学科学又不承认感伤力作为阅读之力量。无疑,尼采又可能帮助我们建立起这个概念,然而我们距离有关小说的一种理论或一种感人故事还差得很远。原因是,为了概括一下这种观念,就应该同意碎化故事世界的"整体",就应该不再把书的本质放进其结构之中,相反却应该承认,作品要借助只允许在某些时刻确立的某种"破碎活动"来运动、来活跃、来生发,而这些时刻就是作品的顶峰,因为相关的生动阅读某种程度上只跟随一种峰线:真实时刻就像是趣闻的最有价值的那些点。

　　第二种收益——我该说这是我从与小说的热烈接触中获得的第二份勇气,便是应该接受要写的作品(因为我把自己定义为"想要书写人")要积极而不加说明地再现我所肯定却难以命名的一种情感,因为我无法跳出那些被使用过的又怀疑未被严格地使用过的词语的圈子。我所能说出的,我除了说出而不可能他为的,便是这种必须喜欢作品的情感属于爱情一侧:是什么呢?是慈善吗?是慷慨大方吗?是怜悯吗?也许,就简单的是卢梭赋予这种情感的"哲学素"的那种尊严:恭敬(或同情)。

　　我希望有一天能形成对于小说的这样一种能力,即喜爱或钟爱

---

　　① 路西法(Lucifier):宗教中的"魔王"。——译注

（某些神话因素并不可分离聚餐与情爱）的能力：或根据意愿喜爱一种随笔（我谈论过文学的一种感伤力历史），或根据意愿喜爱一种小说。既然都理解，我为了方便起见，便这样称呼任何相对于我过去的实践即我过去的话语是新的形式的东西。这种形式，我不能让其提前听从于小说的结构规则。在我看来，我只能要求它满足三个使命。第一个使命是，允许我说出我所喜欢的那些人（是的，有萨德。萨德曾经说，小说的使命在于描绘人们所喜欢的人），而不是让那些人说出我喜欢他们（这将会是一个真正抒情性的计划）。对于小说，在说出人们所喜欢的那些人，就是证明那些人并没有"毫无价值"地生存过（而且经常忍受痛苦而生存着）的情况下，我希望小说是对自我崇拜的某种超越：借助崇高的书写，说出普鲁斯特目前的疾病、老亲王沃尔孔斯基之死、他的女儿玛丽的悲伤（托尔斯泰家族的人们）、马德莱娜·纪德（Madeleine Gide）〔在《我一生的难言悲剧》(*Et nunc manet in te*) 中〕的寡欲，这些都不会落入历史的虚无之中。这些生命、这些痛苦都会被汇集，都会被验证（因此，我们必须理解米什莱的历史中的复活主题）。我指派给这种（富有幻象的和大概是不可能的）小说的第二个使命，将会是允许我完全地、间接地再现一种情感秩序。我在不少地方都读到，（借助书写的游戏）"遮掩温柔"是一种非常"现代的"感受。但，这是为什么呢？难道这种感受更为"真实"吗？难道就因为有人故作高傲地将其掩盖，它就价值不菲吗？当今，整个的道德都在贬低和谴责感伤力（按照我说的简单意义）这种表达方式，要么是为了迎合政治理性。要么就是为了满足冲动和性欲的理性。小说，一如我所说和所希望的那样，恰恰就是这样一种形式，该形式将情感话语指派给一些人物，同时可以让我们公开地说出这种情感：感人是可以得到陈述的，因为小说在其是再现而非表达的情况下，对于书写小说的人来说，从来都不可以是一种自欺的话语。最后，<u>小说</u>（我总是将其理解为一种不确定的形式，在我并不构想这种形式而仅仅回忆或希望出现这种形式的时候，它是不大规范的），既然其书写是间接的（它只间接地介绍观念和情感），它便不会对别人（读者）产生压力。它的内容是情感的真实性，而非观念的真实性。因此，小说从来都不是傲慢十足的、恐怖主义的，根据尼采的分类法，小说位于<u>艺术</u>一侧，而非教职证明书一侧。

这一切，难道就意味着我将要写一部小说吗？我毫无定念。我不知道我是否可以把我所希望因此我也期待与我过去所写文字的完全智力型的本质相隔断的作品继续叫作"小说"（即便有许多故事性成分改变了过去的严格性）。这部乌托邦式的小说，对于我来说，将其写出来是<u>重要</u>的，就好像我必须写出来那样。作为结论，我再次发现了方法。实际上，我身处正在<u>做着</u>某件事的一个人的位置，而不再是那个就某件事而说话的人了：我不是在研究一种产品，我是在依靠一种生产过程；我去除了有关话语的话语。世界不再以一种对象的形式显现给我，而在一种书写的形式即一种实践的形式下出现在我面前：我过渡到了另一种类型（爱好者的类型），而且正是在这方面我是方法论者。"就好像"，这样的说法，难道不就像人们在数学上看到的那样是对一种科学做法的表达吗？我在假设，我在发掘，我看到了产生于这种假设的东西的丰富性；我设定书写一部小说，于是，我希望借此对小说了解到将其仅仅看作一种比其他人已经完成的对象多一些的东西。也许，它最终正好处在我向你们谈论的主观性即内心性的中心，也许在我不知道自己是已含混地转向维柯所说的<u>新科学</u>（Scienza Nuova）的科学家的情况下，就已经处在"我的特殊性的顶峰":这种新科学难道同时说明世界的辉煌与痛苦吗?这一点既诱惑着我也在激怒我。

1978,法兰西公学报告会

(这个文本曾作为《法兰西公学未出版物》

第3号文本于1982年出版,属于非商业性出版)

为雷诺·加缪《诡计》作序

"您为什么同意为雷诺·加缪①的这本书作序?"

"因为雷诺·加缪是一位作家,他的文本属于文学,而他自己却不能这么说,那就需要某个人站在他的位置上这么说。"

"如果这个文本是文学性的,那么,它就必须在自身被看出来。"

"它在第一个句子中即以一种直接的方式说出'我'和引导叙事的时候,就可以被看出来,或者被理解。但是,由于这本书似乎在谈论而且直截了当

---

① 雷诺·加缪(Renaud Camus,1946—):法国现代作家,白人民族主义阴谋论者。——译注

地谈论性和同性恋,也许某些人会忘记它属于文学。"

"对于你们来说,肯定一个文本的文学本质,似乎是让其享有荣誉,使其升华,使其纯正,赋予其某种尊严。对你们来说,性难道就没有这些吗?"

"丝毫没有。文学的存在,是为了提供一种补加的享乐,而非提供一种体面。"

"那就好,那就写吧;但要写得短一些。"

同性恋不大触犯人,但一直让人感兴趣;同性恋仍处在这样的让人兴奋的阶段,即它会引起我们称之为话语艳情的一些东西。谈论同性恋,可以让那些"不是同性恋的"人(这种说法已经被普鲁斯特抓住不放)表现出开放、自由和现代;而对那些"是同性恋的"人,则可以让他们出面作证、提出要求和积极斗争。每一个人都按照不同的意义在尽力吹嘘它。

不过,自我宣称某件事,总是在另一个报复人的要求下来说话,总是进入他的话语之中,总是与他在争论,并向其要求一部分同一性:"您是……——是的,我是……"说到底,属性没有多少重要性;社会所不容忍的,是我……微不足道,或者更明确地说,我所是的某件事物是过渡性的、可废除的、毫无意义的、非本质性的。一句话,是不相关的。您只需说出"我是",您就会在社会上保全面子。

拒绝社会指令,可以借助沉寂的方式,只需简单地说出事物就可以了。简单地说出,属于一种较高级的艺术——书写。比如自发性的生产、口语性的随后又是誊写出的证词,这些都是报刊和出版社越来越多地使用的方式。不管"人的"兴趣是什么,我都不知道他们身上有什么错误(至少在我听来是这样的):也许,出乎意料的,还有过分的风格("自发地"做,"生机盎然地"做,"口语性地"做)。总之，这会产生一种位置对调：讲实话的文字成了虚构性的；为了使其显得像是真实的，它就必须变成文本，必须借助书写的各种文化手法来实现。证词漫无边际，它取自然、人和此法为证；文本则缓慢地、沉静地前进——有时则很快。现实的情况是虚构，书写才是真实：这便是言语活动的狡猾之处。

雷诺·加缪的《诡计》是简明的。这就意味着，他说的是同性恋，却从不谈论同性恋：他没有在任何时刻提到过同性恋（其简明性在于，从来不提及，从来不让名称即争论的起因、傲慢的起因和道德的起因出现在言语活动之中）。

我们的时代更注重解释，但是，雷诺·加缪的所有叙事却是中性的，它们不进入解释的游戏之中。它们属于光洁平滑的一类，无模糊阴影，亦像是无不可告人之念。更有甚者，唯独书写允许保持这种纯正性，即言语活动不为人所知的陈述活动的这种纯正性，总是萦绕和叠加着多种隐藏意图。要不是因为这些诡计偏大和有其主题，它们应该让人想到俳句。因为俳句把形式的一种贫瘠（形式干脆地隔断解释愿望）和一种享乐主义结合在一起，而后者是那样平静，以至于我们只能说快乐就在那里（这一点也正是解释的反面）。

性实践是平庸的、乏味的，注定要重复，而这种乏味与性实践所获得的快感的美妙是不相称的。然而，由于这种美妙是被说出的（由于它属于享乐），言语活动便只剩下形象地显现，或者还可以说是估计一系列操作过程，而那些操作过程无论如何都会避开言语活动。色情场面应该得到简练的描述。在这里，简练指的是句子。优秀的作家，精雕细琢句法，以使其在最短的言语活动之中连接起多种动作（在萨德的作品中，有一种完整的从句艺术）。从某种程度上讲，句子的作用在于减少肉体过程的长度和付出，减轻其声响和其附带的思想。在这一点上，《诡计》的那些最后的场面完全处在了书写的能力之下。

但是，我在《诡计》中所喜欢的，是那些"起因事项"：闲逛、惊恐、旋转木马、临近、对话、走向卧室、现场的安排有序（或混乱）。现实主义在移动：并非做爱的场面是写实的（或者至少对这种场面的写实是不恰当的），而是社会场面是写实的。有两个小伙子，他们并不相识，却都知道他们将会变为游戏中的伙伴，他们冒险地在他们之间做着言语不多的交流，而他们为了到达他们的领域所必须一起经历的路径，则迫使他们接受这种不多的言语活动。于是，<u>诡计</u>（在触及之前）就离开了淫秽，而重归小说。悬念（我认为，因为《诡计》是被人带着兴头去阅读的）并非涉及人们所期待的实践（这是我们可以说的最少的东西），而是涉及那些人物：他们是谁呢？他们是如何相互有别的呢？在《诡计》中，我所感兴趣的，是位置的对调。确切地讲，那些场面远不是有羞耻感的，但言辞却是：那些言辞暗地里告诉我们，羞耻感的真正对象并不是那种事情［弗洛伊德引述的夏科（Charcot）的话："那种事就是那种事"］，而是人。我认为《诡计》的成功之处，就在于从性到话语的过渡。

这便是淫秽产物全然不知的一种精巧形式，这种形式操作欲望，而不操作幻觉。原因是，激发幻觉的，不只是性，而是性加上"灵魂"。在不假设从另一个身上有所寻获的情况下，无法解释那些一见钟情——不论是小的还是大的、不论是单纯的诱惑还是少年维特式的欣喜若狂等现象，这便是人们后来——由于缺乏更好的表达和不得不借助重大的模糊性——所称的人。与人密切相联系的，是<u>对假设的某种间接提问方式</u>（quid），这种方式依据一种研究型大脑来行动，并在无数意象中让某一意象呈现在我面前和抓住我。所有的身体都可以在一种确定数量的人中得到安排（"我完全是这样的人"），但是，人则绝对是个体的。雷诺·加缪的《诡计》总是以遇到所寻找的人来开始（出色地带有编码：这样的人可以出现在一种目录中，或出现在带有好多小告示的一张纸上）。但是，一旦言语活动出现，人就立刻转换成个人，关系变成了不可模仿的，而不论最初的言辞有多么平庸。个人在服饰之中、话语之中、口音之中、卧室的装饰之中——这些便是我们所说的个体的"家事"，被逐渐地、轻轻地、无心理求助地揭示，这种情况超出对他进行的解剖，不过，他却能够加以管理。这一切都可以逐步地丰富或减缓欲望。因此，<u>诡计</u>与做爱动作是相类似的：它是一种潜在的爱情，彼此自愿地通过契约、通过服从于将寻艳视为贪色的文化编码而停止下来。

《诡计》在不断重复：主体在制造"现场"。重复是一种含混形式。有时候，重复表明的是失败、无能为力；有时候，它可以被解读为一种热望、一种不气馁的寻找之固执动作。我们可以很好地让人把寻艳叙事理解为对一种神秘经验的隐喻（也许，这种情况已经出现过。在文学中，一切都会存在，问题在于知道是在<u>什么地方</u>存在着）。这些揭示的这一种或那一种，表面上看来，都不符合《诡计》：该书既无异化，也无升华。但还是有某种东西可以看作是对幸福（它很确定、很固定：那便是不连续性）在方法上的征服。肉体并不悲伤（但，让人做这样的理解，完全是一种艺术）。

雷诺·加缪的《诡计》具有一种不可模仿的色调。它来自书写在此主导着一种对话伦理学这一点。这种伦理学，便是善意伦理学，它确定是与恋情追求相反的因此也是最少有的美德。一般来讲，在由哈尔庇厄①主导色情契约、让每个人都身处冰冷孤独之中

---

① 哈尔庇厄（Harpies）：古希腊神话中主管风暴、摄取灵魂、拐骗幼童的鹰身女妖，泛指凶恶的女人。——译注

的时候，欧诺娅（Eunoïa）即欧墨尼德斯（Euménide）女神亦即善意之神在陪伴着两位伙伴：当然，从文学上讲，被雷诺·加缪"欺骗"应该是件非常快意的事，即便他的那些伙伴并不总是能够意识到这种事（但是，我们是这些对话的第三只耳朵：多亏了我们，这些许的善意并没有白白地提供）。此外，这位女神还有她的伴随物——礼貌、殷勤、幽默、慷慨大义，一如掌控着叙述者（在一次美国行骗的过程中）和使其友善地对这篇序言的作者表现出极大热情的人那样。

欺骗，便是那次只出现过一次的相遇，更是一次寻艳，而不是一次做爱：它只是没有留下遗憾的一种紧张表现。在此之后，对我来说，欺骗变成了许多探险，而不是性方面的隐喻：一种目光的相遇、一种观念的相遇、一种意象的相遇、短暂却强烈的陪伴，它们都接受轻轻地有所松懈，都接受不忠实的亲切。这是一种在欲望中不出现粘连的方式，不过，却不可回避。总之，是一种智慧。

(© Éd. Persona，1979)

在谈论所喜欢的东西时总是失败

　　几周之前,我曾到意大利做过一次短暂的旅行。晚上,在米兰火车站,天气很冷,雾漫漫,空气污浊。一列火车出发了。在每一节车厢外皮上,都有一块黄色牌子,上面写着"米兰—莱切"("Milano-Lecee")。于是,我做了一个梦:乘坐这列火车,在整个夜间旅行,而我则在早晨于阳光之中、温柔之中和静谧之中到达一座边城。至少,这是我所想象的东西,而我所不了解的莱切实际是什么样子并不

RNF 11　　　重要。我在滑稽模仿司汤达①，我本该这样写："因此，我将会看到漂亮的意大利！在我这样的年纪，我竟然还是那样疯狂！"因为漂亮的意大利一直还在很远处。

　　　　　　实际上，司汤达的意大利是一种幻觉，即便他部分地完成了这一幻觉。（但是，他完成了吗？我在最后会说这是怎么一回事。）幻觉意象突然地闯入了他的生活，犹如一见钟情。这一钟情有着一位女演员的外在形象，她当时正在伊夫拉（Ivrea）演唱西马罗萨（Cimaroza）的《秘密的婚礼》（*le Mariage secret*）；这位女演员有一颗门牙断了，但说真的这并不大影响一见钟情。维特爱上了在一个大门的门洞中见到的夏洛特，夏洛特当时正在为她几个小弟弟切面包片，而这第一次见面，尽管再平常不过，想必却导致他激情满怀，直至为此而自杀。我们都知道，对于福楼拜来说，意大利曾是他的真正移情对象，而且我们也知道，移情的特征，是其免费性：它因无明显道理而建立。音乐是神秘行为的<u>征兆</u>

HB 428

---

① 边白处的参照字母和数字，指的是《罗马、那不勒斯、佛罗伦萨》（*Rome，Naples，Florence*）（＝ RNF）［页码数字为 J. J. Pauvert 出版社 1955 年版的原有页码；当标注为 Pl 的时候，则指 Gallimard 出版社 1973 年 "七星文库"（"Pléiade"）的版本］、《亨利·布吕拉尔》（*Henri Brulard*）（＝ HB）（页码数字为 1973 年 Gallimard 出版社 Folio 丛书版本的页码）、《帕尔玛修道院》（*La Chartreuse de Palme*）（＝ Ch）和《论爱情》（*De l'amour*）（为 1969 年袖珍书版本）及其相应页码。

(symptôme)，而他则借助音乐开启了自己的移情。征兆，即同时提供和掩盖激情之非理性的东西。动身的场面确定之后，司汤达便一再地重现这种场面，就像是一位恋人，他总希望再一次见到调节我们许多动作的这种关键的东西：第一次的快乐。"我是晚RNF 12　上七点钟到达的，我已经很累；我赶紧去了斯卡拉 (la Scala) 剧院。我的旅行是付了钱的，等等。"俨然一位狂人，他一踏上因激情而去的一座城市，就赶紧于当晚跑到他已经记住的那些快乐场所。

　　所有表明一种真实激情的符号，总不是非常恰当。原因是，主要的移情所换得的那些对象都变成了微小的、无用的和令人意外的。我认识一个人，他喜欢日本就像司汤达喜欢意大利那样。我在他身上看出了与他钟情的东京街道上被涂成红色的消火HB 430　栓相同的激情，就像司汤达疯狂地喜爱米兰乡下的RNF 64　玉米秆儿（失去"奢华"信誉）、大教堂的八尊大钟的绝妙抑扬响声，或者是疯狂地喜欢让他回想起HB 431　米兰的那些撒有面包粉的烤排骨。在这种对于人们一般看作一种无意义细节的东西的上升喜爱中，人们辨认出移情（或激情）的一种构成要素：偏袒性。在一种异国情爱之中，有一种反向的种族主义：人们喜爱不同，而厌烦相同，却颂扬他者。激情是区别善恶的：在司汤达看来，不好的地方，是法兰西，也就他的祖国——因为这是父亲的所在地；而好的地方是意大利，也就是母体（matrie）的所在地，因为在这个空间里聚集着"女人们"。[不要忘记，正

HB 11	是外祖父的妹妹伊丽莎白（Elisabeth）曾用手指告诉儿时的司汤达,有一个地方比普罗旺斯要好得多。她说,家族的好的地方,即加尼翁（Gagnon）,那个地方是最初的地方。]这种对立关系,可以说是物质方面的:意大利是天然的居住地,在那里,大自然为女人们所发现、所感应,"女人们倾听着这个国
HB 431	家的自然天赋",而男人们则"为学究们所宠爱";相反,法兰西是讨厌"直至厌恶物质的"。我们大家都知道司汤达对外国的激情〔对于意大利,我也出现过这种情况,我是透过米兰较晚地发现了意大利,50年代末,我曾从那里下行通过辛普朗（Simplon）隧道;随后,我又对日本产生了激情〕,我们都很清
RNF 32	楚在所喜欢的国家偶遇一位同胞时出现的那种难以承受的不愉快:"即使不要国家荣誉,我也会承认,一位在意大利的法国人能发现把我的快乐减少至很短时间的秘密"。显然,司汤达是这些反转说法的专家:他刚刚过了比达索瓦河（la Bidasoa）,就发现西班牙的军人和海关人员很有魅力。司汤达拥有一种罕见的激情,即对别人的激情,或者更妙地说,是体现在他身上的对别人的激情。
RNF Pl 98	因此,司汤达是钟爱意大利的:不应该把这句话当作一种隐喻。这正是我尽力指出的。他说:"这有点像是恋情,不过,我却对任何人无恋情可言。"这种激情既不是模糊的,也不是分散的。我说过,这种激情自己进入一些明确的细节之中。但是,这种激情是<u>多元的</u>。被喜爱的和——如果我可以大胆

使用野蛮这个词的话——被享有的，都是一些集合体和一些共时性：与疯狂恋情的浪漫计划相反，在意大利，并非特定的女人是可爱的，而是所有女人都是可爱的。意大利提供的，并非<u>一种</u>快乐，而是一种同时性，即各种快乐的多因决定情况。斯卡拉剧院，那是意大利乐趣的真正本相之地，它并不是单从功能意义上讲的剧院（请见上演的东西），它是一种复调快乐：歌剧本身、芭蕾舞、对话、信息交流、谈情说爱与各种冰激凌，［奶油冰激凌（gelati）、可丽饼（crepe'）和奶油蛋糕（pezzi duri）］。这种恋情的多元性，总之可类比于今天的一位"寻艳人"所实践的东西。这种多元性显然是司汤达的一种原则：它带入了一种有关<u>非规范不连续性</u>的隐性理论，我们可以说，这种理论既是审美的，也是心理的和形而上的。实际上，一旦人们接受了这种多元激情的出色表现，它便迫使人们随着一些对象的偶然出现从一种对象上跳跃到另一种对象上，而不会在面对这种多元激情所引起的混乱时产生哪怕是一点点的有罪感。这种引导在司汤达身上是非常自觉的，以至于他最终在他所喜欢的意大利音乐中重新看到了一种非规范性原则，而这种原则十分类似于分散性情爱：在做爱的时候，意大利人不关心<u>速度（tempo）</u>，速度是德国人的讲究。一侧，是德国的声音，即被一种严厉的措施赋予了节奏的德国音乐的喧哗声（"世上首屈一指的快速人"）；另一侧，是作为不连续性快乐之总和与作为不屈从表象的意大利的歌剧：它便是被一种女性文明保障的自然性。

在司汤达的意大利系统之中，音乐具有特殊重要的位置，因为它可以代替一切。它是这一系统的零度：根据热情之需要，它替代和意味着旅行、女人、其他艺术和各种肉体感觉。它的意蕴地位，由于在所有地位中是珍贵的，所以便产生一些效果，而不需要过问其原因，因为那些原因是不可接近的。音乐是快乐的一种原始要素：它产生着人们总是力求重见的一种快乐，但是，却永远得不到解释。因此，它是产生纯粹效果的场所，这是司汤达美学的中心观念。然而，何谓一种纯粹效果呢？它是一种被切断的效果，好像脱离了任何解释理由，也就是说，它最终脱离了任何负责任的理由。意大利是这样的国家，在那里，司汤达既不完全是旅行者（游客），也不完全是当地人，他在追求享乐方面摆脱了作为公民的责任。如果司汤达是意大利公民，他会因"深陷忧伤"而死去；而作为心甘情愿但又无公民地位的米兰人，司汤达只需收获他无任何责任可担的一种文明所带来的辉煌效果。我本人也感受过这种诡计多端的辩证法的一种方便性：我非常喜欢摩洛哥。我经常以旅游者身份去那里，甚至逗留相当长的休闲时间。于是，我也曾有过在那里以教授身份待上一年的打算。但是，梦境破灭了；面对一些行政和职业上的问题，深陷一个无事业、无决心可谈的世界，我还是离开了节日而重返义务〔这大概就是出现在作为领事的司汤达身上的情况：奇维塔韦基亚（Civita-Vecchia），这里已经不再是意大利］。我认为，应该把这种脆弱的无辜状态包含进司汤达的意大利情感之中。米兰所代表的意大利（以及作为圣地中的圣地的斯卡拉剧院），严格地讲，是一个天堂、一个无弊端可言的地方，或者更可以说——我们从正面来说事情——是至善（Souverain Bien）："当我用米兰话与米兰人说话的时候，我忘记了男人们是很坏的这一点，而我心灵中整个很坏的部分则一时间沉睡起来。"

RNF109

不过，这种至善应该这样来说：它必须面对一种绝不单纯的力量，即言语活动。这是必须的，首先，因为善具备一种自然拓展力量，它不停地向着表达爆发，它想不计一切代价来实现沟通，来让别人赞同自己；其次，因为司汤达是作家，在他看来，不存在不可说出的最佳状态（而且，在这一点上，他的意大利之趣毫无神秘可言）。然而，似乎非常不可思议的是，司汤达并不很懂得去表白意大利，或者更可以说，他表白了意大利，他歌颂了意大利，但他并不会再现意大利。他的爱恋，他会公开地说出，但是他不会从这种爱恋中获得什么益处，或者按照人们现在的说法（关于汽车驾驶的隐喻），他不会高速超车。他清楚这一点，他忍受过，也抱怨过。他不停地注意到，他不会"表达他的思想"，并且说出他的激情在米兰与在巴黎之间形成的不同，那"更是难上加难"。因此，彻底失败的结局也在窥视

RNF

Pl 98 XXXIX

RNF	着抒情欲望。意大利之行的所有关系，都密集地带有公开的情爱和表达之失败。风格的彻底失败有一个名称：缺乏独特性（platitude）。司汤达可随意安
Pl 37	排的只有一个空洞的单词——"漂亮"："在我的一
Pl 37	生中，我没有看到过如此漂亮的女人们的聚会"；她们漂亮得让人低下眼睛；"我一生中遇到的最漂亮的眼睛，是我在那个晚会上看到的；那些眼睛与泰尔迪（Tealdi）太太的眼睛一样漂亮，而且更会绝妙地传情……" 而为了使这个意大利更有活力，他只有
RNF 38	使用最空洞无物的修辞格，即形容词的最高级——"相反，女人们的头饰通常都表现出最富有激情的精致妆扮，这种精致又与最为少见的漂亮结合在了一起"等等。这个"等等"虽然是我加进去的，但它是重要的，因为它提供了这种无能为力之秘密，或者也许在不考虑司汤达的抱怨的情况下，提供了漠视变化之秘密。意大利之旅的单调性仅仅是代数式的：单词、句法在它们的最佳状态之中，以一种简便的方式指向另外一种能指范畴；依据这种带有提
RNF 15	示性的指向，人们过渡到另外一种事物，也就是说人们在重复操作过程。"这样做很美，就像海登
RNF 38	（Haydn）的最为生动的交响乐那样"；"那一夜的舞会上，男人们的面相可以说为一位如丹内肯·德·尚特雷（Dannecken de Chantrey）那样的上半身雕塑家提供了模特"。司汤达并不描述事物，他甚至不描述效果，他只是说：在那里，有一种效果；我陶醉了，我狂喜了，我感动了，我眼花缭乱了，等等。

换句话说，平淡的词就是一种数字，它指向一种感觉系统；应该把司汤达有关意大利的话语解读为一种带数字的低音。萨德过分使用同一种手法：他非常差地描述了美，方式平淡而夸张。这是因为，美只不过是一种加法的成分，其目的在于建立一种实践系统。

Pl XXXVIII

RNF 92

司汤达想建立的，我们可以说，就是一种非系统化的集合体，即一种持续的感觉流动。他说："说真的，这个意大利只不过是一次供感觉的机会。"从话语的角度来看，有了有关事物的第一次气化："我并不打算说出事物是什么，我讲述事物让我产生的感觉。"他真的讲述了他的感觉吗？甚至也没有。他说到了感觉，指明了感觉，断定了感觉，却没有描述感觉。因为，正是在这里，即在感觉方面，言语活动的困难就开始了。阐述一种感觉，并不是一件容易的事：您会想起《科诺克》① 一剧中的那一著名场面，当时，年迈的农民老太太被一位严厉的医生催眠，医生让她说出她所感觉到的东西，她犹豫着，难以说清是"我觉得发痒"还是"我觉得有人轻挠我"。任何感觉，如果要保持其活跃性和其尖锐性，都会导致失语症。然而，司汤达必须快说，这便构成了对他的系统的约束。因为他想指出的，是

RNF 114

---

① 《科诺克》，全名为《科诺克，或医学的胜利》（*Knock ou le triomphe de la médecine*），是法国作家朱尔·罗曼（Jules Romains, 1885—1972）1923年创作、次年上演的一部三幕讽刺剧。——译注

RNF 117

"对即刻的感觉",而那些时刻,我们在谈到速度时已经看到过,它们不规则地出现,让人难以采取应对措施。正是由于要忠实于其系统,忠实于其"属于感觉的国家"的意大利的本性,司汤达希望有一种快速的书写:为了写得快,感觉就要服从一种基础的速记法,服从话语的某种快速语法。在这种情况下,就要不停地将两种俗套组合在一起:美和其最高级。因为,没有任何东西比使用俗套更快。原因非常简单,那就是俗套会——虽然让人遗憾但又总是如此——与自发表现混为一体。对司汤达的意大利话语之安排的研究要看得远一些:如果司汤达的感觉已经准备好面对一种代数式的处理的话,如果这种感觉所滋养的话语在继续燃烧和继续平淡无奇的话,那是因为这种感觉离奇地并不是肉感的。司汤达的哲学思想是感觉论的,而他也许是我们所有作者中最不讲求感觉的作者。大概就是出于这样的原因,我们很难对司汤达采用一种主题性批评。我这里要故意举出一种极端的相反情况,比如尼采。当他谈论意大利时,他就比司汤达表现得更具感觉性:他很懂得根据主题的要求来描述皮埃蒙特地区(Piémont)的食物,他将其评价为世上绝无仅有的美食。

我之所以强调说出意大利时的困难——尽管司汤达的足迹遍及多个国家,是因为我从中看出了涉及言语活动本身的某种疑虑。我们可以说,司汤达对音乐和意大利这两个方面的钟情,属于言语活动之外的空间：音乐就是这种空间，因为它躲避任何描述，就像人们所看到的那样，它只让人说出其效果；而意大利则具有与之混同的艺术地位。司汤达在其《论爱情》中说过，不仅仅因为意大利语的构成使其"更适于歌唱，而不大适于说话，它只有借助音乐才能抵御侵入它很深的法语的明澈性"，还因为两种更为古怪的理由。第一种理由是，在司汤达的耳朵听来，意大利语的会话不停地趋向分节言语活动的一种极限：欢叫（exclamation）。司汤达欣悦地写道："在米兰一次晚会上，人们的会话只是一个劲儿地欢叫。按照我的手表，在三个半小时的时间里，只在最后有一句结束语。"句子，作为言语活动的完成骨架，它就是敌人（只需回想一下司汤达对写出法语最美句子的作者夏多布里昂的反感就理解了）。第二种理由——该理由使意大利脱离了言语活动，即脱离了我所说的文化的战斗性言语活动，那恰恰使其无文化性：意大利不阅读、不说话，它喊叫，它歌唱。这便是其天才、其"本性"。正因为如此，它是令人爱慕的。这种分节的、被文明化的言语活动的某种美妙的悬浮，司汤达在他认为构成意大利的任何东西中都有："也出现在美丽天空下的休闲娱乐之中……（引自其《论爱情》）正是这种缺少小说阅读和几乎缺少任何读物的情况，为当时的希望留下了更多的东西；正是对音乐的激情，在心灵之中激发起类似爱情的一种情绪。"

于是，对言语活动的某种怀疑，便归入了产生于爱情过度的某种失语症之中：面对意大利和女人们，以及音乐，司汤达被搞得十分窘迫局促，也就是说他不停地在他的对话中被打断。实际上，这种中断是一种间断：司汤达借助于几乎每天都会出现的却在很长时间内都有的一种间断来谈论意大利。他自己做了很好的解释（就像往常一样）："该怎么办呢？如何来描绘发狂的快乐呢？……确实，我不能继续下去，主题超越了所说。我的手画不下去了，我考虑明天再说。我就像是没有勇气再绘出一个地方的画面的一位画家。为了不毁掉其他的地方，他充其量只能草画出他无法绘出的东西……"这种充其量是对意大利的草绘的描述，充斥着司汤达意大利之旅的所有叙事。我们可以说，它就像一种胡涂乱抹、一种草就劣作，它既在说爱情，又在表白无能为力说出，因为这种爱因其活力而窒息。极端的爱与困难的表达之间的这种辩证关系，有点像是小孩子〔还是小王子（infans），不具备成人的言语活动〕在与温妮科特（Winnicott）称之为过渡对象的东西玩耍的时候所知道的那种辩证关系。将母亲与其幼儿分开、同时也将他们联系在一起的空间，就是孩子的游戏与母亲的反游戏之间的空间。这便是幻觉、想象和创造的尚无定型的空间。在我看来，这似乎就是司汤达的意大利，即某种过渡性的对象。对这种对象的游戏性的把玩，则会产生温妮科特所标记的那些蠕动（squiggles）情况，而那些蠕动情况便是司汤达的多部旅行日记。

Ch 41

那些日记说的是意大利之爱,但又不直说出来(至少我阅读后是这样的判断)。在停留在这些日记的情况下,有充分的理由来满带伤感(或悲剧性地)重复地说:在谈论所喜欢的东西时总是失败。不过,20年后,借助同样属于司汤达之爱的诡辩逻辑的某种事后补说,他写了不少关于意大利的辉煌耀眼的文字,那些文字使我这样的读者(我相信我不是唯一的)备受其日记在说却又说不出的那种狂喜与兴奋的感染。那些令人欣悦的文字,便是构成《帕尔马修道院》之开端的文字。在因大批法国人的到来而于米兰所感受到的"众多幸福和随之闯入的大量快乐"与我们自己的阅读兴奋之间,有某种非常出色的协调一致:被讲述的效果最终与所产生的效果相耦合。为什么会出现这种颠覆呢?因为司汤达在从日记过渡到小说、从纪念册过渡到书籍(为了区别于马拉美)的过程中,已经放弃了对有活力的却又不可构建之部分的那种感觉,以便探讨中间性的形式,即叙事,还有神话。为了构建一种神话,该怎么做呢?这就需要有两种力量产生的动作:首先是一位英雄,即有着一副伟大的解放者面孔的人,那便是波拿巴·拿破仑。正像司汤达所写的那样,拿破仑进了米兰,又深入意大利腹部,后来不甚光彩地进入大圣贝尔纳(Saint-Bernard)山谷。其次是一种对立关系,即一种反主题或一种对立范式。总之,这种对立关系在善与恶之间展开斗争,于是便产生了在纪念册中没有而在书籍中出现的东西,那便是一种意义。一方面，在《帕尔马修道院》的开篇文字中，是烦恼、财富、吝啬、奥地利、警察局、阿斯卡尼奥（Ascanio）、格力扬塔（Grianta）；另一方面是酗酒、英雄主义、贫穷、共和、法布里斯（Fabrice）、米兰，尤其是，一侧是**父亲**，另一侧是**女人**。司汤达在忘情于神话、倾心于书籍的同时，荣耀地重新找到了他某种程度上在纪念册中没有追求的东西，即对一种效果的表达。这种效果，即意大利效果，最后有了一个名称——这个名称已不再是有关美的非常平庸的名称：节日。意大利是一种节日，这便是在米兰写出的《帕尔马修道院》开场白部分最后给出的东西，而司汤达完全有理由保留这种东西来反对巴尔扎克的犹豫不决：节日，即对自我中心主义的超越本身。

总之，在旅行日记与《帕尔马修道院》之间出现过、曾经有过的东西，是书写。那么，书写是什么呢？它是一种力量，是一种长时间创意的大概成果，它破坏掉爱心想象者的无果的不动性，而为其探险提供一种象征性的总体特征。当司汤达还年轻，即在书写《罗马、那不勒斯、佛罗伦萨》的时候，他能够这样写："……当我撒谎的时候，我就像是德·古里（de Goury）先生，我烦恼起来。"他当时还不知道存在一种撒谎，即故事性撒谎，这种撒谎既是——那太神妙了——真实情况的迂回展现，也是对其意大利激情的臻于完美无缺的表达。①

1980,《原样》(*Tel Quel*)

---

① 这篇文章,是为"米兰时期的司汤达研讨会"(*Colloque Stendhal de Milan*)而写。从各种情况看,这篇文章应该是罗兰·巴尔特所写的最后文章。文章的第一页是打字机打出来的,日期是1980年2月25日。第二页已经被夹进打字机里。是否可以将其看作是完成的文章呢?是可以的,因为手稿非常完整。但是从另一种意义上也可以说它不是完成的文章,因为罗兰·巴尔特在用打字机打手稿的时候,经常会对其文本做出轻微的改动。他这篇文章的第一页,就属于这种情况。(编辑说明)

第七部分
围绕着形象

作家、知识分子、教授

　　下面的文字，出于这样一种想法：在教学与言语之间有一种基础性的联系。注意到这一点，是很早的事情。（我们的教学，难道不是完整地出自修辞学吗？）但在今天，我们可以对其进行不同的推导。首先，因为教学方面有一种（政治的）危机；其次，因为（拉康的）精神分析学应该逐步从这种对立中获取效果。

　　面对着属于言语一侧的教授，我们可称呼任何言语活动操作者为作家，因为其属于书写的一侧；在这两者之间，是知识分子，即印刷和出版言语的人。在教授的言语活动与知识分子的言语活动之间，很少有不可共存性（他们通常共存于一个个体之中）。但是，作家是独立的，不与别人在一起：书写开始于言语变为<u>不可能的</u>的地方（我们可以听到这样的话：就像对一个孩子在说话）。

两种约束

言语是不可逆转的，也就是说，除非我们明确地说在重新采用一个单词，否则我们便不可以重新采用一个单词。在这里，涂抹，便是补充；如果我想用橡皮涂掉我刚刚陈述的东西，那我只有在展示橡皮本身的时候才能去涂抹（我应该说"<u>或者更应该</u>……"，"<u>我表述得不好</u>……"）。不可思议的是，瞬间的言语是不可去掉的，而不是里程碑式的书写是不可去掉的。对于言语，我们只可以加上另一种言语。对言语的改动和修饰动作，就是含含糊糊地说话，就是竭尽全力重新开始编织，就是增加修正性的语链，而我们话语的无意识部分就借助于偏好寄宿在这种语链之中（毫不意外，精神分析学与言语而不是与书写联系着：一种梦写不出来）：说话者的冠名形象，就是珀涅罗珀①。

这还不是全部：我们只有在我们说话的同时又支持某种陈述活动之速度的情况下，才能理解（或好或坏）。我们就像是一个骑自行车的人，或者像一部注定要启动、要拍摄的影片——如果不想摔倒或被推迟的话。单词的沉寂或浮动，对我来说也是被禁止的：发音速度使句子的每一个点都要服从先于这一点或直接跟随其后的东西（不可能使单词"离开"而靠向一些外来的、古怪的对立范式）。语境不是言语活动的结构条件，而是言语的结构条件。然而，语境从其地位上讲是意义的减缩因素，说出的单词则是"明确的"。多

---

① 珀涅罗珀（Pénélope）：古希腊神话中俄底修斯的忠贞的妻子。——译注

义性的去除（即"明确"）服务于法则：任何言语都在法则一侧。

　　不论谁准备说话（在教学的情况下），都必须意识到言语的习惯在一种自然的决心之简单作用下（这种决心属于身体的本性：发音时的呼吸本性）所强加的展示场景。这种场景以下面两种方式在形成和发展着。一是，对话人清醒地选择权威角色。在这种情况下，只需"好好去说"即可，也就是说要根据存在于任何言语中的法则来说话：无返回，而是快速向前，或更为明确地说话（这正是人们对一种专业言语所要求的：明确性，权威性）；清晰的句子正是一种判断、一种刑罚上的言语。二是，对话者受到了来自他的言语马上引入其说话中的法则的阻碍。确实，他无法改变他的语速（这种语速迫使他必须"明确"），但他可以为说话（为说明法则）而表示歉意。于是，他便利用了言语的不可逆转特性来搞乱其合法性；他自己改动、自己补充、支支吾吾，他进入了言语活动的无限之中，他在简单的信息上重叠（大家都对其有所期待）一种新的信息，而这种新的信息则毁掉信息观念本身，并且，借助于他用以形成他的言语线路的墨迹和损耗的显现，他要求我们像他一样相信，言语活动不能减缩为交流。这些过程使得支支吾吾接近于文本，借此，不太善谈的说话者均希望减少把任何说话者都变成像警察那样的叫人讨厌的角色的可能。不过，就在为了"不好好地说"而做出这种努力的过程中，这仍然是强加给他的一种角色。因为听众（与读者无任何关系）处于自己的想象物之中，他把这些探索当作同样的无力符号来接受，并为其送上一种非常人性的主人的形象：自由主义者。

　　交替出现是可悲的：教师作为行为端正的公务员或自由艺术家，他既不躲避有关言语的戏剧，也不躲避在戏剧中展现的法则：因为法则并不产生于他说出的方面，而是产生于他所谈论的方面。

为了颠覆法则（而不只是反转法则），就应该为其破坏声音的流量、词语的速度、节奏，直至达到另外一种可理解性——或者根本就不去谈了。但是这样一来，这便与其他角色汇合在了一起：或者是满载经验的缄默的重大沉寂智慧者的角色，或者是以实践的名义要求任何叫人讨厌的话语离开的战斗者的角色。无什么可做：言语活动，总是具有强力；说话，便是执行一种能力愿望。在言语的空间中，没有任何的无辜，也没有任何的安全。

概述

教师的话语，从地位上讲，带有这样的特征标志：人们可以概述其话语（这是一种优势，它可以与那些议员的话语类似）。我们知道，在我们的学校里，有一种课程叫<u>文本压缩</u>。这样的表达方式恰好表明了概述的意识形态：一方面，有"思想"，即信息的对象、动作的要素、科学之要素、传递性的力量或批评的力量；另一方面，则是"风格"，即属于奢华、属于闲逸因此无益的装饰。把思想与风格分开，这在某种程度上便是让话语脱离其圣职的外衣，便是世俗化信息（由此，教师与议员实现了资产阶级的合取）。人们认为，"形式"是可以压缩的，而这种压缩基本上并不被认为会招致损失：实际上，<u>超脱一点看</u>，也就是说，从我们的西方视角来看，在一个活着的吉瓦罗人①的头与一个被缩小了的吉瓦罗人的头之间难道有什么非常重大的区别吗？

对一位教师来讲，他很难见到学生在其课堂上做的"笔记"；

---

① 古代印度的一个战斗民族，他们在捉到俘虏后就将其头砍下，然后用热石头将其头骨缩小。——译注

他不大在乎学生们的笔记，或者出于小心谨慎（因为在不考虑实践礼仪特征的情况下，就没有比"笔记"更属于个人的东西），或者可能害怕看到自己所讲内容的死亡和实质性的压缩状态，就像一个吉瓦罗人为其同族人所处理成的样子。我们不知道，从言语的语流中选用的（截取的），是一些不规则的陈述语段（表达语式、句子），还是一种实质的推理呈现。在这两种情况中，失去的东西，便是那种补加成分，由此出现了言语活动的赌注：概述是对书写的一种否定。

由于相反的结果，任何其"信息"（这种信息也因此立即破坏掉其信息本性）不可被概述的发送者都可以公开声称自己是"作家"（这个单词一直指明一种实践，而非一种社会价值）：这是作家与疯子、多嘴多舌之人和数学家所共有的条件，但这也恰恰是书写（即对能指的某种实践）要承担对其详细说明的条件。

教学关系

人们如何将教师视同精神分析学家呢？这完全是所发生事情的反面：正是教师是精神分析学家。

我们可以想象我就是教师：我面对着我为了他而喋喋不休的某个人，可是他却不说话。我是那个在说着<u>我</u>的人（我变着花样使用<u>人们</u>、<u>我们</u>或是无人称的句子，这都不重要），我就是这样的人，我以<u>说明</u>一种知识为名，<u>我提出了一种话语</u>，而<u>我却从不知道这个话语是如何被接受的</u>，以至于我从来未能确信一种<u>构成我</u>的最终的哪怕是叫我不舒服的形象：在说明之中——这种叫法比人们认为的名称更好，并不是在表白知识，而是在表白主体（他表白自己在面对多种艰难经历时的情况）。镜像是空的：随着我的言语活动在展开,它只能反射出我的言语活动的不足方面。就像马克斯兄弟装扮成俄国宇航员［见《歌剧院的一夜》(Une nuit à l'Opéra)——我拿这部作品来比喻许多文本问题］,在我的说明之初,我滑稽地戴着大大的假胡须。但是,我逐渐地被淹没在我自己的言语浪潮之中［以此替代哑巴哈波(Harpo)在纽约市长的专席上大口喝水用的水瓶］,我感觉我的大胡须在众人面前一片一片地脱胶。我刚刚借助几个"细腻"的说明让听众微微笑了起来,我刚刚用几个进步论的俗套让听众放下心来,我就感觉到了这些挑衅所带来的全部好意。我惋惜歇斯底里式的冲动没有了,我很想重新获得它,我宁愿哪怕很晚才有一种严肃的话语,也不愿意去说讨人喜欢的话语(但是,在相反的情况里,是话语的"严厉"在我看来是歇斯底里的)。实际上,如果有人对我的看法报以微笑,或者对我的恐吓报以赞同,我会立即确信,这些共谋性来自一些糊涂人或献媚人(在此,我在描述一种想象过程)。我在寻求回应,便任意放纵挑衅,而为了让自己谨慎而行,只需有人回应我即可。如果我把持着一种话语,但它竟然冷却或疏远任何的回应,我便不觉得其更为正确(按照其音乐的意义)。因为这样一来,我就很需要对我的言语的孤独感到荣耀,很需要赋予我的言语以使命话语的托词(科学、真实等)。

于是,根据精神分析学的分析(即根据拉康的精神分析学,每一位说话者都可以在此验证其灵验性),当一位教师对其听众说话的时候,他者总是在那里想看透其话语;而他的话语尽管充满无可指责的智慧,带有科学的"严肃性"或政治的彻底性,话语还是被看透了:只需我说话,只需我的言语在流动,就可以使精神分析学流动起来。自然,尽管任何教师都可以以被分析者的姿态出现,但是,没有任何大学生听众可以夸耀相反的情况。首先,因为精神分析学的沉寂没有任何的优势可言;其次,因为有的时候,一位主体凸显自己，无法控制自己，最终在言语上激情似火，与听众的分享混合在了一起（而如果主体顽固地不说话，那么他就只会让人看出他的口腔肌腱膜的顽固性）。但是，对于教师来说，大学生听众不管怎么说都是典范的<u>他者</u>，因为这样的听众好像没有直接说话，但是从其明显看得出的沉闷之内部，他在更为有力地对您说话：其隐形的言语，也是我的言语，对我的冲击远比其话语让我困扰更大。

这便是各种公共言语的苦难：不管是教师说话，还是听众要求说话，这两种情况都是直接地走向长沙发①；教学的关系不是别的，而就是这种关系所建立的移情；"科学""方法""知识""想法"，都会成群地出现；它们是<u>被外加地</u>提供的；它们都是<u>其余部分</u>。

契约

> "在大多数时间里，人与人之间的关系都是痛苦地忍受着他们共同制定的契约得不到遵守——通常甚至发展到被毁掉——的状况。自从两个人进入相互关系，他们的契约——通常是默认的，就开始生效了。这种契约规范着他们之间关系的形式，等等。"
>
> ——布莱希特

尽管在一堂课的群体空间中得到陈述的要求基本上是不传递的，就像在任何转移性的情况中那样，这种要求也还是多因决定论的，并且它隐藏在其他表面上是传递性的要求后面。这些要求在教育者与受教育者之间构成了一种隐性的契约。这样的契约是"想象

---

① 这里是指在进行精神分析时，被分析者就位的地方。——译注

性的",它丝毫不妨碍大学生出于经济考虑而求职的决心,也不会妨碍教师为其工作增光添彩。

笼统地讲,以下便是教师对学生的要求(因为在想象范围内没有基础动力可言):(1)在不论什么样的"情境"中认出老师来——权威性、善意表现、不同政见、知识等。(任何来访者,在人们看不到其以何种形象来请求您的时候,都会让人感到不安。)(2)传播、拓展老师的思想,将其带向远处。(3)尽情地接受诱惑、时刻准备好接受一种恋情关系(接受所有的升华、所有的距离、所有的与社会现实及与因这种关系而产生的自豪感相符的规范);(4)最后,允许教师为他与其雇主即社会所缔结的契约增光添彩。受教育者是(有报酬的)一种实践的一部分、一种职业的对象、一种(尽管是难以确定的)生产的材料。

而在受教育者一侧,笼统地讲,以下是他所要求老师的:(1)引导他进入一种好的专业整合之中;(2)填补传统上留归教师的那些角色(科学权威性、传递一种知识的主要内容等);(3)给出(研究、考核等方面的)一种技巧的秘密;(4)高举<u>方法</u>这一神圣的世俗旗帜,成为一位苦行发起者,即<u>精神大师</u>;(5)代表一种"思想运动"、一个学派、一种事业,成为其代言人;(6)接受学生即受教育者与其在同一种特殊的言语活动之中谋划共事;(7)对于那些希望书写博士论文(既是走样的,也是受到其体制保护的小心翼翼的书写实践)的学生,确保其希望的实现;(8)最后,还要求教师成为一些服务的提供者——他要为一些注册、一些证明文字签字留名。

以上只是一些可供选择的场域和储库,它们不需要同时出现在同一个个体身上。不过,正是在契约的整体层次上,一种教学关系的舒适才会表现出来:"好的"教师,"好的"学生,是那些从哲学意义上讲接受他们之决心的人，这也许是因为他们懂得，一种言语关系的真实是在别的地方。

研究

何谓"研究"呢？就知识而言，应该是对一种"结果"类的东西有某种想法。我们看到了什么呢？我们想找到什么呢？缺少什么呢？找出的事实、显示出的意义、有统计的发现，它们将会被安排在何种价值领域呢？这一点，大概每一次都取决于所希求的科学。但是，从研究对文本感兴趣的时候开始（文本远比作品有研究内容），研究本身就变成了文本，变成了生产。严格地讲，此时任何"结果"对其都是不相关的了。于是，在某些社会条件制约之下，"研究"成了我们赋予"书写"的需要慎重使用的名称：研究属于书写的一侧，它是能指的一种历险，是对交流的一种超出。保持下面这样一种方程式是不可能的：一种"结果"对立于一种"研究"。因此，人们必须让一种研究（在教学的同时）所依赖的那种言语，在其无节制的功能（"您就写吧"）之外，具备提醒"研究"注意其认识论条件的特定作用：不论它研究什么，它都不应该忘记它的言语活动本性——这种本性让它最终不可避免地要遇到书写。在书写过程中，陈述活动以其产生陈述语段的言语活动作用而使陈述语段黯然失色：这种情况确定着共同习惯在"研究"之中所承认的那种批评的、推进的、不足的和生产性的成分。研究的历史角色便在于让学者知道他在说话（但，如果他知道这一点的话，他就会书写——而有关书写的任何科学观念、任何科学性都将会改变）。

破坏俗套

有一个人写信告诉我:"有一组革命大学生准备破坏结构主义神话。"这样的说法从其俗套性的内容看,让我不无高兴。对神话的破坏,从对其推定的代理人的陈述语段起,开始于那些最美的神话:一组"革命大学生",这与"战争寡妇"或"老战士"的称谓一样有力量。

通常,俗套是让人不高兴的,因为它是由言语活动的一种坏死情况即一种假器构成的,而该假器被用来堵住一种书写漏洞。但是同时,它只能激起广泛的大笑,但它自以为了不起,它自认为更接近真理,因为它不关心其言语活动的本质:它既是陈旧的,也是庄重的。

与俗套保持距离,并不是一项政治任务,因为政治言语活动本身也是由俗套构成的。它是一项批评任务,也就是说它的目标是将言语活动置于危机状态中。首先,俗套可以让存在于任何政治话语中的意识形态微粒孤立出来,并像专门用来溶解"自然的"言语活动(即假装不知道它是言语活动的那种言语活动)之脂肪的一种酸那样来攻取这种微粒。其次,便是脱离那种机械的理由,因为那种理由使得言语活动变成了对一些情境刺激或动作刺激的一种简单的满足。再次便是将言语活动的生产与其简单的和骗人的使用对立起来。又次便是动摇<u>他者</u>的话语,并构成一种常在的预分析操作。最后,说到底,俗套是一种机会主义:人们让自己符合主导性的言语活动,或者更可以说,符合在言语活动之中似乎起<u>主导作用</u>的东西(一种情境、一种权利、一种斗争、一种建制、一种运动、一种科学、一种理论等);借助俗套来说话,便是让自己归顺于言语活动之力量的一侧。这种机会主义必须（在今天）被拒绝。

但是，不去"破坏"俗套而是"超越"俗套，可以吗？这是一种不现实的愿望；言语活动的操作者们在他们的能力上没有别的什么活动，而只有倒空实在的东西的活动；言语活动并非辩证的，它只允许带有两种时间的一种行走过程。

话语的链接

正是因为言语活动不是辩证的，话语（话语性）才在其故事的推进中突然地移动。任何新的话语都只能像是反向取用（并且通常是部分取用）环境的或先前的多格扎的那种悖论才能凸显出来；它只能像是不同、有区别、脱离固定不变的东西那样出现。例如，乔姆斯基的理论是通过反对布龙菲尔德的行为主义而建立起来的；再就是，语言学的行为主义在被乔姆斯基淘汰之后，正是在反对乔姆斯基心理主义（或人类学主义）的过程中，一种新的符号学（sémiotique）在寻求建立。不过，乔姆斯基本人也为了寻找加盟者而被迫跳过其直接的先行者，不得不上溯到鲍尔-罗亚尔的语法[①]。但是，大概可以说，正是在辩证法的最伟大思想家马克思的著述中，言语活动的非辩证本性才是需要给予关注的最有意思的东西：他的话语几乎完全是悖论的，因为多格扎在这里是蒲鲁东（Prou-

---

① 鲍尔-罗亚尔（Port-Royal）：原本是坐落在法国谢夫勒斯（Chevreuze）河谷的一座女修道院，修建于1204年。后来成为传教布道兼著书立说之地。《普遍唯理语法》（Grammaire générale et raisonnée）一书见于1660年，作者为阿尔诺（Arnaud）和朗斯洛（Lancelot）。该书将笛卡尔的学说应用到了言语活动的分析方面。——译注

dhon）式的，在其他地方又是别人的，等等。这种脱离与重启的双重活动，最终导向的不是一个圆，而是按照维柯给出的漂亮而又伟大的形象，是一个螺旋形，并且，正是在循环性（反常形式）的这种错位之中，历史的全部决心得到结合。因此，应该总是寻求一位作者与何种多格扎对立（有时候，也许就是一种非常小的多格扎主导着一个很小的群体）。一种教育，如果它竟然建立在这样的确信基础上，也可以依据悖论来评价：这种确信便是，一个系统，由于它要求一些改动、一些移动、一些开放和一些否定，而比一种尚未形成和表现出的系统更为有用。这样一来，人们就可以在有机会的时候很快地避免喃喃学语阶段的不动性，而重归话语的故事链接，重归话语性的进展。

方法

某些人一个劲儿地、强求性地谈论方法。在工作中，他们所希望得到的，便是方法。在他们看来，方法从来就不是相当严格的、相当形式的。方法变成了一种法则。但是，由于这种法则不具备任何对自身来说异常的效果（没有人可以说"人文科学"的一种"结果"是什么），所以，它是无限落空的。它像是一种纯正的元言语活动，享受着任何元言语活动的自豪。我们也注意到，任何一种不停地宣称其方法意愿的工作最终都是无结果的：一切均在方法中过去，没有为书写留下任何东西。研究者一再地说，他的文本将是讲求方法的，但是，这样的文本却不曾出现。没有任何东西是确定的，为了灭除一种研究和使其重归被丢弃的工作废料，没有任何东西比方法更为可靠。

方法（方法的固定性）的危险来自这个方面：研究工作必须满

足两种要求。第一种是责任要求，那就需要研究工作增加明晰度，最终揭示一种程序的全部涉及内容、一种言语活动的全部托词，总之要构成一种批评（我们还要再一次提醒，批评意味着使危机状态出现）。在这里，方法是不可避免的、不可替代的，这不是因为其"结果"，而恰恰是——或者相反是——因为批评成就了不会忘却自己的一种言语活动的最高等级意识。但是，第二种要求却完全属于另外的范畴，那便是书写的要求，即欲望的分散空间，因为在这个空间里法则获准离开。因此，应该在某一时刻起而反对方法，或至少将其看成并无基础优势的东西，即将其看作像是复数的多种声音中的一种：像是一种观点，像是嵌入文本中的一个场面。文本，说到底是任何研究的唯一的"真实"结果。

各种问题

提出问题，便是想搞懂一件事情。不过，在许多知识分子的争论中，报告人在阐述之后所提的问题，丝毫不是表明不懂什么，而是对一种完美的论定。我以提问为名，对演说者发起挑衅。于是，提问便重拾其警察的意义：提问，便是追问。不过，被追问的人必须佯作满足问题的字面要求，而不是满足其灵巧性。于是，一种游戏便得以建立：尽管每个人都知道另一个人的意图是什么。但游戏还是迫使人满足内容，而非满足灵巧性。如果有人以某种声调问我："语言学有什么用呢？"这就是告诉我语言学没有什么用，我就必须装作天真地回答："语言学可以用于这一方面，也可以用于那一方面。"而不是根据对话的真实情况回答："您根据什么挑衅我呢？"我所收到的，是内涵；我所应该阐述的，是外延。在言语的空间，科学和逻辑学、知识和推理、问题与回答、命题与反驳，都是辩证关系的面具。我们的智力争论也如同苏格拉底的争吵那样，是被编码过的。在争论中，总是有一些服务角色（"社会学主义者""戈德曼主义者""原样主义者"等），但是，由于不同于这些角色本该是符合仪礼的、本该表明其功能的技巧的争端（dispositio），我们的智力"交易"便总是表现出"自然的"样子，它打算只躲避一些所指，而不躲避能指。

以什么名义？

我以什么名义来说话呢？以一种功能的名义？以一种知识的名义？以一种经验的名义？我代表着什么呢？代表着一种科学能力？一种制度？一种服务？实际上，我只是以一种言语活动的名义来说话。这是因为我写明了我在说话；书写被其反面的东西即言语再现了出来。这种畸变意味着，在书写言语（关于言语）的时候，我注定会有下面的焦虑：借助非现实主义来揭示言语的想象物。因此，表面上，我不书写任何"真正的"经验，我不拍摄任何"实在的"教学过程，我不打开任何"学府的"卷宗。因为，书写可以说出有关言语活动的真实（vrai），但不能说出有关实在性（réel）的真实（当前，我们正在寻求懂得一种无言语活动的实在性是什么）。

驻足站立

你能想象一下，当你对（或面对）一些站立的或明显坐不住的人说话的时候，那种别扭的场景吗？在这里，是什么东西在交流呢？这种不舒服是为了什么而付出的代价呢？我的言语等于什么呢？听众方面的拘谨为何不能很快地将其引导到过问其所听东西的有效性方面呢？驻足站立难道不是非常完美的<u>批评</u>吗？从另一个层面上讲，难道政治意识不就是如此在<u>不随意</u>之中开始有的吗？听，是对我自己的言语之虚荣的回应，是其<u>代价</u>，因为不管我希望或是不希望，我都被置于一种交流的巡回之中；而听，指向的也是我对其说话的那个人的站立位置。

以你称谓

在五月风暴的破坏之下，有时候会出现一个大学生以"你"来称呼其老师的情况。这可是一种很强的符号、一种充实的符号，它为最讲求心理学的人送去一些所指：展现出要与人争吵或与人成为伙伴的意愿——<u>亮肌肉</u>。因为一种有关符号的道德观在这里是被强加的，人们可以对其表示不赞同，而更喜欢一种较为微妙的语义：符号应该<u>依据中性基础</u>来使用，而在法语方面，以您称谓就是这种基础。以你称谓只能在其构成语法的一种简化的情况下（例如，当面对一个不大会说我们的语言的外来人的时候），才可以避开编码。这个时候，就要用一种传递性实践来取代一种象征条件：我不会<u>为谁而将另一个人当作什么人</u>（因此，我也不会为谁而将我自己当作什么人）从而尽力有所意指，而仅仅是尽力让我对他有所理解。但是，这种对自己的求助最终也是变化多端的：以你称谓最终归入所有的逃逸条件。当一个符号让我不高兴不喜欢，当其意指让我感到局促不安，我便转向被操作者：被操作者变成了象征学的检查者，也因此成了无象征主义的象征。许多的政治话语，许多的科学话语，都带有这种转移特征（整个的"传播"语言学就属于这种情况）。

言语的气味

一旦说话结束,形象所带来的晕眩便开始了:人们赞颂或后悔说过的东西,赞颂或后悔说话的方式,人们开始想象(人们在转换成形象)。言语从属于余感,它能散发出气味。

书写不散发气味:它一经产生(即完成了其生产过程之后),便落下,不是以正在撒气的一种吹制品的方式落下,而是以正在消失的一种陨石的方式落下。它马上会远离我的身体去旅行,不过,它并不会离开我因自恋而保留的一种体块,就像言语所是的那种情况。它的消失并非让人失望的。它在经过,它在穿越,这便是一切。言语的时间超过言语行为〔只有法学家可以让人相信,言语会消失,即不翼而飞(verba volant)〕。书写,它没有过去时(如果社会迫使您管理好您已经写过的东西,那您只会在最大的厌烦即在一种虚假的过去时的烦恼之中来进行)。这便是人们借以评论您的书写的话语远不如人们借以评论您的言语的话语生动活泼的原因(不过,这种赌注是更为重要的)。首先,我不能客观地考虑问题,因为"我"不存在了;其次,即便是赞赏性的,我也只能尽力摆脱,因为这只会让我的想象变得更窄。

这样一来,让我不无考虑的这个文本,一旦被写完、改定、交出,便以让人忧心的状态或者直说就是以让人担心的状态存在于我或重回于我,那这个文本从何而来呢?难道它不是通过书写而被写和被解放的吗?不过,我很清楚地知道,我不能改善文本,我已经完成了我想要说的东西的准确形式:这不再是一种风格问题。我对此作出的结论是,正是其地位本身在妨碍我:让我烦恼的,恰恰是处理言语时,在书写本身之中,无法完全地排除言语。为了书写言语（谈论言语），不论被书写的对象有多远，我都必须参照在我现在说话时我是谁和我过去说话时我曾经是谁的情况下突然出现的一些经验幻觉、记忆幻觉和情感幻觉；在这种书写中，<u>还有着某种参照对象</u>，并且正是这种参照对象对着我个人的鼻孔散发出气味。

我们的位置

就像拉康的精神分析学正在把弗洛伊德的第三界延长至关于主题的拓扑学（陈述活动从未在其中占有位置）那样，需要把教师式的空间——这种空间是一种宗教空间（言语出自高处的讲台，听众则在下面）——代之以一种不大笔直的即不大符合几何形状的空间，而在这种空间中，没有任何人，即无论是教师还是大学生，都从来不会有<u>其最后的确定位置</u>。于是，人们会见到，需要变成可逆转的东西的，并不是那些社会"角色"（去争论说话的"权威性""权利"有什么用呢？），而是言语的场域。这种场域在何处呢？是在对话之中？还是在听的过程之中？抑或是在对话和听的轮回之中？问题不在于消除各种功能（教师、学生；总之，秩序是对快乐的一种保障，萨德早就告诉过我们）之间的区别，而在于保护不稳定性和——如果可以这样说的话——保护言语场所的眩晕表现。在教学空间，每一个人都不必有其位置（我不担心这种经常性的移动；如果有时候有我的位置，我甚至不再装作教学的样子，我拒绝有我的位置）。

不过，难道教师就没有一种固定的位置即其报酬的位置亦即其在经济活动和生产活动中的位置吗？这些一直是同一个问题，是我们不知疲倦地处理的唯一问题：一种言语的起因不能耗尽这种言语；这种言语一经开说，便会出现无数的历险，它的起因就变得模糊了,它的所有效果并非都在其原因之中。我们所探究的,就是这种<u>超出部分</u>。

两种批评

用打字机打印一个手稿可能造成多种错误,这些错误都是一些意蕴上的意外,而这些意外通过类比可以说明,当我们评论一个文本从而面对意义时所应该坚持的一种品行。

又或许,因为错误而产生的单词(在一个打错的字母让该词走样的情况下)不会有任何意味,不会产生任何文本的痕迹,只是编码被切断了:一个无义素的单词被创立了,它是一个纯粹的能指。例如,我没有正确地写"officier"("军官"),而是写了"offiver",它无任何意义可言。或者是,写得不对的单词(打字不准确),即不是想写出的单词,这种单词是一个允许验证并且代表某种东西的单词。如果我写的是"ride"("皱纹"),而不是想写的"rude"("粗野的")的话,这后一个新词在法语中是存在的:句子会保留着一种意义,尽管这种意义偏移了。这便是文字游戏、复现(anagramme)、有意蕴的音素换位(métathèse)、字母或音节戏剧性颠倒(comtrepèterie)的路径(voie)[声音(voix)?];其中,<u>在各种编码的内部</u>出现了变化,意义依然存在,但已经被多元化、被篡改,没有了内容法则、信息法则、真实法则。

这两种类型的错误,每一种都显示出(或提前显示出)一种类型的批评。第一种类型的批评去除了所谈文本的任何意义:文本只该适应于一种意蕴繁荣。这是应该得到论述而不是得到解释的唯一的音联觉表现(phonisme):人们在联想,但不加以说明;在让人去读"offiver"而不是去读"officier"时,这种错误为我打开了<u>联</u>

想空间〔我可以随意地将"offiver"联想成"obvier"（"防备"）、"vivier"（"养鱼池"）等〕。对于第一种类型的批评，耳朵不仅能听到拾音器的窸窸窣窣的声响，而且它只想听到它们，并将其变成一种新的音乐。对于第二种类型的批评，"阅读之大脑"不拒绝任何东西：它感知意义（多种意义）和其窸窸窣窣的声响。这两种批评的（历史）赌注（我很愿意能够说，第一种类型的批评的领域是意指变异，而第二种类型的批评的领域是意指活动①）显然是不同的。

对于第一种批评来说，它有作为能指的权利，在它想要（或它可以？）的地方展示自己：是源于何处的法则与意义在约束着它呢？自从人们放松了（单调的）语文学法则和向多元性开启了文本，还有什么理由要停下来呢？为什么拒绝将多义性推进至无义性呢？以何种名义来拒绝呢？就像任何基本权利那样，这一点要求对自由的一种乌托邦式的视野：立即去除法则，将其置于任何故事之外，不顾及任何辩证法（正是在这一方面，这种请愿式风格可以最终像是小资产阶级的）。不过，能指的无序性，自从其在不管如何都植根于一种确定的（和异化的）智力社会之中服从于任何策略上的原因时起，便回转至歇斯底里的游移不定状态：在把阅读从所有意义之中解放出来的时候，最终便是我所指定的我的阅读，因为，在历史的这个阶段，对于主体的安排还没有被转换，而对于意义（所有意义）的拒绝则被颠覆成主观性。在使事物变得最好的同时，人们可以说，这种彻底的、由对所指（而非对其逃逸）的排除所确定的批

---

① "意指变异"（signifiose）：显然是巴尔特依据拉丁语词根自造的一个词，表示一个新词的意义并非其原想意义。"意指活动"（signifiance），源自拉康的精神分析学，指的是原有单词在陈述过程中产生意义的过程，而不是结果。——译注

评，在预测故事，在预测一种新的、前所未闻的状态。而在这种状态之中，能指的展现不需要为任何不切实际的补偿、为人称的任何关闭有所付出。不过，批评（即进行批评），便是建立起危机，而在不评估危机的各种条件（即其所有极限）、不考虑其时刻的情况下，就不可能建立起危机。因此，第二种批评，由于依附于意义的分离，依附于解释活动的"特技"，所以从历史角度讲便显得（至少在我看来）更为正确：在一个服从意义战争的社会里，而且就是在此它受到了确定其有效习性的传播规则的制约，对旧时批评的清除只能在意义中（在意义的体量中）而不是在其之外得到进展。换句话说，应该打入某种语义。实际上，意识形态批评在今天必须进行窃取性操作：对于所指的排除是出色的唯物主义任务，所指在意义的幻觉之中比在对其破坏之中可以得到更好的隐藏。

两种话语

我们要区分两种话语。

恐怖主义话语，并不一定联系着（或机会主义地捍卫着）对一种法律、一种真实情况、一种司法体制的断然论述。它只是想在陈述活动与言语活动的真实暴力之间实现清晰的相符性，而这种暴力是天生的，它依赖于没有任何陈述语段可以直接地表达真实存在并且只有单词的力量听从于它的安排这种情况。因此，一种表面上看似是恐怖主义的话语，在人们阅读它时，如果紧随其自身给您的说明，那它便不再是恐怖主义的话语：不再需要在其身上重建空白或分散性，也就是重建无意识。这种阅读并非总是很容易的。某些小型的恐怖主义，特别通过俗套在发挥作用，它们本身就像不论什么样的心安理得的话语那样，操纵着对另外场面的排除。一句话，恐怖主义拒绝书写自己（人们在它们自身不起作用的某种东西上看出了它们：这种严谨声望就是从陈词滥调中脱离出来的）。

那些抑制性话语并非联系着公开的暴力，而是联系着法则。这样一来，法则就像平衡成分进入了言语活动之中：一种平衡成分被设定为处于被禁止的东西与被允许的东西之间，处于可推崇的意义与不值得一提的意义之间，处于对常识的约束与各种解释受到监督的自由之间。由此，产生了对于摆动、词语对等成分、反主体的位置与回避这种话语的兴趣。这种话语，既不是为此，也不是为它（不过，如果您对于既不、也不作双重考虑的话，您就会注意到，这位公正的、客观的、富有人性的对话者，就是为此，而反对为它的）。这种抑制性话语，就是心安理得的话语，即自由的话语。

公理领域

布莱希特说："对于出现在致力于（民族的或国际的）阶级斗争的无产阶级内部的那些事实，只需确立有哪一些解释允许其为了自己的斗争而可以使用这些事实，就足矣了。应该对其进行综合，以便创立一种公理领域。"因此，任何事实都具有多种意义（即一种"解释"多元性），而且，在这些意义之中，有一种意义是属于无产阶级的（或至少它服务于无产阶级的斗争）。在将这些不同的无产阶级意义结合在一起的时候，人们就建构起了一种（革命的）公理学。但是，谁来确定意义呢？布莱希特认为，是无产阶级自己（那些公理学"出现在无产阶级内部"）。这种观点包含着这样的意思：各种意义的分离注定满足各种阶级的分化，而各种意义的战争也注定满足各个阶级的斗争。因为有着（民族的或国际的）阶级斗争，公理学领域的分裂是不可弥合的。

困难（在不管布莱希特用词随便时说的"只需"的情况下）来自一定数量的话语对象并不直接地使无产阶级感兴趣（没有任何有关他们的解释活动出现在其内部），不过，无产阶级也不可对其不关心，因为那些对象至少在去除了贫穷和民俗的激进联邦之中，构成了<u>另一种话语</u>的完整性，而在这另一种话语之内，无产阶级自己也必须活着、吃饭、娱乐等。这种话语便是文化之话语（在马克思所处的时代，也许在文化方面对无产阶级的压迫并不像今天这么厉害：当时还没有"大众文化"，因为当时还没有"大众传播"）。如何把一种战斗意义归属于并不直接关系到您的东西呢？无产阶级如何在其内部确定对于左拉、普桑（Poussin）、流行音乐、<u>《周日体育报》</u>（*Sport-Dimanche*）或最近的杂闻的解释呢？为了"解释"所有<u>这些</u>文化接替活动，无产阶级需要一些代表人物，也就是布莱希特称之为"艺术家"或"智力劳动者"的人（这种表达方式很是狡猾，至少在法语里是这样的：智力非常接近于庇护人），即有条件安排间接性言语活动的人，而间接性就像是他们的言语活动。一句话，就是那些专心对文化事实进行无产阶级解释的<u>献身之人</u>（oblats）。

但是，这样一来，对于无产阶级意义的这些代理者，便开始了一种真正的大伤脑筋，因为他们的阶级地位并不是无产阶级的地位：他们并不是生产者，他们与同样属于非生产者阶级的年轻人（大学生）一起分享着这种负面地位，而他们一般又与这种非生产阶级地位共同构成一种言语活动联盟。随后，他们必须从其中剥离出来的无产阶级意义的那种文化，又使他们回归了他们自己，而不是将其归属于无产阶级。那么，如何来评价文化呢？难道根据其起因吗？其起因是资产阶级的。是根据其目的吗？其目的还是资产阶级的。难道根据辩证法吗？尽管这种辩证法是资产阶级的，但它会包含一些进步的成分。但是，在话语层面，是什么东西在区分辩证法与妥协呢？还有，使用何种工具呢？是使用历史学论、社会学论、实证论、形式论、精神分析学吗？它们都被资产阶级化了。最终，某些人宁愿破坏掉烦恼：脱离任何"文化"，那会迫使人们破坏掉任何话语。

实际上，即便是在一种明确的公理领域，也可以想到，由于阶级斗争，任务是多种多样的，有时还是相矛盾的，特别是这些任务还是建立在不同时间段上的。公理领域是由多种个别的公理学说构成的：文化批评在使新对立于旧、社会学论对立于历史学论、经济学论对立于形式论、逻辑实证主义对立于精神分析学的同时，本身也在相续地、多方面地和同时地进行着，随后，根据另一种技巧，又一次地使重大的历史对立于经验的社会学、使古怪（外来者）对立于新、使形式论对立于历史学论、使精神分析学对立于科学主义，等等。批评话语，由于被应用于文化，它只不过是诸多策略的一种文饰，是一种有时是过往的、有时是临场的、有时是乌托邦的一种（与时尚偶然性相联系的）要素编织物：在意义战争的策略需要之上，再加上各种新条件下的战略思考，而当战争最后停下来的时候，这些新条件则将是为能指而准备的。实际上，这就需要文化批评表现出有点不耐烦，因为它无法在没有欲望的情况下来进行。因此，所有有关马克思主义的话语，都会出现在其书写之中：辩护话语（颂扬革命科学）、末世论话语（破坏资产阶级文化）和来世论话语（希望、求助、与阶级分化同时出现的意义的分离）。

我们的无意识

我们要提出的问题是这样的：怎么做才能使现代性的两大认识

论，即唯物主义的辩证法与弗洛伊德的辩证法，汇聚在一起、重合在一起，然后产生一种全新的人文关系（不应该排除，有第三项会隐没在头两项之间）呢？也就是说，如何有助于两种欲望即改变生产关系的安排与改变主体的安排之间的相互作用呢？（现在在我们看来，精神分析学就像是最适合这两种任务的力量。但是，其他的论域便是可以想象的，例如<u>东方</u>的论域。）

　　这种整体性的工作借助下面的问题来进行：阶级决心与无意识之间存在着什么关系呢？这种决心是根据什么样的移动游弋在主体之间的呢？当然，不是借助于"心理学"（就好像有着一些资产阶级的、无产阶级的、知识分子等的心理内容似的），而很显然是借助于言语活动，借助于话语：<u>他者</u>在说话，<u>他者</u>是社会性的。一方面，无产阶级被白白地<u>分离了</u>，是资产阶级的言语在其退变的、小资产阶级的形式之下，无意识地于其文化话语之中在说话。另一方面，无产阶级白白地保持沉默，他在属于知识分子的话语中说话，并非以规范的和基本的声音在说话，而是无意识地在说话：只需看一下他如何影响我们所有的话语就可以了（知识分子对于无产阶级的明显参照，<u>丝毫</u>不会妨碍无产阶级的无意识位置：无意识并不是无意识的）。唯独资产阶级的资产阶级话语是重言式的：资产阶级话语的无意识恰好就是<u>他者</u>，但这个他者是另一种资产阶级的话语。

书写就像是价值

　　评价先于批评。在没有评价的情况下，不可能制造危机。我们的价值就是书写。这种顽固性的参照，在某些人看来，除了必须经常给予刺激之外，它似乎包含着一种风险，即形成某种<u>神秘性</u>的风险。指责声是狡猾的，因为它一点接一点地颠倒了我们赋予书写的重要性，即在我们西方世界的这个小小知识分子范围之内，成为<u>杰出的唯物主义</u>的重要性。有关书写的理论，尽管来自马克思主义和精神分析学，但它尽力在不断裂的情况下转移其起因场所。一方面，它拒绝所指的意图，也就是说不顾言语活动，不顾其各种效果的返回和超量程度。另一方面，书写理论对立于言语，因为它并不是可以转移的，而且它破坏——当然是局部地、在其非常狭窄的甚至是个别的社会极限内——"对话"的所有计谋。在书写理论中，有一种大众举动的端倪。书写理论对抗所有的话语（言语、规范书写、习俗、礼仪、社会象征），当前，它独自——尽管仍然以一种奢华的形式出现——把言语活动变成了某种<u>无论域</u>即无场所的东西。正是这种分散、这种建制是唯物主义的。

平静的言语

人们对于对话者们的一次常规会议所能期待的东西之一，仅仅是<u>善意</u>，即这种会议保留一种缺乏攻击性言语的空间。

这种攻击性言语的缺乏，不可在无抵制的情况下出现。第一种抵制属于文化范畴：对暴力的拒绝变成了人文主义的谎言，礼貌（对这种拒绝的最小方式）变成了一种阶级价值，而且殷勤表示变成了属于自由对话的一种神秘性。第二种抵制属于想象范畴：许多人都希望有一种借助压抑而出现的冲突性言语，而有人说，从对立之中推出某种令人失望的东西。第三种抵制属于政治范畴：论证是斗争的一种基本武器；任何言语空间都必须是隔开的，以显示所有的矛盾，它必须服从一种监督。

不过，在这三种抵制之中，得到保护的，最终是精神官能症之主体的统一性，这种统一性<u>聚拢</u>在冲突的各种形式之中。不过，我们都很清楚，暴力总是在此（在言语活动之中）存在，而且正因为如此，人们可以决定置符号于不顾，并由此省去一种修辞学：暴力不应该被暴力的编码吞没。

首要的好处在于中断或至少延迟各种言语角色的出现，即在听、在说话、在回答的时候，我从来都不会是一种判断、一种顺从、一种恐吓的施事者，从来都不会是一种<u>事业</u>的检察官。无疑，平和的言语最终会传播自己的角色，因为不管我怎么说，别人都会把我当作一种形象来解读。但是，在我开始阐明这一角色的时间之内，在众人一个星期接着一个星期地为在其话语中排除任何轮流对白而将要完成的言语活动工作之中，对于言语（从此很接近书写）的某种放弃将会出现，或者还会出现<u>主体</u>的某种一般化。

也许，这便是人们在某些<u>吸毒经验</u>（对于某些毒品的经验）中见到的情况。虽然自己不吸烟（哪怕是因为支气管不能接受烟雾），但对于深深影响着吸食印度大麻叶（kif）的某些外国地方的那种普遍的<u>亲切表现</u>，怎么会无动于衷呢？所有的举止、所有的（稀见的）言语，身体之间的全部关系（尽管是不动的和有距离的关系）都是疏远的、不紧张的（因此，与作为西方暴力之合法形式的酒醉无任何关系）：空间似乎更可以说是因为一种巧妙的修行（有时，可以从中解读出某种<u>讥讽</u>）而产生的。在我看来，言语的汇集似乎必须寻找这种<u>悬念</u>（没有什么重要性可言：它只是被人希望的一种形式），似乎必须尽力加入一种<u>生活艺术</u>之中——它是布莱希特说的所有艺术中最为重要的艺术（这种观点比人们所认为的更为辩证，因为它迫使人们区分和评价对于暴力的使用）。总之，在已知的教学空间的范围中，关键的问题是竭尽全力耐心地去规划一种纯粹的形式，即<u>漂浮</u>（flottement）之形式（它甚至就是能指的形式本身）。这种漂浮不破坏任何东西，它满足于使<u>法则</u>失去方向：进取的必要性、职业的义务性（从此，便没有任何东西可以不允许谨慎地为职业增添荣耀）、知识的严格要求、方法的魅力、意识形态批评，一切都在于此，<u>但它却是漂浮的</u>。

1971，《原样》（Tel Quel）

在研讨班上

这里涉及的，是一种真实的场所还是一种虚构的场所呢？既不是这一种，也不是那一种。它是根据乌托邦的方式被对待的一种机制：我规划了一种空间，我称之为<u>研讨班</u>（séminaire）。当然，研讨班的聚会，每一周在巴黎举行，也就是说<u>在这里</u>和<u>在现在</u>。但是，这两个副词也是幻觉性之副词。因此，对于其实际性没有任何保证，但对于趣闻讲授也不是免费的。我们可以用另外的方式来说：（真实存在的）研讨班是一种（轻微的）妄想之对象，而且，严格地讲，我钟爱这种对象。

三种空间

我们的聚会是小型的，不是因为腼腆，而是怕过于复杂:在大型公共课的粗略几何空间之后,必须有身体之间关系的比较微妙的拓扑学空间。而这种了解可以说就是<u>前文本</u>。因此,在我们的研讨班上,存在三种空间。

第一种空间,是建制方面的空间。这种建制规定着一种频率、一种时刻表、一种场所,有时还规定着一种课型。难道它还要求确认层次即一种等级吗?根本不需要,至少在这里不需要。在别处,了解是累加性的:我们对赫梯语①<u>或多或少</u>有所了解,对人口科学<u>或多或少</u>有所了解。但是,对于<u>文本</u>呢?我们<u>或好或坏</u>地了解<u>文本</u>的语言吗?研讨班——这一次的研讨班——不是建立在一个科学团体基础上的,更可以说是建立在一种言语活动复杂性基础上的,也就是说,是建立在欲望的复杂性基础上的。关键是,对<u>文本</u>抱有希望,是建立起一种<u>文本</u>欲望的循环(我们要接受能指的移动:萨德过去说是一种<u>大脑欲望</u>)。

第二种空间是转移性的(这个词无任何精神分析学的严格性)。转移性关系在何处呢?传统上讲,这种关系建立在(研讨班的)主持人与其听众之间。不过,即便是在这个意义上,这种关系也是不确定的:我不说出我所知道的东西,而表述我在做的东西;我并不将自己掩藏在绝对知识的无休止的话语之中,我并不将自己隐藏在<u>检查者</u>(任何教师都是潜在的检查者,而<u>这</u>正是体制的毛病)可怕的沉默不语之中;我既不是一位神圣主体(献身人),也不是一个伙伴,而仅仅是管理者、课堂操作者、协调者。我是给出规则、制定程式的人,而不是制定法则的人。我的角色(如果我有一种角色的话),是释放一种场面,而在这种场面中实现着诸多水平方向的

---

① 赫梯语(le hittite):生活在小亚细亚东部和叙利亚北部的赫梯人(Hittites)说的语言。——译注

转移:在这样一种研讨班(成功之地)上,重要的,并非听众与主持人之间的关系,而是听众之间的关系。这便是需要说的东西(和我由于听到众多聚来的人的怨言所理解的东西,因为每一个人都在抱怨不认识任何人):突出的教学关系,并不是教师与学员之间的关系,而是学员们之间的关系。研讨班的空间并不是俄狄浦斯式的空间,而是法伦斯泰尔式的空间。也就是说,从某种意义上讲,它是<u>故事性</u>空间(故事性不同于小说,它是小说的爆发形式。在傅立叶的作品中,和谐的话语最后变成了小说碎片:这便是<u>新的恋情世界</u>);故事性既不是错误的,也不是情感的,它仅仅是美妙欲望、动态欲望的循环空间;在一个其不透明性神奇地被减弱的社会的诡计之中,它便是各种恋情关系的重叠。

第三种空间是文本性的:研讨班,要么自认为可以产生一种文本、书写一部书(借助书写的蒙太奇);要么相反,它认为它自己的实践(尽管是非功能性的)已经是一种文本——最为罕见的文本,是那种不通过文字而形成的文本。有某种能成为整体性的方式,可以实现意指活动的记入。有一些作家并无书籍(我知道这种情况),有一些文本并不是产品,而是一些实践。我们甚至可以说,壮丽的文本有一天将会是完全纯粹的一种实践。

在这三种空间中,没有一种得到过判定(被贬低或被颂扬),没有一种高于其他两种。每一种空间都轮流成为另外两种空间的补充、惊喜,一切都是<u>间接</u>的。〔俄耳甫斯不会返回其快乐的时光,当其返回时,他便会失去快乐。如果我们返回知识,或返回方法,或返回友情,或返回我们群体的戏剧本身,整个的多元性也就消失了。那便只剩下制度,或任务,或心理剧(psychodrame)。间接性,就是我们超越着却又不予以注意的那种东西。〕

区别性

就像是开玩笑那样，研讨班的工作就是<u>生产区别性</u>。

区别性并非争执关系。在那<u>些</u>很小的智力空间中，争执关系只不过是对现实主义的装饰、对区别性的粗俗滑稽模仿，即一种幻景（fantamasgorie）。

区别性，它意味着什么呢？但愿每一种关系都逐渐地（这需要时间）显示其独特性：你要重新找出被逐一考虑的各个身体的独特性，打破各种角色的复制，打破各种话语的反复述说，破坏掉对于魅力、对于角逐性的任何展现。

失望

既然这种聚集与享乐有某种关系，那么，它注定也是一种叫人失望的空间。

失望出现在两次否定之末，但第二次否定并不会毁掉第一次。虽然我注意到X（教师、主持人、解释人）没有向我解释清楚<u>为什么、如何做</u>等，但这还是可接受的，而且是作为无结果的情况来接受的：没有任何东西被丢弃，因为没有任何东西形成过。但是，如果我让否定的时刻加倍，我就会让<u>极度不悦</u>的形象显示出来，我会挑衅性地转身，以应对一种挑衅性的结局。于是，我便求助于那个杰出的失望性结句——"<u>甚至不</u>"，这个结句一下子就指明了智力上的不满和性欲上的惨败："X甚至不说话、不解释、不演示……天开始亮了。"当失望成了普遍性的，就会出现聚集的人群东奔西走。

道德观念

我们决定在欲望拥有一种对象的每个地方，都谈论一下色情主义。在此，对象是大量的、动态的，或者更可以说是过而不尽的，是处在一种出现与消失运动之中的：它们便是一些知识碎块、一些方法之梦、一些句子断头儿；它们是一种声音的转调、一种服饰的神韵。简言之，是构成一个群体之配饰的一切东西。它们扩散，它们循环。也许，它们很接近毒品的单纯香味，这种轻微的精神亢奋在化解知识、放弃知识，使知识在其陈述语段的重要性方面变得轻飘；它们恰恰在使知识变成陈述活动，并像对于研究工作的文本保障那样起作用。

这一切，都是只依据其通常的未说才说出的。我们从很远处说起，以至于一种教育场所也去考虑于此出现的各种身体就显得不太合适；没有任何东西比致力于解读聚集人群的身体表达更违反常规的了。把身体重新放在其被赶出的地方，这完全是一种隐约可见的文明变化："我把希腊道德观念（今天，难道我们不可以说是亚洲道德观念吗？）看作是曾经有过的最高道德观念。为我做出证明的，便是其把身体表达带向了极致。但是，我所思考的道德观念，是大众的实际道德观念，而不是哲学家们所说的道德观念。从苏格拉底开始，出现了道德观的衰败……"我怨恨任何苏格拉底主义。

会话

当某种（矛盾的）效果产生的时候，书写便会突然出现：但愿文本同时是一种发狂的付出和一种不可改变的储备——就好像在损失达到极端之后,仍然无穷无尽地为后来的文本存有某种东西那样。

在马拉美当年要求书籍等同于一种会话的时候,也许他暗示过这一点。因为,在会话中,同样也有一种储备,而这种储备便是身体。身体总是"在我们之间"所表述的那种东西的未来。就像脱白刚刚出现时的情况那样,只有很小的缝隙在分开话语与身体。按照艺人世阿弥(日本,14世纪)① 的话来说,是"十分动脑,七分动身"。

鲁莽的笔记

人们知道,从词源学上讲,"鲁莽的"一词可以回溯至什么方面吗?可以回溯到醉心于葡萄的鸫鸟。这么一来,说研讨班有那么一点"鲁莽",便没有丝毫的不真实:研讨班被排除在意义、法则之外,被弃置于某种轻微的惬意之中,各种想法像是偶然地、间接地产生于一种顺耳的听,产生于注意力的某种动摇(swing)(它们想"获得言语",但却是"获得听"在陶醉、在移动、在颠覆;法则的缺陷正是处在听之中)。

在研讨班上,无任何东西需要再现、需要模仿。作为广泛使用的记录工具的"笔记",在研讨班上出现了偏移。人们只是以一种不可预知的节奏记录下穿越听的东西,因此,所记产生于一种鲁莽的听。笔记与作为模式(需要复制的东西)的知识是脱离的;它是书写,而不是记忆;它处于生产之中,而不是处于再现之中。

---

① 世阿弥(其平文式写法为Zéami,1363—1443):日本室町时代初期的演员和剧作家。——译注

实践

我们想象一下或者回想一下三种教育实践。

第一种实践，是教。一种（先前的）知识借助于口头的或文字的话语传播开来，并在陈述语段（书籍、课本、课堂）的流动之中滚动。

第二种实践，是学。"老师"（不带有任何权威性内涵：这方面的参照更可以说是东方的），在面对学员的时候，是在为自己而工作。他不说话，或至少他的话不像是话语。他的话纯粹是指示性的，他说："在这里，我做这一样，是为了避开那一样……"一种能力在不声不响地传递，一种场景在上升（即某种做的场景），而在这种场景之中，学员在爬坡的同时逐步深入进来。

第三种实践，是母亲式的照料。小孩子在学习走路的时候，母亲不说话，也不示范。母亲不教孩子如何走路，她不走给孩子看（她不在孩子前面走）：她支持孩子，鼓励孩子，呼唤孩子（她退到孩子身后，并呼叫）。她激励孩子和护佑着孩子。孩子需要母亲，而母亲则希望孩子迈开步。

在研讨班（这便是其定义）上，任何教学都是被排除在外的。没有任何知识被传递（但是，有某种知识却可以得到创立），没有任何话语得以铺陈（但是，有某种文本却在寻求建立）：教学是未实现的。或者是，有某个人面对其他人在工作、研究、生产、汇总、书写；或者是，大家互相激励、互相求助、循环式地讨论要生产的对象和要拼合的做法，那些被讨论的内容在人们手中传递，随着欲望变化而中断，就像传环游戏中的圆环一样。

链条

相对于链条这个隐喻的两个端点，有两种链条形象：第一种形象令人厌恶，指向的是工厂生产线；另一种形象，颇具肉感，指向的是戴有快乐珠饰的萨德的面相。在被异化的链条中，各种对象都在转换（一部汽车发动机），主体们都在重复。主体的重复（即他的反复）便是商品的价格。在享乐、知识的链条中，对象是无关紧要的，但主体出现。

这就有点像是研讨班的活动：从一种链条过渡到另一种链条。沿着（转筒式的、制度性的）一种链条，知识在形成、在扩展、在获得一种特定的形式，也就是说获得一种商品的形式。不过，主体们则坚持不动，每个人都有其位置（即有其来自何方、其能力和其劳作的位置）。但是，沿着另一种链条，对象（主题、问题）是间接的，或是不存在的，或是受挫的，不管怎样是由知识所派生的，它不是任何追求、任何市场的关键东西；由于它是无功能可言的、违反常情的，它从来都只是被远掷、被丢弃至无底深渊的。随着它的逐步散开，主体们会让欲望循环（同样，圆环游戏的目的是让圆环通过，但最终还是大家握手言和）。

研讨班的空间是可以调整的（一种游戏总是可以被调整的），但它不是受约束的；没有任何人是其他人的头头儿，没有任何人来到研讨班是为了监督别人、统计人数、凑凑热闹；唯一的标志是姓名的头一个字母；只有一种起步外在形象，其角色（只是一种举止）便是让圆环循环。随后，圆环游戏这种隐喻便不再是正确的了。因为，它已经不再是一种链条，而属于一种分枝过程，即一种欲望树形图。这便是弗洛伊德描述过的扩展即爆裂链条："各种场面……并不构成像是珍珠项链那样的单纯排列，而是构成以一种谱系树形图的方式自我分枝的一些集合体……"

知识、死亡

在研讨班上，存在着知识与身体之间关系的各种问题。当说应该把知识变成大家共有的时候，那也正是为了应对死亡才设想了这一方面。大家为大家：但愿研讨班是这样的场所，在那里，知识的传递得到了强化，我的身体不必每一次都重新学习在另一个身体那里刚刚死去的知识［作为大学生，我唯一喜欢过和崇拜过的老师，是希腊语学者保罗·马宗①。当他去世的时候，我曾不止一次地感叹，有关希腊语的全部知识随着他的离世也就消失了，而另一个身体则必须重新开始学习那没完没了的从演示（deiknumi）起步的语法路程］。知识，一如享乐，会随着每一个身体而死亡。由此产生了对一种知识的关键想法，即让知识存在于书籍之外，让它奔跑，让它通过一些不同的身体"在上升"。请您为我学会这个，我为您学会那个：对于轮回、对于回报的安排已经被萨德在快乐范畴之内做了说明。（"我的美丽天使，现在你是某个时刻的受害者，而过一会儿就成了迫害者。"）

如何放弃？

当"老师"指出（或示范）某种东西的时候，他不可避免地要

---

① 保罗·马宗（Paul Mazon，1874—1955）：法国希伯来语学者、大学教授和翻译家。——译注

表现出某种学识超人的样子（<u>学究</u>：位置高高在上之人）。这种优势可能源于一种地位（"教师"的地位）、一种技术能力（例如一位钢琴老师的能力），或者源于对身体的一种特殊管控（在<u>精神大师</u>的情况里）。不管怎样，优势的机会会转变成权威关系。那么，如何来让这种活动停下来呢？如何躲避开控制呢？

这个问题取决于另一个问题：说实在的，我在研讨班上的位置是什么呢？是教师吗？是技术人员吗？是精神大师吗？我对此一概不知。不过，有某种我无法控制（而且先于我）的东西把建立区别性的希望放在了我身上（对此否认，那会是纯粹的蛊惑人心）。或者更可以说，我就是角色首先表现出独特性的那个人（正像有人说过的那样，假设在作为区别性的研讨班空间中，每一种关系都必须趋向于独特性）。我的独特性在于这样一点（而不在于别人的任何情况）：我写过东西。因此，我有运气被定位在享乐领域，而不会处于权威领域。

不过，<u>法则</u>抵制着，管控继续让人感到压力，区别几乎<u>立</u>即被感受为类似模糊的压迫：我是比别人说话<u>更多</u>的那个人，我是包容、衡量或延迟言语难以克制的升腾的那个人。为了<u>放弃</u>（言语）而做出的个人努力，并不可优于结构的地位，因为结构在此建立起一种话语增值，而在别处则最终建立一种<u>可享受的空缺</u>。每当我想把研讨班转交给其他人的时候，问题又回到我这里：我无法摆脱某种"主持者的身份"，因为从主持的角度来看，那样一来，言语就说不下去了，就说不清楚了，或者就成了漫无边际的侃谈。因此，我们更应该冒险去做：用现在时来书写，在别人面前来书写，有时候也可以与别人一起书写正在形成的一部书，让我们表现出<u>陈述活动的状态</u>。

有话要说的人

父亲，便是说话者（我们继续在一种可理解性原则上迂回）：他在做事之外持有一些话语，他的话语与任何生产活动无关。父亲，便是有话要说的人。因此，没有比打扰正处于陈述活动状态中的父亲更属于违反规矩的行为的了。这等于是在其沉醉中惊扰他，在其享乐中惊扰他，在其兴致勃勃时惊扰他：这是不可原谅的场景（按照巴塔耶赋予的意义，也许可以说是神圣的场景）。对于这样的场景，诺亚（Noé）的一个儿子急忙上前掩盖了起来——不这样做，诺亚很可能就失去了其做父亲的身份。

能说明、能陈述、能说明陈述活动的人，就不再是父亲。

讲授

讲授，便是只发生过一次的东西。这么说话多么矛盾啊！讲授，难道不总是在重复吗？

不过，这正是年迈时的米什莱认为自己做过的事情："我曾打算永远不要讲授我所不懂的东西……在爱情的第一次诱惑之下，我曾经传授过一些全新的、活跃的、热情的东西，就像它们当时在我的激情中那样（在我看来，都还是美丽无比的）。"

教皇派与皇帝派

这同一位米什莱还把教皇派（Guelfe）与皇帝派（Gibelin）①对立了起来。教皇派，便是法律之人、编码之人，即法学家、法规学者、雅各宾党人、法国男人（我们一定还要加上知识分子吗?）。皇帝派，便是具有封建联系、割血发誓的人，便是具有情感崇拜的人、德国男人（还包括但丁）。如果我们把这种重大的象征体系延伸至一些非常小的现象上，似乎可以说，研讨班具备皇帝派思想，而非教皇派思想——这涉及身体优于法则、契约优于编码、文本优于所写、陈述活动优于陈述语段。

或者更可以说，米什莱所体验过的这种对立范式，我们需要予以回避、替代。我们不再将冷峻的智慧对立于热心，但是，我们却使用科学、方法、批评的极为有效的机制来慢慢地、有时候和在某个地方（这些听写恰是对于研讨班的一种验证）说出人们以过时的风格称呼的欲望之动机的东西。就像在布莱希特看来，理性从来都只是富有理智的人们的集合体那样，在作为研讨班之人的我们看来，探讨从来都只是正在探讨（在自己寻找）的人们的集合体。

悬空的花园

在悬空花园的形象中（这种神话、这种想象力实际源于何处呢?），正是悬空在吸引着人和使人高兴。就像一个和平的团体身处一个战争世界中那样，我们的研讨班就是一个悬空的场所。每一个

---

① 指的是中世纪意大利教廷与宫廷两大势力之争。——译注

星期，它都不论好坏地开办，都被围绕着它的人们维持。但是，它也在此抗拒着、慢慢地承担着一种裂隙在从各个方面施展压力的整体性中所引起的非道德观念（更可以说，研讨班有自己的道德观念）。这方面的想法，如果不是人们临时地赋予自己不传播操行、原因、责任性的一种权利的话，那是难以忍受得住的。简言之，研讨班以自己的方式对整体性说了<u>不</u>。我们可以说，它实现了一种局部的乌托邦（由此，其持续的参照便是傅立叶）。

不过，这种悬空自身也是历史性的；它介入了对于文化的某种启示录。所谓的人文科学与社会实践之间，不大再有真实的关系——除非社会实践自身混淆不清或在其自身中消失了（例如社会学）。而文化，由于其整体不再被人文意识形态支持（或者，人文意识形态越来越不支持文化），只是以喜剧的名义重回我们的生活之中——在某种程度上，文化不再是作为直接价值，而是只<u>在第二等级上</u>作为被返回的价值来接受了，一如低劣艺术品、剽窃作品、游戏、乐趣、<u>我们相信和不相信的</u>一种言语活动性闹剧（这便是闹剧的本义）的闪现、一段仿作等。我们不得不做选编，除非是重复一种有关整体性的道德哲学。

在研讨班上

<u>在研讨班上</u>，这一表达方式必须被理解为像是一个地点、一种颂扬［就像是诗人冯·肖伯（von Schober）和作曲家舒伯特（Schubert）都说"在音乐上"那样］，也像是一种赠辞。

1974，《艺术》(*L'Art*)

定期诉讼

对知识分子进行定期诉讼（从德雷福斯事件开始，我认为，他目睹了这个单词和这种概念的出现）成了一种妖术诉讼：知识分子被一大群商人、买卖人和法律专家当作巫神来对待。因为知识分子便是扰乱意识形态利益的那个人。反智力主义是一种历史神话，它大概与小资产阶级的地位上升有关系。布热德（Poujade）曾经赋予这种神话以完全生僻的形式（"从头部开始发臭的鱼"）。这样的诉讼可以定期激活公众话题，就像任何有关巫神的诉讼那样。不过，其政治上的风险不可不被人知道，那就是法西斯主义，它无时无刻无处不在自诩以清除知识阶层为首要宗旨。

知识分子的各项任务，就是被这些抵制本身确定的，而这些抵制正是他们的任务起步的场所。布莱希特曾经多次表述过这些任务：关键在于解体资产阶级（和小资产阶级）的意识形态、研究推动世界前进的各种力量和推进理论建设。在这些表述之下，显然应该安排各种各样的书写和言语活动实践（知识分子自认是言语活动之人，这恰好扰乱了一个世界的自信，因为这个世界绝妙地使"现实"与"词语"对立了起来，就好像言语活动对于人来说，只不过是不具实际利益的装饰而已）。

知识分子的历史地位是不舒适的。这并不是因为人们对其进行的可笑诉讼，而是因为这种地位是辩证的：知识分子的作用，就是批判在资产阶级统治之下的资产阶级言语活动；知识分子应该同时是分析家和空想论者，同时还应该形象地展现这个世界的各种困难和疯狂的欲望：一个拒绝保持距离的社会，有什么用，又将会变成什么样子呢？

1974，《法国世界报》（*Le Monde*）

走出电影院

在此说话的主体，必须承认一件事情：他喜欢<u>走出</u>电影院。他置身于明亮的有点空寂的大街上（他总是在平日而且是晚上才去看电影），无精打采地走向某家咖啡馆。他不言不语地走着（他不大喜欢立即就谈论刚刚看过的影片），神情麻木，耸肩缩颈，像是怕冷似的。总之，他困倦缠绵。他想，<u>他是困了</u>；他的躯体变成了某种温柔与恬和的东西：他软得像一只熟睡的猫，自感浑身像散了架似的，甚至已经身不由己了（对于一种精神机体来讲，休息时只能是这种样子）。简言之，他显然是在摆脱一种休眠状态。他从这种休眠状态（一种陈旧的精神分析方法，现在的精神分析学似乎只在治疗自卑感时才采用这种方法①)中所感受到的,是一种最古老的能力:恢复。于是,他想到了音乐:有没有催眠音乐呢?那位年轻时就被阉割的法里奈尔(Farinelli),他创作的语音输入技法(*messa di voce*)"无论在时长还是在演唱方面"都是异常成功的,他在长达十四年中每一天晚上都为西班牙菲利普五世(Philippe V d'Espagne)唱浪漫曲,以消除这位国王的病态抑郁症。

*

因此,他经常走出电影院。他为何走入电影院呢?除了因为确实越来越多的极为明细化的文化调查活动,他都是因为清闲、无事和空虚才去电影院的。甚至在进入大厅之前,就好像催眠的一切惯常条件都具备了:茫然、闲在和无所事事。他并不是面对影片和借助影片来做梦的,而是在不知道影片甚至在成为观众之前就对之魂牵梦绕。有一种"电影场景"先于催眠过程。随着一种真实的换喻的介入,放映厅中的黑暗因"昏冥之梦"(按照弗洛伊德的用语,这种梦先于催眠)而提前预示,这种梦先于黑暗,而且引导着主体过街串巷,走过一处招贴又一处招贴,最后陷入一种漆黑一团的、无特色和不引人注意的昏暗立体之中,人们所谓的影片的情感联欢便应该在此出现。

*

电影院中的黑暗(在谈到电影时,我从来都是想到"放映大厅",很少去想"影片")意味着什么呢?黑暗并不仅仅是梦想(按

---

① Voir *Ornicar*? n°1, p. 11. (由法国人 Jacques Alain Miller 创办的一家精神分析学杂志。——译注)

照该词前催眠状态的意义）的实质本身，它还是弥漫着色情的颜色。（通常的）放映厅以人的会聚和交往的缺乏（与任何剧院中的文化"显示"相反），加之观看者的下卧姿态（在电影院里，许多观众卧在软椅里，就像躺在床上那样；外衣或脚就搭在前面的软椅上），而成为一种无拘无束的场所，而且正是这种无拘无束（比毒品有过之而无不及）及身体的无所事事最好地确定了现代色情——不是广告或脱衣舞的色情，而是大都市的色情。身体的自由就形成于这种都市才有的黑暗之中。这种看不见的可能的情感形成过程发端于一种真正的电影蚕室。电影观众可以在其中重温有关桑蚕的那句格言：<u>作茧自缚，勤奋劳作，誉昭天下</u>。正因为我被封闭了起来，我才勤奋工作，并点燃全部欲望。

在电影院的黑暗中（这种黑暗是陌生的、众人会聚在其中的、浑然一体的黑暗：哦，充满寂寞，不存在所谓个人选择的放映活动！），存在着影片（不论是什么影片）的诱惑力。你会想到另一种截然不同的体验：电视上也放映影片，却无任何诱惑力；黑暗消除了，陌生感也没有了；空间是熟悉的、连接一体的（以其熟悉的家具和物件）和人为安排的。这种色情——为让人们理解其轻浮和未完成状态，我们最好说——这种场所的<u>色情过程</u>是被排除的：看电视时，我们<u>注定</u>要合家聚看，于是电视就变成了家庭的用具，就像从前在炉内放有共用饭锅的壁炉那样。

*

在这种昏暗的立体之中，有一种光亮：是影片？是银幕？是的，当然都是。不过，这种光亮也是（可不可以说尤其是呢？）以激光方式穿透黑暗的可见却不被注意的跳动着的锥形光束。这条光束，随着微粒的旋转形成变化的外在形象。我们回头，向着那一枚震颤着的闪光<u>货币</u>望去,其不可抗拒的光扫射着我们的头顶,从背后和侧面轻擦过我们的长发、我们的面颊。就像在从前的催眠体验中那样,我们被诱惑着,但在这一闪亮的、不移动的和跳动着的场所,我们从正面却看不到它。

*

这一切,就好像是一根长长的光柱洞开了一把锁头那样发生,而我们大家都惊愕地向着那个孔洞看去。有什么呢?在这种如醉似迷的状态中,声音、音乐和说话难道都不产生点什么吗?通常情况下,在一般的影片生产过程中,声音的录制不会产生任何富有魅力的倾听。声音是为了增强<u>逼真性</u>而安排的,它只不过是一种补加的再现手段。人们要它顺从地与被模仿的对象整合为一体,而又不在任何一点上脱离这个对象。然而,要去除这种有声响的薄膜是轻而易举的:只需一种走调的粗鲁的声音,一种靠近我们的耳郭而破坏其微粒的声音。于是,诱惑力就会重新出现。因为,诱惑力从来都只产生于技巧,或者更可以说,产生于<u>伪造</u>,俨然如放映机投射出的跳动的光——它从上或从侧扰乱银幕所模仿的场面,然而又不<u>改变形象的外观</u>(完形心理学、意识)。

*

至少对于在此说话的主体来讲,这就是产生影片昏厥及电影催眠的那种场域。我需要进入故事(逼真性要求我这样做),但是我也应该<u>待在外面</u>。作为一种轻微脱离的想象物,这就是我对于影片和我去寻找的情景所要求的东西,就像一位谨慎的、自觉的和头脑清醒的——一句话就是<u>很苛刻的</u>——拜物教信徒那样。

＊

影片的画面（包括声音），是什么呢？是一种诱惑物。对于该词，应该在分析意义上来理解。我与画面被封闭在一起，就好像我被奠基想象物的那种少有的二元关系困住了一样。画面为我而出现在我面前：它是聚集在一起的（其能指与所指完全融合），是类比性的、总体性的、含蓄的。它是完美的诱惑物：我立即扑向画面，就像一只狗扑向人们送给它的"酷似原物的"布偶那样。当然，它继续让我自认为就是的这位主体不去了解自我与想象物。在电影厅内，尽管我的位置很远，我还是尽力向前探着鼻子，不怕将其碰破地尽量贴近银幕的镜面，并贴近我不无自恋地视同我自己的"另一个想象物"（人们都说，选择最靠近银幕位置就座的观众，都是儿童或电影迷）。画面在征服我、俘获我：我在贴近再现活动，而且正是这种贴近在建立影片场面（借助"技巧"的全部成分加工而成的混合体）的自然性（即伪本性）；真实存在（réel）只认距离，象征只认伪装；唯独画面（想象物）是近似的，唯独画面是"真实的"（它可以产生真实性之回应）。实际上，画面难道不具有意识形态体系的所有特征吗？故事的主体，一如我正在想象的电影观众，同样贴近意识形态话语：他在感受意识形态话语的聚结、类比性安全、含蓄性、自然性、"真实性"。意识形态体系是一种诱惑物（我们的诱惑物，因为能躲避它吗？）；意识形态体系实际上是对于一种时间的想象物，是一种社会的电影。就像很会招揽客人的影片那样，意识形态体系也有其影像要素，即它连接其话语的所有俗套。俗套，难道不就是一种固定的画面即一种与我们的言语活动贴近的引证吗？难道我们在陈词滥调方面就没有自恋与母系两者之间的一种二元论关系吗？

那么，如何脱离银幕镜面呢？我们几乎只能提供将会是文字游戏的一种答案，那就是"拔地而起"（以该词空气动力学的和难弃的意义）。当然，构想一种艺术，它借助观众的目光（或听）来打破这种二元的循环、这种影片的诱惑力，来破坏掉这种逼真性（即类比性）的黏合力与催眠术，总是可能的。这难道不就是布莱希特的间离效果所涉及的问题吗？有许多东西可以帮助人们从（想象的或观念的）催眠术中醒来。例如史诗艺术的手段本身，观众的文化素养或其观念上的警觉性。与典型的歇斯底里现象相反，想象物在人们观察到它的时候便会消失。不过，也有另外一种方式（即不带反观念话语的方式）去电影院，让画面与其周围情境诱惑<u>两次</u>，就像我们同时拥有两个身体那样：一个自恋的身体，它沉浸在近处的镜面里，观看着；另一个是反常的身体，它不去崇拜画面，而是随时准备去崇拜超出画面的东西——声音的微粒、大厅、黑暗、模糊一团的观众、光束、进口和出口。总之，为了产生距离，为了"脱离"，我借助一种"情境"来使"关系"复杂化。我用以对画面保持距离的东西，最终是诱惑我的东西：我被一种距离迷住。这种距离并不是爱挑剔的（即智力的）。可以说，它是一种多情的距离：就电影（取该词词源学上的意义）本身而言，是否可能有某种在<u>识别</u>时才感受到的享乐呢？

1975，《交流》（*Communications*）

形　　象

看上去，这一内容是几天前匆忙写完的，它会像是复制近来已经说过的东西，您在后面的文字中会看得出来。这是在重提常年坚持的那些主题，但却是依据某种视角来重提的：依据我的现时状况，因为我的这种状况是非现时的。

*

一切的起因，便是害怕。（害怕什么呢？害怕挨揍，还是害怕被侮辱？）对于作为虚构时刻的认知（cognito）的滑稽模仿，在这种时刻，一切都已经被夷为平地，这种光板①马上还会被重新占据："我害怕，因此我活着。"这里要指出一点，根据当今的习俗（似乎应该有一种关于知识分子的人种学），人们从不谈论害怕：害怕是被排除在话语之外的，而且甚至被排除在书写之外。（有一种关于害怕的书写吗?）害怕位于起因之处，它具有一种方法价值；从它开始，开启了一条启蒙之路。

*

在希腊语里，Machè 一词意味着战斗、战役：个人战斗、决斗、一次会考中的竞争等。我讨厌有关对立的游戏，有关论战的游戏。法国人似乎都喜欢这些：橄榄球、"辩论"、圆桌会议、打赌等。总是那么愚蠢至极。其中，有一种更为深在的意义：词语中的"矛盾"。也就是说逻辑陷阱，即双重约束（double bind），它是精神病的起因。Machè 一词的逻辑反义词是协议（Acolouthia），它作为自然的后续即结果，是处于对立之外的。这个词也有另外一个不同于我们后面所见意义的意义。

言语活动是 Machè 的领域：斗嘴（pugna verborum）。有一整套可组织的卷宗，即一部可写的书：它是被调解了的有关言语活动争议的书。争议总是存在的：在言语活动之中，没有任何东西曾经是野蛮的，一切都是被编码过的。而那些力量比试更是如此：诡辩术、争执（disputatio）、精巧诗辩②、政治辩论、今天的知识分子之争。它们

---

① 光板（或译"白板"）（tabula rasa）：原为希腊语，其相应的法语为 table rase。经验主义哲学用语，指无经验者的思想一片空白。——译注

② 精巧诗辩（Hain-tenys）：这是起源自马达加斯加麦利纳（Merina）民族的一种文学体裁，习惯上以短诗的形式出现，其内容多从一般无重大意义的事物出发，然后突然切入主题。——译注

的模式——或承担形式——便是在该词家庭意义上的"争吵"。

在言语活动的这个像是一个足球场的封闭的领域，有着人们永远不可绕过的两个端点场所，即两个球门：一方面是愚笨，另一方面是难以辨认。它们是两种钻石（两种"突生钻石"）：<u>愚笨</u>的无瑕疵的透明性，<u>难以辨认</u>的无法穿透的不透明性。

*

愚笨并非与错误密切相连。愚笨总是欢呼胜利的（不可能战胜），其胜利属于一种谜一样的力量：它赤身裸体地<u>存在于那里</u>，光芒四射。由此产生了一种恐怖和一种诱惑，即僵尸引起的恐惧。（什么东西的僵尸呢？也许就是真理之僵尸：真理就像是死的。）愚笨并不会忍受痛苦（布瓦尔与佩库歇：他们由于更为聪明，所以更要忍受痛苦）。因此，愚笨<u>存在于那里</u>，迟钝得就像是<u>死亡</u>一样。联合行动，只不过是一种形式操作，这种操作从外部将愚笨整体地承担了起来："愚笨不是我的强项。"［泰斯特先生（M. Teste）①］这种说法，只有在最初时间段是可以的。但是，所说的话有一种等级存在：最终还是返回到愚笨。

"时间"的这种运转（就像人们谈论一台发动机的冲程那样），由于是以言语活动为材料的，所以是重要的。请您看一看那些很强的系统（马克思主义、精神分析学），最初，它们都具备应对愚笨的一种（有效）功能：借助它们，就会变得聪明；那些完全拒绝的人（即那些因任性、盲目、固执而对马克思主义和精神分析学说不的人），摆脱不掉他们的拒绝态度，便有着某种愚笨，即可悲的不

---

① 经查阅，这该是保罗·瓦雷里（Paul Valéry，1871—1945）的一个中篇小说《泰斯特先生》（Monsieur Teste）中主人公泰斯特说的一句话。——译注

透明性。但是，在第二步的时候，这些系统就变成了无聊。只要有无聊出现，便会有愚笨。这种情况，是无法绕过的。有人想去别的地方：那就再见吧，奴才！

*

这样的文本被说成是"不可理解的"。我与不可理解性之间有着一种热烈的关系。在一个文本对于我来说是不可理解的时候，我感到痛苦，而我则经常又被指责为不可理解的。在此，我重新发现了愚笨给予我的那同一种疯狂。是我吗？是别人吗？是别人是不可理解的（无聊的）吗？是我知识面狭窄和笨拙，是我不懂吗？

面对我不懂也不能解读的文本，严格地说，我是"不知所措的"。这时，我会出现晕眩、迷宫路线的紊乱：所有的"平衡耳石"（otolithes）都落在了一侧；在我的听（读）之中，文本的意蕴整体在晃动，它不再是被一种文化的游戏贯通和平衡的。

"不可理解性"的地位，"从科学上讲"（即从语言学上讲）是无法把握的，除非求助于各种标准，但是，那些标准又是不明确的、逐步变化的。这便不可避免地指向一种言语活动场景（使用中的言语活动）。语言学很懂得，它现在应该照顾到这一点，不然，它就会死去。但是，这么一来，它就应该提醒自己注意世界和主体的整个层面。不可理解性，便是置于人文科学之堡垒中的某种特洛伊木马①。

不过，在我身上，一种越来越大的可理解性欲望逐渐得到了确立。我很希望，我所收到的那些文本自身在我是"可理解的"。如

---

① 特洛伊木马（cheval de Troie）：源于古希腊神话，讲的是特洛伊战争期间，希腊人把士兵藏进木马之中，然后混进了城内，形成里应外合之势，将该城攻下。这一典故，在此指的是语言学在人文社会科学发展中的作用。——译注

何做到呢？那就是借助在句子和句法方面的工作来理解。我接受"自论句"的冠名（这种自论句由茱莉亚·克里斯蒂娃在谈论独词句①时与句子联系了起来），即便可以通过句法之外的其他手段来对其做特殊处理。一个"很完整的"句子（根据一种传统的模式）是明确的。这样的句子只是因使用省略才趋向一种晦涩，那就应该为省略分出剂量。隐喻也是如此。一种连续地属于隐喻的书写让我筋疲力尽。

我有了一种离奇的想法（因人文主义而显得离奇）："在关于句子的工作中，人们永远不会把（对他人，即读者的）喜爱程度说得恰当。"对自论句的善顾，是对句法的喜欢吗？在否定性的神学中，喜欢是深藏着情欲的。因此，这就产生了对"可理解的"句子的色情吗？

*

我回到言语活动的恐怖方面来——在言语活动方面，也像在战斗即 Machè 上一样，我想到了一个隐喻，即关于吸附（ventouse）的隐喻。我想到了那些系统性很强的言语活动，包括主体言语活动，因为那些主体拥有一种信仰、一种确信、一种笃信，而这对于我来说就是一种常在的谜：身体是如何与一种思想或者一种思想是如何与一个身体黏合在一起的呢？有一些吸附性言语活动，当原则上旨在为言语活动"去除-吸附"的一种揭秘性、批评性言语活动系

---

① 自论句（thétique）和独词句（olophrase 或 holophrase）：语源学术语。前者指的是一个事物借以论定自身的那种判断，后者指的是仅仅一个单词（比如"不""是的"等）或可以被小孩子们视为单词的一些常用短句（比如"我爱你""谢谢您"等）。——译注

统本身变成一种"黏着物"的时候，吸附性言语活动的谜就更加重了，而战斗的主体则借此变成了一类话语的（快乐的）寄生体。

我曾多次暗示建立一种名单（说实话，我本应该自己来做），即一种有关"系统外在形象"的编码。那些外在形象类似于"修辞学的修辞格"，它们将会是一些思维技巧、一些"论证"——我们可以说，它们从一个系统到另一个系统会具有相同的功能（而在这一点上，就涉及一种"形式"），也就是提前为该系统确保人们可以为其各种命题所做的答复。换句话说，就是把对这种编码即这种语言的抵制整合进自己的编码即自己的语言之中：根据自己的解释系统来解释这些抵制。例如，甚至就在这一方面，当弗朗索瓦·瓦尔（François Wahl）对我们说精神分析学在今天是隐喻的唯一储库（隐喻也因此区别于现今时代之总体的衰落）的时候，他似乎在生产一种系统外在形象：精神分析学公开声明唯有它可以提升过去只是它设定和描述的一种功能。同样，当精神分析学将精神分析行为的趋利意图构成不属于商品经济而属于需要治疗的一些内在必需的时候，情况就更为明显。或者说，当马克思主义——至少其经典著述——将与马克思主义的任何对立都"归纳为"一种阶级理据的时候，更是这种情况。或者最后，为了参照从前是"很强的"系统言语活动的基督教主义，当帕斯卡尔将对这种话语的抵制本身包容进基督教话语（"要不是你已经遇到了我，你不会找我的"）的时候，还是这种情况。

这些系统的外在形象具有强大的力量（这是它们的利益所在）。只要处在人们不想以另一个系统的名义来反驳这个系统，而仅仅是想"悬空"即逃离这些言语活动所涉及的那种主导意志的情况下，就很难躲避这种力量。怎样才能承受、限制、远离这些言语活动之能力呢？如何来逃避所有的"狂热表现"（即"言语活动之法西斯主义")呢？

在我看来，关于这种陈旧的问题还没有新的答案。历史不曾产生过对话语的任何跳跃：在发生大革命的地方，革命也未能"改变言语活动"。因此，对于言语活动之恐惧的拒绝只在很小程度上在于使已知词语的内部产生偏移（无须过分担心词语会过时），例如宽容、民主、契约精神。

宽容：应该重启这一概念，确定一种新的宽容，因为出现了一种新的不宽容（根据这些新的不宽容，为当前世界制定一种地图，是有教育意义的）。民主：这个单词饱含幻灭，甚至让人厌恶，有时酿成暴力；资产阶级民主的诱饵已经被大量揭穿。不过，也许不该把孩子和洗澡盆里的水一起泼掉。我希望有一种关于历史"获得层次"的理论：资产阶级，一如泥土，它是由多个层次组成的，有的层次是好的泥土，有的层次是不好的泥土。应该获得和建立一种微分地质学。随后，人们便可以获得有关民主的一种困难的观念：不将其确定为像是实现一种令人窒息的群居性，而像是"应该产生一些贵族气派的灵魂的东西"（一位斯宾诺莎的评论者这样说）。契约：围绕着这个单词，有一整套的社会学文件，也有很多精神分析学文件。我们不去管它，至少，我们要把契约确定为被零散（松弛）安排的机制，该机制阻碍别人（反过来，我也是如此）让我陷入一种双关语的困境之中：或者成为坏蛋（如果需要我回答其计策和其能力之志愿的话），或者是一位圣人（如果需要我满足其慷慨大义的话）。实际上，契约具备这样的美德：排除任何人成为魔鬼或英雄的可能。（布莱希特说："不幸的是，国家需要英雄。"）

*

在我看来，这一切都要求有一种怯懦表现，即要求不看重各种冲突的一种态度，甚至——我经常一再感觉到——就像是对待冲突意志的一种"高卢人的粗鲁可笑"那样，只是表现为"开启争吵的"那种稚气愿望。这种平庸印象采取了一种警句的形式：它想成为暴力性的，但有关暴力的观念陈旧落伍。在我看来，真实存在的暴力，便是"一切正在过去"的暴力，即毁灭之暴力、遗忘之暴力、巨大不可能性之暴力。有关除去的暴力比断裂之暴力更为严重。死亡是暴力的：不是人们想要的、想给予的死亡，不是突如其来的死亡（暴力，也许只有到达某种年龄的某个人才能理解）。

*

言语活动各种系统之间存在着战斗：有关吸附的隐喻。现在，我们重新回到各种<u>形象</u>之间的战斗上来（"形象"：我认为就是别人对我的想法）：一种关于我的形象是如何"产生"的，甚至为何让我感到受了伤害呢？下面是一种全新的隐喻："在锅里，油摊开了，平平的，光滑的，无声无息的（勉强有一点点烟气）：<u>某种初期的材料</u>。向其中放一小块马铃薯，这就像是向睁着一只眼而在窥视的装睡的牲畜们扔去一块食物。牲畜们都急着跑过去，吼叫着争抢，俨然一次贪婪的盛宴。马铃薯块被油花围住了，没有被毁掉，但变硬了，变黄了，呈焦黄色。这就变成了另一种物件：油炸食品。"因此，对于任何物件，好的言语活动系统都会开始<u>发挥作用</u>，开始忙碌、找寻对象，发出声音，变硬和着色。所有的言语活动都是些微系统的躁动，即油炸现象。这便是言语活动<u>战斗</u>（machè）的关键所在。（其他人的）言语活动把我变成了形象，就像那块生的马铃薯被转换成了油炸食品一样。

*

在一种完全很小的言语活动系统的作用下，我就这样变成了一种形象（油炸食品）：《恋人絮语》一书中，净是纨绔子弟的"不相宜的"巴黎腔，比如"罗兰·巴尔特作为受人喜欢的随笔作家、拥有众多知识青年读者的作者以及先锋派的集大成者，在排列一些记忆，那些记忆并不是对最漂亮的沙龙谈话之语调的记忆，不管怎样，都带有一点有关'欣喜若狂'的狭隘学究气。我们将会从中重新看到尼采、弗洛伊德、福楼拜和其他那些人。"① 没有办法，我必须变成形象。形象类似于社会服兵役：我不能排除在外；我不能重新构造自己，不能当逃兵等。我看到了图像方面的生病男人，即其图像的患者。认识其形象变成了一种疯狂的、竭尽全力的（永远也到达不了）的研究，它类似于某位想知道自己是否有理由嫉妒别人的人之固执表现的研究。（格罗无益地询问正在死去的梅里桑德②时说："我的命多悲惨啊！"）

为了不死（为了身体不死，而不是为了他不大关心的灵魂不死），<u>道教建议辟谷</u>。我希望、我追求戒除形象，因为任何形象都是不好的。"好的"形象会偷偷摸摸地成为坏的、有毒的：或是错误的，或是有争议的，或是无信誉的，或是不稳定的，或是可逆的（恭维本身对我也是一种伤害）。例如，人们赋予您的任何"幸福"

---

① *L'Égoïste*, n°0, mai 1977.

② 格罗（Golaud）和梅里桑德（Mélisande）：用法语书写的比利时作家莫里斯·马埃泰尔兰克（Maurice Maeterlinck, 1862—1949）1892 年创作、1893 年上演的剧本《佩雷亚斯与梅里桑德》（*Pelléas et Mélisande*）中的两个人物。——译注

都是构建形象。因此，我必须拒绝。但是，这样一来，我也是在构建一种形象，即拒绝各种幸福之人的形象（道德行为形象，斯多葛派的形象）。因此，不是要破坏形象，而是要摆脱形象、与形象保持距离。在道教的"沉思"中，有一种开创性的操作，那便是<u>忘名</u>，即失去了对于姓名的意识（我说的是，失去对于形象的意识）。戒除姓名，是这次<u>研讨班</u>的唯一实际问题。我在两种可能的途径形式之下想象忘名，我为这两种途径给出的希腊语名称是：<u>悬空</u>（Épochè）和<u>伴随</u>（Acolouthia）。

*

悬空，作为怀疑论观念，便是搁置判断。我说：搁置形象。搁置并不是否定。这种区别，否定神学非常了解："如果无法表达便是不可以被说出的东西，那么，它就会停止是无法表达的，因为人们正是在命名的时候在说某种东西。"如果我拒绝形象，我就会生产拒绝形象的那个人的形象，圣·奥古斯丁（Saint Augustin）曾建议避免这种借助沉寂而出现的疑难。应该获得属于自己的一种<u>形象沉寂</u>。这并不意味着这种沉寂是更高一等的冷漠，是一种管控的平静。悬空，即搁置，仍然是一种<u>感人法</u>：我会继续为形象所激动，但不再是<u>忍受</u>的状态了。

*

下面便是悬空的一种自发形式：我自感无法怒对一些"观念"。大概，我可以为"愚蠢"观念所激怒、所困扰，甚至也许为其所恐吓。"愚蠢"观念，构成一种<u>多格扎</u>、一种公共舆论，而不能构成一种学说。在知识界，从定义上讲，不存在"愚蠢"观念；知识分子从事着智能职业（知识分子的各种行为有时候并不是太聪明的）。

这种面对各种"观念"的泰然表现，为对于各种人、各种人物的一种强烈的正面的或否定的敏感性所抵补：米什莱把教皇派思想（操弄法律、编码、观念，即法学者世界、法规者世界、耶稣会人世界、雅各宾党人世界，我还要加上"战斗者世界"）与皇帝派思想对立了起来，后者产生于对身体、血液联系的关注，并根据一种封建公约与人对人的忠诚结合了起来。我自感更像是皇帝派，而不是教皇派。

*

有一种手段可以破坏形象，也许就是改变言语活动，改变词汇。人们最终得到的证明，便是激发语言纯正论者、专家学者们的愤怒和谴责。我来引用其他人的一些话，同时接受对其加以变化：我为其塞进一些单词的意义［在此，我指的是安托安·孔帕尼翁（Antoine Compagnon）的《蒙田》（*Montaigne*）一书］，因此，在我曾经协助构建的结构符号学（sémiologie）看来，我就是我自己的篡改者，我已经站在了篡改者们的一侧。我们似乎可以说，这种篡改领域就是美学，就是文学：在汤姆（R. Thom）的作品中，"灾难"是数学方面的一种技术名词；我未能很好地使用"灾难"这个词，于是，它变成了某种"好的"东西。只是因为词汇相互窜用，才有了故事。

我谈了言语活动的战斗，谈了形象的战斗（Machè）。我说过，远离这些战斗的主要偏移就是悬空：Épochè。还有另外一种解放观点：Acolouthia（协议）。在希腊语中，Machè 指的是一般的战斗，但在一种技术意义之中，它也涉及逻辑学，即词项中的矛盾（人们从中看出了陷阱，在这种陷阱中，人们借助言语活动之间的战斗来尽力封闭别人）。根据这种意义，Machè 有一个反义词，即

Acolouthia（协议）：超越矛盾（我来解释一下，即取消陷阱）。然而，Acolouthia（协议）还有另外一个意义，即陪着我、引导我而我则沉迷其中的群友们的伴随。我很想通过这个单词来指这种少有的领域，而在这种领域之中，各种观念互致情谊，朋友们借助于陪伴您生命的随行可以帮您思考、书写和说话。这些朋友：我为他们而想，他们则在我的大脑中思考。在这种智力工作（或书写）的色彩中，有着某种苏格拉底的东西：苏格拉底在说有关观念的话语，但是，他的方法，即其话语的步步前行则是充满情爱的；为了说话，他就应该以其灵感之爱来做担保，即获得一个所爱之人的赞同，而这个所爱之人的回答则标志着推理的进展。苏格拉底了解Acolouthia（协议）；但（这正是我所抵制的）他在这种协议方面保持着各种矛盾的陷阱，保持着真理之傲慢（对于他最终"理想化"即拒绝阿尔西比亚德①这件事，没有什么可惊讶的）。

1977，《论题：罗兰·巴尔特》（*Prétexte：Roland Barthes，Colloque de Cerisy-la-Salle*，Coll. 10/18，© U. G. E.，1978）

---

① 阿尔西比亚德（Alcibiade，约公元前450—前404年）：古希腊将军和政治家。——译注

沉　思

致埃里克·马蒂（Eric Marty）

　　我从未坚持写——或者更可以说，我从不知道我是否必须写日记。有时候，我动笔，随后很快就放下了，不过，后来，我又拾起来。它是一种淡淡的愿望，无重心，也无学说内容。我认为可以这样来诊断写日记之"病"：有关人们日记所写之价值的一种无解疑虑。

　　这种疑虑是慢慢流露出来的：它是一种迟到的疑虑。最初，当我记下（每一天的）事情的时候，我感受到某种快乐：那是简单的和容易的。为找到<u>要写的东西</u>，不需要苦思冥想，素材就在眼前，立即就有。那就像是一处露天矿藏，我只需低身俯拾即可，我不需要将其改造转换：它便是某种声音，它有其价值，等等。随后，当然是紧接在最初之后

（例如，我今天重新阅读我昨天之所写），感觉就不是很好：不再像是原来的样子，就像一种易坏的食品，它变质、它腐烂，不知哪一天就变成不适合吃的东西。于是，我失望地发现了"诚恳"之伪善、"自发性"艺术之低劣。再后来更加不妙，我厌烦了，而且我十分气愤，因为我看到了我根本不想要的一种"姿态"：处在写日记的状态下，而且恰恰因为它"并不认真地工作"（即其在一种努力之下并不改变），我(je)成了一位故作姿态者。这是一种效果问题，而不是意愿问题，文学的全部困难便在此。我继续重读下去，很快就对那些无动词的句子感到厌烦（"无眠之夜。已连续第三个夜晚了"，等等），或者是其动词被随便地压缩了（"在圣S广场邂逅两位少女"）——而我则枉费心机地为其恢复一种得体的完整形式（"我遇到了""我有过一个不眠之夜"）①。任何日记的主要构成形式，都在于压缩动词，这种情况经久地充斥着我的听觉，并像是一种陈词滥调那样叫我烦恼。再随后，如果我重读几个月前、几年前写过的日记，在没有打消疑虑的情况下，我感受到了某种快乐，我借助那些文字回想起它们讲述过的事情，而且再一次体验到它们在我身上引起的那些变化（光线、气氛和心情）。总之，在这一点上，我没有任何文学兴趣（只有对表述方式问题也就是对句子的兴趣），但是却对我自己的各种经历（对于已变得模糊的记忆不再容忍模棱两可，因为回忆同样是第二次的关注和失去不再返回的东西有着某种自恋式情感的兴趣（只是轻微的自恋，不该过分强调）。但是，我还要再说一遍，难道就是在一个拒绝阶段之后才有的这种最后的亲切感在（系统地）验证书写日记的必要性吗？这样

---

① 前面几个句子，在法语中出现的均是无动词或动词被压缩的形式，后面的"我遇到了""我有过一个不眠之夜"，在法语中均有动词出现。——译注

做值得吗？

在这里，我不去大体勾画对于"日记"体裁的一种分析（在这方面，不少书都有论及），而仅仅概述一下个人的沉思内容，以便获得一种实际的决定：难道我必须书写日记和出版它吗？我可以使日记成为一种"作品"吗？于是，我只记下了其可以方便谈及我的思想的那些功能。例如，卡夫卡曾写过日记以"根除焦虑"，或者我们更愿意说，以"找到自我拯救的方式"。对于我来说，这种动机并非自然的，或至少不是常有的。再就是，人们传统上赋予隐私日记的那些目的，在我不再是适宜的。人们将所有的目的都与"诚恳"之善行、魅力联系了起来（自白、自写、自判）。但是，精神分析学、萨特的自欺式批评、马克思主义的意识形态批评，都让坦诚变得无用：诚恳只不过是二等的想象物。照样无用的是，对隐私日记（作为作品）的验证也只能是文学性的——这是在该词绝对意义甚至是怀旧意义上讲的。我在这里，看出了四点动机。

第一点，便是提供带有一种书写个性、一种"风格"（从前似乎有人这么说过）、一种作者个人的习惯语（前不久，似乎也有人这么说过）的文本。我们把这种动机称为诗学动机。第二种动机，便是一天一天地把一个时代的痕迹——不论其大小，从主要信息到习俗细节——搞得支离破碎；在托尔斯泰的日记中读到19世纪一位俄罗斯贵族的生活，难道不是令我非常高兴的事吗？我们把这种动机称为历史动机。第三种动机，是让作者成为欲望之对象：对于我喜欢的一位作家，我可能喜欢了解他在时间安排方面、爱好方面、心情方面、顾虑方面的隐私和日常活动。我甚至可能发展到更喜欢他个人，而不是他的作品，甚至会贪恋他的日记，而不是他的所有书。因此，在把我自己变成其他人为我提供的那种快乐之作者的情况下，借助可以从作家过渡到个人的这种回转，我可以尽力去吸引别人，而反过来也是如此。或者再加重一点说，我可以尽力说出"我远比我写的东西要强"（在我的书中）。这样一来，书写日记就显得像是一种<u>更大的力量</u>〔尼采说的是，加力（Plus von Mach）〕，因此，有人相信，书写日记将会弥补充分书写的缺失。我们把这种动机称为乌托邦式动机，原因是，说真的，人们永远不会到达想象之物的终端。第四种动机，便是让写日记成为一种句子作坊：不是为了写出"漂亮的"句子，而是为了写出正确的句子。要根据一种兴奋之情和一种应用，根据非常像是激情的一种意图忠实性，不停地精化陈述活动（而非陈述语段）："当你的嘴巴说出的是一些正确的事情的时候，我的内心就很高兴。"（*Prov*. 23，16①）我们把这种动机称为情爱动机（甚至可以称为偶像崇拜动机：我疯狂地<u>崇拜句子</u>）。

尽管我感觉平平，但书写一种日记的愿望还是慢慢形成了。我可以假设，在日记的范围内，从我先是觉得与文学无关的东西写起，随后过渡到汇聚所有品质的一种形式，这样做是可能的：它们是个体化、痕迹、诱惑力、言语活动的偶像崇拜。在最近这些年中，我做过三次尝试。第一次是最为沉重的，因为那次尝试是在我母亲生病期间，时间很长，也许那是为了满足借助书写来排除烦恼的卡夫卡意图。另外两次尝试只关系到一天中的事情：它们可以说是实验性的，尽管我对已经过去的那一天的事情在无某种怀恋的情况下不会再提起（我只能说出两次尝试中的一次，因为另一次包含着我之外的别人）。

---

① 此处极可能是《论神谕》（*De la Providence*）一书的缩写，作者为古罗马政治家和哲学家塞内克（Sénéque，约公元前4—前65年）。——译注

1

1977 年，7 月 13 日，U……①

某太太是位新来的家庭主妇，她有一个患糖尿病的孙子，有人对我们说，她照顾小孙子非常用心，也很有能力。她对这种病的看法不是很明确：一方面，她不希望糖尿病是可遗传的（那将会是一种不佳人种的标志）；另一方面，她很希望这个孙子注定死去，这样便去掉了任何血缘责任。她把这种病设想为一种社会形象，而这种形象则是布有陷阱的。其标志很像是傲慢与烦恼的起因：对于雅各布-以色列②来说，这种标志所是的情况，便是被天神扭曲和分离，即自我表现出的享乐和羞耻。

阴晦的思考、惧怕、忧郁：我见到了所爱之人的死亡，真让我变得疯狂，等等。这种想象活动就是信仰之反面本身。因为，这便是无休止地接受命定的不幸，而不是无休止地进行想象。说话，便是断言（还是语言的法西斯主义）。一想到死亡，我便没有了奇迹。《奥尔黛》③ 中的疯子不说话，他拒绝内心的没完没了的和断言的语言。那么，对于信仰的这种无能为力是什么呢？也许，就是一种人

---

① U……，此处该是 Urt（于尔特）的缩写。这是巴尔特和其母亲在他们生命的最后 10 多年中于休假期间常去居住的位于巴约纳市（Bayonne）附近的一个小山村。——译注

② 雅各布-以色列（Jacob-Israël）：《圣经》中的族长。传说，他有 12 个儿子，而这些儿子又组成 12 个以色列部族。——译注

③ 《奥尔黛》（Ordet）：1943 年发行的一部瑞典电影，"Ordet"的法文意思就是"说话"。——译注

类之爱？难道情爱排斥信仰吗？反过来，也是这样的吗？

纪德的老年与死亡［我是在《小个子女人日记》（*Les Cahiers de la petite dame*）中读到的］，身边都有见证人。但是，这些见证人，我不知道他们后来怎么样了：他们中的大多数人，大概都死去了吧？那些见证人可能在某个时刻自己死去，身边是没有见证人的。<u>故事就是由这样一些</u>突发的琐碎生活和无可替代的死亡构成的。人面对"梯阶"、面对有关梯阶的科学时，是无能为力的。反过来说，人们可以把能看到梯阶之无限性的能力重归传统的上帝："上帝"便是绝对的指数函数（Exponentiel）。

（死亡，真实的死亡，便是见证人本身死亡的时刻。夏多布里昂这样说他的祖母和他的姨奶奶："我也许是世上唯一知道她们曾经存在过的人"：是的，但是，由于他这么写了，我们也就会这样得知，因为至少我们还在阅读夏多布里昂。）

1977 年 7 月 14 日

一个小男孩，激动了、发怒了，就像许多法国小孩子那样，他们都会立刻表现出成年人的样子，他装扮成不怎么样的投弹手（身着红白相间的服饰）：当然，他无疑将领先于大部分人。

为什么比在巴黎时更加思<u>虑重重</u>呢？这个小村庄，是一个再正规不过的世界，是一个不会产生任何幻觉的世界，以至于感觉活动似乎完全转移了。我有些过分了，因此被排除在外了。

在对法国的了解方面，在乡下转一转，我认为比我在巴黎待上几个星期都知道得多。也许是幻觉吗？幻觉是现实主义的吗？乡下的、村庄的、外省的世界，是现实主义的传统构成材料。要想成为作家，在 19 世纪便是依据巴黎来书写外省。距离，使<u>一切都有所意味</u>。在城里，在街上，我有着来自八方、令人目不暇接的信息——但没有意指。

1977 年 7 月 15 日

在下午五点钟的时候,家里很静,农村很静。有蝇虫飞来飞去。我的双腿有点疼,就像我小的时候,我那时因长个儿而出现了激增疼痛——或者就像是我患上了伤风感冒。一切都是黏糊糊的,沉睡不醒的。就像往常一样,意识还是活泛的,我的"倦怠"中还有着生气(词语中不乏矛盾)。

某先生来访:在旁边的房间里,他滔滔不绝地说话。我不敢关门。我受到了干扰,不是因为声音,而是因为对话的琐碎无聊(至少,如果他说的是我不懂的语言的话,那总还算是音乐)。我一直为其他人的耐性所惊诧,甚至所震惊:在我看来,他者,即意味着不知疲倦。能量,尤其是言语活动之能量是叫我愕然失色的:也许,这是我相信疯狂的唯一时刻(不考虑暴力)。

1977 年 7 月 16 日

在几天的阴沉之后,再一次迎来了一个晴朗的早晨:明亮,且气象清朗,像是崭新的和闪光的丝绸。这种空荡的(即无任何意义的)时刻,产生着一种完整的昭然性:值得在此活着。早晨的外出采买(去杂货铺、面包房,此时整个村庄几乎还不大见人走动),我绝对不会不去。

妈姆①今天好多了。她坐在院子里,戴着一顶很大的草编帽子。只要她有点见好,她就惦记着家里的事情,想着干点什么:她把所有的东西安排得井井有条,在白天把保暖箱里的暖气关掉,而我从来不干。

下午,阳光明媚,有点风,太阳已经开始下山,我已点着了堆在花园角落处的垃圾。可观察到整个物理变化情况。我用一根长长

---

① 这是巴尔特对"妈妈"(maman)的简称或爱称。——译注

的竹竿，翻动着一捆捆慢慢烧尽的废纸。需要耐心。纸张的抗烧性出人意料地强；相反，一个翠绿的塑料袋子（也是盛垃圾的袋子）烧得很快，一无所留：严格地说，它不见了。这种现象可以在多种情况下充当隐喻。

一些难以让人相信的短消息［在《西南方》(Sud-Ouest) 日报上读到的，还是从广播里听到的？记不清］：在埃及，似乎已经决定对皈依其他宗教的人执行死刑。在苏联，一位法国女海外协作队队员①被驱逐了，原因是她把女人内衣送给了一位苏联女朋友。需要编纂一部当代有关不容忍性的词典（在伏尔泰的情况下，文学是不可以被放弃的，因为文学可以为残存的不好的东西提供证明）。

1977 年 7 月 17 日

好像，周日早晨的天气越来越晴朗。有两种不合常规的忙碌在相互强化着。

我并不厌烦做饭。我喜欢做饭的过程。我蛮有兴致地看着被加工的食物渐次变化的各种形式（着色、膨胀、缩减、凝结、向端点集中等）。这种观察有着某种难以驾驭的东西。相反，我不会做的，我做不成的，是食料配比和所用时间的长短：我放油太多，因为我害怕放少了会因油烟着火；我烧的时间过长，因为我担心不够熟。简言之，我害怕，因为我不懂（多少食料、多长时间）。由此，产生了一种安全编码：我更喜欢煮米饭，而不喜欢蒸马铃薯，因为我知道煮米饭需要 17 分钟。这个数字，在其很明确（直至达到滑稽可笑的程度）的情况下，是让我很高兴的；这个数字像是圆形的，在我看来似乎是某种特技，我谨慎地享用它。

---

① 指法国政府派到海外工作以代替服兵役的青年教师、医生或工程技术人员。——译注

1977 年 7 月 18 日

妈姆的生日。我只能送给她院子里长的一枝玫瑰。至少，这是我们到这里住下后的第一次，也是唯一的一次。晚上，米尔（Myr）来吃晚饭并做饭：一个汤和一种辣椒煎鸡蛋；她带来了香槟酒和巴斯克皮尔霍拉德（Peyrhorade）地方的巴旦杏仁蛋糕。L 太太让她的一个女儿送来了从她家花园里采的花。

从强烈的意识上讲，我现在是舒曼的心情：掺和着矛盾与热情的接续；一阵阵的烦恼，对于坏事的想象与不合时宜的惬意。今天早晨，在忧虑之中，是少见的幸福：（非常晴朗，万里无云的）天气、（海登的）音乐、咖啡、雪茄、一枝好笔、做家务的声音（做饭人很是任性：他的连续声响让人害怕、让人懈怠）。

1977 年 7 月 19 日

清晨，很早，我买牛奶回来的路上，走进教堂看了看。教堂是根据宗教评审委员会评定的新样式重新修缮的：它完全成了新教的殿堂（唯独那些木质的长廊标志着巴斯克传统）；没有悬挂任何图像，祭台变成了一个简单的桌子。显然，没有任何大蜡烛：真遗憾，不是吗？

大约晚上六点钟的时候，我在床上半睡半醒地躺着。窗户大敞四开，外面是一整天的灰蒙蒙之中最为明亮的收尾部分，我感受到一种浮动的惬意；一切都是液态的，有空气流动的，可饮用的（我在饮用空气、饮用时间、饮用花园）。此外，由于我正在阅读铃木（Suzuki）的作品，在我看来，这相当接近禅宗所说的不净观（sa-bi）的状态；或者还可以说（因为我也在阅读布朗肖）是"流动的重量"，他在谈论普鲁斯特时就这么说。

1977 年 7 月 21 日

回家时，带回了肥肉、洋葱头、百里香等。做饭时，它们发出了噼噼剥剥的声音，气味非常好闻。然而，这种气味并不是马上就要端上餐桌的食物的气味。有一种人们吃饭时的气味，还有一种做饭时的气味［这是对"波纹科学"或"幻灯片学"（diaphoralogie）的观察］。

1977 年 7 月 22 日

几年以来，似乎只有一项计划：发觉我自己的愚笨，或者更可以说是，将其说出来并成为我的书的对象。我曾经这样说，愚笨是"自我崇拜性的"，也说过愚笨是富有恋情的。还有第三种愚笨，以后有一天再说出来，那便是政治愚笨。从政治上讲，我对一些事件的思考（而且，我不停地在这方面思考某种事情），一天天过去，也成了愚蠢的。现在，正是这第三种愚笨应该在这小小的三部曲的第三部中得以讲述：某种政治日记。应该拥有很大的勇气，但那也许会驱除政治学（或更可以说政治）对我所构成的包括厌烦、惧怕和愤怒在内的混合物。

写出我（je），比读出我，更难。

昨天晚上，与 E. M. 一起在安热莱（Angelet）逛卡西欧（Casino）超市，我们被这座巨大的商品殿堂吸引了。那真是金犊偶像①：堆积如山的"财富"（价格便宜），种类齐全（按照品种分类），各种东西都被摆放成挪亚方舟的形状（瑞典的木架上摆满茄子），装满商品的小推车排列密集。我们突然意识到，人们不管什么东西都买（我自己也这么做）；每一个推车，在其停在出口付款处前面的时间里，展示的是推车人的不顾廉耻的怪癖、冲动、错乱、随意和摇头晃脑的图景；面对像是小型带篷四轮马车神气十足地在我们面前经过的小推车，显然已经没有任何必要去买包在玻璃

---

① 金犊偶像（Veau d'Or）：源于希伯来文化，指"财富的象征"。——译注

纸中懒洋洋地躺着的比萨饼了。

我很愿意阅读一本有关商店<u>历史</u>的书。(有这样的书吗?)早在<u>女人们的快乐</u>之前,发生过什么事呢?

1977年8月5日

我在继续阅读《战争与和平》,在读到年迈的保尔康斯基(Bolkonski)临终前那一段时,我的心剧烈地翻腾。他对女儿饱含温情说的话("我亲爱的,我的朋友"),公主在头一天夜里出于谨慎不去打扰他——而实际上老人曾多次叫她,女儿玛利亚的犯罪感(因为她曾在一段时间里希望父亲死去,以便她找到自己的自由):这一切,这种温情、这种痛苦,处在最野蛮的动荡之中。

文学在我身上有一种比宗教强烈得多的真实效果。我想借此说,文学就像是宗教。不过,在《文学半月刊》中,拉卡桑(Lacassin)专断地声称:"文学只在教科书中存在。"人们就这样以<u>连环画</u>的名义把我否定了。

1977年8月13日

今天早晨大约8点钟的时候,天气非常好。我很想试一试骑着米尔的自行车去面包店。我从孩童时起,就没有骑过自行车。我的身体感觉这种操作不大好把握、太难,我害怕(上车、下车)。这一切,我都跟面包店老板娘说了。离开面包店的时候,我想再次骑上自行车,自然,我摔倒了。然而,我本能地让摔倒显得过分,我的双腿朝天,尽可能让姿态显得可笑。而且,在这个时候,我明白了,这种可笑的举动救了我(避免了过分摔伤):摔倒时,我随坡就势,像是做了一次表演,让人哈哈大笑。但是,也正因为这样,我没有受什么伤。

突然间,我意识到,成不了现代人,在我已经变得无关紧要。

(……就像是一位盲人,他用手触摸写有生活的文本,并在这里、在那里知道了"已经被说过的东西"。)

2

1979 年 4 月 25 日

毫无意义的夜晚。

昨天晚上，大约7点钟的时候，郁闷的春天下着阴冷的雨，我跑着奔向58路公交车。叫人感到奇怪的是，公交车里只有一些老人。一对老年夫妇高声地谈论着一部战争史（是哪一部？不知道）："没有对于事件的粗略研究，那个人不无赞赏地说出了所有细节。"我在新桥（Pont-Neuf）那里下车。由于我提前到了，我便在矾鞣皮革业码头（quai de Mégisserie）闲逛了一阵。几位身着蓝色工装的工人（我感觉他们的收入不高）粗鲁地排列着那些靠轮子移动的亭子，附近的野鸭和鸽子（总是动物，飞禽）惊慌而逃，成群地跑到了另一岸。商店开始关门。透过一道大门，我看到了两只小狗，其中一只以玩耍的方式惹逗着另一只，而另一只则很有人性地不予理睬。我再一次很想有一只狗：我最好能买到像那只被惹逗的小狗一样的狗（一种福克斯狗），我会以绝非冷漠、最高敬重的方式向人们展示它。那里也还有一些栽在花盆里的花，我已经考虑过（带着愿望和恐惧）在返回于尔特之前购买一批，因为我最终将在那里居住下去，而再回巴黎只是为"办事"和采买。我随后走过布尔多奈街（rue des Bourdonnais），那里见不到人，阴森可怕。一位汽车司机问我怎么去巴黎市府百货商场（BHV）：怪事，我好像只知道这种缩写形式，根本不知道巴黎市府在什么地方。在（很少有人光顾的）死胡同陈列廊，我失望了，不是因 D. B 的摄影作品而失望〔那是些用宝丽莱（Polaroïd）一次成像照相机拍摄的纯蓝色窗户和窗帘〕，而是因为开幕式的冰冷气氛：W 没有在场（大概还在美洲），R 也没有来（我忘记了，他们之间闹翻脸了）。美丽和胖胖的 D.S 对我说："好看，难道不是吗？——是的，好看。"（也就是这么短短两句，没有太多可说，我自己也这样附和。）一切都是可怜的。而且，随着我渐感年迈，我越来越有勇气做自己喜欢的事情。在很快地第二遍看完展厅（再长时间观看，不会为我带来任何新的东西）之后，我很快就溜出来，遂毫无意义地闲逛起来，我从这一辆公交车换到另一辆公交车上，又从一处电影院出来进了另一处电影院。我感觉很冷，我担心犯支气管炎（我多次这么想）。最后，我在花神（Flore）咖啡馆暖了暖身，我吃了几个鸡蛋，要了一杯波尔多葡萄酒，尽管这一天极不痛快：食客们叫人不爽，个个傲慢不羁；没有一副面孔让人感兴趣或让人浮想联翩，或至少无从虚构。这天夜晚的可悲失败，促使我最终想尝试一下我长时间以来就在思考的一种生活改变。对于这种改变的首次记录便是其痕迹。

〔重新阅读：这段文字为我提供了相当确定的快乐，因为它让我重新体验了那一天晚上的感受。不过，有意思的是，在重读的过程中，我体验最好的，是没有被写出来的东西，即笔录的那些缝隙。例如，在等公交车的时候，我看到的里沃利（Rivoli）大街整体的灰色。而现在没有必要去描述，不然的话，我会再一次失去它，而让位于另外的一种静默的感觉，以此类推，就好像复活总是形成于被说出的东西一侧：这便是幻觉和影子的位置。〕

我白白地花时间重读了这两部分日记，没有任何地方告诉我它们是值得发表的，也没有任何东西说它们就是不可以发表的。我现在就面对一个超出我之能力的问题，即"可发表性"的问题，不是什么"是好，是不好"的问题（这是任何作者都会赋予其问题的形式），而是"值得还是不值得发表"的问题。这不只是一个出版商方面的问题。疑惑出现了位移,从文本的质量转移到了它的形象。我是从另一人的角度来提出文本问题的。另一人,在此不是读者,或某类特定读者(这种问题是出版商方面的问题);另一人,取自二元关系和个人关系,那便是<u>某个以后阅读我的人</u>。简言之,我在想象我的日记文字会被置于"我为其而写的那个人"的目光之下,或者被置于"我对其说话"的那个人的沉思之中。难道每一个文本都是这样的吗?不是。文本是匿名的,或者至少是借助一种<u>化名</u>(Nom de Guerre)即作者的化名来产生的。日记,<u>丝毫不是这样</u>(即便日记中的"我"也是一个虚假名字):<u>日记是一种"话语"</u>(系根据一种特殊编码写出的某种言语),它不是一种文本。我提出的问题是:"我是否必须撰写一种日记?"这个问题在我的大脑中立刻就有了一个不叫人愉快的答案:"不去管它",或者更可以从精神分析学上去说"这是您的问题"。

在我看来,剩下的就是分析我的疑惑的各种理由了。<u>从形象角度来看</u>,我为什么要怀疑对<u>日记</u>的书写呢?我认为,在我看来,这是因为这种书写显然带有一种缓缓而来的毛病,带有一些负面的即叫人失望的特征,我会在下面尽力说出来。

日记不满足于任何<u>使命</u>。不要嘲笑这个用词。从但丁到马拉美,到普鲁斯特,到萨特,就写出作品的那些作者来说,他们都曾有一种目的,或是社会目的,或是神学目的、神话目的、审美目的、道德观目的,等等。作为"建筑术的和预先策划的"书,它被认为复制了一种世界秩序。日记无法做到像书籍那样,在我看来,它总是涉及一种单一论哲学。因此,日记无法达到<u>书籍(作品)</u>那样的程度。按照马拉美的区分(是纪德的生活是一部"作品",而不是其日记),它只不过是类似于<u>画册</u>(Album)的东西。这种画册是一种单页拼合,不仅是可以变动的(这一点仍然是毫无价值的),

而且是可以无限地拿掉的：在重读我的日记的时候，我可以一篇一篇地划去，直至画册完全消失，借口便是"我没有兴趣"。这就像格鲁绍（Groucho）与西科·马克斯（Chico Marx）两人，一边阅读必然将二人联系起来的契约的每一条，一边又将其撕掉那样。但是，有一种形式，它基本上说明了世界的非本质，并将世界也解释成非本质的。那么，日记就不能恰好可以被视为和实际上被操作为这种形式吗？对此，那日记的主体就必须是世界，而不是自我。如果不是这样，那被陈述的东西，便是切断世界与书写之间关系的自我崇拜。我白白费力，面对并不稳定的世界，我则变成了稳定的。在无个人崇拜的情况下，如何书写一部日记呢？这恰恰是妨碍我写出一部日记的问题（因为，我对个人崇拜已经厌烦了）。

由于是非本质的，日记便不再是必需的了。我不会把精力投入写日记方面，就像我为书写一部唯一的和宏大的作品所付出的那样，因为这样的作品是我在疯狂欲望的驱使下写成的。正规的、日常的日记书写，就像是一种生理功能，它无疑涉及快乐、舒适，而不会涉及激情。它是一种小小的书写怪癖，其必要性会在从产生文字到重读文字的过程中消失掉："我没有发现我到现在所写的东西弥足珍贵，也没有发现我之所写可以直接地被当作废品。"（卡夫卡）就像服从于"是的，不过"的生理反常人（有人如此说）那样，我知道，我的文本是无意义的，不过同时（以相同的动作）我又无法脱离现存的笃信。

由于是非本质的、不大可靠的，日记便属于更不真实的范畴。在此，我不是想说，在日记中自我表白的人不忠诚。我想说的是，它的形式本身只能是从一种先前的和静态的形式（恰恰是隐私日记的形式）借用而来的，而我们又不能颠覆这种形式。如果我写日记，从身份上讲，我必须进行模仿。它甚至是一种双重的模仿，因为任何心动都是对于在某个地方已经阅读过的相同心动的复制，依靠在情绪簿记之中被编码的言语活动来转述一种心情，便是在复制一种复制。即便文本是"新颖的"，它也已经是复制。在文本是陈旧文本的情况下，那就有了更为有力的理由这样说："作家，以其苦恼，即其所怜惜的怪兽，或以其欣悦快乐，必须在文本中使自己成为精神上的笑剧演员。"（马拉美）多么荒唐啊！在选择最为直接、最为"自发的"书写形式的同时，我重新感觉自己是最为粗俗的笑剧演员。（为什么不可以呢？难道没有应该成为笑剧演员的一些"历史"时刻吗？在过分地实践一种过时的书写形式的情况下，我难道就不能说我热爱文学，甚至就在文学日渐衰退的时刻我也心疼地热爱文学吗？我热爱文学，因此我模仿文学，但这恰恰说明：不是没有情结。）

所有这些，说的几乎都是同一件事：当我尝试书写一种日记的时候，最大的痛苦，便是我在判断上的不稳定性。什么样的不稳定性呢？更可以说是其不可避免的下行曲线。在日记中，卡夫卡让我们注意到，一种笔录的价值缺失总是很晚才被承认。怎么会让趁热写出（并对其感到自豪）的东西变成一盘冰冷的佳肴呢？正是这种耗损在产生日记的不如人意。还是马拉美说过的话（不过，他没有坚守自己的话），"或者是别的什么空话，只需人们对其加以解释，就变成具有说服力的什么，而当低声说出的时候，这种空话就变成梦想似的和真实的了"：就像在仙女故事中那样，在一种惩罚和一种不吉祥的权力作用之下，从我的嘴里吐出的鲜花会变成蟾蜍。"当我说出某样东西的时候，这样东西就会立即和最终地失去其重要性。当我用笔将其记录下来的时候，它也会失去其重要性，但有时却可以获得另外的重要性。"（卡夫卡）日记所特有的困难便是，这种二等的重要性由于是借助书写而被解放出来的，所以并不是确定的：无法肯定的是，日记能恢复言语并赋予其一种新金属的抗阻力。的确，书写是一种古怪的活动（在这一方面，精神分析学直到现在成效不大，并没有很好地去理解），该活动神奇地停止了<u>想象物</u>的流失，而言语则是这种想象物的强劲而又可笑的河流。但是，问题恰恰是：日记，尽管写得很好，它属于书写吗？它自身在努力、自身在膨胀，自身也在僵化：难道我与文本同样粗俗吗？不是的，您与其毫无相近之处。由此，带来的是抑郁效果：当我书写时是我可以接受的，而当我重读时是叫我失望的。

说到底，所有这些失败很好地说明了主体的某种不足。这种不足属于存在性范畴。日记所提出的问题，并非悲剧性问题，即<u>疯子</u>的问题——"我是谁"，而是喜剧性问题，即<u>被惊呆的人</u>的问题——"我是吗"。一种喜剧角色，便是写日记的人所是的情况。

换句话说，我还是难以厘清。而我之所以难以厘清，之所以不能决定日记的"价值"何在，是因为我尚未把握准日记的文学地位：一方面，通过其简单容易与陈旧过时，我再一次觉得它只不过就像是<u>文本</u>之边缘性的东西，就像是其未构成的、未进化的和未成熟的形式；但是，另一方面，不管怎样，它又是这种<u>文本</u>的一种真正的碎片，因为它包含着文本的基本辛劳。我认为，这种辛劳就在于这一点：文学是<u>无证据的</u>。应该把这种说法理解为，文学不仅不能证明它所说的东西，也不能证明其是否值得一说。这种艰难的条件（卡夫卡说其是<u>游戏</u>与<u>失望</u>）恰好就在日记中达到了极限。但是，就在这一点上，一切又反转了过来，因为从其无能为力到证据（证据从<u>逻辑</u>的晴朗天空中排除文本），<u>文本</u>获得了一种<u>灵活性</u>，该灵活性就像是其本质，是文本自身所具有的东西。卡夫卡的日记也许是唯一可以在无任何激怒的情况下被阅读的日记，它非常出色地说出了文学的两种设定，即<u>正当性</u>（Justesse）与<u>虚幻性</u>（Inanité）：

"我审视着我为生活构想的各种愿望。最为重要或最引人注意的愿望,是获得洞悉生活之方式的那种欲望(而且,与其相连的,是能够借助文字来说服其他的愿望)。而在这种方式之中,生活保留着其沉重的下跌与上升之运动,但是这种生活同时会被承认,并且它带着不能说不大的明亮性。最简单地讲,那便是一种梦境、一种漂浮的状态。"是的,理想的日记就是这样的:它既是一种节奏(下跌、上升、伸缩性),也是一种诱饵(我无法完成我的形象)。总之,一种写出的文字,它在说出诱饵的真实,并借助最为形式化的操作及节奏来确保这种真实。对此,大概应该得出这样的结论,即我只能靠<u>极度地</u>——直至达到极端的疲惫状态——加工日记来拯救日记,将其加工成像是一种<u>几乎</u>不可能的<u>文本</u>那样:在这种工作过程中,很大的可能便是,如此写成的日记根本就不再像是一种<u>日记</u>。

1971,《原样》(Tel Quel)

Roland Barthes

Le Bruissement de la langue: Essais critiques IV

© Éditions du Seuil, 1984

Simplified Chinese translation copyright © 2022 by China Renmin University Press Co., Ltd.

All rights reserved.

图书在版编目（CIP）数据

语言的轻声细语：文艺批评文集之四/（法）罗兰·巴尔特著；怀宇译. -- 北京：中国人民大学出版社，2022.1
（罗兰·巴尔特文集）
ISBN 978-7-300-30026-9

Ⅰ.①语… Ⅱ.①罗… ②怀… Ⅲ.①文艺评论-法国-现代-文集 Ⅳ.①I565.065-53

中国版本图书馆 CIP 数据核字（2021）第 223663 号

罗兰·巴尔特文集
语言的轻声细语
——文艺批评文集之四
[法] 罗兰·巴尔特 著
怀　宇 译
Yuyan de Qingshengxiyu

出版发行	中国人民大学出版社				
社　　址	北京中关村大街31号		邮政编码	100080	
电　　话	010-62511242（总编室）		010-62511770（质管部）		
	010-82501766（邮购部）		010-62514148（门市部）		
	010-62515195（发行公司）		010-62515275（盗版举报）		
网　　址	http://www.crup.com.cn				
经　　销	新华书店				
印　　刷	北京宏伟双华印刷有限公司				
规　　格	148 mm×210 mm　32 开本		版　次	2022 年 1 月第 1 版	
印　　张	15.375 插页 3		印　次	2022 年 1 月第 1 次印刷	
字　　数	357 000		定　价	59.80 元	

版权所有　　侵权必究　　印装差错　　负责调换